五秒钟是什么概念

锦璐 著

广西师范大学出版社
·桂林·

五秒钟是什么概念
WUMIAOZHONG SHI SHENME GAINIAN

图书在版编目（CIP）数据

五秒钟是什么概念 / 锦璐著. -- 桂林：广西师范大学出版社，2024.10. -- ISBN 978-7-5598-7320-0

Ⅰ. I247.7

中国国家版本馆 CIP 数据核字第 20246Y9E33 号

广西师范大学出版社出版发行

(广西桂林市五里店路 9 号　邮政编码：541004)

网址：http://www.bbtpress.com

出版人：黄轩庄

全国新华书店经销

广西昭泰子隆彩印有限责任公司印刷

(南宁市友爱南路 39 号　邮政编码：530001)

开本：880 mm × 1 240 mm　1/32

印张：13　　　　字数：280 千

2024 年 10 月第 1 版　2024 年 10 月第 1 次印刷

定价：49.00 元

如发现印装质量问题，影响阅读，请出版社发行部门联系调换。

所有诗意的挽留,
终将像温水流过心脏,
闪烁着水晶般的理想主义光芒。

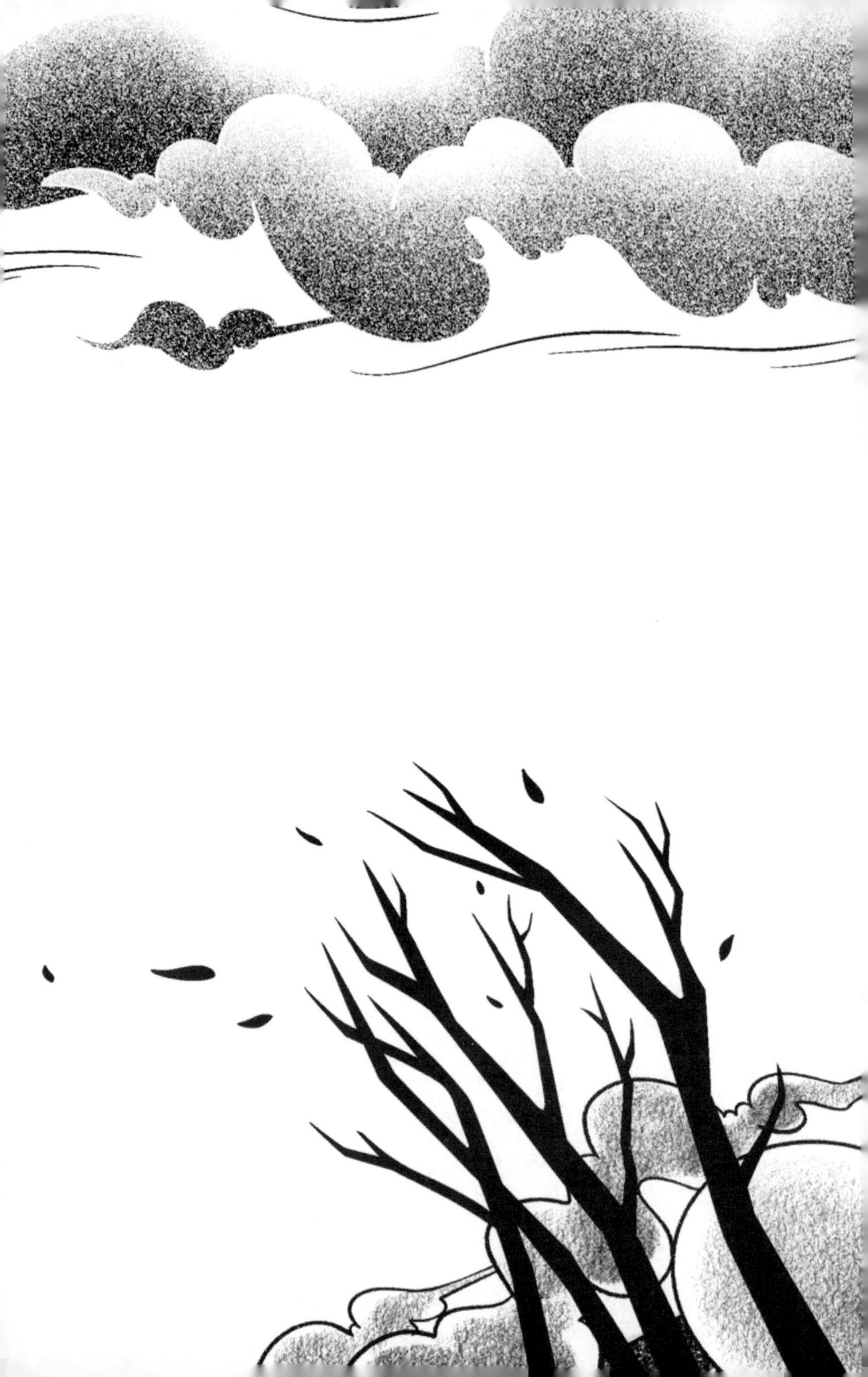

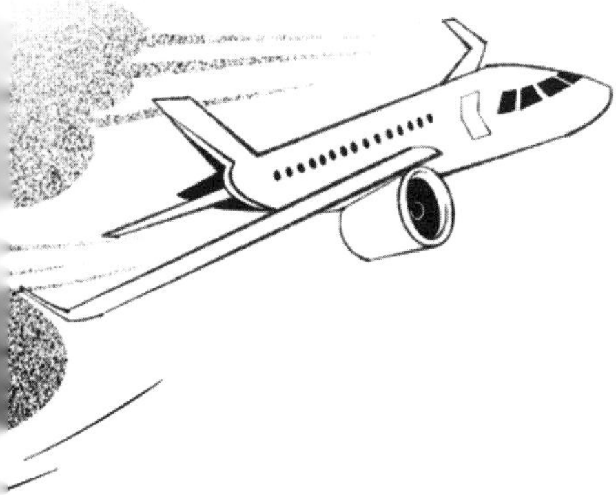
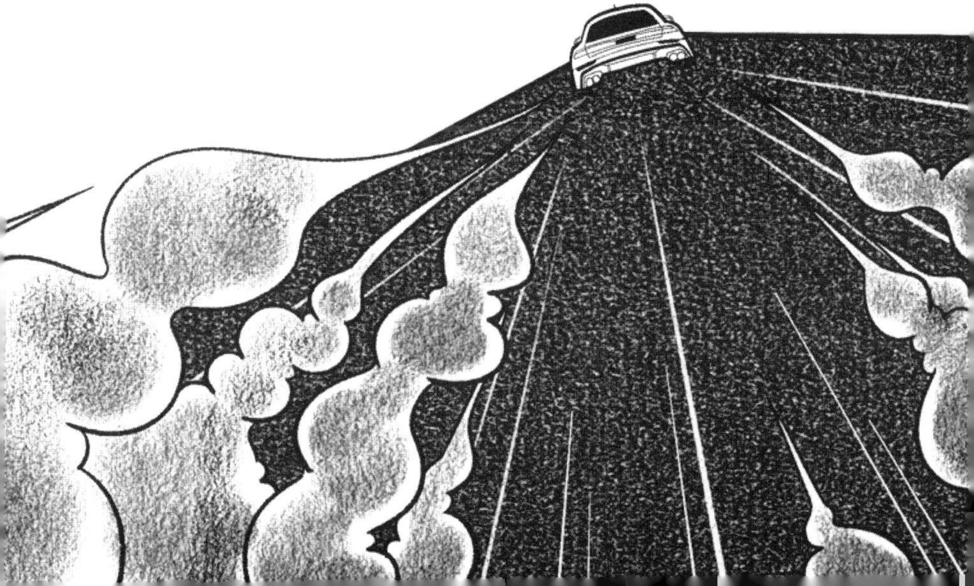

目 录

1 毛纺厂在西北偏北
43 女人边锋
73 复调喀秋莎
103 不忘
155 灰姑娘
213 看你一眼有多长
279 五秒钟是什么概念
305 夜路
339 我是金银珠
373 乔丹的祝福

399 后记

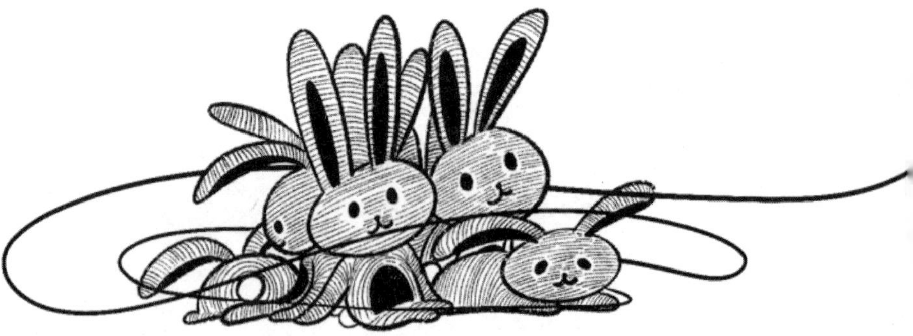

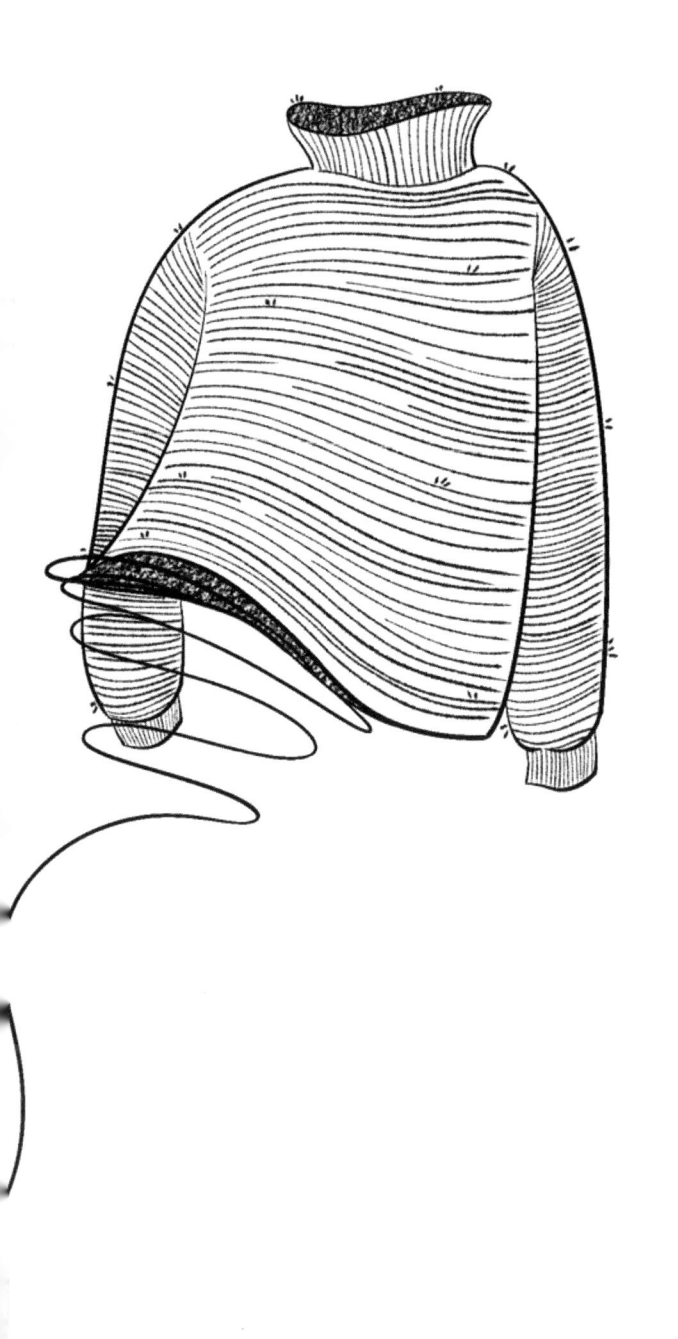

毛纺厂在西北偏北

小城西北偏北的位置，有一家规模不算小的毛纺厂。

最早的时候，毛纺厂就叫某某毛纺厂，后来改了名，叫某某公司，隔了些年，名字里加了"股份"，再过了几年，公司升级为集团。在这个变化的过程中，前缀"某某"也不断地改变，最终定格为董事长母亲的名字。这个名字非常传统非常大众，自带温暖淳厚朴实无华的气息。

早年间这里算是市郊，没有公交车直达。从最近的车站走过来，还要两站路。成为股份公司后这里才通车。董事长很想赞助一大笔钱，把站名改为"某某毛纺集团"。但是，这样一个类似于"慧芳"或者"淑珍"的名字夹杂在民主路、职业技术学院、客运站、儿童医院、人民广场等站名中，实在显得不太合适。董事长母亲如果成了一个公共车站，那就是谁都可以来停一停靠一靠喽？这么一琢磨，人们都笑了起来。笑归笑，还是点头赞扬董事长孝心可嘉。

这个车站最终没有叫"某某毛纺集团",也没有简称为"毛纺集团"。它还叫"毛纺厂"。负责核定站名的运管部门说,这是尊重小城的历史传统,尊重小城居民的情感沿袭。

这座小城没有什么看头,山不高水不深,景色稀松平常,生编硬造的名人名胜若追问起来,连小城居民自己都不敢往根上说。很多年以前,小城居民若是去了大城市,说起从哪里来,大城市的人要眨巴好几下眼睛,他们对这个地方实在太不熟悉。好在毛纺集团越做越强,为小城居民增强了自信。外地人来开会,说要带一些特产回去,会务人员就会众口一词为小城毛纺制品"代盐"(代言)。

这几年小城有了那种全国连锁的大型商场,吃喝玩乐应有尽有,在里面可以耗一整天。商场里的服装品牌各式各样,毛衣品牌也多了起来,人们挑选的余地大了很多。也不能说小城毛纺集团就此丧失了竞争力,它积极地与时俱进,款式呀配色呀质地呀什么的,一看就是请了好设计师,下了功夫的。它的标识是一只卡通兔子,竖着两只长耳朵,圆头圆脑圆身子,像要拥抱你,或者等着你拥抱。这里的冬天是有暖气的,大家进了屋子,把大衣或者羽绒服脱掉,老中青三代还是会有半数人的毛衣上面有这样一只小小的兔子。据说,董事长属相就是兔。

不过,好些小城女人,是不去商场买毛衣的,也不去毛纺集团所属的直营店买毛衣。为什么会这样呢?商场要进店费,要场租,要人工,要打广告做宣传。直营店也一样,并不因为走了直营的路线，标价就低一些。这么多的费用出在谁身上？这是一个依靠羊毛富裕起来的小城。羊毛，特别是那种好的细的柔软的黄金一般金贵的羊绒，是从羊身上薅下来的。你可想想吧，什么是薅？把羊的四肢绑起来，羊角或羊脖子固定在木桩上，拿个长着一排铁齿的铁笓，紧贴羊的皮肤，从脑袋顶、耳朵根子，一点点往脖子、肩膀、前胸后背、腰腹大腿根这么一路梳下来。一遍还不够，有时得两三遍。动作再温柔手下再留情，那也是薅，被薅了毛的羊得小半天才站得起来。

会过日子的女人们，万万不想让自己成为被薅的羊。她们坐上公交车，往小城西北偏北的方向去。任何人搭车往这边走，一百米开外就能感受到毛纺集团的气势。竖在水泥大门头顶的招牌，每个字都有一个人高，加粗大黑体，流着金光，简洁壮观，彰显着董事长的风格。用厂房改造出来的直营店横在大门左侧，一层楼，却有上下两排窗户，在里面开汽车都行，放架飞机貌似也可以。

女人们到毛纺厂站下了车，并不冲着直营店明光锃亮的玻璃门去。直营店对面，隔着一条马路，挤着一排私人的毛衣加工店。家家窄门窄脸，门框上的招牌长宽高都是统一的，印着店名和联系电话，还有大同小异的一行字——"诚信平价　童叟无欺"。在这里加工毛衣，你可以自己带毛线，买店里的毛线也行。

这条街有两三百米那么长，城市改造基本上没怎么动它。毛纺厂落成那一年种在这里的两排青杨，栽进树坑里时还是幼苗，树皮是灰绿色的。几十年过去了，已经长到四五层楼的高度，很威严的样子，灰白色树干布满浅浅的纵向裂纹。盛夏，两排青杨投下的阴凉严丝合缝，将整个路面拢在沉稳的清凉中。不管在这里开店做生意的，还是来这里购物的，心情都很好，有一种买卖不成情义在的感觉。这恐怕就是自然景观在人的行为模式上的一种潜移默化的影响。大厂和小店之间也和谐相处，像河马、犀牛这类的庞然大物和寄生于它们的牛椋鸟之间的关系。

毛纺厂，噢，不准确，毛纺集团成立十周年的时候，非常热烈地隆重地庆祝了一下。

除了盛大的庆典，还有产业论坛、一场来了很多明星的文艺演出、喜洋洋的欢乐集市，以及厂区研学一日游、羊毛基地研学两日游。这简直不是集团自个儿的事了，成了小城全民嘉年华，成了推动小城文旅产学研一体的重要抓手。

这么热烈，这么隆重，并不仅仅是因为毛纺集团成立十周年。人们都知道，董事长的母亲，整整九十岁了。

到了重阳节，小城领导登门慰问董事长的母亲，送上鲜花送上祝福送上慰问金。老人坐在正中间，慈眉善目，不悲不喜，像神话里的仙。在别的重要场合，董事长都穿西装，去上海或者香港甚至法国定制的。但是这一天，董事长不穿西装，而是穿一件老款灰毛衣。灰中有浅深，灰中有新旧，灰中有线头，这副模样的董事长此刻只是一个退守在母亲身边的孝子。

在招待贵宾的酒会上，董事长忆苦思甜，特别强调这件毛衣是母亲亲手织的，是大哥传二姐、二姐传三姐、三姐传给他的。这件毛衣织了拆，拆了织，线不够了还要加线……时至今日，已经不仅仅是一件含有羊毛成分的套头针织衫。它是什么呢？董事长激动地说，是他的护身符，是珍贵的传家宝，是浓缩的家族史，是集团筚路蓝缕、艰苦奋斗的生动实证。他特意在满座高朋面前又一次展示了这件毛衣，不过不是穿在身上，而是由礼仪小姐双手捧着。全场目光都聚焦在这件灰不拉叽的旧毛衣上。董事长说，马上就要筹建集团展室，他会把这件毛衣捐赠出来，作为独一无二的展陈品。

* * *

毛纺集团的系列活动让人们回味很久，特别是有好多明星出场的文艺演出。

导演很有经验。做这种地方企业的拼盘演出，一方面需要明星烘托气氛让大家嗨起来，一方面需要那么一两个接地气的节目，用小城素材讲述小城故事，小切口大主题，走心、煽情、催泪、感动、共鸣、升华，传递出一种精神、一种价值观，让小城的居民产生强烈的情感连接：大家是密不可分的命运共同体，携手奔向美好明天。

马依拉在毛纺集团直营店对面的小店里做网络直播，专门展示怎么织毛衣。有人问，想给男朋友织一款薄围巾，什么针法好看。马依拉说，玉米花针秀气，凤尾花针耐看，菠萝针立体感强。又问，需要多少毛线呀。马依拉说，三到四两毛线就可以了。

还有人说，看你织毛衣，我可以看上一整天，感觉好治愈。马依拉用毛衣针刮刮眉梢发痒处，说东京奥运会英国有个跳水冠军汤姆·戴利，比赛前仍然忙着织毛衣。电视上给他好几个镜头，手里的毛线有红有绿，好像在织圣诞树。一次重要比赛失利后他便抑郁焦虑缠身，还患上了转体恐惧症，织毛衣就是为了缓解压力。这个在医学上是得到证实的。

导演一见到马依拉，就想到哈萨克族民歌里的玛依拉，牙齿白声音好，黑色的眼睛十分迷人。歌里的玛依拉喜欢在"白手巾四边上绣满了玫瑰花"，马依拉则披一条绣满玫瑰花的白色乔其纱巾，不过身形比想象中的玛依拉更为丰满。

经过一番启发，马依拉闭上眼睛想了一小会儿。她闭上眼睛的时候，并没有停下手里织毛衣的动作。她的技术相当娴熟，好像这辈子天天都在织，没有哪天不在织。毛衣针在她手里如精灵，在灯光下泛出点点银光。

马依拉试着说，五六岁的时候，她跟着妈妈去毛纺厂买毛线。踮起脚尖，下巴颏卡在门市部的玻璃柜台边上。货架上那么多的毛线，花花绿绿的颜色，比一盒彩色铅笔的颜色还要丰富。

马依拉停顿一下，看了看导演。她不知道这些是不是导演需要的。导演说，非常好，你继续说。

马依拉说，妈妈把几种颜色的毛线搭配在一起，一边搭配一边和售货员探讨，春天的颜色、秋天的颜色，或者清爽的颜色、热烈的颜色。马依拉说这些词语让她感到新鲜,感到惊讶,感到高深莫测,感到无比向往。

马依拉又停顿了一下。导演说,你说你的,想到什么就说什么。

马依拉调整了一下坐姿,把滑落的缀满玫瑰花的白色乔其纱巾撩到肩后,露出一大截比白莲藕更白更粗的胳膊。

妈妈蹲下来,把一团团毛线放在我们的脸蛋旁,打量着,对比着。那时候,商店还没有整面墙或者整扇门似的穿衣镜。妈妈拿起柜台上的长把椭圆镜,让我们对着镜子瞅瞅自己。那些粉粉的蓝蓝的毛线团真好看,蹭在脸蛋上,虽说有一点点扎人,却把我们的小脸蛋衬托得和往常不太一样了。等到牵着妈妈的手从毛纺厂出来,眼睛里的一切,都带着一圈蓬蓬松松的绒光。这个时候,发现自己也变得毛茸茸的。头发毛茸茸的,手指毛茸茸的,睫毛毛茸茸的,连鼻尖也是毛茸茸的。这个毛茸茸的世界,真让人觉得温暖、安全和开心。

马依拉缓缓的叙述带着强烈的画面感。有些人天生拥有这个本事。导演眼睛发光,感觉像挖到宝。

马依拉情绪上来了,越说越动情。她说那是她第一次在镜子里这么认真地瞅自己。镜子里的粉团小脸上,忽然间有了某种表情。这种奇异的表情可把她迷住了,却又令她有些慌乱。身体软得厉害,心里头更软,软得要拿手心去捧着。可是两只小手扭在一起,根本没有力气分开。那是她人生中第一次,露出娇羞的神态。

马依拉这么说的时候,一双有手窝的胖手也跟着不自觉地绞在了一起,指尖通红得可爱。

轮到导演闭了一下眼睛,然后又睁开,和马依拉的视线碰在一起。导演是女导演。女导演一下就喜欢上了马依拉。

马依拉去年才从美国回来。女导演忍不住问,你这一路回国,一定很艰难吧?机票一定也很难买吧?

这个问题在为马依拉接风的聚会上,众人同样问过。

这就说明马依拉回来的决心大,大到什么都不可阻挡。有人抢在马依拉前面说。

当二十多年未见的马依拉出现时,人们都吃了一惊。她的身子在门框上蹭了一下,然后像一个充满气的气球,弹了进来。眼前的马依拉,体积差不多是以前的马依拉两个那么多。这是她离开小城之后第一次回来。问她这次回来待多久,她没有给出明确的答复。

别看马依拉胖,可她吃得并不多。她不隐瞒,她得过暴食症,只有吃东西才能让她得到安慰。现在她已经不像以前那么没有节制地吃东西了。有人开玩笑说,戴安娜王妃也得过这个病。

阳光从门外探进来,顺着地面,软软的,一寸一寸的,向货架蔓延,向织机蔓延,向角落蔓延,向缝隙蔓延。在这个阳光绵密温暖如毛茸茸线团的午后,女导演收获极大,不虚此行。

一个情景音乐短剧很快编排好了。

台下的观众看到，在天空很蓝很蓝云朵很白很白的日子里，少女悄悄走出家门，红色自行车细细的车轮在马路上欢快转动，毛纺厂就在小城的西北角等着她。少女刚刚洗了头发，出门时还没有干透，发梢在白衣的肩头扫出淡淡水印，周身弥漫甜蜜羞怯的气息。她走进毛纺厂的门市部，让勇气胀满自己的胸腔，可是，她的局促，自以为是的镇定和掩饰，是多么显而易见。年龄和少女母亲差不多的售货员，微微笑着，没有刮骨般的打量和盘问，也没有不以为意的催促和懈怠，她不厌其烦地为少女从货架上拿下各种颜色的毛线，并将长把圆镜竖起来，让她尽可能地比照。售货员毫无保留地告诉少女，玉米花针秀气，凤尾花针耐看，菠萝针立体感强……

台下女人们的集体记忆一下子被唤醒。小城长大的女孩子，谁没有这样的经历呢？去毛纺厂买几两毛线，给自己暗恋的男孩织一条围巾。这条围巾有可能送得出去，也有可能一辈子都送不出去。很多年后，往事如水一样流逝，没准那个暗恋的男孩具体什么模样也消退在记忆中，可是她们还会记得那样一个下午，对于尚未完全展开人生的她们来说，在那个穿过时间、阳光、空气、微尘的下午，她们悟到一种非常高级的情感。这种情感叫"体恤"。

节目尾声，是一首非常经典的怀旧金曲。长长的摄像摇臂从观众席上扫过去，舞台大投屏一一出现观众的脸。镜头找到马依拉，因为有导演的交代，特意多给她几秒。缀满玫瑰花的白丝巾把马依拉饱满的脸衬托得明艳动人，像一位隐姓埋名的大明星。

几乎所有的观众都张开嘴巴唱出声,"还记得年少时的梦吗/像朵永远不凋零的花/陪我经过那风吹雨打/看世事无常/看沧桑变化……"。满场荧光棒有节奏地一直摇一直摇一直摇。

小城领导非常敏锐,让媒体紧紧抓住这波热点,策划一系列活动,寻找小城"最温暖",旨在把小城打造成"温暖之城"。这温暖既包括羊毛羊绒制品带来的身体上的温暖,更有人与人之间的温暖之情。

＊＊＊

然而,董事长的毛衣丢了。

这是谁也没有想到的事。没人说得清,那件毛衣从众多目光的聚焦中撤下来后,到底去了哪里。所有围着董事长转的人都在拼命回忆。张三说李四没拿吗,李四说王五没有交代我啊,王五说李四你跟我是平级我怎么可能给你交代任务……绕来绕去头都晕了。谁不着急?谁都着急。可是到底丢哪儿了?怎么丢的?谁都说不清。

周末董事长回大姐家,看着母亲,张不开嘴,眼神也是不稳的。母亲拿眼睛追着他,一副有话跟他说的模样。他生怕她问起毛衣。他的话比往时稠密,让人很难插嘴。他一再向母亲表示,想吃啥想做啥,只管顺着自己的心意,是不是还惦记着孤儿院养老院那边?都办妥了,办得妥妥的。

毛衣丢得蹊跷。要不要声张，是一个问题。

如果声张，把寻找毛衣做成一个公共事件，落实为一场人人参与的寻找小城"最温暖"行动，当然不错。也不是没有顾虑，总会有一些讨嫌的家伙跳出来说，连一件旧毛衣都看不住，然后就上纲上线——天下大事必作于细，小事不做大事难成。

如果封锁消息不透露呢，当什么事都没发生，不拿自己的事给全城人添堵，那所有不痛快就得董事长自己一个人消化。董事长能消化吗？当然能。若不是他胆识过人，怎么会接手这家濒临破产的国有毛纺厂，通过改制谋求发展，带领企业绝处逢生取得今天的成绩。思前想后，董事长决定，暂不出声。稳定压倒一切。

转过身一想，又不踏实了。这事，万一就是那帮讨嫌人干的？万一他们先发制人？

这天晚上，董事长喝得有些醉。他从韩家饭店出来，司机已经开好车门等他。他挥挥手让司机把车开走。他要一个人沿着一盏路灯连着一盏路灯的街道走一走。刚刚下过一场很大的雨，马路上到处湿漉漉亮晶晶的，泛着灯光的碎影，仿佛天空叠在地上。

此时路上行人稀少。董事长虽头有点晕但方向是对的。这件事堵在心里，让他产生了一种泄气的感觉。"人到高处不胜寒"，有点儿这个意思。走着走着，又想到了老祖宗说过的话，"风起于青蘋之末"，不知道会有什么样的危机暗自酝酿。

再走着走着，心中又涌起几分悲凉。老婆孩子都在国外，企业家做到他这份上，基本上都是只有企业没有家。面对激烈的市场竞争，面对消费的萎靡不振，还有董事会里各怀异心的家伙们……没有人知道他有多难，他并没有真的像在众人面前表现的那样从容镇定。

此时此刻，这些感觉借着酒劲、借着醉意，统统放大，有意翻倍，来势凶猛。他在人行道上走走停停，东张西望。地上有几处透水砖没有铺好，踩上去底下喷出小股积水。他在垃圾桶前弯下腰，往前走几步又用脚踢开几丛灌木。看不出他是难受得想要吐，还是在寻寻觅觅着什么。衣冠楚楚的董事长做这些举动的时候，偶有路人看见。他们没有认出他，只是凭着对自身安全的本能考量，绕开这个看上去不太正常的人。

没有绕开他的，是后面走上来的三个小学生。书包带吊在胳膊肘，颠荡的书包一下下拍打着瘦小的屁股。他们摇头晃脑，把身子扭来扭去，煞有介事地唱，"爱你孤身走暗巷／爱你不跪的模样／爱你对峙过绝望／不肯哭一场"。

董事长也会唱这首歌。

三个小学生唱着唱着，发现在他们的小组唱里突然冒出一个仿佛受了伤的声音。他们交换着惊奇的眼神，那个奇怪的声音，来自眼前这个大人。

孩子变得放肆起来。腿上像安了弹簧，蚂蚱一样一蹦三尺高，细手臂在每一个"爱"字出口的时候跟着狠狠地向前伸出去。书包里的铅笔盒哗啦啦响，碎了一样。他们专往水坑里踩,激烈地、夸张地要把歌词里半懂不懂的那些意思落实在肢体表达里。书包颠掉了,甩在地上,他们停下来回头去捡。

董事长越过去,走在这支怪异组合的最前面,声嘶力竭,"爱你破烂的衣裳/却敢堵命运的枪/爱你和我那么像/缺口都一样……"。

但董事长马上就放缓了脚步。他不记得后面的歌词了。他转过身,等着小学生从流光粼粼的黑暗里赶上来,等着这几个小战友为他续上热血然后一并向前冲。

他这一辈子有很多次战斗。年轻时他在一次实打实的械斗中冲在最前面,失去了左眼。一只假眼从此填充进空荡荡的左眼眶。

"人双眼的水平视角最大可达188度,单眼的水平视角最大可达156度。两眼重合视域为124度,单眼舒适视域为60度。"即便不引用上述医学数据,仅凭实测,也会知道单眼的视野相对缩小。人们在他面前讲话时,尽量不用诸如"一目了然""不偏不倚"这样的词语。

这个只有一只眼睛的男人,站在毛纺厂大门前被青杨遮挡了灯光的暗处。"××毛纺集团"几个大字在夜空中闪闪发亮,把远近周围的亮光都比了下去。

伴随着稚嫩的喊叫,小学生走进男人视野受限的左边方向,书包上的反光条发出的光忽高忽低,像子弹射透黑夜划出流星般的弹道。经过的车辆收敛速度从马路中间穿过。对面还有几家小店亮着灯光。仔细听,在轮胎碾压路面的声音中,能分辨出织毛衣机"咝咝咝"来回摩擦的声响。

＊＊＊

小城旁边有个水库，水库里出一种鲢鱼，瘦长结实。洗净加佐料，和纯净水一并放进瓦罐，炖开几滚后用文火慢慢熬煮，直至汤浓乳白。水库的鱼运动量大，体内沉积的脂肪少，因而肉质柔嫩有弹性，味道清爽鲜美。

马依拉几乎天天吃鱼。新鲜的鱼。因为都是晚上直播，她第二天睡到接近中午才起来。去菜市逛一圈，拎一条鱼几样青菜还有一小包草药，穿过青苔爬满墙面的小巷回到家。等到过了下午下班高峰，她再一次出门，不紧不慢地晃到公交车站，乘车去小城的西北偏北。她不在家里做直播。她需要毛纺厂周遭的氛围。播着播着，她会把镜头转向织毛衣机，捕捉针头跳跃的细节和声音，要是客人进店挑选款式讨价还价，则会妥善地避开客人面孔。

有一天菜市门口水果摊旁站着一个男人，目光有意无意往她这边飘。过了两天，一个朋友凑上来说，团校有个退休男老师人不错，儿子结婚了搬出去住，他一个人顶一套三房两厅。美国疫情那么严重，你就别再往火坑里跳了。

除了说这种事的，也有人跟她一起挑菜时，无意似的溜出一句。听说韩斯机正在搞离婚。她往那人脸上看过去，可那人偏偏不看她，只顾盯着手底下的黄瓜西红柿长豆角，后面的话听着像广告词：中国人啊，吃西餐，一顿两顿还凑合……

世间事就是这么可笑。无论你在另一个时空如何千帆过尽甚至火星撞地球，只要回到曾经的世界，有些人和事还是绕不过去。

马依拉年轻那会儿在师范学校工作，同校的韩斯机和她青梅竹马。韩斯机有个妹妹，叫韩斯娇。这个韩斯娇眉毛浓密，中间几乎都接在一起了。韩斯机有个哥们在追韩斯娇。他们四个就经常一起玩。

那次去几百公里外的省城。天一亮就上街，看古城墙，爬山，去刚刚开张的水上乐园玩激流勇进过山车海盗船。在足球酒吧里，他们吃着烤串，观看了亚特兰大奥运会女子5000米决赛直播。瘦瘦的王军霞可真能跑，倒数第二圈就取得了绝对领先的位置，最终夺得冠军。整个酒吧沸腾了，真带劲，认识的不认识的人，都把啤酒杯高高举起，仿佛他们跟着王军霞的脚步奔跑在美国的赛道，一起征服了这个世界。晚上回到旅馆，激动不已的四个人还是乖乖地分住两间，男生一间，女生一间。那个年代外出住宿，男女想住在一起可没那么容易，必须出示结婚证。

返程时他们找到列车长，多掏了几百元钱，软磨硬泡要到一个软卧包厢，两两相对四张铺。后来的传言非常不堪，说他们关上门乱搞男女关系。事实虽然并非如此，但他们的确无法为自己找到高尚的正义的说辞。他们进了包厢一下子感到累了，几天的疲惫山一样压在身上，巴不得赶快躺平。哥们把背包顺手扔到马依拉上铺，说，我上啦。马依拉说，快上快上，我等着呢。意思就是"你上去了,我才好躺下来"。马依拉这样说完,连着打两个哈欠,眼泪哗哗的。马依拉打完,哥们跟着打。打完了,又打了一个,边打边从喉咙深处发出"啊哈哈"的声音。因为大家都很熟了,所以一起笑。马依拉说,都累成这样了。哥们说,你呗。意思是哈欠传染,你要是不打我也不会打。

一种无法言说的怪异气氛凭空而起。看似无足轻重,却使某种猜疑落在他们中间。列车开始启动。韩斯娇弯腰下去,把固定在桌架底部钢圈里的暖瓶取出来准备去打开水。列车突然猛烈地晃动一下。韩斯娇一个趔趄跌进哥们怀里。这哥们把握住这破天荒的亲近,迅速从身后搂住她。韩斯娇转过身,向他裤裆踹去一脚。用力之狠,不像开玩笑。幸好这哥们似有所防范,屁股一撅把自己弹到门口,否则后果不堪设想。

到了半夜,这间包厢突然闹出动静。两侧隔板"咚咚"响。响过一两声,又响了三四声,像是有人在里面推来搡去。安静了一会儿,又响。再响。愈发激烈了,甚至听到酒瓶怒砸车窗的声音。这可太吓人了。

那些年铁路治安不太好,因为北下南上做生意的人多,列车上偷盗的明抢的甚至公然凌辱妇女的事件,时有发生。更早几年有一起中俄列车大劫案,相关信息现在上网还能查到,"6天6夜没有警察,4伙劫匪轮流洗劫旅客"。韩斯机他们结结实实地撞上声势浩大的第二次"严打",被定性为流氓,成为犯罪分子。谁也不会想到,第二年修订刑法,"流氓罪"被彻底废除。

此后马依拉离去，那哥们也不知去向。留下来的这两兄妹，忍辱负重，齐心协力，从一间小餐馆起步，奋斗到拥有两层楼面装修阔气的韩家饭店。韩斯机的女儿去年考上珠三角的名牌大学。韩斯娇虽说谈过几场恋爱，但还是单身。以前她还经常把眉毛刮一刮，好让它们分开，不连在一起。后来便不刮了，放任它们长成一条直线。

迎接马依拉的盛筵就设在韩家饭店最大最好的包厢。众人觥筹交错唏嘘慨叹。马依拉从身体很深的地方调动力气，耸起的胸脯和腹部在脖子底下连成绵软的小山，白丝巾上的玫瑰花随之饱满舒展。她长长呼出一口气，随即不加掩饰地打出一个响亮的嗝，似乎那些糟糕的往事就随着这个嗝滚蛋了。

另有人提议，不悔过往、不忧当下、不惧未来。众口一词说这个好，不约而同把杯子端起来，目光集中在马依拉身上。一团绒光挂在她的鼻尖上，是金色的，如蜜蜂振动翅膀一般，微微颤动。

马依拉没有为这杯酒找理由，没有为这杯酒抒情。她看了看大家，然后把杯口送到嘴边，一仰脖干了。有酒的时候，哪里还需要那么多话。马依拉说。

一开始还说不再大吃大喝的马依位喝了一杯又一杯。大家把喝高了的马依拉送到她家楼下，还说要把她送上去。她拦在楼梯口，说谁也别上去。当然了，以她那个体形，的确具备"一夫当关，万夫莫开"的可能。他们看了一圈，看见韩斯机隐在灯光暗处，正在用鞋底来回摩擦一颗小石子。他们胡闹似的把韩斯机从后面推出来，说就你，你送马依拉上去，保证她安全进家门。

我不会让你们进我家门的。马依拉站在比他们高出两级的台阶上，用力把眉头扯起来，眼睛绷得圆圆的，一个字一个字往外蹦着说。她看了韩斯机一眼。她也看别人了。她看韩斯机的这一眼，并没有与她看别人的那几眼有所不同。

在一片肃然之中，她转过身，慢吞吞的，左边撞一下扶手，右边撞一下墙，左边又撞一下，右边又撞一下，从狭窄的贴满小广告的扯着各种粗细电线的楼梯一路撞上去。这是父母留给她的老房子。大家仰着脖子，目送马依拉经过一层又一层砖头砌出的楼道气窗，感应灯不太灵敏，需要跺几脚或者喊一嗓子。马依拉就那么不断折腾出动静一直爬到七楼。

有早就知道韩斯机要离婚的朋友，拍拍他的肩膀，点点头笑嘻嘻地说，真是巧了。

有才知道韩斯机要离婚的人，背后说的话也会传到他耳朵里，他们摇摇头笑嘻嘻地说，有这么巧吗。

* * *

下午，淅淅沥沥下起雨来。天色有一点点灰，倒也不算暗。左上角的天空透出亮光，轻烟一样的乌云走得很快，眼睛稍一定格就顺着眼角溜走了。还不到营业时间，包厢里的灯关着。韩斯机歪坐在沙发上，悬起半边身子，右边的臀大肌酸胀，感觉全身重量都压在那里。韩斯娇带马依拉去水库转转，她让韩斯机在店里等她们一起吃晚餐。她说她们回来的时候，会带最新鲜的鱼。

韩斯机用拳头捶打屁股尖尖上那个不舒适的部位。不断捶打的动作让他觉得很累很疲乏，想闭着眼稍微歇会儿，也就是这个时候门外走道上猛地响了一声，这响动把他吓了一跳。他从沙发上站起来拉开门走出去，走道上围了好些人。他把挡在他前面的人推了推请他们让开一下，这么一来，他就站在了前边。站在前面的韩斯机吓了一跳，他看到地上有人。怎么回事，怎么回事。韩斯机慢慢转到两个人头部的位置。这两张贴在一起的脸抬起来看他。怎么回事，怎么回事。竟然是韩斯娇和马依拉。

韩斯机醒了。他又做这个梦了。这个梦不是第一次做了，应该也不会是最后一次吧。

他们三个从小是玩伴，马依拉和韩斯娇的生日只相差两个月。她俩只要凑在一起，就有笑不完的笑。她们经常到对方家里住一晚，缩在被窝里笑成一团，好得就像一个人。睡在隔壁的韩斯机说不清自己睡着还是没睡着，觉得自己的身体不是贴在床铺上，而是在半空中，四周充满了一种轻飘飘的气息。韩斯机和马依拉这辈子最近的距离，是高中时在公交车上护着她，真的是站得太近太近。

韩斯机的老婆是从外地过来打工的，在他家店里帮忙。她主动追求他。实话实说，他没看上她。可他这样的人，小城女孩子有谁会理睬他？陪送母亲去省城做心脏搭桥手术的那几天里，女人找到了机会。

奔波于省城的日子里，他数次在恍惚中看到满脸青春的自己，和许许多多陌生人聚在足球酒吧，将又大又沉的啤酒杯高高举起，仿佛征服了这个世界。沧海桑田，物换星移，多少以前在一起的人，一恍惚就不见了。一种说不出来的痛苦乃至愤懑，令他浑身憋着一股气，令他血管里的血在烧。

女人只知道这是空前的盛况，尚未料到也是绝后的盛况。靠在床头，女人脸上挂着心满意足的表情，随后说出一句话，差点儿让他从床上弹起来。他听见女人在他耳边说，这才像个流氓样。

在女人眼里，对于他们这样的小本营生，"流氓"这个身份倒好像是护身符。她希望韩斯机吃胖一些，后脖颈和肚子上多几道肉，去做近视眼手术把眼镜摘掉，最好再理个青皮寸头，总之不要文绉绉的像个教书匠。这股拼劲狠劲，后来倒和韩斯娇比较对脾气。

在女人展望未来的唠叨中，韩斯机脑袋"嗡"地一下晕眩起来，一双被怒火烧亮的菱形眼浮游在充满淡淡腥臭味的昏暗当中。上一次，这双眼睛是映在那间幽闭的软卧包厢的车窗玻璃上的。半夜，那哥们趴在上铺轻声说的那几句话，如同刀子一样直直扎下来。尽管是在黑暗中，他还是从车窗玻璃里看到自己那双被怒火烧亮的菱形眼。

哥们说，我们俩是冤大头，是天下最傻的傻×。话音未落，韩斯机伸出的拳头准确地砸在他脸上。

软绵绵的雨，忽然猛烈了，外边是"啪啪"落地的大雨点子。雷跟着滚起来，是滚雷。轰隆隆的，从东头滚到西头，又从西头滚回东头，天空瞬间发出耀眼的闪光。韩斯机从沙发上起身，先把正在充电的手机的电源线拔掉，然后走到窗边，把白花花的雨关在窗外。打雷闪电的时候，不宜充电，更不宜接打电话，如果是在户外，绝对不能在树下躲雨。韩斯机心想怎么着也要提醒女儿一下，但忽然想到同一个世界却未必同一朵云。

韩斯机和女人在招待所做完那事，手机在床头铃声大作，是医院打过来的。他赶到病房，心电图上母亲几成直线的心跳挣扎着跳出一波曲线。她的眼神在韩斯机脸上定了一会儿，然后就挪开了，随后怎么都不肯再落在他脸上。母亲就那么倔强地看着另外一边，渐渐散瞳，没了气息。韩斯娇从小城连夜赶来，韩斯机见到她，狠狠扇了自己一耳光。

从省城回来，韩斯机坚决辞退女人。他强硬的态度令人不安。三个月后，女人带着妊娠证明找上门来。韩斯机一下子就愣住了，像是被什么吓着，然后像被什么猛击了一下，"扑通"跪到地上。这一次，韩斯娇抡起胳膊，照着他的脸狠狠抡过去。旁边谁说了一句：阿弥陀佛，这是老人投胎转世。韩斯娇僵在那里。她盯着韩斯机的脑壳顶，眼泪从眼里流出来。

韩斯机常常感到自己像一根羽毛在天上飞。他成了自己生活的旁观者。他时常从半空看自己，卑微怯懦，空虚无为。叹息,摇头,冥想,偶尔酩酊大醉。但是,他却并不能真正进到自己里面去。那个羽毛般的他也并不能挣脱重力随心所欲,只能随着风或者气流,漫无目的,飞来飞去,永远停不下来。他不知道哪里出了问题,人生连连出错,令他无言以对。他只愿意在后厨待着,对付铁锅灶头比对着人群有安全感。

女儿上大学后,老婆提出离婚。她提出的离婚条件,他全都答应下来。老婆反倒怔住了,脸上戳着一根山根隆起的假鼻子,看着他的表情一脸狐疑。

就在这天早上,女人从菜市回来,把鱼扔进水槽。鱼不停跳。她打开水龙头,给水槽灌满水。鱼还在挣扎,鱼尾"啪啪"乱拍,溅她一身水,更多的水泼在地上。女人怒了,从水里捞出鱼摔在案板上,抄起菜刀,刀背在鱼头上重重剁了三下。鱼用尽力气打了个挺,两鳃猛地一张,放出最后一口气。

韩斯机听见她高声骂道,是你自己找死,活该。

这股气果然是冲着他来的。她不知道听说了什么,或者说,她果然听说了什么。韩斯机用一惯的默不作声回应女人的脾气。女人看着眼前这个窝囊废,鼻子松软膨胀,褐色扁平疣在脸颊两侧冒出来,头发稀疏,眉毛竟然也掉得差不多了。

她冷笑一声,人家是从美国回来的……她顿了一下,把什么话咽下去了。若再多说,显得她还留恋他似的。她有些可怜他,但他那糟糕的样子令她更加厌恶。

韩斯机把脸慢慢慢慢地朝窗外转过去。闪电不断把他的脸照亮,他的脸灿烂了一下,又灿烂了一下。不停的捶打令他不舒服的地方舒服了一些。当年那哥们有一脚就是踢在这个地方，成了暗疾，早不发作晚不发作，在马依拉回来的时候终于发作。

马依拉像一个充满气的气球，出现在他面前，有那么一刻，他脑子里一片空白。马依拉说国外的朗姆酒又辣又甜，像加了干辣椒的咳嗽糖浆，哪里比得上咱们中国的酒，他心里一种悲凉的情感升起来。当马依拉熟悉而又陌生的脸，被铺满红色玫瑰花的白丝巾簇拥，长时间停留在舞台大投屏时，他的心里猛地疼一下，眼里升起一团雾气。他想，原来老天爷让我在这个时候离婚是有原因的。

包厢门在他面前被推开，韩斯娇和马依拉走进来。他看到她们手拉着手，就像她们从小到大那样。灯亮了。水晶吊灯的璀璨光线让房间充满光明。

他听见自己的心跳像擂战鼓，每根血管张开，喉咙那里卡着一堆想说的话，这些话在他肚子里酝酿好些天了。它们争先恐后地往外挤，令他仿佛看到春天种子破土而出的画面。世界变得空旷和安静，他听见自己的声音在空气中振荡，令灯光产生微妙的震颤。

他对她俩说，能不能他们三个一起过。一起过的意思，就是三个人合住，住进韩斯娇那套空荡荡的楼中楼。他只要楼下厨房旁边那间卧室就好。他们从小一起长大，兜兜转转，希望还能做回朋友。

羽毛一样的另一个他伏在他耳畔，悄悄提醒道，你要让她们感觉，你是个可怜虫，是被老婆踢出家门的。你请求她们收留，你无处可去。

他有些恼怒，伸出手扒拉耳朵。他很不喜欢这样的提醒，好像他自己没长脑子似的，虽然那个声音和他的想法一致。

攒在心里的好多好多话，最终说出来的，只有那几句。他的后背却已经被汗水浸湿。他顿时觉得解脱，有一种做梦的感觉。他什么都不争，净身出户。他就是要将自己搞得一无所有，才觉得心里不亏得慌，才能把欠她俩的补上。这是他目前拼尽全力唯一能为她们做到的事。

至于她俩怎么住，他不需要知道。她们需要平静的生活。韩斯娇问过他，是不是因为恼火马依拉和哥们调情而动手。他默不作声。这个世界终将无人知晓他们的秘密。

那个羽毛般的微音又出现了，鼻息嘘嘘。每个人都在努力追求生而为人的希望。马依拉这个时候坚决回来，想必是要了结未遂的心愿。她父母去世她都没回来。唉，你也不要太着急。尽人事，顺天意，便是最好。

这一次他没有不耐烦，血液在血管里快速涌动，甚至让他真正轻了身体。

大家的脸上都出现轻松的笑容。韩斯娇和马依拉的表情比灯光还要明亮。她们是天底下最明亮的东西。他不必再因为目睹韩斯娇去谈一场场无疾而终的恋爱而感到焦虑。

不知道哪里传来一阵杂乱而响亮的声音，好像一群被困的鸟终于从笼子里放出来。房间里却忽然暗下来。他去开灯，手指一次次按下开关,却总是戳到开关背面。他四处看,不可思议地看到自己竟然躺在沙发上。怎么回事,怎么回事。又是白日做梦?

门窗密闭的包厢中,浮着油脂氧化过后的味道,混浊、郁腻。韩斯机从梦魇中挣脱出来,头重脚轻,踉跄着走到窗前推开窗户。暴雨后的凉爽空气兜头而来,他张大嘴巴,用力撑开胸廓,向肺的最深处吸气。

三个小学生摇头晃脑从饭店门口经过。书包带吊在胳膊肘,颠荡的书包一下下拍打他们瘦小的屁股。他们把身子扭来扭去,煞有介事地唱着歌。他们的声音清清凉凉,透着女儿特别爱喝的柠檬水的气味,在夜色里冒出一连串亮晶晶的小气泡。

保安跟着凑热闹,孩子们大笑起来。保安得意,抬头望天。

雨后的天空比往时更加幽蓝,雨后的世界也比往时更加干净。月亮出来了。浩浩的月光,安静、神秘。

借着月光一瞥,保安认出二楼窗口暗影里的韩斯机。他那苍白的脸一动不动地望着天空,让人感到月光下某个遥远的地方,正发生着一些奇迹。

隔着两个街区,韩斯娇驾车抢过红灯,向小城的西北偏北快速驶去。

***

水库在小城南面。辟开的山道两侧，黑色页岩裸露在山体之外。页岩的出现，表明这里曾经是海洋，或者湖泊。它们一层层挤压重叠，好像大片大片的擦伤，在风蚀雨侵中永远无法愈合，干脆成了天荒地老的标志。

马依拉穿一件宽大的黑白条纹长裙，戴一顶灰色宽檐遮阳帽，缀满玫瑰花的白丝巾是标配。韩斯娇穿着简简单单的灰T恤和米色阔腿裤，脚上是马丁靴，一头蓬松的挂耳短发。马依拉说，你好飒。韩斯娇说，你好美。我这么美是为了衬托你的飒。马依拉说。我这么飒是为了更好地衬托你的美。韩斯娇说。

她们续上了那种默契的感觉。

水库没有什么游客，两三尾颜色艳丽的塑料壳子游船停在岸边。船夫让她俩穿上救生衣，驾船往湖的深处去。

马依拉让太阳晒着背，她东张西望，疑惑道，这是我们小时候来的那个地方吗？

韩斯娇说，现在搞旅游开发，都变样了。

高崖上的林木间有几处房子，涂成白色，在阳光下非常醒目。

你还记得吗？那个画家。那儿是给他造的工作室。他后面去了法国，听说老外特别喜欢他的画。两年前他还回来办过画展。韩斯娇说。

马依拉说，你去看了吗？

以前我是陪你去，我自己就别装模作样了。韩斯娇这样说的时候，不由想起马依拉当初看完画展再看画家的神情，在他面前走过来又走过去，有一种跃跃欲试的羞怯。

马依拉轻笑了一下，之后又去看那些白房子。她说，那些房子像不像神仙落下的棋子，他们飞来飞去，在山顶上脚尖那么一点，轻轻一弹，就飞到另一处山头，甚至飞到另一个世界。

望着那些山头，韩斯娇自嘲道，什么东西在你眼里，总是和别人看到的不一样。

她们又无声地看了一会儿风景。

二十多年前，她们在这个水库见了最后一面。她们踩着自行车，低着脑袋僵硬地经过小城马路。有人侧身，有人吹口哨。韩斯娇紧张到踩空脚踏，车身一震，手绢从裤兜掉落出来。她犹豫了一下，接着向前骑。马依拉一个急刹车，把自行车停在原地，人往回走去捡手绢，像是捡回掉在地上的脸。马依拉丝毫未显露即将远去的迹象，脸色平静，如同瘦瘦的水面。听到韩斯娇抱怨"什么时候可以走得远远的"，她扯断一蓬芦苇，问道，你想去哪？韩斯娇赌气似的说，你去哪，我就去哪，中国那么大，哪里不能去。她们早就讨论过，如果一辈子只生活在小城，多没劲。她们还说，如果能遇到什么人，为爱走天涯，让自己和小城无数个女孩子不一样，那更是不得了，仅仅想一想都会兴奋到喘不上气。干燥的风吹得嘴唇脱破，马依拉啃噬碎皮，吮吸从裂缝中渗出的血。这是韩斯娇对马依拉最后的记忆。

岸上小路蜿蜒，一辆摩托车和小船一同向前进，时隐时现，很像文艺片的长镜头。流云在风中出没，山后面的山，水后面的水，屋舍后面的屋舍，山林后面的山林，甚至，人和小船，承载在湖面上的一切事物，被蝉翼般细腻和透明的阳光包围着，如同封存在一块巨大的琥珀里。

韩斯娇目光有点散，像是用力地想着什么。她的语速慢下来，说，我去过最远的地方，是三亚。从这里出发，一路向东，走完长长的河西走廊，翻过乌鞘岭再过黄河，这才到兰州。

韩斯娇接着说，这段路有两千四百多公里。从兰州去三亚，又是两千六百公里。两段加在一起五千公里。开车过去，整整一周。

有机会我要把你说的这些地方都走一遍。马依拉说。

这有什么难的，说走就走。想去我随时奉陪。韩斯娇恢复语速，脑袋转向船外，用手在天上比画了一下说，你去过美国。你像个神仙，脚尖一点，一蹦子蹦到美国去了。美国离我们多远？一万七千公里！

再远，也还在地球上。马依拉说。

那不一样。韩斯娇说。

根本不一样。韩斯娇忽然觉得自己这么说有些不够坚决，又大声说了一句。

马依拉耸了耸肩，无奈道，你去三亚，一路上风景不断。戈壁滩、绿洲、秋水长天、落霞孤鹜、天涯海角。Nice。我在美国，睡一觉醒来，美国。睡一觉醒来，还是美国。

韩斯娇显然不认为是这么回事。她换了人称，语气明显带着怨，把马拉依的话重复了一遍。

我去三亚，一路上风景不断。戈壁滩、绿洲、秋水长天、落霞孤鹜、天涯海角。狗屁Nice。只剩归途，再无去处。

脚板下甲板抖得厉害，刚才还没有这种感觉。韩斯娇把头扭到一边，某种苍茫的情感横在她的心里，平坦的胸口略显夸张地好一阵起伏。

韩斯娇不想表现得太在乎，却忍不住说，我经常梦到你。梦里的你不是小时候的模样，也不是你二十多岁离开时的模样，具体年龄说不上来，长得和你本人也并不太像。

韩斯娇梦里的马依拉，有时候似乎是在外面受了委屈来找她诉苦，有时候是跟她闹了别扭互不理睬，还有的时候，分不清这个人究竟是她还是自己。她们曾经那么亲密，如影随形，渴望知道并分享对方心里的每一个秘密。温暖、怅然、担忧、猜疑、烦躁，这些精微深刻的情感，一一重现在韩斯娇的梦境，令苦涩的暗夜如昙花盛开。她俩之间，看上去相对弱小的马依拉总是更有主意更有胆量的那个，马依拉也没有像她在乎马依拉那样在乎她。韩斯娇不介意这些。对马依拉，韩斯娇是一种纯真幼稚的近似于爱情的友情，也有着同爱情一样的奉献和排他性。她和那哥们谈恋爱时，还替马依拉操着心，"你要是不结婚，那我也不结"，或者，"要是你觉得他不好，那我就跟他分手"。

分别的这些年里,马依拉杳无音信。马依拉的父母不再对韩斯娇敞开家门,干燥的目光躲闪在度数很深的黑框树脂眼镜后,像两块沉默的石头。难说她的离开,不是为了逃离这样的父母。如果她在意韩斯娇,分分秒秒可以恢复联系。韩斯娇什么也没有等到,可她还是这么为她忧虑,还是这么放不下她。

韩斯娇哪里也没去,一直留在小城,脱胎换骨,成为创业榜样,成为洗练利落的女老板。到了夏天,她驾车风驰电掣驶向远方,跑上一个多月才回来。自由洒脱,无所拖累,活成了许多小城女人向往的模样。

阳光猛烈,湖面和湖边的一切渐渐泛白,像模糊的旧事,只剩余透明的轮廓。水面上波光粼粼,光线闪着人的眼睛,有些刺目。清风降解周遭种种音响。她们沉默着,一时都不知道该说什么。这二十多年可真不算短。无从说起。

韩斯娇瞅一眼船头背对她们的船夫,说,我哥要离婚了。

马依拉把头扭过来。

韩斯娇说,是我嫂子要跟他离。他们迟早都是要离的。

哈。马依拉发出莫名的回应。

韩斯娇像电影里要甩掉包袱的人那样,把手指全部插入头发往后捋。你有什么想法?

她的这几句话接得太近,让听者出现理解上的偏差。果然,马依拉脸上布满疑惑。马依拉追过一档国内综艺节目,经常饰演"霸道总裁"的大明星,时常自以为是地强调——我不要你觉得,我要我觉得。长着一道连眉的韩斯娇也是这副腔调，无理且霸道。她必须说点什么。

韩斯娇，马依拉直呼其名，这个世界这么大……马依拉用手在眼前比画了一下，却又没想好接下来说什么。

韩斯娇再一次引用马依拉的句式。韩斯娇说，这个世界这么大，可是与我们有关的，却只有一点点，一点点。她身上显现出来的固执，就像山上的石头或者一棵树，一辈子都没动过。

灰云从天边卷过来。船掉头往回走。水面上的风渐渐大了，岸边的树和草朝着一个方向运动，像把一些不能与人言说的心事排遣出去。

等她们赶到岸边时，雨大滴大滴落下来。到停车场不过百米的距离，转眼就白哗哗地下成了一片。马依拉跑不动，韩斯娇把她从雨里往车上拖。她的手指触到一处异样，是马依拉左手食指指尖被毛衣针长期戳出的硬茧。钓鱼的人早已四散而去。雨势越来越猛，河水般从车顶上漫下来。停车场里只有她们这一辆车，孤独承受暴雨的鞭打。远远近近白蒙蒙的，像冒起白烟。

她俩从头湿到脚。韩斯娇从车后座拽过靠垫，扯开拉链，掏出一条小薄毯，塞给马依拉，让她先擦。马依拉扯下淌水的帽子和丝巾，回来的这些日子里，她第一次在旁人面前露出脖子。

她的脖子叠了好几层肉。尽管这样，韩斯娇还是发现了异样。好几处鸡蛋大小的肿胀，泡囊囊的。耳根后侧也有一处红肿小包，看上去很硬，像是刚冒出来。

韩斯娇不由自主地抖了一下。她比画了一下，问，你这里怎么回事？

马依拉一愣，双手往脖子上摸去，随即僵在座位上。

韩斯娇警觉地问，你怎么了？

马依拉摇摇头，过了一会儿，才说，回来水土不服，淋巴结发炎。

韩斯娇盯着她的眼睛，一眨不眨看着她。马依拉也一样。韩斯娇痛恨这副表情。马依拉眼睛里的淡然与镇定，竟然还是很多年前离别在即的那个德性。

韩斯娇浑身发抖，她觉得自己难过极了。她紧紧抿住了嘴。

马依拉，为什么你总是不对我说实话。韩斯娇几乎是大叫了一声，声音都变了。有什么在她脸上闪闪发光。

可是她几乎立刻打定主意，不计较了。她庆幸，这辈子她们还能相见。她一直在等待仿若电影里的那种情节发生——在某个陌生城市的街道转角与马依拉迎面相遇，或者，茫茫人海中她的背影惊鸿一瞥。这种念头令她着迷。

＊＊＊

因为暴雨，小城道路上险象环生，有些路段发生内涝无法通行。马依拉比平时晚了十分钟才开始直播。她端起保温杯，水有些烫嘴，她喝一口就往外哈一下。中药汁真苦。她往嘴里递了一颗准备好的奶糖。

准备好棒针和毛线，今天织的是兔子。

先织出一块巴掌大的长方形毛片。在毛片上半部分缝出一个正三角，留出线头。将一坨毛绒塞入三角区，拉紧留出的两个线头，便出现一个含有两只兔耳朵的兔头。然后缝合毛片下半部分，同样要填入适量的毛绒，就有了小兔子圆滚滚的身子。接下来，换上白色毛线，在兔头上缝出三个"×"，代表小兔子的嘴巴和眼睛。最后缠出一坨线团，修剪成蓬蓬球，作为兔子的小尾巴。

一只萌萌的小灰兔，就卧在掌心里了。

整个晚上，马依拉一直在织兔子。她接了一个订单，织兔子。到店里来的女人掏出一件灰色的旧毛衣，一看就是经历了新三年、旧三年、缝缝补补又三年，甚至又连着好几个三年。要是用这件旧毛衣当原材料，就得先拆线，把旧毛线清洗干净，拉直翻新，让毛线恢复蓬松的状态。这种活计马依拉并不擅长，她不想接。

送毛衣来的女人拨通微信。视频里出现一位老太太，慈眉善目，坐着轮椅，这才是真正的委托人。马依拉张了张嘴，但是看到老太太的眼神，她就默默地把话咽了下去。

按照老太太的指点，马依拉拆毛衣时，把弯弯曲曲的毛线一圈一圈绕在椅背上，二三十圈作一支。一件毛衣拆作十来支毛线。先用低温水清洗毛线，接着将一支支毛线一圈一圈盘在蒸锅的蒸盘上，尽量放大圈，不要皴成一团。等到水咕嘟咕嘟滚沸,大火蒸上半小时后,关火开盖,趁着热用筷子拎出来,不拧,直接挂在晾衣架上,下面束住重物,使整支毛线下坠拉直。等一天左右的时间,干透的毛线就像新毛线一样了。

算一算年龄,老太太和毛纺厂门市部的售货员阿姨对不上,应该不是同一个人。老太太皱褶深处的双眼,让她看得亲切,也心生羞愧。世间怎样的秘密,命运长河里怎样的颠沛流离、绝处逢生,都化成最幽深的影子,藏在那双边缘泛着白翳的眸子里。

今晚没有人连麦,直播间里很安静。旁边有几家小店亮着灯光,织毛衣机发出"呲呲呲"的摩擦声,大家都在忙碌。马依拉很喜欢这种感觉,日子是有动静的,有人做伴的。微风中,青杨抖落雨水,树叶唰唰作响,路面上的影子也跟着摇晃。有小男孩唱着歌从对面马路经过,听起来有一种虚张声势的疯劲儿。

那种不舒服的感觉又来了,近段时间发作得越来越频繁。两年前,她接连从三个不同肤色的医生那里被明确告知同一个结果,在她子宫颈部发生的癌变已经到了晚期,手术没有意义,只能放化疗甚至姑息性化疗,情况不容乐观。中国城里和她同为黄皮肤的针灸医生,用略带福建口音的普通话建议她吃中药。

她曾经在网上看到一个女华侨发表的日记,里面提到:母亲在送她踏上去国之路时,悄悄在她的背包里放了一盒安全套。马依拉当时被这个细节惊到,她未曾向任何人吐露过这个秘密。原来，这样的事情并不是孤立存在的。她的眼圈和鼻子都红了，但是没有让眼泪流下来。

等待确诊的那段日子，她的手指在手机屏幕上一次次滑过。指尖打战，好像做着什么坏事。她将全景卫星地图不断放大，放大。她找到小城，不断放大，放大。她找到自己家所在的那条小街，不断放大，放大。她将记忆中的小城的每一个角落，不断放大，放大。

竟然发现一个小女孩，五六岁模样，歪头站在商店橱窗前。应该是结束了幼儿园演出，毛茸茸的小脑袋上顶着夸张的红色蝴蝶结。"时光机"里的图片质量真好，能看到映在玻璃窗上那个点了红唇、搽了胭脂的小小影子。小女孩小心翼翼，却又无比贪心地，欣赏着美美的自己，眼睛眯成弯弯月牙，甚至悄悄嘬起小嘴，给自己献吻。

仿佛真有一架"时光机"穿越隧道，令渺茫而又刻意屏蔽的回忆，带着钝状风鸣迎面而来。万里之外，她心里涌起万千怜惜，好想紧紧搂过小女孩，让她永远停留在那一刻。就是从这一天开始，女孩慢慢长大了。徐徐展开的命运，等待她的到底都有些什么，谁也无法预测，谁也无法阻挡。多少秘密的隐痛，等候在命运的门扉后，隐藏在不可阻挡的向前的日子里。

她的心怦怦乱跳，她用另一只手按着那地方，好像马上就透不过气来了。她管不住自己了，手抖个不停，都拿不住手机了。手背上有什么东西热乎乎的，是她的眼泪大颗大颗地落下。她着魔似的，每天迫切地刷手机，反反复复打开地图，不断把小城放大放大放大。她的世界忽然像是什么都不复存在。那个小小的身影，占据她全部身心，像是跟她有着血脉相连的关系。

回国航班几乎全部停摆。她咬牙买了一套高价票，先由底特律飞阿姆斯特丹，再从阿姆斯特丹转机飞广州，然后从广州转机飞省城。路上分分秒秒都是煎熬。最后一段是坐高铁回小城，她一挨座位就睡着了，就那么歪着睡着了，嘴角淌着哈喇子。沿途的风景变成了梦里的影子。不是睡着了吗？可她又听得见自己的心跳。

做一只兔子，大概需要三十分钟。这些毛线，应该能织出五六十只小兔子。老太太说不急，慢慢织。马依拉嗯嗯答应着。她算了算，给自己定下工期。她怕来不及。

织这么多小兔子，老太太拿来做什么用呢？也是参加"最温暖"评选吗？要是人间真有神仙，该是老太太那样的人吧。想到神仙一样的老太太可能就守在手机的另一端，看着一只只小兔子在她手里"出生"，马依拉忍不住抬起头来，看着屏幕，眼角漾出细细长长的笑纹。

抽屉里有一截长皮绳。从小兔子双耳之间穿过去，打出花结，做成挂饰，从头上套下去。在缀满红玫瑰的围巾上，小兔子乖巧趴着，像在百花园里嬉耍。她为自己的创意感到愉悦。

有人站在马路对面，也就是毛纺集团大门前的树下。他站了很久，不急不躁，不像是等人的模样。马依拉在窗口探了探身子，仔细看了看他。发现认错了，她又坐了下来。

＊＊＊

　　这个暴雨过后的夜晚,月亮越升越高,超级圆超级大。月光像是穿越无数个瞬间,将整个宇宙的夜光聚拢在小城上空,变成了一张永恒而巨大的网。

　　焦虑的董事长迟迟没有返回办公楼里的卧室。他很久没有独处了,更没有时间与自然相处。他索性停在青杨树下小憩片刻。在织毛衣机"咝咝咝"摩擦声的陪伴下,他闭上眼睛,纯粹用耳朵感受这个特别的夜晚。不过,他还是很难放空自己,不由得给自己加了很多内心戏。一大滴雨从树叶上滚落,滴在他的额角。他用双手用力揉搓自己的脸,然后笑了一下,好像是为了证明自己已经想开了,也好像是笑给阴影里那些讨嫌的人看。明天早上,他又将是一个有棱有角有气势的董事长了,不再被这些忽隐忽现的担忧纠缠。母亲身体很好,虽然坐着轮椅,活到一百岁也不是不可能,她的健在就是对他最好的护佑,什么都不能打倒他。只有一只眼睛有什么要紧,与其面面俱到,不如专注精深……

　　韩斯机去饭店厨房下了一碗阳春面,简单吃完往家里走。他走得很轻快,也很坚定,感觉把月亮扛在肩头。韩斯娇和马依拉今天没来,不过没关系,有明天呢,还有后天,总有机会告诉她们他的决定。月色下,他向江滨花园长驱直入。一只黑嘴巴的白猫坐在橘色草坪灯旁,尾巴左右抽打地面,颈项伸长,悠然望向他的来路。他摇摇手里的塑料盒子,里面装着猫粮，发出夸张的声音。不一会儿，白猫的前后左右出现好几只猫。有大有小，有黑有白有黄有灰，它们喵喵叫着向他靠拢。他把盒子打开放在地上，看着猫凑过来进餐，他半蹲着自言自语道，我还是有点用的，有些事我想做还是能做到的。这些猫已经换了好多拨了，他并不能认全它们。但那只白猫一直留守在这里，他和它相识应该超过十年了。十年前的一个晚上他路过这里，看见它在河里沉浮，他毫不犹豫跳下河把它救了上来。虽然不是人命但也是一条命呀……

韩斯娇敷着面膜，手指在手机上点点戳戳，她的情人在中心医院当院长，她正在向他咨询。他什么都好，可惜迟迟离不了婚。韩斯娇等了他三年，可能还会继续等。马拉依的归来给她增添了信心，她享受到了等待的喜悦……

还有一些人走上阳台。这一轮超级月亮吸引了他们。很快，大家开始在微信朋友圈里晒他们拍到的月亮。有一个人在宿舍看不到月亮，很不甘心，索性举着一只白碗伸出窗外，对着夜空背景拍了一张，兴高采烈发上朋友圈。

这个人怎么也想不到，自己会成为票选出来的小城"最温暖"之一。他获得奖状、奖金，还有一个萌萌的灰兔子挂饰，像受颁奥运金牌那样，从头上套下来，垂挂在胸前。站在旁边的人说，这是毛纺集团董事长母亲的捐赠。他本能地说，祝老人家长命百岁。他又笑嘻嘻地说，如果捐赠一件羊绒毛衣不是更好。旁人皱眉道，有点出息。他辩解，跟老祖母还讲什么客套呢？

他是在孤儿院长大的。隔三两年就会领到一件新毛衣。现在他在毛纺集团做门卫。若是值夜班,看到对面小店最后一个关灯闭店,他会习惯性地从值班室里出来,走到路边,目送人家离开。那个胖胖的围花丝巾的女人总是先约车,车到了,她才从店里一晃一晃地出来。他呢,看一眼司机溜一眼车牌。女人在车窗里跟他挥挥手,他点点头,算是回应。不过他们从来没有接触,中间隔着马路。

秋天到了。落叶被夜风一下子吹散了,偶尔,也会随风翩翩起舞。他的目光跟着它,看着它从地上旋起,紧接着又一个旋儿到了半空,旋到半明半暗的马路对面落下。他想起,有一段日子不见那个胖女人了。他用力往道路尽头张望,两只眼睛因为用力凝望而显得异常明亮。

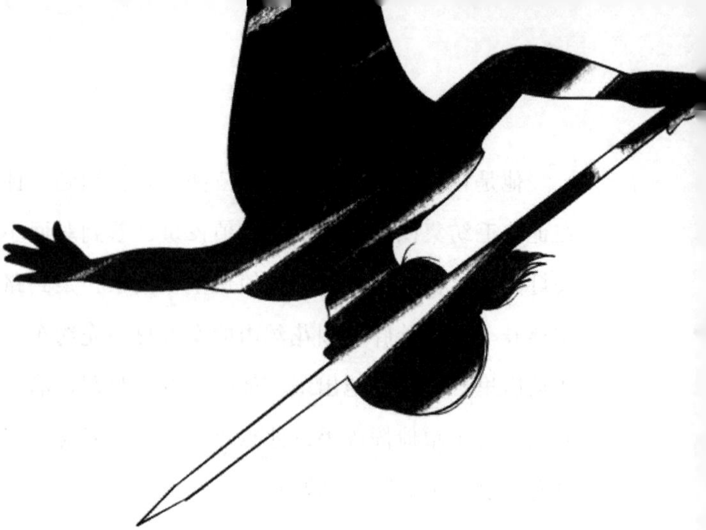

女人边锋

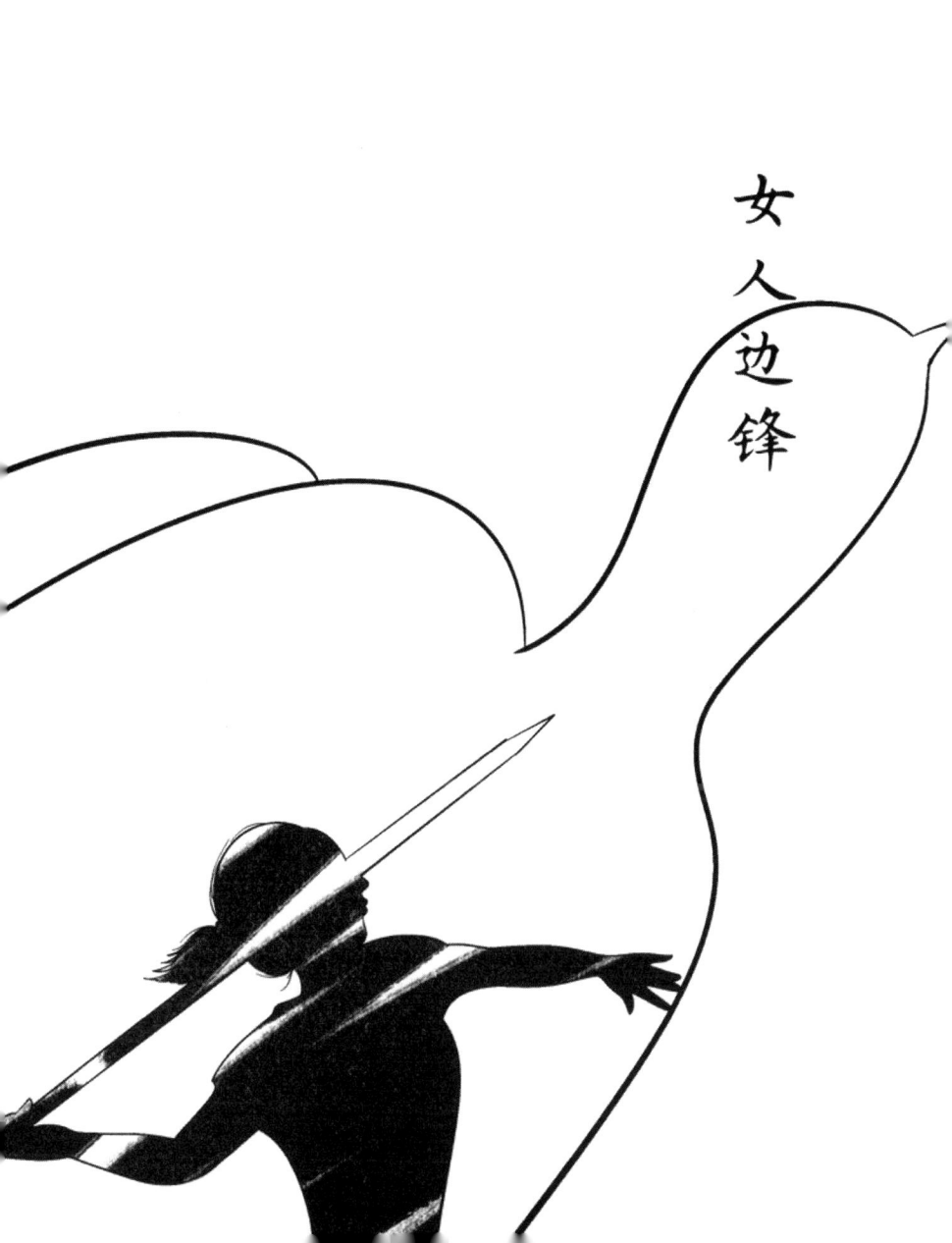

我们学院的人谁也没想到那天下午会见到边锋。我们已经十五年没有她的音信了。

她最大限度保持着曾经是省体工大队专业标枪运动员时的体形。梳着大光明发型，发量一点儿不见减少，在脑后绾成髻，肩宽体阔，个头没缩水。略宽的鼻梁两侧有数道会向眼角的细纹，颧骨上的晒斑连成一片。

新世纪的第一个夏天，边锋前后脚办完两件事——离婚、辞职。四十来岁的女人，如果非要离婚就不要辞职，如果非要辞职就不要离婚，好歹保住一样护住一头。但她不给自己留半点余地，就这么干了，速度之快堪比八年后在北京奥运会百米赛道上劈出一道闪电的博尔特。

有人说她去了广东当白领，有人说她在牡丹江跟外国人做边贸，还有人说她出国了，去给一个有钱老头当情人。大家都在瞎猜。唯一一次，有人在贵州见过她，背着一个硕大的背包

女人边锋 ‖ 45

冲进站台，急匆匆攀上一趟开往山区的绿皮火车。

* * *

很多年前，边锋调来我们院办当打字员，住在老式筒子楼里。对门的王丽老师带着女儿睿睿去探望这位新邻居。

边锋正在收拾东西，将一口沉重的木箱托举在头顶，继而踮起脚尖，用力一搡，推进衣柜与天花板之间的空当。

她的手臂肌肉绝对是最耀眼的存在，在灯光下闪出光亮，好像涂抹了橄榄油。她的动作势大力沉，肩膀肌肉绷紧，一气呵成，不仅体现了专业运动员的身体素质和肌肉力量，更有一种王丽母女俩不太熟悉的美感。这种美感怎么形容呢？唐诗宋词里找不出合适的诗句，直到数年后读到苏联著名诗人马雅可夫斯基说的"世上没有更美丽的衣裳像结实的肌肉与古铜色的皮肤一样"，她们才算找到了最为恰当的比喻。

在和这位邻居交往的过程中，看到她正在苦修电大中文大专课程，王丽老师非常感慨，"这是将命运把握在自己手里"。因为听到过边锋将"子曰"念成"子日"，用念"傻子"的声调念"孔子""老子""庄子""墨子"，我们的王丽老师心怀同情与感动，为她介绍了一位博学多才的中学语文教师，帮助她更好地完成学业。

这位中学语文老师，是王丽老师的表弟，也就是睿睿的表舅。表舅脖颈细长，方脸瘦削见腮，眉宇间隐忍萧索戚然。他安静少言，常写诗作赋。自从青梅竹马的妻子因病去世，常见他对着窗外低叹:"桃花落,闲池阁。山盟虽在,锦书难托。莫莫莫。"间或悲愤起来,也只是把脸晾在凉丝丝的晚风中,自言自语般地说:"已是黄昏独自愁,更著风和雨。"

人们对表舅既同情又敬重,并确信,他的"曾经沧海难为水,除却巫山不是云"是铁板钉钉,就像水往低处走,就像大河向东流。

仅仅是上了三五次课后,表舅就发现,他只要一闭眼睛,眼前就是边锋的眼睛。边锋的眼睛大而圆,黑白分明,总像为什么事情专注,既可以超越他的头顶延伸到很远的地方去,又可以收缩成一个点紧紧盯着对面的他。他太久没有这么近距离地看过一个女人的眼睛。这种忽远忽近、收放自如的调焦,把他迷惑住了。

有一回边锋把字典落在表舅家了。第二天晚上他顾不上吃饭冒着大雨将字典给她送回去。边锋邀请他进去坐坐。他脚上是一双沾满泥泞的湿答答的劳保鞋。他非常难堪,想脱掉它又不妥,一进房间就踩出几个泥印子。

边锋一身黑色装扮,上面是高领蝙蝠袖毛衣,下身是弹性极好的黑色健美裤。灯光闪闪,将她的宽脑门打得比灯泡还亮,成为房间里最耀眼的光源。她涂抹着并不适合小麦肤色的莹粉色口红。这种闪亮亮的浮夸又轻佻的颜色周围,是一圈深褐色的唇线。这样的大胆创新,说不上好看,也说不上不好看,却在视觉上兼具蛊惑人心和不为人左右的效果。

边锋为表舅削苹果。书桌一角的三洋单卡收录机恪尽职守

女人边锋 ‖ 47

地转动。"每次走过这间咖啡屋/忍不住慢下了脚步/你我初次相识在这里/揭开了相约的序幕",八十年代最红的歌星张蔷,嗓音甜糯轻佻,高亢张扬,那个"幕"字带着柔软绵延的滑音,好像一道细细软软的电流。

表舅很渴。在喝完一整杯水后,他征求边锋同意,从收录机旁的书堆里随手抽出一本书。书名很美,《一千零一夜》。他听说过这本书,但从未读过。顺手翻到一张折页,看到一段用红笔画了加重符号的文字:"伴随着那女郎埃及女子式的运动、也门女子式的发情、埃塞俄比亚女子式的喘气、印度女子式的呻吟、上埃及女子式的热情、亚历山大女子式的疲惫……"

表舅咽了口唾沫,再一次感到很渴。他一口气喝完了第二杯水,并不自觉地往前翻了一页,一目十行。前后联系再看此章的标题,这是描写努伦丁和玛丽娅交欢的场景。

"不知道何时再续前缘/让我把思念向你倾诉",从歌词到声音,无不在无赖似的不管不顾地娇嗔。表舅的心脏像直升机的螺旋桨一样,加速旋转。周围的事物仿佛盛在水中,被晃动。他伸手想接过边锋递过来的苹果,却因目光无法对焦,竟然抓空。有很多黑的碎的小脚在腹部深处移动。它们急着寻找出口。

他不受控制地向前冲去,一头栽倒在桌子下。肢体却因脚底板如有大量胶质分泌物粘连而被禁锢在原地,身体扭成一个奇怪的造型,拥有近似于胡杨死后千年不倒的虬结与悲情。

因低血糖而暂时晕厥的表舅在离开边锋家的时候，恢复了常态，半死不活的灰重新泛在脸上。

这件事并未往庸俗的方向发展。表舅再也没有见过边锋，但是，他对她的辅导依旧。表舅把辅导内容录成磁带，经由睿睿中转，交给边锋。这种行为，有了些许云中寄锦、鱼传尺素的意思。

课程很快进入尾期，在最后一盘磁带的末尾，所有辅导内容都讲完了，磁带"沙沙沙"地空转近十秒钟后，表舅的声音再次出现。

他念了一首诗。这一回，他没有念陆游，而是选择了李商隐的《锦瑟》。他伤风般破败的嗓音轻轻念诵："此情可待成追忆，只是当时已惘然。"最后，表舅说"珍重"，还附加个"了"字。这个"了"的效果，堪比电影里离别的场景，终究要放开的手还紧紧勾连着一两根指头。

边锋正从盘子里一根一根地夹起腌萝卜丝往嘴里送，她显然也在听，后槽牙咀嚼的力度和节奏有明显降幅。听完最后几个字，她把饭菜咽下去，攥着筷子走到书桌前把录音机停了，打开广播。且听刘兰芳说《岳飞》——银盔银甲素罗袍，胯下白龙驹，掌中沥泉神矛，正是岳飞出场。小小的房间如注金石之音，铿锵激越，呼啦啦好像各路人马破壁而出，各种兵器破窗而入，一扫之前的凄凉。

边锋顺利完成学业后，买了一副乒乓球拍、一副羽毛球拍，请王丽老师捎给表舅。他家有一儿一女。她还拿出一封信,请她一并交给他。信没封口,王丽老师忍了两天,最后好奇心占据上风,对着桌沿磕出信纸来看。信没开头也没落款,总共只有两行打印出来的二号黑体铅字——毛主席教导我们,欲文明其精神,先自野蛮其体魄。

* * *

睿睿曾下过狠心学习边锋的派头。试着每一步都走得稳扎稳打,试着调动全身力量转身回头,试着把说话的气息沉到胸腔腹腔再下沉到丹田,试着穿超过膝盖的长风衣,试着梳额头清爽的大光明发型……王丽老师忍无可忍,终于有一天一针见血地指出,"你一米五七,人家一米六七!人家穿是风衣,你穿就是道袍!你看看你那个样子,画虎不成反类犬!"

睿睿被这么一刺激,着急说话,气还没沉到胸腔就急速反打上来,呛到喉咙,暴咳。从此落下病了,只要一着急必先暴咳一阵才说得出话。久而久之,她的嗓音彻底沉沦。这成为她唯一不经学习便像极了边锋的地方。

王丽老师一家后来调动工作去了外省,消息渐少,渐渐断了联系。多年之后,我们忽然听闻睿睿成了一名作家。

上网找到她的创作谈,看过之后,大家啧啧称道,睿睿成为作家不是平白无故的。在此,且引用她的原文——

我最钟爱的一篇小说,是张洁的《爱,是不能忘记的》。我对男女主人公之间那种隐忍却狂热的感情是多么着迷啊。我至今记得里面的细节：女人为了看一眼男人乘的那辆小车，煞费苦心地计算过他上下班可能经过那条马路的时间；每当他在台上做报告，她坐在台下，泪水会不由得充满她的眼眶；她和他之间的交往，最接近的是两个人的共同散步，彼此离得很远，在一条土路上走。

还住在筒子楼里的时候，时值夏天，家家房门只是虚掩，然后挂个门帘。到了王丽老师家门前，睿睿的声音却从对门传出来。睿睿站在边锋的房子中间，绷直了身体涨红了脸说道："要是你吃不准自己究竟要的是什么，我看你就是独身生活下去，也比糊里糊涂地嫁出去要好得多！"

边锋坐在床沿上，小臂在面前虚挥两下，作出示意，和睿睿异口同声念道："要是你吃不准自己究竟要的是什么，我看你就是独身生活下去，也比糊里糊涂地嫁出去要好得多！"

她们沿着惯性保持了十来秒钟的定格，好像等待此处应有的掌声，迷人却又诡异。

那句话就来自《爱，是不能忘记的》。

我们好奇心爆棚，找到她的作品来看。她的处女作间杂了一段叛逆少女迷恋成熟女性的故事。摘录部分文字如下——

红色桑塔纳发动起来，抖了半天，像是要呕吐，车身趔趔了几下，随即一口黑烟从车尾巴喷出。车身慢慢向前方滑动，秋天的树叶落下，挡在车窗前，又被掀翻落地。我仿佛听到它们在轮胎碾压之下，发出脆弱而不屈的断裂声。她随车远去。

整整一下午，我陷在一种很忧伤很疲累的感觉之中，睁不开眼睛，随之想哭。我很想去小院西边的小树林里，搂着自己的肩膀，咬住嘴唇，让眼泪无声息地滑过脸庞，滴落胸前。她比常人略高的体温，发情般高亢的抒情，浮夸倾向的妆容，从此决绝地从我的世界抽离。

少女的父母强烈阻止她和女人来往。他们没有意识到，青春期的女儿需要的是温暖和关爱，清教徒般的家庭氛围及种种清规戒律令她倍感压抑与孤独。他们认为女人在勾引他们的女儿。二三十年前同性恋等同于流氓犯，等同于道德败坏。他们委曲求全，提着水果上门，力图以柔情策略劝阻女人，甚至还想着为女人介绍男友。此计不成便不由动气质问、争吵，甚至动手，闹得颜面全无，丑闻漫天飞舞。最后，女人远走他乡，"每年她（少女）生日的时候，都会收到一张不署名的明信片"。

小说的自传风格把大家搞晕了，搞得我们像是面对一个填满虚土的大坑。那几日里，我们在微信群里热闹极了。怀着对号入座的心态，大家争相提供细节、分析推理、勘验真伪、发散演绎、延展想象，乐此不疲。

还有一个情节，一伙小流氓到舞厅捣乱。老板丢下受伤的弟兄，开着红色桑塔纳逃了。倒是女人，持一根长棍，逼得小流氓节节后退。睿睿描写女人舞起长棍，借用了赵子龙挥舞银枪的场面，"若舞梨花，如飘瑞雪"。

这个场面似曾相识。某个冬天的夜晚，在学院后门外的偏巷里，两个男人将另一个男人踹倒在雪地里狠揍。走在边锋前面的人看到这情形立刻退出巷子。边锋一点儿没怕，循声走上前，一把抓住下手最狠的男人的胳膊，呵道："出了气就可以了。再打下去，要出人命的。"被拦住的男人显然没把她放在眼里，抡圆了膀子，没想到竟然没有甩脱边锋，像一头愤怒的驴，梗着脖子嗷嗷叫："走开！信不信连你都打。"边锋向左右看了看，墙根下歪着一把铁锨。她用脚背钩起来，"哐啷"杵在男人面前，"真有胆量，就往他头上拍。明年这个时候，他妈给他烧纸，你妈给你上香。"男人到底不是个狠角色，牙缝里挤出四个字，"多管闲事"。

行侠仗义的边锋，江湖儿女的边锋，寒江孤影的边锋，我们简直要为她献上膝盖。

某一日众声喧哗之后，我们突然意识到这样的追问与求证，实质上是坐实了我们骨子里不可回避不可消除的阴暗的带点儿无耻的偷窥欲。大家不禁收了声。

过后三三两两线下小聚，恢复了理智的我们，说好作家之所以称得上好，是因为他（她）怀有"裸露"自己的一腔诚勇，敢于经受来自社会的道德责问，代入或剖析自己内心的善与恶。这样的作家值得敬仰。

此后睿睿每出一本新书，我们都网购来看。我们带着些许胆战心惊的好奇,不知道会不会在她的虚拟世界里找到自己的一丁点碎片。

* * *

一批新来的年轻教师搬进了筒子楼,水房里时常歌声四溅。其中有一个四川男孩,听说分配在历史系。人长得高大,爱踢足球。时常见他神龙摆尾,头球破门。五官神似贾宝玉的扮演者欧阳奋强,却又粗犷许多,下半张脸青色胡楂明显。

他的长相提升了他的知名度,与此同时,却掩盖了他的真实姓名。只要不当着他的面,大家都"欧阳奋强""欧阳奋强"地指称他。

一年后的夏天,这个名字在学院的食堂、马路、操场、办公室、车队、小商店,以及很多教职工家里的饭桌上炸裂开来。

"欧阳奋强"谈恋爱了。

"恋爱"这个词触发了大家的嗅觉。一股撩人的香气,甜丝丝的,好像是夜风送来晚香玉的幽香。既然甜丝丝香喷喷,为什么要用"炸裂"来形容呢?

有人在操场旁边的小树林见到他们。这片小树林是一处独享或分享秘密的好去处。有一条窄窄的小水渠,去嬉耍的人总是忍不住把鞋袜脱了,光脚跳下去。流水很浅,漫过脚踝,脚心透着沁凉,趾尖泛出一点点粉红,追着阳光漏过树叶跌在流水上的光斑,一下下地踩过去。校园广播适时响起来,男播音一定提前吃好了晚饭，中气十足，将蜜样的空气震动出一百万只蜜蜂振翅回巢的效果，"下面，请听90级地理系韩某某同学点播的歌曲《我的未来不是梦》。"

操场上，一队人马围着跑道跑步，跑在最前面的正在超越落在队伍末梢的两名队员。另一队人马满场奔跑，努力把足球踢进对方球门。小树林里的人先是看见了打左边来的边锋，然后看见了打右边来的"欧阳奋强"。

从左边来的边锋穿一件鹅黄色的马海毛毛衣，头发扎成一个高高的马尾，发质粗硬，如通电的钢丝向四面八方炸开。光线在她头上一闪一闪的，将她厚重的头部晕染成一个发光的球，仿佛一只金色大鸟。

"欧阳奋强"冲着她迎面走去。两道浓眉拦着一脑门子汗，笑起来一口白牙。他的影子先行抵达边锋脚边，随即整个覆盖在她身上。小树林里的人潜伏在水渠里，彼此用眼睛给予对方强烈提示——别出声，别喘气。四周的空气产生了异样，好像那一百万只归巢的蜜蜂集体打了个摆子。

边锋和"欧阳奋强"用热烈的目光抚摸对方。他们低声而又激动地说着什么。潜伏者拼命竖起耳朵。但最终只听清了边锋的两句话，声线沙哑。这两句话分别是两个成语。第一个是"小题大做"，第二个是"庸人自扰"。必须承认，她的用词传神准确地表达了她的态度。她的文化水平确实有了显著提升。

边锋把双手从裤兜抽出来，弯腰在路边捡起一颗小石子，随后歪头，眯起眼睛向前瞄了几眼，身子微侧，抬臂平甩。随

女人边锋 ║ 55

着一声清亮的口哨，石子像打水漂那样画出一道弧线，"叮当"一下，精准击中二十米开外一个废弃在教学楼背面角落里的瓷花瓶。

夕阳将她的侧脸勾出一道金边，闪射着金属的光泽，嚣张且霸气。

潜伏者小心翼翼地呼吸，感到又危险又刺激，脚趾紧紧抠住渠底的水泥板，紧张到抽筋。四周的声音好像消失了，只剩下沙沙的风声摩擦着树枝。他们紧紧盯着"欧阳奋强"。以为他会上前一步，他却后退了。他找到了一颗更大的石子，在手里掂了掂，随即，按着同样的路径甩出去。

那个无辜的瓷花瓶应声四分五裂。

那个夏天巴塞罗那奥运会赛事正酣，连续三次征战奥运会的王义夫在男子气手枪项目中终于首次获得奥运金牌，令大家倍感振奋。但是，边锋和"欧阳奋强"结婚的消息则令整个学院轰动得如同全体踩了地雷，风头无双，甚至盖过中国获得十六枚金牌的消息——边锋比"欧阳奋强"大八岁。边锋离过婚，儿子判给了前夫。

* * *

边锋只在学院里逗留了一个下午。从她一脚踏入学院的大门，就有男士盯着她看。

相比年轻的时候，她走路每一步都踩得很沉重，有一点点拖沓，当然，不注意也看不出来。好像一匹体格不小、怀了身孕的母兽逡巡领地。

　　一直以来，她的行动、做派都有些男性化的成分存在，但由于容貌、体态的峭拔，反倒使她拥有了别具一格的气度。她不是清纯的，也不是娴雅的，不是娇俏的，更不是妖娆的。她知道有男人看她，她会直截了当地回应过去。她的目光，表现出会当凌绝顶般的凛然神气，半点情色没有。她会看到你撑不下去，看到你先行撤退。她不以为忤，也不以为傲，有种"好走不送"的大度。但也不是没有例外。

　　曾有男人顶住了她绽放在宽边双眼皮后面的革命者般的光芒，并且真诚地告诉她，你有一种特别的美。她愣了一秒钟，忽然笑起来，一点儿不含蓄。即使大笑，她也是坦然镇定的，没有巧笑倩兮美目盼兮，没有花枝乱颤腰如风柳，她的身形笔直如松木，手脚都好好地放在原处，连目光都不错开对视。

　　应该没有多少男人接受得了边锋这种笑法。她这么笑，男人会心虚。不虚的，会虚；虚的，会更虚。男人被她这么一笑，验证了自己是纸老虎。可是，这个世界上能有多少真老虎？这么一反问，男人就假装释然了。

　　所以说，如果不是"欧阳奋强"年少气盛，明知山有虎，偏向虎山行，还有哪个男人有胆量和她共同生活呢？

　　我们由衷地为边锋感到高兴，我们当然希望人间是美好的，人人都付出爱，人人都得到爱。

　　所以当边锋和"欧阳奋强"离婚时，我们并未采信一位瘪嘴还有点儿地包天的女老师提供的不孕说。她说谁不知道边锋极其想为"欧阳奋强"生一个孩子，但她就是怀不上。一到寒暑假，她就往武汉跑，谁都知道同济医学院的生殖医学专科鼎鼎有名。

就算她说的是事实，我们也极不喜欢这种修辞方式。"谁不知道""谁都知道"……这种以隐匿混迹于群体掩护个人指控的企图心，遇到腐烂的木桩就会蔓生。

那些年轻教师更加坚决地否定。当年他们经常往她家跑，她家床头柜上放着三本书，一本是《中国通史》，一本是《拜伦诗集》，还有一本是《夫妻性生活艺术》。

他们最早描述这个细节时，似乎很轻松地克服了地球重力，让"性生活"三个字如同气球般不被任何负担拖累，轻飘飘悬浮在他们和听者之间。一种受到轻微刺激而产生的细腻颗粒，在诉说者的喉结处生发。听者的表情又正经又古怪，于是也跟着起了一连串蓬勃的鸡皮疙瘩。

当不孕说甚嚣尘上，他们再次运用这个细节加以严肃反驳。岁月稠厚，他们言说的表情多了庄重，声音也不是一味的高亢激动，"性生活"这个词已经成为一个无须再遮遮掩掩的时代课题。他们看着你，一脸正气之下，看你的眼神里带着一丝丝悲悯加苍凉。也不多说，仅此一句。你若听懂了，自然智商在线双商感人。若听不懂的，那就不要气恼他们把那一丝丝悲悯加苍凉转化成为鄙薄。

他们艳羡"欧阳奋强"，或许私底下会开开轻浮的玩笑。但是对边锋，他们是服气的。这个时候边锋已经到政教系做行政秘书，并且利用假期去华中师大自费进修。是的，华中师大就在武汉。看出来了吧，他们绝对不用"谁不知道华中师大在武汉"这样的句式。他们只是陈述事实，"华中师大在武汉"。

一个曾经的标枪运动员，已经可以和他们对谈拜伦了，谈论拜伦式英雄的孤傲、狂热、浪漫、蔑视群小，充满了反抗精神。谈着谈着，他们就产生了强烈的代入感。初入社会的年轻人，总是存着热情的好高骛远的不切实际的想象，一旦受到点挫折，就会产生被禁锢被压制的愤懑和偏激。于是，这间小小的宿舍仿佛是黎明前唯一有光的地方，低低的喧哗声争论声从窗口飞出来，在夜色中伸展出滑翔的翅膀。

窗外有一排榉树，长得端庄茂盛，入秋叶子会变成褐红色，像是吸收了很特别的养料。

* * *

如同边锋离开的时候是盛夏，她回来也是在夏天。太阳炽烈直白，空气依然干燥清爽。学院里楼多了，树也多了，却独独少了她窗前的那排榉树。树叶婆娑摇曳在窗外的场景不复存在。

边锋在树的对面站了几分钟。那里曾经有树，现在没树。是病了，还是移植走了，一时间也没人能说个明白。如果不是她发现那排榉树没有了，估计我们谁也没觉得有什么异样。学院为升格大学筹备多年，进入冲刺阶段，我们忙得睡梦里都在做方案填表格补档案。

此刻，我们陪着边锋面对那排树的遗址，不免感到有些遗憾，似乎还有些沉痛。有人试探着说，要不要上去看看，不过住户已经换人了。边锋仰起头看。以前的钢架平开窗已经被钛合金推拉窗代替。窗台摆着一排大小不一的毛绒玩具。

"这个屋主擅长夹娃娃。"她说。

我们跟着笑起来。

"你们过得还好吧？"她边走边问。不知道为什么，我们都显得傻乎乎的。

经过食堂，有人说，学生越招越多，还要再起一个新的。经过行政楼，有人说，你要是不走，现在也是系领导了。经过筒子楼，边锋说："这座楼还在啊。"经过理化实验楼，有人说，这是赵一宁赞助的，他现在超级有钱，回来剪彩的时候，副市长都出来接见。

我们一直走到操场。

操场上没什么人。几个小学生在双杠那边嬉闹。头顶上银光一闪，明媚湛蓝的天空上有飞机经过。

一个高挑的女孩单枪匹马地出现在操场中心地带。她到来得如此突兀，好像空降。或许她刚才躲在某片树荫下做热身运动。女孩举着一杆标枪，站在助跑道的起点。

环绕操场的白杨树哗啦啦地响。它们比十五年前长高了一大截，为了长高长直而被人类砍掉的枝丫，留下眼睛一样的疤痕。在无数"眼睛"的注视下，记忆在电光石火间接通电源，我们眼前闪过体育赛事中的特写镜头慢放——十五年前那次校运会上引枪一掷，边锋紧绷的两腮产生肉眼可见的颤动。

作为一个十几岁就进入专业队、在全运会上拿过奖牌的优秀运动员，一俟走进运动场地，走到三十米长的助跑道起点，她的眼里就只有助跑道顶头的金属投掷弧，只有投掷弧外一道道白粉标识出距离的扇形落地区，只有比标枪飞行高度更高的蓝天和白云。

她要把脑子里谋划的、眼睛里瞄准的和腰、背、腹、腿、臀、腕、脚踝等等部位的发力，全都拧成一条绳拧成一股劲。如果必须拧在一起的拧不到一起，那么标枪掷出后，就不会拥有刺破空气冲破阻力的力度，就不会具备克服地球引力长久滑翔的性能，就不会成为一条优美轻盈的弧线，向距离的极限发起一次次挑战。这个以点对点的物理距离最大化衡量投产效能的竞技项目里，生存法则是：心无旁骛，直奔目标；简洁粗暴，干脆利落。

红旗招展，猎猎作响。所有人都期待着精彩一刻。

然而，那柄标枪出手后，却偏离即定轨道，一头扎在距离主席台十米左右的硬土跑道上，落点飞溅起一小堆土屑。

众人惊呼。所有的脑袋都冲着边锋，她似笑非笑，叉着腰转身走向一旁的准备区。

再看她的第二投。天哪，那柄标枪再次飞速地向主席台袭来。

领导们来不及作鸟兽散，只能纷纷钻到桌子下面。这一回，标枪扎在离主席台五米左右的位置。枪杆抖动，犹如火药引,即将引爆一颗炸弹。

够了,没有人敢再给她第三次机会。她把双手举过头顶,有节奏地击掌。聚集了上千号人的操场寂静得邪乎,除了自己的呼吸,仿佛还可以听见树叶掉在地面的声音。我们心里却像高压锅被打开了阀门,滚烫蒸汽喷射出来一波波战栗。

* * *

边锋评职称,一连申报三年,都没有通过。

她在路上拦住院长。院长摇晃着满头灰白发的脑袋,语重心长地说:"不是论文成果年限等硬件都够了,就能百分之百评上。僧多粥少,名额有限。有没有担当作为的责任意识?有没有承担急难危重的任务?这些都要考虑。"

边锋服从学院安排,前往学院对口支教的贫困乡镇中学待了一年。系里中秋去慰问,回来说,那些孩子对她又爱又怕。谁上课不认真,就被她拎到操场上跑步。关键是她陪跑。居然还给县体校输送了一个长跑小将。"花果山的一群皮猴,被她治得服服帖帖。"她打报告申请经费,用来购买投影设备。在电视尚未普及的贫困山区,她用这个办法让孩子们看到了外面的世界。

支教结束后边锋再次申报职称,再次被刷掉。与此同时,"欧阳奋强"先后两次失去公派出国学习的机会。他脱发有点早,两个额角后移呈M形状。在球场上从前锋改打中场,常常用高球大幅度地调整进攻路线。

她再一次找到院长。院长头发全白了，可见他为学院的发展殚精竭虑。"怎么说呢？有了硬件不一定行，没有硬件万万不行。人家这几年都有新成果了，你没有，一比就比出差距了。"

边锋有点吃惊。"我有硬件的时候，你跟我讲担当。我担当了，你又跟我讲硬件。等我下次再拿硬件来，你又要跟我讲什么？能不能一次讲清楚？"

一旁的院办主任拦住她。"职称评价的标准是什么？坚持德才兼备、以德为先。有才大家都有才。有了才，还得有遵守政治纪律、组织纪律、生活纪律的意识和行动。什么是德？这就是德。有了德的支撑，硬件才可以真正称为硬件。"

"你的意思是我道德人品不行？"

"我没有这个意思，你也别给自己扣帽子。这个要求是对高校教师的基本职业道德要求。适用于每一个人。"

她心里全明白了，没有必要再争论下去。他们一定是为那件事卡她。

那件事算事吗？如果算，就是事。如果不算，就不是事。

当初，年轻教师们对校方某些管理制度非常不满，认为专制又霸道，严重滞后于时代发展。他们拿出一份意见书，《制约当前学院发展及影响教职工积极性的主要因素与对策》，在校内发起串联，联名向校方上书，强烈要求改变现状。意见书是在边锋家拟写的，边锋提供了纸笔墨桌子，还把名字签在第一个。

"欧阳奋强"并不太赞同他们的做法。他说，德国哲学家黑格尔曾说，人类唯一能从历史中吸取的教训就是，人类从来都不会从历史中吸取教训。他又说，黑格尔的这句话与杜牧的《阿房宫赋》中"秦人不暇自哀，而后人哀之；后人哀之而不鉴之，亦使后人而复哀后人也"，有异曲同工之妙。他最后说，这么正面"硬刚"是不合适的。历史已经给了我们惨痛的教训，万万不可重蹈覆辙。南方谈话带来"东方风来满眼春"，很多事情会相应起变化的。假以时日，会看到校方管理的柔性和气度。

年轻教师们和他展开了激烈的辩论，谁也说服不了谁。

后来辞职经商的赵一宁当时还是数学系的助教，站起来微笑着说："上个月，京九铁路全线铺通。京九铁路北起北京，南至深圳，连接香港九龙，总长2536公里。什么是接轨？这就是接轨。除了道路接轨，各个方面都要接轨。我们要做的是什么事？就是提速前进、敢于突破，就是解放生产力、发展生产力。经济发展得快一点，必须依靠科技和教育。科学技术是第一生产力。我们的意见书是基于调研得来的，有数据有例证有建议有事实。当然，如果非要用另一种标准来定性来扣帽子，就不好讲了。就拿你来说——"

长着肉泡眼、大鼻头，一直单身的赵一宁瞅着"欧阳奋强"，慢悠悠地说："你不是也在个人生活中冲破思想禁锢，得到了幸福吗？"

大家哄堂大笑。"欧阳奋强"倒未生气。"且不谈什么定性扣什么帽子。只说一个通用标准。办好任何事情,一要讲究方式方法,过于激进的办法会适得其反。二要从具体的事情做起,切勿好高骛远,指望一口吃成个胖子。"

一只轻盈的蚊子落在他小臂上。他鼓起腮帮吹了一口气,把蚊子撵走了。埋在灯光下的圆脸呈现出某种不可揣摩的深沉。

令他失望的是,没有人听进去他的话。他没有在这封联名信上签字。但是边锋签了,甚至坚持把自己的名字签在第一个。这是他们俩第一次产生分歧。

"看看你自己,"边锋摔门而去,"快成贾政了。"

事虽至此,还是有几个人鼓动她再去找院长。当然了,绝对不是去闹。请客吃饭说说软话,没有什么不能解决的。要是解决不了,就再请客吃饭说说软话。时过境迁,他们早就向校方检讨了。检讨肯定比不检讨好,早检讨肯定比晚检讨好。"与其坐而待亡,孰若起而拯之。"有人文绉绉说道。

边锋沉默着。又有人劝:"别死心眼了。你没听说吗?教育部的高校人事分配制度改革方案已经出台,咱们捧的饭碗马上就要变成泥巴碗了。你再不做点什么,万一动真格,到时候连岗位都没了。"这话似乎触动了她,她干巴巴地说:"非要做些什么吗?"大家捣蒜一样点头。

我们都以为这件事解决了。谁也没想到一周后的校运会上,边锋把"非要做些什么"变现成标枪事件。她扬长而去,健美的四肢裸露,一支铅笔斜斜地插进草草拢起的乱发里,几

女人边锋 ‖ 65

绺头发没有梳拢进去,粘在汗涔涔的脖颈上,像披坚执锐却又无心恋战的雅典娜。

这样一幅场景,如同被魔法施与,在我们的记忆中不曾腐败。天光暗黄,天空翻滚末日般的乌云,四周事物呈现墓碑状的死灰。空气中弥漫着沙尘暴即将袭来的味道。我们扛起旗子,落荒而逃。

没过多长时间,边锋一口气办完了辞职和离婚。她再一次扬长而去。临走,没跟任何人打招呼,把一脸错愕的我们抛在身后。

不久之后,"欧阳奋强"工作调动,去了市政府研究室。树挪死,人挪活,他顺风顺水,一步步升职。有时候会在电视里看到他,嘴边常挂着"在总结经验的基础上……""我们要认真反思……"。他的脸逐渐融入脖子,失去头发庇护的额头上纹路深重,彰显着无穷尽的思考。他又结婚了,新夫人小鸟依人,一副林妹妹弱柳扶风的模样。他们也一直没有小孩。于是又有传言,不过这次说是他的原因,他的精子成活率低。

向他打听过边锋下落。他说:"世界之大皆是可去之处。"估计他也不清楚她到啥地方去了。

＊＊＊

一群鸽子从家属楼的阳台飞出来,带着哨音在半空展翅。它们被喂养得肥壮笨重,起飞时拍翅声很大,甚至掉下羽毛。低低地飞上两圈,就回到地面。伸脖缩脑地走两步,又呼啦啦地再次起飞。校园广播响了。"我要飞得更高,飞得更高,狂风一样舞蹈,挣脱怀抱",汪峰的《飞得更高》,歇斯底里很励志。每个人都想飞得更高,就让他们飞去吧。终将有百分之九十九点九九的概率摔回地面。

像是终于从某种离奇的梦幻中醒了过来,大家回过神,忍不住问:"你这些年在哪里?别人走了好歹都会打个电话回来,你这一走,彻底销声匿迹。"

我们想起来唯一一次有人提到见过她,是在贵州,是赵一宁回来剪彩时说的。"赵一宁说你背着一个大包去赶绿皮火车,你们擦肩而过,他都来不及喊你。"我们期待着边锋接过这个话题往下说。但是对我们表现出来的惦念,她并未热切回应,甚至带有几分漫不经心。这是事后我们一致得出的结论。

大家依然很热情。人群里冒出一个声音:"见到你太难得了。聚一下吧,我来安排。"边锋冲他礼貌一笑。我们目不转睛地看着她。她则把目光投向操场上那个女孩。

她的注意力一直在女孩身上。她看着她笨拙地起跑,笨拙地做出转体引臂蹬地的动作,笨拙地把枪丢出去而不是掷出去。她动作不太连贯,脱节滞涩,像太久没有保养的机器人,并且在助跑的过程中因为持枪动作不规范,差点被自己绊倒。

边锋闭上眼睛,似乎在享受或者抗拒某种蛊惑。她的鼻翼翕动着,额头上闪闪地冒出汗珠。天气太热,她褐色的方脸因为阳光直射显得颜色更重。

有人煽动她上去试一试。"你当年的样子,实在太威了。

女人边锋

后来再没那样的场面了。"

我们也跟着起哄,同时也忍不住抱怨:"现在的人都尿。说尿吧又不是真尿,蔫坏。随手一封检举信,有的没的罗织一堆罪名。"

立刻有人打断:"你们系主任论文抄袭,检举信满天飞也没见追查。"

又有话音接上:"边锋,你错过好些热闹。赵一宁一针见血说得好。他说当时看是体制僵化,现在看好歹守住了象牙塔的纯净。你早早离开也是好事,你这种性格,待在这里也是受罪。"

人群里响起了应和。不满的情绪把每个人都搞得很暴躁,有人用力踢开根本不存在的石子。

这时候边锋朝操场上走去,走向孤独执着且频频落败的女孩。我们跟上她,把方才的抱怨暂丢脑后,心里涌起一种有若革命激情的天真与蛮横。

那天下午,她总共掷了三次。第一次脚步乱了。第二次标枪脱手,平躺在地上。

第三次,她找回了感觉。有力的助跑,顺畅的交叉步,蹬地,身体尽可能拉成一张满弓。出枪一瞬,手臂加速发力爆发出鞭打的动作。标枪离手的一刹那,我们耳畔似有金属铮鸣。

标枪仰天飞出。银光乍闪,如一骑绝尘划破天宇。她被巨大的力量掼倒,整个人向前飞扑。在她飞起来的同时,有什么东西从她身体里甩出去,飞得更高,摔得更狠。似有刀锋划过眼角，眼前的光线忽然变成血色。

一截上如漏斗、下如铁棍的腿部假肢砸在我们面前。黑色金属发出凛冽的光与杀伤力。所有人被骇住了，目瞪口呆。

透过云层的阳光将一条条壮丽的光线斜插大地。这种学名"云隙光"的自然现象，又被称为"耶稣光"。这束光与斜插远处的那杆标枪呈"X"交叉，仿佛一个巨大的未知数从天而降。

边锋竟然伸了一个长长的懒腰，空荡荡的左裤管被风卷起边角，朝一边扇乎。她的身体内部发出舒筋拔骨的脆响。地面蒸腾着一股烟雾。我们像被凝结在时间的软胶里。一抹坦荡而又遗憾的若有若无的微笑挂在她唇角。

* * *

边锋又一次离去。她像迷雾一样出现，又消逝在迷雾中。我们再没见到她，也不知道她如今在哪里。

那天之后，有人在微信群里写道——无论谁，都不会有金刚不坏之身，从容穿越这世界却毫发无伤。我们满怀真诚地点赞。我们都很想说些什么，但她一句顶一万句，把我们想说的都说出来了，而且如此深刻。她倒很诚实，说不敢消受大家谬赞——这句话摘自名家散文。

隔年，睿睿出新作。文中有这样一段描述——她一直都那么强大，强大到即使因为骨癌截了半条腿，我都跟不上她的步速。有一次，我没有及时拿来尿壶，或许我是故意的……当着我和同室病友的面,她掀开被子,尿液呈弧线喷射出来。她不怕羞耻的劲头,令我面红耳赤。

这个细节无声地跳动在眼前,被我们当作某种细微的证据。大家乱作猜想,有一种不祥的感觉,一度冲动想通过出版社找到睿睿,打问边锋的下落,却在最后一刻放弃了。

我们互相宽慰,归去来兮又当如何。其实每个人心里都清楚,我们一直都缺少追问真相和面对真相的勇气,更缺少想象和把想象付诸实践的能力。

"小说嘛,不就是追求这种效果。真真假假,假假真真。人间幻象,莫过于此。"赵一宁说。他面前是酒店套房高大的落地玻璃外璀璨的城市灯火。他被我们再次搜刮出与边锋在站台擦肩而过的记忆,并无新的补充。

这次回来,赵一宁要在城东建一座康养城。签署合作协议的电视新闻里,他和高出他一头的市长并排站在巨大的背景板前。

他喝了不少酒,脸上红红的,显得很兴奋,眼睛得意地闪着光。他依然戴一副圆形的黑框眼镜,被大家取笑像一个兢兢业业几十年终于在退休前拼到教授的教书匠。

面对大家酸溜溜的恭维,他摘下眼镜,揉着蒜头鼻说:"台风来了,连猪都会飞。我就是那只'会飞的猪'。抓住机遇,顺势而为。如果不是国家改革开放几十年的市场环境好,我也很难有今天的成果。"他挥动左手,像是要把身后的浩荡东风撑到众人面前,让我们也做一回猪。让我们也飞一把。

"会飞的猪"这一提法显然非他原创。但是对这种赤裸裸的拿来主义迎头痛击也没有什么意义,正如不能对野兽讲人性、对荡妇讲贞洁、对强盗讲道德。

我们说:"你现在面对的不是镜头,不用装腔作势了。"

他咧嘴哂笑。这副德性我们再熟悉不过。当年在联名信上,他用涂改液抹掉排在第三的自己的名字,重签在不起眼的角落。这个小伎俩被大家发现时,他就是这么咧嘴笑的。不慌不忙,一点儿都不觉得心虚理亏。我们都觉得丢人。这是一个人的名声啊,他这辈子是无法洗刷自己的名誉了。

不过,我们的确见识过他的能屈能伸、忍辱负重、审时度势、精明鸡贼,否则他怎么可能这么有钱?人一旦有钱了,他曾经的种种荒唐反倒成为他之所以成功的注解。这次,我们努力游说他搞一个校企合作项目。

我们说:"这事如果搞成了,下次你再请吃波士顿龙虾,我们一定连壳也吃了。"之所以这样开玩笑,是因为我们曾猛烈地抨击资本家吃人不吐骨头。

他没有理会我们。有钱人有钱到了相当量级,还有一个标志,那就是一定会以自爆陈年糗事为一乐。他都无所顾忌地揭短了,我们还能不全情投入地吹捧吗?

这一次,他告诉我们,他像女人那样撒过尿。

他把裤子退到屁股下面,蹲在地上,用极大的耐心,控制着速度和力度。热乎乎的液体出现在墙角的地面上,亮晶晶的,颤巍巍的,似乎还带着油珠,弹性十足地凑作一团。

"什么是力量？这就是。"他笑起来。

我们面面相觑。

他扬起头，环顾一周，稀疏的睫毛抖索着。

"你们不想知道时间地点吗？"

我们撇撇嘴。

"我去院长办公室交辞职报告，趁他中间去上厕所。"

有人攥拳假惺惺地顶住他肋下。"真的假的？你这家伙该不是吹牛吧。"

"那老头没闻出尿臊味？"旁边人问。

"头天我就没敢吃肉。第二天早上灌了一肚子凉白开。"

大家大笑。"早就看出来了，你就不是个尿人……"我们热烈鼓掌，好像亲眼所见。

"人总要有点脾气，才对得起自己。"他倒没笑，声音有点儿沙哑。他那眯成一条缝的肿眼泡里露出铿亮的目光，令我们一愣。

不知道谁在旁边刷抖音，刷到《野狼disco》。鼓点敲得叮里哐嚓，台上歌手跟着节奏摇头晃脑，一点儿不"野狼"，像是摇尾巴讨人欢心的小土狗。这歌最近常在校园高音喇叭里放，刚开始听只觉得吵，听多了，又觉得好土好俗好温暖。

"来左边跟我一起画个龙／在你右边画一道彩虹／来左边跟我一起画彩虹／在你右边再画个龙"，我们摇摆起来，头顶上好像晃着一盏七色灯球，心里好像承受了青春的鞭打，酸爽得不行。

复调喀秋莎

午睡时我被一阵若有若无的细细的声音干扰。仔细听，没有了。过了片刻，隐隐约约地又有了，像一个讨厌的蜘蛛弹拨神经末梢，顽强而卑微地存在。这是科研所的家属区，人少楼旧无电梯。我因为在附近高校进修租住在这里。

我就是在这天下午认识艾老师的。她被劣质门反锁在自家厕所，断断续续地呼救了两三个钟头。等我带着大院保安和开锁师傅跑上对面四楼撬开她家房门将她解救出来时，这个上了年纪的老太太已经累得说不出话，薄而暗淡的嘴唇像一条扁扁的小船，倒扣在肉少骨寡的枣子脸上。

出于对我的感谢，周末艾老师请我吃饭。轻音乐在室内回旋，所有的灯光绽放，显出这个岁数的老人家中少见的明亮和舒适。艾老师本人敷了粉底和口红，齐眉齐耳的短发吹得蓬松。

实话实说，她家的饭不怎么好吃，罗宋汤里的番茄没熬烂,土豆和牛肉炖得不到火候。连她自己也给了差评。她解释,这辈子厨房里的事情都是老伴包办的。这顿饭在进展到一个小时的时候,我已经知道以下信息——她老伴已经去世,他们四十多年前一起南下支边来到这里。他们没有孩子。她坚持上老年大学,几乎所有的班都上过一轮,有的还上了两遍。在报名这件事情上她意见比较大。僧多粥少,为争取一个名额,少不了半夜三更拎着小板凳排队。学校与时俱进搞起手机报名。但凡能够闯过报名关的,要么拼的是子女爱心,要么你的手速要比其他老人的强出几倍。

"能抢到一个名额,那是啥感觉——劫后余生。"艾老师有些愤懑,"不过这样也好,省得麻烦别人。"她摇摇手机,神色转换为几分得意。

正说着,她的手机微信响了,有人申请加她好友。她歪着脑袋,老花镜架在鼻梁上,眼睛向下透过镜片看屏幕,眼皮因此有些颤动,顺着手指指到的那排字往过念:"四萍好棒,我看到的不仅仅是美,更是你永远保有一颗对生活的诗心。"

吕心韵?这个加她好友的人名被她反复念了好几遍,似有几分不确定。

就在我来之前,艾老师在她的高中同学群里发了好几张个人照片,都是用美图秀秀的制图功能卡通化了的,或者扮着猫咪脸,或者戴着兔子耳朵染着红鼻头。艾老师把手机杵到我眼前不停往下翻,说你看看,都是男同学点赞,满屏都是金光闪闪的大拇指,女同学几乎无人回应,好奇怪。艾老师挠挠头,这个动作让她有了一种迷迷瞪瞪的老小孩的劲儿。但她很快就"啧啧"了两声说："女人就是这样，心眼还没指甲儿盖大。"

我们一起笑了。

这个小插曲让我多待了一个小时。这个独居的老太太仿佛逮住了一个优秀的倾诉对象。她从卧室取来一张镶在镜框里的合影。照片上的艾老师是中年模样，黑亮黑亮的童花头，细鼻梁长眉眼都还很紧致，尖下巴颏微翘，薄唇拉出一字形微笑，神色矜持而自得。她先生侧身护着她，虽有发福迹象，仍是浓眉密发，看得出五官轮廓年轻时的分明和深邃。我忍不住多看了几眼，说："一看您就是被先生宠着惯着一辈子的。"

她微微晃动脑袋，"一辈子？年轻时想着一辈子太漫长，老了再回头看，就是一眨眼的工夫。"话音中传递出漫长岁月里的苦涩与温情。

我和她互加微信。她的微信头像是一组俄罗斯套娃，微信名是阿霞。这个再普通不过的名字从我眼底一晃而过，就像她的大名一样，艾四萍。当我托着下巴听完艾老师用一种怀旧的怜惜的掺杂着抱怨的语气，讲述"阿霞"的由来，便不由得又将她好一番打量。

艾老师说，老年大学的那些女同学都喊她"阿——霞——"，嘴巴张得老大，怕是有意让别人看到后牙槽吗。他们哪里知道阿霞是多么美的一个名字。"阿霞是什么？那是我的俄文小名。阿燕、阿春、阿娥、阿香，阿这个、阿那个，完了，被他们一阿，我也成了拖着买菜小拉车，穿着香云纱肥腿

复调喀秋莎 ‖ 77

裤走路嗦嗦响，在骑楼下叉烧档、凉茶摊、汤包铺、米粉店摇着蒲扇进进出出的南方阿婆。"

"您怎么会有俄文名？"我好奇道。

艾老师脸上泛起光彩，说起她出生在东北，父亲是高校领导。小时候正值中苏关系蜜月期，她家住的是大尖顶宽回廊木旋梯的苏式楼房，上的也是苏联人办的幼儿园，小朋友都有一个俄文名字，女孩子常见的有安娜、帕佳、埃维林娜，男孩名字通常是安德烈、尼涅尔、伊利亚。

艾老师念起那些俄文名字真好听。收梢向下，尾音弱化、轻柔，像含着一颗糖，像包着一口蜜。特别是她反复念着"阿霞、阿霞"，好像哄一朵小花入睡。

在此之后，我们偶尔会在院子里相遇。她的膝盖不太好，骨头和骨头常常拧巴、对撞、打架，没预兆地就会被卡一下动弹不了。她有时请我帮忙，把旅行箱从楼上拎下来。她要出门旅游，同伴是老年大学的同学陈大姐。

艾老师当过语文老师，三言两语刻画人物形象很有一套。她说陈大姐胖得满脖子都是肉，笑起来果冻一样颤。她们班上还有一个乔老爷，因为长得像老电影《乔老爷上轿》里文质彬彬却迂腐酸气的乔老爷而得名。她说乔老爷后脖颈有一坨黑色肉痣，秧苗似的一撮毛发倒栽其上，"受不了受不了，只能看脸。"他们三个能聊在一起。但是，她从来没有告诉他们，她老伴已经走了。她不想被他们视为一个无亲无故的孤寡老太太。

临近元旦，艾老师找到我，邀请我参加她组织的K歌活动。"吕心韵，加我微信的那个老同学，跟着旅游团过来玩，要上家里来看看我。"她并不显得兴奋，相反，还有些紧张，她说还邀请了几个老年大学的同学。"你是年轻人，有活力，气氛会更好。"

我借口扁桃体发炎，不太想去。我内心真实想法是，跟一群老头老太太有什么好玩的。她沉默片刻，自言自语道："不见吧，不好。见吧，也不知道聊些啥。"她不停重复着："聊啥？你说聊啥？"那神情不像是征询我的建议。她脸上有一道阴影，似乎被一个想法纠缠着。

我忽然决定了，答应她一起去。她愣了片刻，仿佛我的同意出乎意料。她双手合十连声道谢，脸上迸出大大的脆弱的笑容，身体一软往后靠去，收敛着的小肚子一下松松垮垮地拥在腰间。

第二天，当我如约到艾老师家时，一个高个子老太太在卧室里，正对着挂在墙上的合影出神。她前额饱满，下颏圆润，顶着一头微卷的银短发，整个人明艳大气。艾老师在她跟前，就像松树苗依傍着大香樟。

南方的冬天很不舒服。明明太阳当空照，可是室内温度比室外还要低。艾老师把搭在吕心韵座椅后面的薄毯搂进怀里，转身坐到床上。这是一张医用电动床，两头可以抬起。她拍拍床沿说："那时候他睡这儿，我在旁边搭张小床。他脾气全变了，请的护工都被他撵跑。送他去医院我又放心不下。那怎么

复调喀秋莎 ‖ 79

办,就我自己来吧。"

她抖开薄毯,一半搭在自己腿上,另一半顺势盖住吕心韵的膝盖,摸着毯子上淡黄色的小花说:"这是他以前用过的。白天我拿来披一披盖一盖,晚上叠好放在枕头旁边。哎呀,你不介意吧?"艾老师似突然感到不妥,抓住薄毯有往回扯的意思。

那床薄毯并不大。吕心韵拽住薄毯一个边角。她说:"没事没事,你多盖点儿,我不用那么多。"她身子朝艾老师那个方向扭,感觉薄毯下她俩的膝盖轻轻撞在一起。

吕心韵说:"相比起来,你辛苦多了。我先生最后一年都在医院里。"

艾老师一声慨叹,"他们把我们熬干了,两腿一蹬找马克思报到去了,剩下乌泱泱一拨老太太。"

"一直——没要个孩子?你俩这么好的基因,不要太遗憾了。"吕心韵问。

"遗憾?遗不遗憾也到今天了,去想这些岂不是自寻烦恼。"艾老师撩拨刘海。

"听——同学们说,你一辈子没下过厨房,十指不沾阳春水,真是福气。"

"你还记得吧,我一挨凉水手就又肿又痛。后来才知道是末梢神经炎,当时哪里懂呀,你们还取笑我娇气。和他一起南下时,他就说这辈子沾凉水的活,他都承包了。以为是玩笑话,哪想到他真的做到了。"艾老师叹口气,"咱们都是'黑五类',没出路的。离家远点儿反倒好。青梅竹马到了关键时刻,就成了相依为命。"

艾老师接着说:"刚到这边,真是抓瞎。啥也听不懂,走到哪里都听人说'雷猴',我心想可得当心点儿,别被猴子抓伤了。后来知道,那是在跟我打招呼。雷猴,你好。你好,雷猴。"她吃吃笑出声。

吕心韵说:"真不错。"跟着笑了一下。

艾老师伸出双手,掌心掌背来回翻给吕心韵看。我见过她手上好几处或点或线的深浅疤痕。"他生病之后我就必须下厨房了,这都是刀砍的油烫的火燎的。你说,这算不算我还他的?他人不能动弹了,脑袋是清醒的。看到我手上新伤叠旧伤,就使劲地,一个字一个字往外蹦,雷真猴,雷真的猴猴。"艾老师眼圈红了,带上了鼻音。

"你们——就没有吵过一次架,拌过一次嘴,生过一次气吗?"吕心韵问。

艾老师看了她一眼,双手重新揣进毯子里,幽幽地说:"可能有过吧,但我现在一想起他呀,都是他的好。有时候我学着他的语气自言自语,就仿佛他就在我身边听我说话——雷真猴,雷真的猴猴,雷真的猴猴猴猴。"

吕心韵跟着她微微点头。她俩不约而同一起去看那张合影,目光上仰30度。我坐在客厅一角,门框如同取景器,截取了这个温暖的画面,有着怀旧老电影油画似的泛着颗粒的苍黄之感。

趁着下楼我和艾老师走在后面，我问她，为什么吕心韵叫她四萍而不是阿霞。艾老师握着楼梯扶手，迟缓地一个台阶一个台阶侧身下。下到二楼她才想到答案似的说，吕心韵跟她不是一起长大的。我又问："吕心韵有俄文名字吗？"她摇摇头说不知道。我接着问："您老伴呢，他有俄文名字吗？"她脱口而出："安德留沙。"

KTV下午时段老年人爆满。一堆堆灰白或全白的脑袋聚在大小包厢里，邓丽君金曲革命歌曲广场舞歌曲此起彼伏。等我帮着艾老师把自带的水果零食在茶几上摆好，门从外面推开。乔老爷和绿眉毛到了。

乔老爷掌心温热，握手力度正好合适，保留着退休前的单位一把手的派头。他侧转身对艾老师认真说："你这位吕心韵同学和你一样，气质都那么好。"

艾老师抿嘴笑着说："心韵在国外待过好些年，见过世面的。十七岁大串联跑了半个中国，三十岁出头又去了深圳、海南，后来还跑到披着白袍子的中东地区做中医。哪像我这样，一辈子窝在这里。"

吕心韵忙说："最大的世面哪里在外面，根本就在国内。我那是生活所迫，我还羡慕四萍这样安安定定的。"

绿眉毛凑过来，一口浓重的本地白话："细饼系边个？噢，平西阿虾阿虾喊惯咗，都唔记得你真姓名喔。"

艾老师胳膊肘轻轻捣了捣吕心韵，意思是"快看快看"。我跟着看过去。绿眉毛的眉毛估计是很多年前纹的，药水不好颜色都变了。真像艾老师的比喻——像趴了两只大蝗虫。吕心韵背过身说:"你给人起外号,从来都是最准最狠的。"艾老师促狭似的翻了个白眼,"所以我也没少招人讨厌。"

然后就开始点歌。艾老师问乔老爷想唱什么,乔老爷说无所谓。这时微信"叮咚"一响,她看完眉头一紧,走出去打电话,再回来已经唱过了两首。她心不在焉地坐下。《小城故事》过门响起,吕心韵点的歌到了,她拿起话筒款款走到前方,在旋律里摇摆。乔老爷跟着节奏微微拍手,未成曲调先有情。

吕心韵一开口,竟然跑调了。还以为只是第一句跑,结果每一句都跑。事实上每个字都跑。

艾老师回过神,假假地咳嗽两声,带出一点点瞧不上眼的神气。随后四下张望,找另外一支话筒。吕心韵唱着唱着突然觉得旁边有动静,扭头回看,脸上满是柔情蜜意,还像明星看粉丝那样,歪着头轻轻挥手,手腕上的玫瑰金蛇形手镯跟着一闪一闪。

艾老师没回应她,努力把拐了的调子往回拽。吕心韵依然跟着自己的感觉走,中气挺足,完全听不到艾老师的声音。

一曲罢了。乔老爷双手举得跟眉毛一样高,边鼓掌边说:"好,好呀。"

吕心韵给自己倒了杯茶,放在唇边小口饮,"邓丽君的歌很不好唱的,特别是那个情绪,要收着含着慢慢释放。"

艾老师歪着头带着笑,"心韵,你这从小到大唱歌拐调的毛病，一点儿没改。"

吕心韵不急着说话，继续喝茶。

乔老爷说："这个唱歌嘛，唱的是感情，唱的是对歌曲的理解。"他把左手摊开说："技巧是为感情服务的。"接着摊开右手说："若是没有感情，纯粹凭技巧也不感人。"最后他合上双掌用力地摇晃一下，"你们两位女士评判一下，我这样理解，有没有一点道理。呵呵呵呵。"

艾老师扫了他一眼，嘴角极细微地向下一撇。沙发比较深，艾老师这样的小个子坐上去脚够不到地，令她看上去有一种滑稽的幼稚的傻气。

话筒传到绿眉毛手里，她唱《月亮之上》。绿眉毛嗓子先天条件不错，是老一代民歌手扁尖平直高亢的那一路。不过听她唱歌也有个担心，就是缺少滑音，就像汽车开山道，总怕冲出去。

绿眉毛唱到一半，音响开始出问题，时不时发出尖锐的啸叫。艾老师忍不住按下服务铃。

进来一个瘦瘦小小的男服务生，在功放机前转转这个钮按按那个键，对着话筒喊音，不时翘起左手小拇指，把挡在眼睛前面的油腻长发刮到旁边。指甲留得很长，甲端发黄，像个陈年的大号挖耳勺。折腾了半天也没搞好，艾老师让他去换个新话筒。

趁这个时间，艾老师招呼大家休息休息。"带了这么多好东西，咱们得努力吃。"

吕心韵拣了冬枣递给乔老爷。艾老师说:"乔老爷有糖尿病的。"乔老爷摆摆手说:"是呀,这类东西我不吃的,不过我打胰岛素,一直控制得挺好。"

吕心韵说:"吃一两颗是没关系的。我常对我的病人说,人啊不能因噎废食。过得像苦行僧一样,岂不白来世上一遭。"说完,把冬枣托在掌心,笑眯眯地凑到乔老爷面前。

她那么洋派,还有几分坦荡的天真。乔老爷欣然接受。艾老师在一旁夸张地擤鼻涕。吕心韵又拣了两颗枣,递给绿眉毛的同时夸赞:"你唱得真好,空灵得像雪山上的仙女。"

艾老师别过头去。沙发坐面老化凹陷,没有足够的支撑力,她得费点劲儿才能使自己不向乔老爷那边滑过去。她着意绷着身体,并由此显出格外郑重的样子。

"刚才陈大姐说不来了。"她说。

"噢,谁家都难免有个事。"乔老爷回应着。

"可是——"她拿起手机打开微信,估计是点中陈大姐头像。那头像下必然有一条细细的黑色和一大片空白,否则她不会气呼呼地说:"陈大姐把我拉黑了。"

沙发边条翘起短短一截,她无意识地用手指去揪扯,随后愣头愣脑地说:"她买私人理财被骗钱的事,我只悄悄告诉过你。该不会你去笑话她了吧。"

乔老爷哈哈笑了两声,端起杯子喝茶。他果然被呛到了,连连咳嗽,茶水喷到裤子上。随即他连连甩头,带着一脸被无端质疑而产生的忍耐克制的表情。我差点笑出来,这就是欲盖弥彰的效果。我坐在转角沙发短的那头，头顶射灯坏了，利于我不动声色地观察。扁桃体发炎的借口真是好，连说话都省了。

艾老师想到了什么似的，扭过头盯着墙上的挂表大声嘟哝："这个张司令还不到。什么年代了，还踩个经常掉链条的破单车。"

一段耳熟的旋律响起。乔老爷说："艾同学，你的歌到喽，《喀秋莎》。"他这样一说，我想起来了，这是第一次去艾老师家时回荡的轻音乐。艾老师调整情绪，挺直胸膛，对乔老爷微微点头。乔老爷不断用一只手掌去拍打另外那只掌心，悄悄地竖起大拇指，好像他们之间藏着什么小秘密。

一直在聊天的吕心韵和绿眉毛的注意力也被吸引过来。特别是吕心韵，非常动情地对乔老爷说："苏联歌曲是伴着我们这一代人长大的呀。"她从花瓶里抽出一支塑料花，仿佛真有香气似的，用鼻子嗅着，动作优雅。

随着欢快跳跃的前奏，艾老师闭上眼睛，仿佛化身美丽的苏联少女站在峻峭的岸上。"正当梨花开遍了天涯——"怎么回事？没有声音出来。松开手掌，开关那里亮着灯，那就是开啦。又试了一句，"河上飘着……"，还是不出声。艾老师拍拍话筒，没有"嘭嘭嘭"的回音。

难怪吕心韵跑调时，她怎么也拽不回来，原来这支话筒根本就是坏的。

再次把服务生唤进来，还是那个留长指甲的。艾老师神情严厉,"换个话筒你是睡着了吗?这都是什么设备,一个没声一个刺啦啦响。你们还要不要开门做生意?!"

服务生又一次用小拇指把挡在眼睛前面的头发刮到旁边,说:"不好意思,我找了很久,找不到好话筒。"似乎是那个脏兮兮的大号挖耳勺似的长指甲所携带的不在意的不当回事的态度,把艾老师激怒了。

她上前一步。服务生往后跽了一步。后面是玻璃钢舞池,他脚后跟一磕,一个趔趄,整个人往后仰跌。好在年轻反应快,腰背发力一个翻转,手脚并用蹿到两步开外。但是裤兜里的手机、钥匙串、打火机、开瓶器稀里哗啦掉出来,砸在玻璃钢板上,砸出很大的动静。

吕心韵从后面挤上来,挥手喊道:"开大灯。"绿眉毛立刻照她说的去做。吕心韵弯下腰,低头查看地面,然后拍着心口说:"谢天谢地。四萍,别冲动别动冲,有问题咱们解决问题,不要为难服务生。"

艾老师愣在原地,气恼地辩解道:"为难他?这叫为难吗?设备差难道还不能说?"

吕心韵伸开双臂环抱艾老师。在我看来,那个环抱的真正用意,是不让艾老师继续发难。

艾老师继续囔囔:"他跌跟头是没站稳,跟我有什么关系?难道是我推的?我一个老太太,我去推他?"

吕心韵轻轻拍打她后背,"四萍四萍不着急,有话好好说,别耍大小姐脾气。这把岁数了,什么事情都要讲道理。"

这几句劝解,似乎埋伏着某些信息。

艾老师唰地抬起双臂,挣开吕心韵的胳膊。她涨红了脸,憋着一口气。没等她找到合适的回应之词,乔老爷便上来救场了。他让服务生去喊经理,"你解决不了,我们就找能解决的人。"

服务生布满小疙瘩的瘦脸上露出不易觉察的鄙薄。这回他没有伸出长指甲,而是把斜挡在眼前的长刘海使劲一甩,昂首挺胸地说:"这个包厢是免厢费的,如果你们换到收费包厢,音响就会好很多。"

原来问题出在这里。

气氛一时很尴尬。"免费"让大家变得不那么理直气壮,一时间谁也不好抢先说话。我记得清楚,艾老师那天分明说了她买单。怎么正确理解"买单",此时变得有点滑稽。

一幕很有意思的场景在我眼前出现——吕心韵飞快地寻找乔老爷的视线,次第传达出好几种意思:你知道吗……原来如此呀……这是什么事啊。我不知道理解得是否恰当。接着,吕心韵说:"好的好的,我来买——"

几乎是在同时,艾老师的声音拎得好高:"换!马上换!要你们最好的收费包厢。"

收费包厢果然不同。不仅音响效果好,连灯光效果都多出了好几种。吕心韵很会活跃气氛,走到中间地带,把头顶上的旋转灯当太阳似的,昂然地做出几个深情的动作。

在吕心韵的带动下,气氛没有那么尴尬了。大家启动新一轮点歌，征求乔老爷意见，他说唱什么都行，无所谓。

他刚一说完，吕心韵自负地拉长声调说："您的生日是不是在九月二十三日到十月二十三日之间。如果不是，我的姓倒过来写。"

乔老爷一下子坐直了身子，表情错愕而天真，"哦哦……你看过我身份证？"

"那可没有，我是根据星座判断的。我判断您是天秤座。一是四萍说您当过领导，摩羯座、天秤座、处女座、天蝎座、双子座这几个都适合当领导。二是您的性格特点，追求和平和谐，照顾众人情绪，想想看'秤'的形象，是不是很符合？第三呀，您不信也得信，'无所谓'是天秤座的口头禅。"

乔老爷挠头，"那我偏说我不是天……天秤座，是其他什么座。"

"没关系，我的姓倒着写还是我的姓，嘻嘻。"吕心韵甜蜜蜜地笑起来。

艾老师硬生生地打断她。"星座是老外那一套，对中国人管用吗？"

他们没有注意到艾老师的不悦。

"哈哈……心韵呀心韵，你真是……有意思。"乔老爷趁着兴致鼓动似的说，"心韵呀，你看看艾同学是什么星座。"

这个乔老爷是不是糊涂了，方才还面面俱到，此刻已然厚此薄彼到如此夸张的地步，这边连吕心韵的姓都简略掉了，那边却对艾老师以礼相称。艾老师的不痛快非常明显地挂相了，

复调喀秋莎

黑云层叠，唇如覆舟。

"吕心韵——"艾老师连名带姓地说，声音有些抖，"唱歌就唱歌嘛，搞这些做什么。你不唱，别人想唱。你这么一搞，别人还怎么唱！"

"唱唱唱，马上唱，这就唱。不唱对不起一小时八十元包厢费。来吧，唱吧。四萍你唱吧。你唱得好，我们听你唱。"吕心韵笑着，把话筒递给艾老师，但艾老师根本不去接。

"这是钱的问题吗？该干的不干，不该干的穷折腾。这么多年了，你怎么还是这样，总是拎不清重点。"艾老师的语气陡然凌厉。

吕心韵也不恼，笑嘻嘻的，把我们每一个人都看上一眼，然后慢条斯理地说："四萍是典型的天蝎座，可爱任性的小蝎子，如果她看你不顺眼，就会给你来那么一下。"

艾老师的胸脯一起一伏，突然扭头看着乔老爷说："她要是当年不留级，也能考上大学。一留级，正赶上一九六六年取消高考，只能去上山下乡去农村。"

吕心韵脸上未有意外之色，倒把乔老爷搞得有几分不自然。

"当年学校铺操场，我们负责把小石子铺匀。大家脚上都是绿胶鞋。就她，穿了一双平绒拉带黑布鞋，居然还配了双白袜子。但凡她把这些心思用在学习上，不去搞那些花里胡哨的东西，就不会留级，后面就不会在农村整整待上八年。"艾老师又急又气，眉毛跟着竖起来。

"哈哈。"吕心韵恍了一下神，好像被什么逼出了假笑，左手在眼前一扬，似乎要是表达随风而逝、既往不咎的意思。"谁能预知未来？那个时代待在哪里不一样？乔老爷你又不是没经历过。"

艾老师说："你明明可以更好一些的。你就嘴硬吧。你的命运就此被改写。值得吗？"

吕心韵斜看了她一眼，"更好一些是什么样？如果我的命运被改写，会不会我们的命运都被改写？你确定你真的想过？你真的会为我惋惜？"

艾老师猛地急喘气，随即激动起来，"我到现在都没搞清楚，你为什么要来看我。我们之间，有什么可聊的！"

我感觉到她们之间的骚动情绪水波一样开始扩散。我忍不住往前凑，却忘记已经换了包厢，还以为脑袋顶上的射灯仍然是坏的。结果我这么一挪动，刚巧被吕心韵看见。

她面对我，像眼里有我，又像眼里没有我。大块头的她，忽然有一种特别单薄的感觉。音响不知道被谁关得小小的，像某种小动物在墙角发出窸窸窣窣的声响。

吕心韵声音有些闷，没头没脑的。

"我们班上有个女生，毽子踢得特别好。毽子在她脚上就像开花一样，既可以飞得又高又直，又可以旋转花样。她还能用脚的外侧面去接。只要她拿到了毽子，别人就没有机会玩了。

"她妈妈突然去世了。一点儿预兆都没有，心脏病突发。

复调喀秋莎 ‖ 91

她回来上课后,有一天,在很多同学都围着她欣赏她踢毽子的时候,人群里有个女生说——你们看哪,她妈妈死了,可是她一点儿都不伤心,还有心思踢毽子,她是属蛇的,她是冷血动物。"

这方向不明的谴责,似乎在等待某个回应。有些事情在此刻发生转折,或者说,开始显露底色。我的心脏像秋千一样悠荡起来,不道德地却又忍不住地暗暗期待快点儿看到底牌。

在一阵难堪的沉默之后,艾老师扶着膝盖站起来,慢吞吞地走向点歌台。她选中歌曲后按下暂停,目不斜视,盯着荧屏上莽莽林海的画面,举起话筒娓娓诉说:"你们知道大兴安岭的秋天有多美吗?白桦林由绿变成透亮的金黄,额尔古纳河流光溢彩,好像一幅大大的有花的地毯,泛着油润的光泽。"

她的声音在包厢里震动,像松树在风中嗡鸣,无数松针颤抖。"安德留沙……安德留沙用胡桃楸的叶脉,把小鸟脱落的羽毛捆结成羽毛扇。我们躺在厚如毡毯的落叶之上,用羽毛扇盖着脸。"

她紧绷干哑的声音渐渐柔和起来,喉咙里宛如淌过一道山泉。我似乎闻到暖洋洋的烂苹果的味道。

"太阳把我们晒化了,身体轻得像羽毛一样飞起来,飞到不远处的湖面上……大灰雁带着幼鸟在觅食,发出'咯咯咯'的呼唤……安德留沙轻轻地喊我的名字,我也轻轻地喊他——

"阿霞……阿霞……

"安德留沙……安德留沙……"

随着舌尖打卷、放松，滑向慵懒温暖的摩擦音，阿霞和安德留沙从艾老师的唇齿间轻轻弹出，如同闪耀着银色翅膀的精灵。

这时，《喀秋莎》再次响起。

在欢快的旋律中，越来越多的银色精灵舞动。我主观地认为，连灯光都亮了许多。我看见乔老爷悄悄地如释重负般地呼出一口气，绿眉毛蝗虫一样的绿色眉毛渐渐松弛。吕心韵鼻翼翕张，嘴唇似在嚅动。我紧紧盯着她的口型。噢，天哪，她好像跟着艾老师的节奏，默念——安德留沙。

过门马上就要结束，主歌即将开始。

"哐——"门从外面被猛然推开。有人像土匪似的闯进来。

估计就是那个因从伍多年而被命名的张司令，只见他双目圆睁，头发竖立，大声发着怒气。"换了包厢也不告诉我，我一个一个包厢趴在窗口上看。人家当我是神经病。电话也不接，是你请我来的，到底有没有诚意？"他挥舞着胳膊，几乎要捅到艾老师脸上。

艾老师吓得后退。可能是膝盖关节卡住了，身体往后倒，脚步却跟不上，伸出双臂猛抓。眼见着要直直地仰面摔倒。我欠起身要冲过去，吕心韵比我速度快，一个箭步从正面拽住她。这一把力气太大，后仰的艾老师猛地前俯，脑袋撞在吕心韵肩头，两个人都痛到咧嘴。

艾老师捂着额头，爆出一声尖叫："你跟你那个破单车一样,关键时刻就掉链子。"

张司令气得下嘴唇哆嗦,控诉道:"好家伙,你过河拆桥,忘恩负义。半夜三更地我帮你排队占位置,就等天亮了你来报名注册。你就都忘啦!你真会装可怜差使人。你咋不让你家老头子去排队!"

包厢里轰地一下像有什么平地爆炸。

乔老爷连着"嗨嗨嗨"好几声,却没"嗨"出一句话;绿眉毛鼓着嘴巴眼珠子定格在眼眶里。

事情忽然就变了味。

一个主观视角与客观视角混杂的蒙太奇场景在我眼前中交叠——主人公在无比漫长的几十秒内动弹不得,像是被闷在果冻般的软胶里。她看得见外面的人们。乔老爷和绿眉毛头对头咬耳朵,女进修生托着下巴啃手指,张司令吭哧吭哧喘粗气,吕心韵眼里冒着光。他们藏在旋转光的光影里,一会儿浮出,一会儿隐没。很多种颜色交替出现,柠檬黄色、茶色、红色、橄榄绿色、紫罗兰色,有一种接近腐败的气息。某个旋律兀自单循环,形成一坨黏黏糊糊的液体,仿佛达利那幅名画《永恒的记忆》里扭曲变形的软塌塌的时钟,给人一种压抑痛苦却又无法声张的感觉。

"你混账。"一个声音匕首一样划破凝胶。

吕心韵堵在张司令面前,个头气势一点儿不输张司令。她恰到好处地在一束顶光之下,下眼窝、两腮和鼻子下面相对处于阴影之中,鼻梁上一道长长的亮斑,传递出威慑信号。我们几个都不自觉地站起来。

张司令往后挪开半步,"你是哪根葱。"

"一张口就知道你吃了臭大蒜。你要还是男人,说话做事就有点儿担当要点儿脸。但凡是个人,都说不出你那番混账话。"

"你站远点儿。伤了自个儿,我不负责。"

"拿开手。别逞能,你一个老丝瓜空心瓢子,要是脑梗心梗在这撂挑子,能救你的只有我。"

乔老爷及时补话:"她是医生,还出国给外国人看过病。"

"别吓唬人。"张司令降了调门。

"你听着,忙可以不帮,她也没能耐把刀架在你脖子上逼着你帮。既然是你自愿帮的,就不要叽叽歪歪说怪话。伤害别人不说,更贬低了你自己。"

"嚼什么文辞上纲上线,听不懂。有本事你让她说清楚,家里放了个男人,凭什么要我们帮忙。她男人到底有多金贵,当个老爷供着。"张司令两撇花白的眉毛乱蓬蓬的,一耸一耸。

"她先生……在床上躺了整整三年……"

艾老师尖叫:"不要说,不要说!"

吕心韵手上用力,紧紧架着艾老师,像从战场上救下负伤的战友。"擦身,排便,按摩,一日三餐喂流食,全都靠你一个人一双手……要想想,你从小是多少人宠着溺着的娇小姐。实话实说,你亲力亲为做的这些事情,我不是没做过,我只坚

复调喀秋莎 ‖ 95

持了半年,就快要崩溃了。你比我坚强,比我善良,比我更爱……爱人……"

艾老师软下来,脸色苍白。

"她向你们吐露过半个字吗?给你们卖惨博同情了吗?谁用这种态度对待他人,这世道必将回敬你同样的噩梦。"吕心韵昂着头,从张司令开始扫视,像在警告每一个人。后面这句话很像台词,很有斩钉截铁的效果。乔老爷和绿眉毛一脸肃然,站得笔直。

"心韵——心韵!"艾老师泪水涌了出来,"噢不,阿杰莉娜——阿杰莉娜……对不起,对不起,你母亲去世了我却那么说话,太不懂事太任性。这事情压在我心底多少年,一直没有机会开口向你道歉……也不知道应该怎么开口……"

吕心韵眼圈也红了,克制着回应:"阿霞……"

我感到轻微晕眩,随即一种云开雾散的清爽涌上心头。是怎样的囚禁在她们内心深处疼痛折磨,使她们情感紧绷却又互相牵绊,终于,化解在冲破牙齿封锁的美妙发音之中。

艾老师捂住脸啜泣,"这么多年,我一直想,如果我们一起上了大学,和安德留沙在一起的,就可能是你。你比我勇敢,比我开朗,比我大度……但是你错过了。对不起,噢不,我为什么要说这个。它们是一回事吗?是吗?我搞不清楚了……

"你在深圳的那几年……我最难熬的也是那几年。我一直、一直、一直熬,我常常想,你当初在农村一定也是那样一直、一直、一直熬，找不到出路，看不到未来。想到你曾经的处境比我……我们的更难，我就咬牙忍着。或许，这就是世界回敬我的噩梦。我不知道应该责怪谁，是不是每一个人都是受害者。如果说有错，那是荒唐的世道吗？我甚至一度让自己努力承认，后来发生的事情，是老天爷对你的某种补偿。

"他也很难……即使在那段难熬的日子里，他也没有违背他的承诺。他每次去深圳……出差，都会提前为我准备好几天的饭菜。他甚至托关系买到一台苏联明斯克牌电冰箱，我记得特别清楚，七百三十九元。八十年代啊，这笔钱相当于我们四个月的工资。"

尽管我清清楚楚听到了每一个字，可是，如此众多的熟悉字词组成的这番陈述，却令我感觉自己正通过黑暗。上一秒还是天堂，此刻却如坠黑洞。

我下意识地朝吕心韵看过去。她脸上掠过一片寒意，眼神看上去干涩而不甘。"他不能下定决心和我一起出国，那他就只能没出息地去做一辈子的饭。"

艾老师可怜巴巴地问："你吃过他做的饭吗？"

得到吕心韵给出摇头的答复后，艾老师眼里涌起细小的笑意。"谢谢你说了实话。他做饭做得太难吃了，连他自己都承认，没有谁比他做饭更难吃。他说这辈子能容忍他厨艺的，只有我。"

艾老师笑起来。笑得满眼是泪，却如释重负。

绿眉毛在旁边冒出一句："哏难食，为咩哋你食得落？"

复调喀秋莎 ‖ 97

艾老师扭头去看提问的绿眉毛，眼里充满带着伤痛的暖意，好像她面对的正是做饭做得乱七八糟的安德留沙。

"他就爱看我吃饭的样子。他说我能把苦瓜吃出甜瓜的滋味，啃木薯像啃猪蹄髈。"她热泪滚滚，"那些年里，多少艰苦的日子，就是这么苦中作乐，开开心心熬过来的。"

我不禁鼻子发酸，余光里绿眉毛脸上也淌着眼泪。

艾老师推开吕心韵，倔强地迈开步子。她再一次在点歌屏幕上滑动手指。她自言自语："黑鸭子版，乌兰图雅版，廖昌永版……不要，统统不要。俄文版的，我要唱俄文版的。"

"为什么没有俄文版的《喀秋莎》？"艾老师喊起来，"为什么？为什么?!"

拖着受难的膝盖，她闯进一间又一间包厢，用一种匪夷所思的执拗打断唱歌的人们，要他们查找俄语版《喀秋莎》。她说《喀秋莎》如果不用俄语唱，算什么《喀秋莎》？一个连俄语版《喀秋莎》都没有的KTV，有资格号称拥有全亚洲最完整曲目？"欺诈，我可以告你们欺骗消费者！你们收了我们的费用，就要提供完善的服务。"她像一场大脑短路事故的受害人，又像一个无理取闹的碰瓷者。

被打扰的人们从一间间包厢走上过道，跟随艾老师涌到门厅候场区，迎候一场未知的热闹。人堆里有人开始怀旧，说上初中的时候在家偷听国外唱片。那时候《喀秋莎》《莫斯科郊外的晚上》《红河谷》一堆外国歌都是"黄色歌曲"。为了不走漏风声，大家决定对唱机进行"革命"，为的是尽量降低音量。张司令隔着乔老爷打断他,"喀秋莎"也是二战时期苏联军队的代表性武器,杀伤力极大,还上了抗美援朝战场。

在众人的鼓动和搀扶下,艾老师颤颤巍巍站上茶几,一个趔趄,周围的老人发出一阵惊呼,许多双手同时向她伸出。看哪,她多么像一个穿越了炮火穿越了时空带着胜利归来的老年喀秋莎,灰白的童花头发丝纷飞,疲惫又坚强。她沉着地低声起调门,双手做铿锵的指挥,舌头打卷,弹出一连串坚定的跳跃的饱满的富有弹性的俄语单词。

坦克、飞机、大炮、硝烟、旗帜、红星、云霞、平原、沼泽、姑娘、小花、薄纱、敬礼、士兵、墓地、尘土……苏联战争片中的镜头在我眼前滚滚而来。那些影像画质模糊粗糙,放大了战斗民族的英勇、浪漫、刚强、忧伤。

艾老师在上面唱一句,下面的老人就跟着学一句。歌声嘹亮,情绪饱满。但他们毕竟对俄语不熟悉,除了开头几句能对上口型,后面干脆唱起中文,声音七高八低的,也不在一个调上。

艾老师大幅度挥手大声提醒:"唱俄语,唱俄语。"她火烧火燎的模样,好像炮弹就要飞过来了,我们还在不紧不慢地漫步观光。她满眼都是衰老的面孔。她觉得眼前这些人简直无可救药。他们根本不知道自己要完蛋了。他们根本不知道她在救大家。你们就不怕失去吗——失去繁花盛开的夏天,失去冲破冰封的河水漫过的花园,失去令人心碎的牵挂眷恋,失去秘密的爱情和隐匿的背叛,失去挂在桦树上空和月光对抗的哀伤，失去在痛苦中欢乐中的世界……

她那种孤注一掷、急赤白脸的样子，让人们渐渐觉得滑稽。一股嬉笑的情绪开始在人群中扩散。经理带着几个保安，站在人群之后不动声色。

我看见吕心韵靠在一根大柱子上，在人声渐起喧哗之时，她开口唱了起来。她唱的也是俄语，发音不如艾老师流畅清晰，还有些恍惚。但是，她的声音逐渐变大变强，如同一个掉队的战士，拿出百分之二百的气力，急切追赶部队。她依然拐调，一些音忽高忽低，似乎躲闪迎面而来的子弹。大家纷纷扭头看她，不明就里，带着起哄的心态瞎鼓掌。艾老师循着声音朝她张望。她俩你看着我，我看着你，似是交锋，似是会合，旁若无人，仿佛置生死于度外。当她俩的声音逐渐合二为一，这歌声更加浑厚更为坚定，散乱的掌声已然转为有节奏的整齐的击掌。

我心里砰地一下，似乎海底隧道合龙，又好像大坝开闸放水。一种奔放而来的酸楚强烈地袭击了我，眼前灯光漫溲朦胧。时间仿佛在此刻永驻下来，一秒钟里似有千言万语。

放寒假前，我去马路对面的超市选购本地特产准备带回家。路过生鲜区，我听见有人在问店员马鲛鱼怎么做。那声音听起来是艾老师。扭头看，果然是她。店员估计跟她熟，说她走路不那么硬邦邦的了。她说是呀，一个很老很老的朋友告诉她的，去医院打玻璃酸钠可以缓解，的确舒服多了，膝关节可以打弯了。店员说："很老很老？有多老？一百岁？"她笑出声说:"属蛇的,比我老,又高又胖,还没我好看。"

我很想恶作剧地喊一声"阿霞"。但我忍住了,我不准备打扰她。春节将至,超市做足了氛围,红红火火,喜气洋洋。年货专区里,装饰性的麦秸秆上插满了冰糖葫芦,一群小孩子围在跟前,眼花缭乱,不知道该摘哪串。

艾老师仰着头踮起脚尖,伸手去够高处最大串的红果子。她得意地晃着脑袋,染黑了的童花头映出一圈幽幽的可爱的光弧。不看正面的话,真以为这是一个无忧无虑、没心没肺的半大孩子。

在某个冬日明亮的早晨,一片令人心醉的白雪覆盖的街道。少年安德留沙攥着三根冰糖葫芦,在马路对面向手拉手的阿霞和阿杰莉娜使劲招手。她俩犹豫片刻,几乎同时跳起来,在雪地上踢踏出一片洋洋洒洒的雪花。两串并排的脚印在某一个点突然合成一串。阿霞跳到阿杰莉娜的背上,搂住她的脖子。她俩咯咯咯笑着,像一颗小炮弹,向着安德留沙快乐地奔去。

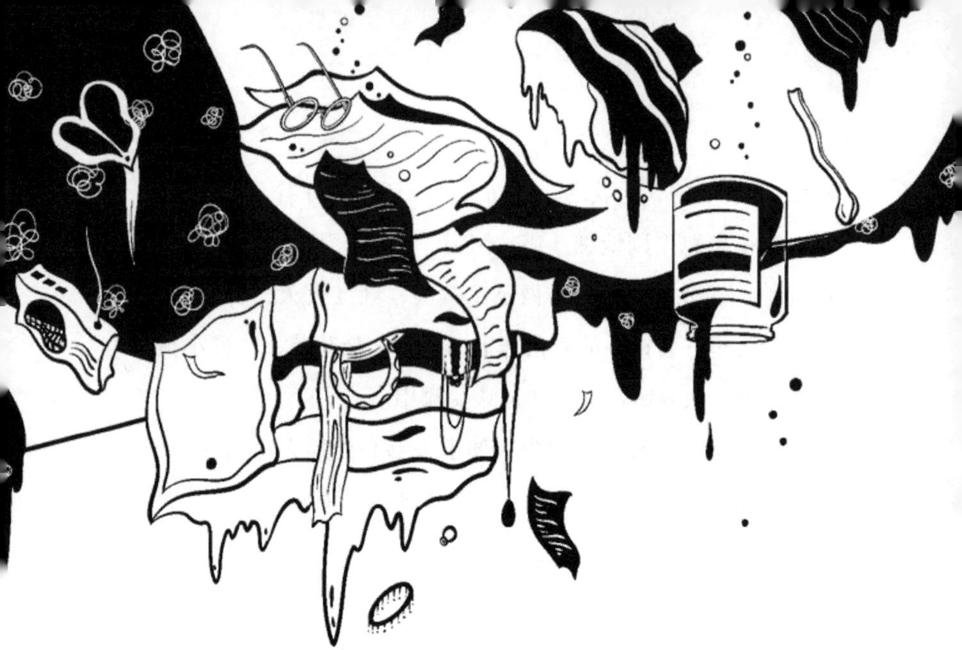

不忘

母亲梅楠确诊为阿尔茨海默病的第五年，金燕带着她，从朝天门码头登上从重庆开往宜昌的黄金六号游轮。这或许是母女俩最后一次同行出游。回来之后，梅楠有可能被送去养老院。

　　这并不是金燕第一次坐船游长江三峡。上次是她和林远高新婚燕尔，在一众游轮中选择了开启处女秀航行的黄金六号。

　　金燕微信朋友圈里的第一张照片，拍摄于黄金六号豪华气派的欧式中庭的正中央。林远高蹲在地上，手机几乎贴住地面。竖构图里，金燕头顶上方接近百分之五十的留白，留给了大厅顶部透着蓝色天光的大面积景观天窗。灯光自顶层如银河倒泻，人们像是在广阔的光的河流里流来流去。金燕穿着枫叶红的羊绒衫，暖暖的复古色调，如温润的秋日时光，象征着她和林远高中年之恋的醇厚、深沉、温暖。她不由想起一首诗："远远的街灯明了，/好像闪着无数的明星。/天上的明星现了，/好像点着无数的街灯。/我想那缥缈的空中，/定然有美丽的街市。/街市上陈列的一些物品，/定然是世上没有的珍奇……"

这首《天上的街市》收入初中语文课本。附着于这首诗的记忆其实并不美好。但是，面对如此场景，她不能不想到这首诗。摒弃那种纠缠复杂的情绪，进到单纯审美的境界，金燕感受到一种绚丽之下、沉静之上的神奇浪漫。如果说这次旅程有什么遗憾，就是金燕在最后一晚突发肠胃炎，在房间里上吐下泻，没能体会游轮通过三峡大坝五级船闸的雄奇。七八年过去了，黄金六号当然起了一些变化。金子质感的灯光没有那么明亮辉煌了，观光电梯的玻璃起了油花，客房临江露台的铁艺围栏长出肉眼可见的星星点点的绿锈。也有没变化的，比如说登船当晚的游程说明会依然是在多功能厅开展。

邻座一位男士让她多看了两眼。

他穿着姜黄色休闲夹克，脚上是牛皮登山鞋，看上去质地不错，发型中规中矩，头发染过，鬓角露出新生的灰白，前额宽阔饱满，眉毛稍嫌稀疏，有一种公职人员彬彬有礼、讷言敏行，稍有点专横但不会滥施权威的既视感。他陪着一名高个子老先生，满头耀眼白发，没有一丝杂质，想必是他的父亲。

金燕出电梯时，行李箱的滚轮卡在电梯门地坎里。男士正巧经过，看到金燕又是提又是拽，便停下来问："需要帮忙吗？"金燕本能地摆手说道："不用不用。"为了增加谢绝的力度，迅速并礼貌地补上一句："小事，我自己能行。"他有些不确定,"真的不用?"金燕把头摇得很着急,那样子就像生怕下一秒钟他的手伸过来。

这个滚轮显然就是要跟金燕过不去。电梯门开开关关,三番五次被行李箱挡回去。已经出了电梯的梅楠自顾自往走廊深处走去。金燕急着叫:"梅医生,不要乱跑,回来。"便不顾形象,蹲下来双手搁住箱子底部用力抬。

滚轮弹出地坎,行李箱哐地砸出电梯外。金燕重心不稳,整个人跟着栽出去,小腿骨磕在箱子金属边框上,她咬牙屏气了小会儿,才熬过那种痛。

和公务男一样,金燕的神态也与这条船上很多人的都不一样。她长发绾髻,眼神干冷,有点游离状态,仿佛置身事外,两颗大大的澳白珍珠耳钉闪着凛光,如白霜凝结。谈话做事非常专注,双眼习惯性眯着,仿佛雾里看花水中望月要排除纷扰一探究竟,同时又警惕着万万不可感情用事。这或许和她的职业有关,她是上市公司的财务高管。当遇到突如其来的招呼,她会一秒钟换上客气却生动的笑容来回应,眼睛周围显现细碎的皱纹。

介绍完即将开启的四天三夜的长江三峡游行程,工作人员开始分组。每组十来个人。按组安排餐桌,排队出舱,换坐大巴、电瓶车、观光船。金燕搀着母亲排到本组队伍里,一扭头,后面还跟着邻座父子俩。

金燕说:"多多关照。"

公务男说:"互相关照。"

这一组其他组员如下：一对走性冷淡风的中年夫妻，鼻梁上架着看上去蛮轻蛮高级的无框眼镜；满身LV老花花纹的名牌佬，身边的小女友自带厌世脸，酒红色的眼影从眼角抹到眼尾；还有陪着客户一同出游的两个经理，一个黑胖一个青瘦，宛如"黑白双煞"。

梅楠顺从地跟金燕在天上飞了三个小时。她并没丧失全部能力，但脑回路里的线路经常断掉，或者搭错，同时丧失了时间感和方位感，需要人照料。她的脾气还算温和，不像有些阿尔茨海默病患者那么暴躁。在游轮客房坐定下来，顺着天花板一路往下看，梅楠露出迷惑的神情。床铺上一个用浴巾叠成的天鹅吸引了她。想了想，她把天鹅拿起来，双手捧着，"你给我换了新枕头？"

"我们到重庆啦。这是客房的摆件。"

"胡说。哪里有这么远。这是人民公园的白龙潭。"

"我们一早就出门了。先坐汽车，走高速公路到机场，然后坐飞机。两千公里呀。现在是在游轮上，带你游长江三峡。"

"不可能。我们顶多出来半小时。我要回家。"

金燕把水杯递给她。"好的。我们先喝水。休息一会儿就出发。"等她喝完水，思路就会跑偏到另外一条道上。

放下水杯，梅楠从外衣口袋里掏出餐巾纸。她的口袋里永远有层出不穷的一沓沓叠好的餐巾纸。她有不算过分的洁癖，外出吃饭住酒店，要用湿毛巾擦拭接触到的物品。金燕看着母亲和床头柜无声较量，一整张纸渐渐碎为纸屑、碎渣，最后状如粉齑，只需轻轻一扫，便无影无踪。金燕不去打断她。她余生所有的时间，就是消磨。与时间一同被消磨的，还有她无可挽回的记忆，以及亲人必将被消耗殆尽的耐心。

＊＊＊

丰都鬼城最火爆的景点，还是那座拱形的"奈何桥"。

"和家人一起访'三生石'、喝'孟婆汤'、走'奈何桥'、过'鬼门关'，跟随'彼岸花'，进入生死轮回，寻找你的前世今生。"

导游们的"鬼话"此起彼伏。真正的丰都，已经淹没于水下。眼前的景点不过是今人凭想象建造的充满塑料质感的"阴曹地府"。

"过奈何桥，前世忘却，投向新生。若是夫妻，需牵手通过，走双数步；或是单身前来，走单数步，方可幸福平安。桥上抹过香油，走过不可滑倒，否则便有坎坷之嫌。"

有些夫妻要摆造型，搞什么比翼齐飞，不顶用，跟跟跄跄，不是栽了跟头就是摔个屁股蹲，要么跑偏方向，差点扎到围观的人群里。几对一路亲密的男女，到了桥头神情却有些异样。有的悻悻然后退几步绕桥而过，有的为到底走双数还是单数拉扯，有的索性松了膀子，各走各的。吃瓜群众笑得浑身哆嗦。

上次来，金燕和林远高"熊抱"在一起，双膝微屈，降低重心,滑冰一样溜下来。不疾不徐,稳字当头,成为众人仿效的范本。自从母亲生病,他们再也没有一起出游。

一回头,梅楠不见了。金燕倒也没慌。只有这一条上山路,人肯定丢不了。穿插在队伍空隙里往前追,只见梅楠机械地跟着前面那个人,没表现出一点旅游者应有的好奇心。人家走,她就走。人家停,她也停,显得呆头呆脑。

再走几步,金燕认出母亲尾随的人,是公务男。公务男拉着老先生的手,让人看着很有爱。他们三个走走停停,两老一少,蛮和谐,像一家人。金燕父亲在她大学还没毕业就去世了。有时候金燕指着相册上的父亲问梅楠:"这是谁?"她面露茫然,回答不出来。

公务男显然也注意到了尾随者。他身量不算高,双肩很结实,稍稍有些前伛。他踮起脚尖,越过众人头顶向四周张望。金燕有意闪躲在一个壮汉背后。她很想知道,母亲会不会就这么跟人走了。面对这个满是陌生人的世界,母亲会不会觉得惶恐。

令金燕感到失望的是,母亲似乎没意识到她的消失。公务男倒很关照这个莫名其妙黏上他们的老太太。上台阶过门槛,尽可能搀扶一把。老先生身板很挺,行动敏捷,看人的眼神里带着轻微的嫌弃。金燕便有些心疼。梅楠是大医院退休的医生,往那里一坐,自带知识女性的气质。她有兴致主动唠叨起来的时候,尽管张冠李戴,答非所问,却也像模像样,煞有其事。

晚餐是自助餐。名牌佬全程都在讲话,夸张的热情令这一桌的气氛不至于沉闷而尴尬。

名牌佬说那对高冷夫妻的眼镜是"林德伯格",丹麦的顶级品牌,"号称全球最轻的眼镜,普普通通的也得过万"。

男人淡淡道:"老板好眼力。"

名牌佬一脸坏坏的笑,"二位是投行精英吧?"

高冷夫妻对视一下,女人说:"老板有什么投资意愿吗?"

"我就是做眼镜代理的。想不想知道我们私底下把这个牌子叫什么?斯文败类……咯咯咯……"名牌佬大笑,嗓子眼倒气儿,发出鹅叫。

梅楠四处张望着,起身去自助餐台拿食物,脖子上系着的餐巾,像小孩子的围嘴。金燕朝母亲瞥去一眼的同时,目光扫过公务男。公务男注意力在老先生盘子里的虾,他俩好像在讨论那只虾的新鲜程度。

梅楠找不到回来的方向,端着盘子在餐台附近游荡。金燕一直在留意她,直到她快走出餐厅门才起身追过去。归座后的梅楠一直保持缄默,安静地对付刚取回来的牛排。

"黑白双煞"从客户那桌过来,他俩与名牌佬互带投缘气味,手里拎着两瓶自备的红酒邀请名牌佬前去助战。名牌佬拍拍小女友后背,把她从椅子上撵起来,"你先去探探深浅。"黑脸经理脸上的笑容同名牌佬如出一辙,"大哥,我们都好浅的,不够你深。"

刀叉有些钝,梅楠没能把牛排切成小块,她把盘子推到一边。金燕把盘子推回去,"不能浪费。浪费是要罚钱的。用筷子吧。"

梅楠左右瞅瞅,像是一个古怪的变老的小孩子。看到老先生盘里的虾,她犹豫一下,然后说:"你的虾给我一个。"

金燕用筷子敲她的手背,"梅医生,这样很没礼貌。这是自助餐,只能吃自己盘子里的食物。"

"你叫她什么?"老先生好奇地看着她们,"帮她切一下嘛。"

"她自己能做到的,不能让她养成依赖别人的习惯。"

老先生撇撇嘴。

"从小我们就是这样被教育的呀。自己的事自己做。"金燕声音里有辩解的成分。

老先生说:"所以现在要被你教育。"听得出有一点儿不服。公务男将手搭上他肩头,这个意在安抚的动作并未起到作用。老先生一点儿不避讳地说:"可她脑子瓦特啦。刚才说这里是什么人民公园,这条河是白龙潭。"

"阿尔茨海默,"金燕表情板结,"这是阿尔茨海默病。慢性的大脑退行性疾病,记忆颠倒错乱,只记得以前的事,不记得眼前的事。"

事实上哪里有这么简单。她不会告诉他们,母亲在煤气灶上热包子,热到一半不管了,水烧开锅烧煳包子成了煳嘎巴。或者半夜起来不睡觉,把所有的门窗挨个儿打开合拢。发展下去,还会出现多疑幻觉妄想攻击暴力抑郁失眠游荡认知下降表达含混等多种症状,你完全不知道每天一睁眼会面对什么样的新情况。

"就是老年痴呆。不过是换一个说法。"他说的是事实,但听上去顽固又尖刻,倒像是对金燕的谴责。

公务男拍拍他肩膀,"吃好了吗?吃好了咱们就走吧。"能感觉到他对老先生的某种迁就。

金燕好气恼,悄悄翻出一个白眼,却正好迎上公务男欠着身子低声道:"不好意思,代他向你道歉。"

白眼被逮个正着。金燕脸上一阵燥热,"没事……老人家嘛……"

＊＊＊

一整天,林远高一个电话也没有。

金燕坐在书吧里,膝上摊着一本书。她有意选了书架上最薄的,藏蓝色硬壳封面,拿在手上很有质感。不过她一个字也没看进去。

一段时间来,金燕一直在关注(偷看)林远高手机。有两个女人和他的微信对话是不正常的。因为没有百分之一百可以称为"实锤"或"铁证"的内容,只能用"不正常"来形容。包括转发的黄色小视频小段子,健身路线的相约,不喝奶茶的提醒,美景美食的分享。一个偶发性称林远高为"宝"(这是不是就跟四处泛滥的"亲"相似呢),另一个则问他"想不想做双人运动",林远高回复"没体力"。他久不久地分别和这两个女人吃饭,可是这个饭都是同一堆朋友吃,因为他们相互打问今晚的饭局你去不去。

很多微信对话记录林远高都原封不动留着。是舍不得删除吗,还想常常回味?金燕没兴趣刨根问底搞个水落石出。这种东西在她看来,像是小孩子过家家的游戏。自从决定和林远高结婚,金燕就把记忆卸载。她有过一次失败的婚姻,两段不堪回首的情人经历,一场烈火烹油般的姐弟恋,还曾被PUA,财色两空差点崩溃。好在她意志力强大,被打倒在地,总能爬起来、站起来。时过境迁,她并不为此懊恼。虽然她也说不上他们到底是哪一点打动了她。她觉得自己是真诚的,过于善意地为他人着想,所以才一次次把自己搞得狼狈不堪。正如一度和小她八岁的男孩规划未来时,她甚至说愿意让他在四十五岁时重新做出一次选择。很简单啊,她不愿用"爱"捆绑他。那个男孩瞪着眼睛,看外星人一样看她,分手时伤心地指责她不够爱他。

一如既往,各睡各的被窝的时候,手伸进林远高的被筒,手心或手背贴着他胸口或腋下。直白一点说,如果林远高能有什么渠道解决自己的性欲,她也没什么意见。就她所知,他在这方面的需要也不多,不过没准有的事她并不知道。她试着想过,如果他和其他女人有了这种事,她会不会愤怒。结果她并不觉得愤怒,只是有些失望。

难道是与钱打交道的职业需要耗尽了她对生活的热情?这份工作乏善可陈,亦让她感到腻味透顶。有时候,她得捏着大腿想着薪水，才能逼出耐性。现在，她只想减负。她不打算从遇到的每一个人身上去探索所谓的人性幽微。林远高也并不是那种她需要他的一切的男人，她要的只是他的务实和包容，特别是包容母亲带给他们的种种意想不到的麻烦。

金燕点了一杯咖啡。水不够烫，温吞吞的。温水冲不出咖啡的香气。咖啡杯子旧了，釉面无光，如同这条游轮上到处都显现出来的"旧"的印迹。喝完咖啡，她才认真留意到书脊上的烫金书名，《局外人》。很有名的一本书，她却一直没有读过，工作高压或许是久不读书的一个借口。局、外、人，这本书此刻在她手中，多么像是某种恰如其分的隐喻。

金燕走到服务台，直截了当地对服务员说想买这本书。但是服务员说这里的书只借不售。

金燕非常诚恳，"我很想快快看完。但船上时间太短。"

服务员说："没办法的，这是制度。在船上看书、借书都是免费的，只是不能带下船。"她抬起一只胳膊，示意金燕往墙上看，那里贴着一张《借阅须知》。

金燕看了几眼，笃定抓住了重点。"能理解，当然能理解。只是制度是死的，人是活的。这样吧，我就按上面写的，如果把书弄丢了，需要支付书价四倍的赔偿金。我按这个价格给你，可以吗？"

服务员仔细看了看金燕，不打算让步。"如果都像您这么做，那这里的书就会越来越少，怎么为更多的客人提供服务？我们这里毕竟不是书店。"

金燕显然不甘心。"你仔细看看,这本书是旧书,上面还写着购书人的名字,购书的时间地点,没准就是你们从废品站旧书摊收来的。怎么就不能把它让给更有需要的人呢?"

"真的不行,您别为难我了。您可以立刻在网上下单,等到家了,书也寄到了。"服务员给出建议,嘴角上扬,眼神却是冷的,就像那杯没有灵魂的咖啡。

一时间,两人僵持不下。轻松惬意的人们,在书吧门前来来去去。步行商业街两侧的路灯和假树上,挂了许多彩灯彩带。女人们在饰品店挑选各式各样的头饰、面具。稍晚一些,将举行一场化装舞会。金燕看着门外的热闹,那些开心的人哪里能感受到她的恼火与无奈。如果顺手把书塞进衣服口袋,有谁知道?往往就是太讲规矩了,反而麻烦。

也就是走神的片刻间,公务男不知从什么地方走过来。他手上也攥着一本书,神情自然,好像他俩相识已久。"先借上吧。"他那抑制着的沉着,令金燕有某种期待。

办了借阅手续,带着书走出来。公务男左手平摊,把书端在手上。"露台上有茶几。书放在茶几上。露台的围栏,你知道的,是几道铁架。"他的右手在空白处平扫,像魔术师故弄玄虚的手势,口气坚定,"铁架外面,滚滚长江东逝水。"

"不小心,碰翻了茶几。"公务男左手倾斜,书滑下来,快要落地时,他身形一低,右手在低处稳稳接住。紧接着,两手往身后一背,随即复位。手掌朝上做展示状,空荡荡的,什么也没有。

金燕好像没明白,但她马上就反应过来。嘴巴撑起圆圆的"O",倒吸气,发出短促而又雀跃的感叹,"哦"。

公务男借的那本书有着砖头一样的厚度,发旧发黄。卷了毛边的封面上是一个外国大胡子男人有些神经质的大半个侧脸,《D.H.劳伦斯传》。哦,劳伦斯,好像是《查泰莱夫人的情人》的作者。

此刻,金燕忍不住冒出一点点好奇——借这么厚的书,看得完吗?不过她没有说出来,公务男的演示已经给了她最好的答案。

* * *

"花儿为什么这样红……"舞会音乐都是一些比较有年代感的歌曲,显然是为了照顾五六十岁的中老年人居多的参与者。

梅楠的身体在节奏中轻微晃动。金燕鼓励她:"去跳吧。"

"我不会跳。"

金燕忍不住苦笑,掏出手机陆续打开几个视频,"看,你跳得多好。"梅楠迟疑了片刻,才辨认出那个戴着维吾尔族小花帽跳新疆舞的人是自己。

一个旋转到眼前的蓝裙子女人自带表演欲,冲着经过的每一桌招手。梅楠试探着挥动手臂。犹豫了一下,她大声问:"你是哪一级的?"

"谁?"蓝裙子一个旋转,转出去了。

不忘 ‖ 117

公务男对老先生说:"你请她跳支舞好不好?"老先生衬衫领子里打着蓝色细格丝巾,既有派头,又显得脖子不那么细瘦。

金燕给老先生续茶。他长手指在桌面轻叩几下。公务男又说:"她跳新疆舞,好灵的。"

一副恭敬不如从命的模样,老先生向梅楠发出邀请。梅楠不知所措,金燕忽发灵感,对梅楠说:"他比你高一年级。是你师兄。"

三步舞曲,嘭嚓嚓,嘭嚓嚓……原地几个进退,仿佛为即将开始的旋转酝酿后坐力。令金燕颇为惊讶的是,在老先生暴筋手臂箍紧的环绕中,梅楠开始有些磕绊,没踏上节奏,大半支曲子过后,便自如了许多,宛如一尾活泼的鱼畅游。这竟然是金燕第一次见母亲跳交谊舞。

不得不说,需要一定浪漫身心投入的交谊舞与梅楠对自己一向严肃严谨的要求有些违和。在金燕的印象里,母亲是不苟言笑的,她看谁都像病人,身上都有疑难杂症。她时常用痛心疾首的口气对金燕说:"你不能再好一些吗?就这么容易满足于这点儿成绩?"好像金燕拿回来的考卷不是九十八分而是六十八分。

医生建议,梅楠这种病情,需要多与人交往多参加文艺活动。金燕不得不强迫自己周末早早起床,陪她去人民公园。闲逛中居然在老年相亲角撞到了贾某人的资料。这个贾某人是梅楠曾经为金燕安排的相亲对象,医院里当年少有的博士,但金燕无法接受贾某人大势已去的发量。眼前，压在保温杯下的A4纸上，"离异，带有一女孩，三甲医院营养科主任"的贾某人形象如一枚去壳鸡蛋。守着这张纸的老太太的面目和他的如出一辙，像一坨醒过头的发面团。

"不管什么世道，医生都是最吃香最令人羡慕的职业。你看看那些当领导的，对谁都颐指气使，唯独见了医生老老实实。"梅楠说。

"你哪来的这么严重的功利思想？如果你是这样当医生的，我看你那些先进证书奖状锦旗都白得了。"

"天下最难的事就是张口求人。万一以后我得了大病，进医院做手术都顺利很多。这是给你减轻负担。"梅楠又说。

"生死由命，杞人忧天。把眼前过好才是最重要的。"

"你这是目光短浅，典型的若无远虑必有近忧。"梅楠还在说。

"行了，梅医生，"金燕提高嗓门，"到底是你结婚还是我结婚？为了一个'远虑'就要把我眼前的快乐牺牲掉。我明确地告诉您——"

金燕结结实实地将"您"的发音顶在前腭，"如果我嫁给这个秃脑壳，就会不开心，就会没有性生活，就会生不出小孩，就会离婚，就会抑郁，没准哪天就摸了电门。我就是要找一个帅的，找一个跟我年纪差不多的，找一个头发多多的。"

和梅楠一来一往的唇枪舌战令金燕甚是得意尽兴。不过这只存在于她的臆想当中。当年她还没有足够的勇气当面忤逆

不忘 ‖ 119

梅楠。随着日子慢慢往后过,她不断为这段虚拟对话增补新台词。这些台词倒当真面对面讲了出来。

她离婚——

"要是你和博士结婚,他大你那么多,一定不会和你针尖对麦芒,你想吵也吵不起来。"

"梅医生,我宁肯选择一辈子被吵到死也不要那种整天无话的,你和我爸的日子,家里冷成冰窖,你觉得我还没受够吗?"

她的姐弟恋被梅楠发现——

"小这么多怎么可以?他没办法踏踏实实地和你白头到老。"

"梅医生,女人本来就长寿,倡导女大男小势在必行。你想让女人到老全部都成遗孀吗?"

她和林远高结婚——

"这套房子可不要写上他的名字。"

"难道在他眼里,你女儿的可'娶'之处就是这套房子?"

她不打算生育——

"还是得要一个孩子。要是我现在没有你,孤灯单影多可怜。"

"梅医生,你觉得孩子就是拿来给自己养老送终的?与其要个孩子,难道不是自己有钱比较重要?"

"你难道""你觉得""你有没有""你是否想过"……提问或反问句式,这是金燕在工作中诱导或逼迫他人做出回应的方式。金燕能想象自己穷追不舍讨人嫌的表情。不过用来抵挡梅楠，这一招倒是好用。梅楠越来越老，越来越安静了。

唯一让梅楠没有表达反对意见的，是金燕从事业单位辞职去民企。当时她们还住在医院里两房一厅的老旧家属楼，当金燕说起翻四倍的年收入，还有可能拿到原始股，外面已经慢慢黑了，谁也没有想到去开灯，灰蒙蒙的房间似乎仅凭她俩眼里射出来的光芒就够了。

摇晃的魔球灯发出五颜六色的光。梅楠融入了人民群众的汪洋大海。跳舞的人们戴着面具，老的看不出老，丑的看不出丑。那些附着的假面孔，有着或绿或紫的诡谲脸色，五官模糊，像幽灵一样，飘浮漫游在光里。光很深很厚，半遮半掩着他们松懈的身体线条。一波强过一波的旋律，令光的泳池加剧晃动，即将从窗口倾泻而出，潮水一般扑向两侧暗沉沉的群山。

金燕忍不住掏手机看。林远高的上一条信息还停留在昨晚的"旅程平安、快乐"。到底要不要给他打个电话，金燕纠结了一小会儿。她猜想他在做些什么。这个时间点，估计在刷抖音。吃完饭，他先追两三集剧，然后刷抖音。他提到遇到她之前的那段生活时，总是把它说得毫无生气。现在看来，是他个性的原因。金燕由衷地厌恶抖音里的背景音乐和罐头笑声，强烈要求他戴上耳机。看着他在沙发上"葛优躺"，她也感到很奇怪，她竟能容忍他如此庸俗的爱好。

自从三年前他父母先后病逝，他一直恹恹地提不起精神。每每酒醉回来,他总是反复念叨"失去了人生的支撑和归属"。金燕不得不放下看到一半的财务报表,从书房出来。客厅里黑乎乎的,灯总是被梅楠关掉,一股外卖快餐的气味、凉下来的泡脚水和厨余垃圾的酸腐味儿。咖绿色的地板白天看文艺范儿十足,夜晚若是没有灯光加持,就像滋生了斑驳的苔藓。

金燕有几分落寞——难道你的人生里没有我?而后握住他的手给予发自内心的安慰——我会一直陪着你。他失焦的目光从她脸上一厘米一厘米地移开,对着映出他俩影子的电视机屏幕怔神。像是担心什么,他把外衣拉锁往上拉,一直拉到头,似乎是想把自己整个儿裹起来。

不过次数一多,也就木然了。她不能总把时间和精力花费在安慰一个正常的成年人身上。他是不是太脆弱了?他又不是梅楠,应该有自愈能力。女人总是有内在的力量让自己活下去。即使是梅楠,也并不回避自己的问题,偶尔会嘟囔金燕不要对她嚷嚷不要对她不耐烦,因为"我有病的"。

以往的分手,金燕头也不回地走了,他们的悔意,总会透过种种缝隙传递过来。此刻也一样,她可没有看在什么的分上必须维持这段婚姻的念头,即使林远高承包了这么多年的厨房家务。谁会为哪家饭店好吃而立志嫁给掌勺颠锅的大厨师?这样的事情在小说里可称为故事,若发生在金燕的人生中则堪比事故。

从舞会上回来的梅楠,兴奋得睡不着,摸摸这里摸摸那里，嘴角弯出一道月牙。过了一会儿，她忽然被什么慑住了似的，保温杯举到一半，停在唇上，恍恍惚惚地说："今天我看见一个人。"

她说，她看到陈志凡了。

金燕从来没听说这个人。"谁？在哪里？"

"你怎么连他都不记得了？他是你爸爸。"

金燕吓了一跳，"我爸姓金。我这长相，单眼皮薄嘴巴，一看就是我爸的基因。"

金燕反问她："我爸叫什么？"

梅楠不吭声了，把杯盖扣在杯口，使劲扭上，一圈又一圈，胶垫滋滋作响，像痛得喊救命。

＊＊＊

第二天早餐时，老先生和梅楠打招呼。她笑了笑。老先生态度随和了一些，不再是矜持孤傲的"老克勒"模样。他对金燕竖大拇指，重复昨晚的夸奖，"你妈妈跳舞，灵。"梅楠看上去迷惑不解，她已经不记得昨晚的事情了。她悄悄问金燕："跟我打招呼的这个人，是不是你爷爷？"

直到大家聚在阳光甲板上，不知谁带来了小音箱，上了岁数的游客们自发地又一次"嘭嚓嚓"，老先生和梅楠再一次旋转在一起。

红晕涌上了梅楠的脸颊，连她的脖子都变得绯红。片刻间她双眼蒙上一层雾气，深深地叹了口气，"陈志凡，你是不是陈志凡？"突然涌上来的泪意使她的嗓子哽住了。

老先生看看前后左右，不确定地问梅楠："你说什么？"

名牌佬像闻到了什么似的凑过来，懒洋洋地笑着说："哈哈，有故事。"金燕瞥他一眼，他那个小女友刺猬一样瞪着金燕。

梅楠说："你去的那个乡镇卫生院，我去那里找你。他们说你走了。我等了两天两夜，没有人知道你去了哪里。"

金燕不知道梅楠即将说出什么，她本能地想打断母亲，但众目睽睽之下，又不好动作太生硬。

"我事先给你拍了电报，让你在车站等我。我提着箱子走出来，广场空荡荡的，一个人也没有。我以为一出站就能看见你。"梅楠有些难为情。

老先生饶有兴致接过她的话："你为什么要找我？你知不知道我为什么不见你？"金燕在心里白他一眼，觉得他话真多。

梅楠看看围拢在四周的人，一时不知如何是好。名牌佬又笑，"见不着着急，见到了又不说。等明天下船，鬼影都没有一个。"

梅楠急了，抬起头，可怜巴巴地看着众人，"我给人看病出了事故，他帮我扛下责任，背了处分下到乡镇。"

众人"噢哟"发出一波声浪。金燕从来不知道母亲有过这样一段往事。不过，她感到自己在心底深处，深深抵触（回避）这些几乎人人都不可避免的悲情（狗血）故事。

名牌佬又问："你们俩是不是好过？"

金燕打断他，"老人家的事情，不要乱猜乱讲。"

名牌佬摇头晃脑，手搭在小女友的肩膀上。"你是风儿我是沙，缠缠绵绵到天涯。"人群里有人发笑。

老先生倒显出几分认真，"我是陈志凡？你确定没有认错？"

梅楠定定看着他，"你一个单眼皮，一个双眼皮。"

所有人都往老先生脸上看。公务男也不由得认真打量他。老先生眼皮严重松弛，基本就像掉下来，盖住大半个眼球，看不出哪个是单哪个是双。

名牌佬看起来津津有味的样子，"阿叔，你到底是不是陈志凡？"

坐在椅子里的人和站在四周的人，都把身子往前靠了些。老先生老顽童似的，用手指把眼皮撑开，"我老得自己都不记得了。"众人哄堂大笑。只有梅楠不笑，她似乎在时光的湍流里沉浮了很久，一脸终于抵达的疲惫与放松。

接下来，她紧紧跟着老先生，眼里亮晶晶的，久不久地想起一件往事。他们一起下乡义诊，半路上为了躲沙尘暴，跳进一口枯井。他们一起做解剖，实验用的兔子麻醉剂量不够，竟然从手术刀下一蹦三尺高。他们参加新年舞会，她不会穿高跟鞋，把脚崴了。明媚的阳光下，梅楠的影子忽明忽暗，仿佛她忽明忽暗的记忆。

金燕在脑海里勾勒这些场景，相册里发黄老照片上母亲年轻时的容貌便有了几分生动。可她很难将那些活泼的、可爱的、充盈着少女粉红心的形象与母亲联系起来。

下午换乘游览观光船进小三峡。"两岸猿声啼不住"的情景在大三峡已不再有,但在小三峡仍可见到。人游其中,时常可见一只只猴子在岸峡壁上攀越,不时发出叫声,向游客做鬼脸,打招呼。清碧水面上,一对对鸳鸯悠闲游荡,理也不理擦身而过的游船,似为游客助兴。

大家都忙着拍照。自拍的,你拍我我拍你的,三五成群各种花式合影的,不亦乐乎。金燕带着梅楠站在一旁,情绪离大家的热闹有点儿远。老先生走过来,说给她俩拍合影。梅楠听到后现出一脸的喜悦,但接着,当她伸出双手要挽起金燕胳膊时,金燕却显出了有点窘迫的样子。金燕躲开镜头,说她们的合影有很多了,不用再拍了。老先生直接怔住。名牌佬说:"老先生,这你就不懂了,给女人拍照哪能不开美颜。"金燕附和道:"我衣服没穿好,不够上相。明天再拍。"老先生还是纳闷,"刚才我们大合影,你不是也拍了吗?"金燕索性不回应,默然走开。

有几段宽谷,河床上布满了各种卵石,导游说这里的石头就是著名的"三峡石"。许多游客上岸捡石头。老先生也跟着下去。金燕待在船上,她可不需要这些无用的玩意。上次她和林远高欢天喜地地捡回去一堆,放在电视柜上,刚开始觉得新鲜,时常拿着把玩观赏,后来打扫卫生时嫌碍事,陆陆续续都扔了。

梅楠从卫生间出来,从船头转到船尾,没看到老先生。整个人忽然发抖,抖到根本站不住。她慌里慌张地趴在栏杆上往水里看。

"快点救人,有人落水啦。"

"没人落水。这里是旅游区。大家都在玩。"

她"啊啊"张着嘴巴,半天说不出一句话,看金燕的眼神渐渐溢出灼人的愤怒。她一扬手,劈头给金燕一巴掌。"你们这些见死不救的家伙,还配不配穿这身白大褂,还有没有一点良心!"

金燕从身后抱住母亲,把她乱挥舞的双手捆在自己的手臂之间。"好好好,我们马上就救。救护车马上就来。"她贴在母亲耳边克制地说道。医生说,阿尔茨海默病患者迟早有一天会不认识自己的亲人。

梅楠听见"救护车"这几个字,咽喉卡了一下,发出"咕咕"的声音。随即抖得更厉害,声音全都带着颤音,"不要带我走。我听话。我会好好听话。"

金燕和她的脸挨得如此之近,近得足以看清那双眼睛里因情绪激动而迸出的细细的红血丝。她不能确定梅楠此刻是清醒还是糊涂。她把头偏到一边,回避往那双眼睛深处看。刹那间,心里有一种一脚踩空的空荡荡感。

一段时间以来,金燕被一种不愿面对的罪恶感捆绑着。梅楠的情况越来越糟糕。她经常把东西藏起来,藏在某个出其不意的地方,某个不精疲力竭、人仰马翻折腾一整天找不出结果的地方，甚至能把一摞钱塞进整体衣柜与天花板的缝隙里（粉刷房间时才发现）。完全没法想象她一个人在家时，攀高上梯的矫健（艰难）。可是你永远别指望，她能回想起把东西藏哪儿了。

一次，她翻箱倒柜找职称证书，说医院要返聘她。

她越过了界限，闯进他们的卧室。金燕阻拦她。她少有地犯起犟脾气，执意把斗柜里的衣物全部抖在地上。在厨房准备晚饭的林远高听见动静，也跟进来。

如果林远高不在家，金燕不会对梅楠客气。她对付得了梅楠，让梅楠规规矩矩。但是林远高在家，规规矩矩的就得是金燕。她不想让自己被折腾得丧失理智的那一面被他看见。

他一开口，梅楠摇着头叫嚷："你走开，不关你的事。这是我女儿的房子，你管不着。"花白头发纷纷从脑袋两侧垂下来，落进她的嘴巴。

金燕心一悬，扭过头去看林远高。金燕不知道他会说出什么，肩颈上的肌肉跟着紧绷起来。林远高用力抑制住呼吸的幅度，眉头压住眼眶，使了点劲儿才转过身去。金燕跟在他身后，心慌慌的，却不知道该说什么。他回到厨房，金燕以为他会把围裙一甩摔门而去，他却"当当当"接着剁肉馅。手上使了劲，楼板跟着跳。她想上前接过他手里的刀把，他用后背挡住她。"有洋葱，辣眼睛。"他说。

那一刻，她真心疼林远高。他要是摔门而去，反倒能让她好受一些。是啊，他的确是能凑合的。金燕不由得这样想。她知道自己是不对的，可是这种感觉就是不肯退去。

"当患者进入病程的中晚期，把他们送到养老机构，并不意味着您失败了。能提供专业照护服务的机构可能是一个好的选择。"这是医生的建议。除此之外，金燕认真问过家里老人存在类似情况的同事朋友。

"请人陪护当然最好。不过现在陪护很挑的，宁肯照顾小的不愿照顾老的，宁肯照顾半瘫的不愿照顾痴呆的。"这样的经历和体会，金燕一样有过。

金燕的问题后面还跟着问题，"老人这么折腾，你们夫妻关系受影响吗？"

"肯定的，"声调骤然扬起，"……实在不行，就得送养老院。"有人已经这么做了。

"是呀，是呀，实在不行，也只能去养老院。"金燕在手机这边跟着重复。

她试探着问梅楠："养老院就像幼儿园。幼儿园是小朋友们在一起，养老院是老朋友们在一起。大家一起画画，一起做游戏，一起看书看电视，不像你在家这么孤单。周末我就会来看你，带你出去逛公园。"梅楠定定看着她，看到她心虚。梅楠的脸凹陷下去，皮肤松松软软的，整个人像是受到了巨大的打击。

金燕的双臂不知不觉软下来。梅楠的身体也随之不那么紧张了，垂着脑袋，怔怔望向江岸。金燕真想把这个披散着一绺一绺花白头发的后脑勺，像揭锅盖一样从顶上揭开——她脑子里的那一团物质，那些层层叠加的记忆碎片经过时光的煅烧熔铸，到底会呈现出怎样的异样。

＊＊＊

梅楠紧紧挨着老先生坐在观光船最后一排，再三叮嘱："不要再跑了，会丢的。我们这么大岁数，找不到家很麻烦。"

公务男把老先生脖颈上有些松散的丝巾重新系好，掖进衣领。他转身坐下，坐在前面一排。金燕走出船舱，晃悠到窗外的通道上。早凋的落叶在凉风中打旋，一群攀在峭壁上的猴子无聊地望着她。

老先生从口袋里掏出一堆小石头，有暗红的、淡黄的、浅绿的、深灰的，也有透明无色的。许多石上花纹好似山水花卉，还有一块纹路奇特，一时看不出像什么。老先生琢磨了半晌，说像刘关张三兄弟。梅楠跟着他的指点细细看。白衫的刘备，青袍的关羽，棕褂的张飞。"宁学桃园三结义，不学瓦岗一炉香"，老先生慢慢讲起了典故。

他俩有一搭没一搭地聊天，一会儿并轨，一会儿分轨。

"……同是天涯沦落人，谁也别嫌弃谁，我就找了她。"

"那个年代你这种家庭成分，工作求学婚姻都是很困难的。"

"唉……她很胖。怎么个胖法呢？你见过河豚生气时候圆鼓鼓的样子吗？头和身子连在一起，看不到脖子，腰那里圆圆一圈。她从小有一种被人嘲笑的怪病，发作起来，不分日夜地贪睡、贪食，醒了就大吃，吃了又睡。有时候一顿饭能吃四斤米饭，不给东西吃就闹，摔东西。"

"这是一种病。可能是周期性嗜睡贪食综合征，丘脑下部的病变。"

"对了对了，你灵的。"

"这个部位不好动手术的，好多神经搭在一起。"

"灵哦。不愧是大医生。冒昧请教一下，你脑瓜这么灵的，怎么会得阿……阿什么默？"

"医生也是人，是人就会得病。"

"哎，据说艾滋病都能治了，你这个病为什么不能治呢？"

梅楠轻轻呼吸，抱歉似的冲老先生笑笑。

老先生续上刚才的故事。"我带着她坐了两天两夜的火车硬座，到大医院看病。那些医生说的和你说的一样，不好动手术，不如保持原状。"

他只好带着她原路返回。数九寒天，冷在三九。那天刚好是三九开始的第一天。列车厢就是一个大冰库，四处漏风，冻得人眼眶子疼腮帮子疼脑仁子疼。她人是很好的，把他生冻疮的手塞在怀里焐着。又是两天两夜，下车后他满脑子都是"哐啷哐啷"的动静。清早到站，夜里刚刚下过一场鹅毛大雪，四周全是白茫茫一片。脚踩下去，咯吱吱响，一脚一个雪窝窝，埋到小腿，根本看不到鞋面。他俩裹着厚重的棉袄，摇摇摆摆，像两只大企鹅。走了几步，她就没力气了，没法把腿从雪地里拔出来。两天两夜的硬板凳坐下来，腿脚都麻木了。她干脆向旁边一歪，躺到雪地里去，不走了。他去扶她，拉她，拽她。可是他也没有力气了，索性一起倒在雪地上。

"哈，你简直想象不到，雪地居然比车厢还暖和。那一刻，真想幸福地睡过去。"老先生兀自呵呵笑着。

金燕一直竖着耳朵听。这时候，她的嘴角跟着咧了一下，鼻尖那里却有些发酸。时光给回忆里的世界镀上了一层有趣的、闪闪发光的保护膜。

"雪地……雪地……"梅楠跟着重复，身上受凉似的一缩一抖。

老先生发现她的反应，"你们那里冬天的雪肯定更大。你有没有被困在雪地里过？"

梅楠没有作声，眼睛瞪着窗外，好像有一片羽毛在她的眼前慢悠悠地荡下来。

老先生的好奇心又起来了，带着鼻音哼唧道："我的故事都讲给你听了，你也要讲一个给我。礼尚往来，这才公平噢。"

金燕侧过身子，扭头看过来。梅楠两只手紧紧扳着前面的椅背，斜坐的屁股只剩小小一瓣贴着座位，她的眼睛直直看着窗外，仿佛那片羽毛歇在山顶的一棵树上。

"好像有过那么一次，真的很大很大。"

那天，她必须出门一趟。她把饭菜扣在锅里，在桌上留了字条，让金燕"把作业做好，先睡"。太着急了，"睡"收尾的一横，甩到了字条外，在墙上留下一排墨水渍。不知道什么时候下雪了。雪真大呀，大片大片的雪花垂直地落下来，铺天盖地，这辈子她再也没见过那么大的雪。一呼吸灌进嘴巴里，一眨眼夹在眼皮里。天越来越黑，根本看不清前后左右。她把手盖在眉毛上，伸另一只手出去撑那些没完没了的雪片。路上车很少，那一带是郊区，公交车已经停了。好几次她走不动，扶着路边的电线杆喘气。身上倒是不冷的，感觉腋窝下面湿涔涔地出了汗。

金燕发觉自己的心脏跳得有些快，她有意让窗框挡住自己。

梅楠脑海里的旧事渐渐清晰，表述逐渐顺畅。她讲起自己小时候被出门做工的母亲锁在家里，风把薄薄的门板拍得噼噼啪啪，好像下一秒就要散架。那个吸大烟的老头，瘦到只剩皮包骨，面目阴森，像一只门牙极大的灰老鼠，每天早晚躺在巷口的石凳上流鼻涕口水，瞄准机会悄悄摸进别人家去拿些什么去卖钱。她想他已经在她家门口了，只等再来一阵大风，就踩着门板蹿进来。她爆发出一阵一阵的大哭，哭叫"妈妈"；叫"爸爸"没有用，因为她从来没见过父亲长什么样。现在，金燕就在家里等她，像她小时候一样，焦急无助，缩在屋角。她家住在二楼，金燕可以听到单元木门被哐当撞开又哐当合上的声音，听到人们跺脚抖掉积雪的动静。脚步声一次次接近家门又一次次离开，小小的金燕必定一次次燃起希望，又必定一次次被失落和恐惧折磨。她耳边全是金燕的哭泣。她要赶回去，必须赶回去。

"你是有什么事情,非得冒着风雪出门一趟?"老先生问。

若说人生充满荒谬,但荒谬中也有道理。如同此时此刻,母亲这一辈子经历了那么多场大雪,为什么偏偏说起这一次这一趟?金燕两眼眯着,手脚开始微微打冷战。

那个晚上,梅楠很晚很晚才回来,披着一身厚厚的雪花撞进家门。满是寒气的大衣,靠近唇部结成冰壳的围巾,两只被雪水浸透的棉靴,东一只西一只,如同被丢弃的盔甲甩在地上。她在金燕房间门口张望了一眼,看到她已经裹在被子里睡了。

你是有什么事情,非得冒着风雪出门一趟——这个问题问得多么好,简直是神提问。老先生是神队友。

在她十多岁的时候,梅楠有过一段或者两段隐蔽的感情经历。少女的心是多么敏感。她能从梅楠不让拉窗帘判定这是发出回避暗号,她能从茶杯的温度甄别是不是有人来过,她能从梅楠回到家的情绪判断是否约会回来。她用尽心机,寻找蛛丝马迹。居然让她在床罩上找到了一根卷曲的短毛发。她感觉到有一台搅拌机在身体里搅动。她指着那个异样的物证对母亲说,哪里来一根卷卷毛?我们都是直头发呀。

说完她立刻退回自己的小房间。她感觉到整个后背都是梅楠凉阴阴的目光。很快她就得到了惩罚,因为早恋,梅楠狠狠扇了她一记耳光。

"我要是告诉你,你就会告诉她。不能让她知道。"梅楠有点儿兴奋。

"好吧，我不问了。你也不要告诉我。我也不想知道。"老先生有点儿狡猾。

要是还这么深一脚浅一脚地走，明天早上也到不了家。路旁的树枝已经被白色的积雪压得很低了。雪面上发出毕毕剥剥的轻微爆裂声。梅楠跳了几次，够到一根粗壮的树枝。她蹬动双腿，让身体尽量荡起来。树枝断裂，将她砸倒。躺在雪地上她喘息了好一会儿，抬起胳膊用力翻身。路的高处，缓缓游下来一团晕黄的灯光。她拖着树枝走到马路中间，迎着越来越近的汽车用力挥动。

"你要相信一个母亲的力量。"梅楠好像看到自己凯旋的模样。

"你真棒。回到家，你女儿一定非常激动。"

"噢，不。她已经睡着了。我有一点点失望，但更多的还是欣慰。这说明她长大了，很坚强。这也是我一直要求她的，谁都不能靠，只能靠自己。"

金燕的确哭累了，但她根本没有睡。钥匙插进门锁扭动的那一瞬间，她从门背后一个转身，冲回自己房间跳上床。巨大的宛如失而复得的幸福感和强烈得无以复加的痛恨，联起手来，把她的心口绞杀得很痛。为了忍住一声声哀号，她缩在被窝里全身控制不住地颤抖起来，像坠入冰湖。尽管母亲回来了，但她依然被遗弃了。这真是一个糟得不能再糟的夜晚。

"第二天一早呢？她睡醒了，看到你，是什么反应？"

"她上学的地方有点儿远，要坐交通车，每天都比我早出门,直到晚上放学再坐交通车回来。我们一整天都见不到。"

"后来呢?过后她知道吗?"老先生真的很爱提问。

"不知道。我也没有给她说过。这有什么好说呢?让她再担心一次?没有必要的。"

"不容易,真不容易。不过你也有回报呀,你女儿对你蛮好的。"

"是蛮好……就是太忙啦,一天跟我说话的时间只有一点点。"

梅楠说得没错。

金燕要努力赚钱。她看上一家养老院,条件不错但价格不菲,梅楠的退休金不足以支付这些费用。她还要为自己的养老(林远高暂时在她的规划当中)做好充足的经济准备。她设定了一个金额目标,力图尽早实现财务自由。她(他们)没有孩子,必须依靠自己。每晚入睡前在脑海里过一遍收支明细,已然成为连她自己都觉得"葛朗台"的必修课。

老先生坐在窗边,那个位置可以看见金燕的侧影,她裹紧风衣站得笔直。山谷里起了冷冽的风,她抬手按住额前几缕不听话的碎发。

"怎么说呢?我也是看不准的,就是有一点点感觉,你女儿看上去有些……冷……冷静。她是不是电视台的主持人?搞访谈节目的那种,不动声色。"

"哈,差一点就是喽。要不是我坚决不让她学文科、学那些华而不实的专业,她就是喽。她很会朗读的。"

远远的街灯明了,
好像闪着无数的明星。
天上的明星现了,
好像点着无数的街灯。

我想那缥缈的空中,
定然有美丽的街市。
街市上陈列的一些物品,
定然是世上没有的珍奇。
……

梅楠竟然把这首诗一字不差背了出来。

"她要参加年级朗诵比赛。比赛前一个星期,我每天晚上都辅导她。"

"拿到奖了吗?"

"没有拿到。"

"还有比她更厉害的?"

"都怪我。那天晚上我回来得太晚,肯定影响到她了。她没比好,闷在心里,什么都没有说。好多天后我突然想起这个事情……我太冲动,为什么不能等到比赛过后,晚一两天去呢?"听得出梅楠的懊悔。

"你的意思是说,你顶着大雪回来的那个晚上,是她比赛的头一天晚上?"

梅楠接着说:"她喜欢一双小皮鞋很久了。我还记得呢,枣红色的,带着金色扣子的丁字鞋。对于别人家的孩子,或许不算贵。我一直舍不得买给她。那天过后,我就把小皮鞋买了回来,放在她桌子上,想着她放学回家,第一眼就会看到。"

她怎么会不记得,那双枣红色的丁字皮鞋站在她的小书桌上,金色扣襻在灯光下闪耀,一点儿不比灰姑娘的水晶鞋逊色。

"她肯定高兴得跳起来,可能还会喊——妈妈,我爱你。"老先生笃定地说,甚至在还没说出来之前,就提前几秒开心地笑了。

怎么可能呢?老先生你不要太幼稚。她当时的第一反应是把它狠狠地扔到窗外,即使时至今日,她还被那种冲动蛊惑,那样做必定很了不起。不过,她最终还是没有这样做。

"她心疼我花钱,把鞋子塞回鞋盒,让退了。"

"你这个女儿,太让人心疼。"老先生连连感叹。

"越懂事,越让我心酸。不过,她最后还是穿了,毕竟是小孩子,心里不知道多开心。"梅楠竟然笑出了声音。

"这些事情,你记得这么清楚啊。"

"你没有孩子吗?不过你们男人都比较粗心。"

"呵呵……哎呀,说了半天,你都没说,到底为什么你要出去?你好会卖关子的。"老先生做出很着急的样子,在腿上搓手。

有什么能大过风雪天的威胁？当然是诱惑。

金燕忍不住转过身，在这残忍的一刻，她非常想看到梅楠说出秘密的时候，脸上会是怎样一种表情。那无耻的夜，那冰冷的夜。

经过那样的一个夜晚，后来只要遇到任何不堪，她总会是一股脑儿地归咎于此，甚至包括她不打算要一个携带自己基因的孩子。她保不准他或她长大后生活得什么样。她不愿承认但清楚自知的是，面对种种诱惑她也并不表现得比梅楠更好，但事实上她也并不觉得自己做过什么特别不像话的事，只是，只是——她不想让这个孩子面对她时，会产生她面对梅楠时，那种陈旧的疼痛与新生的自责相互拉扯的复杂情绪——对你，我仁至义尽。

冰水滑过她的眼底，令她眼眶四周忍不住抽搐。但这个表情过于细微，只有她自己才体会得到。

"我呀……我是去问她父亲要生活费。我跟他当时已经离婚了，不过他每个月回来一次。说好的，等金燕长大几岁，再告诉她。但是他不能不给生活费。一连几个月都不给。"

梅楠咽喉突然一紧，好像急着表达时隔多年仍旧未泯的激愤，"为了女儿，我没有什么好怕的。"

金燕忽然什么都看不见了。好一会儿，她才辨认出正对着公务男的两只眼睛。不知道那是巧合，还是公务男已经那样看了她一阵子。他的眼神看不出情绪，非常平静。

※ ※ ※

可是，真的是因为妈妈回来得太晚影响到了比赛发挥吗？

同学们排队进入礼堂。旁边的同学窃窃私语，说老师会在教室挨个搜书包。最近班级里经常有人丢东西。一时之间她有些不知所措。比昨晚还要多的沉重的恐惧向她袭来，浸透了她的全身。她书包夹层里有一个熊猫卷笔刀。那是一个常见的没有特别之处的卷笔刀，全班同学起码四分之一有同款。最终，老师们没有找到他们想要的答案。

很多年后，她才给那天早上执意把别人的熊猫卷笔刀塞到自己书包里的行径找到一个合理解释——人在不痛快的时候，做一些出格任性的事情，会好受一些。

三十六岁那年，她被误诊为肺癌，说是已经扩散到淋巴和锁骨，还有半年左右的生存期。她连跑几家医院求诊，却把核磁共振的片子和报告单遗落在出租车上。站在路边还没等她想清楚，泪水已经涌满了她的眼眶。她倒不是为了自己哭，而是觉得梅楠太可怜。她下不了花钱治病的决心。与其花光，不如留给梅楠。

她虚构了一幕场景——她象征性地伸手揽过母亲的肩膀（梅楠从不娇宠她，对她几乎没有亲密的身体接触），鼓励道："你不是一直教育我，要坚强吗？要独立吗？你要像要求我一样，要求自己。"没准她还会更进一步说："看吧，与一个不能伴你终老的人相比，还是钱比较重要。"

这个被遗弃的孩子，用自我放逐的方式回报遗弃她的人。她在幻想里得到肆意的快乐，愈发放纵——如果是梅楠得了这样的大病——

"我的女儿啊——我要是走了，女儿怎么办？她还单身，再也没有亲人。"

想到梅楠眼泪鼻涕哗啦啦流淌下来，一点儿形象都没有了，金燕不仅没有悲伤，反而有一丝丝厌恶。台词都想好了，"难道没你，我就不活了？我要是不好好活着，不是愧对你的要求？祝你——喜提成果。"畅快极了，却又恶极了。

江水如墨玉，黄金六号亮着霓虹灯，经江水摇荡，好像落在江心的散碎珠玉。人们聚在最顶层的甲板。再过一会儿，按行程表上标注的时间，24时，游轮将通过三峡大坝五级船闸。这是此次行程的最后一晚。

如同迎接一场盛大的仪式，大家显然有些激动。梅楠穿着一条长及小腿肚的干枯玫瑰色长裙，外披藏青色香云纱中式外套，柔软的头发用米色香蕉夹绾在脑后，真是一位颇有风姿的女士。

上甲板之前，她坚持要洗澡。这是她过去的一个习惯，但凡参加重要活动（例如开家长会）前的一种仪式。这个习惯随着她的衰老，已然消失了很长一段时日，以至于需要催促甚至强迫才肯洗澡。

梅楠打量卫生间的洗漱台，"我的奥妮啤酒香波呢？还有永芳珍珠霜？"灵敏和挑剔似乎重新回到她身上。她所说的这两样东西，是三四十年前她常用的，早已消失在时代大潮中。

她身上所起的变化使金燕有点儿欣慰。金燕看着她脱去衣物。梅楠并不瘦弱，乳房还有一定的形状和分量。金燕挽着她的胳膊，帮助她迈入带门槛的淋浴房。她的手指感觉到，梅楠手臂有种干燥的质感，像被热风吹过头或炭火烤过头，布满细小干燥的纹路。

在触及母亲皮肤的那一刻，金燕条件反射般想要甩开。这种生理上的不适，其实是一种心理应激表现。有个被父母遗弃的朋友更加严重，她和旁人肢体接触犹如被刺。金燕并不能完全克制这种不适。淋浴间没有淋浴凳，她便守在玻璃门外。

梅楠抹去脸上的水花，开口向金燕求助。"帮我洗洗后背。"自然而然的表情，就好像一直以来后背都是金燕帮她洗的。退休的第一年，她从冲下河堤的自行车上跌下来，摔断右锁骨。即使那次，金燕也只是监督护工为她洗澡。

金燕慢吞吞把门打开。她把沐浴液挤在母亲后背，四下看看，扯过毛巾在洗手池里用热水浸透，随后把一只手包起来，用另一只手抓住毛巾，在母亲皮肤上打圈。白色的泡泡渐渐丰盈丰厚，扑扑飞起来。梅楠在对面的镜子里看见挂在金燕额角的泡沫，开心得叫起来。

金燕的朋友告诉她，养老院给老人洗澡从来都是很"痛快"的，把他们三下五除二脱光，再绑在座位带孔的轮椅上。没人会讲究水温的高低、水柱的力度，以及沟沟缝缝里是否冲洗干净。等把他们拖出来，个个哆哆嗦嗦，像脱了毛准备挨剐的鸡。所以她每周去看老父亲时,都要帮他洗澡。这居然也成了老父亲在其他老人跟前可供炫耀的事情。

金燕拿下花洒,给母亲冲洗。水温有些低,她把热水开大。梅楠缩着脖子搂着肩,打摆子一样,痛快地哼哼唧唧。有一绺泡沫顺着脖子滑到前胸,金燕将花洒举高一些浇下去。梅楠简直不能再享受了,她转过身,彻底向着金燕,快乐地嚷嚷着说:"再冲冲,再冲冲。"

金燕忍不住说:"你不是最讨厌洗澡吗?"

梅楠鼻子眼睛皱在一起,往嘴巴里咝咝吸气,"这里水热,热热的,好暖和。再热一点,再热……"

花洒差点脱手,被金燕控制住了。梅楠不愿意洗澡的原因或许就在于——她已经不太会调水温了。

她肯定告诉过金燕,"水热",或者,"水凉"。但是,都被金燕提高音量反驳回去,"那就左右调开关啊!这么简单的事情,还要我教你吗?"

梅楠带着褐色斑点的前胸后背,被热水烫出熟虾般的颜色。金燕则像被烫着了眼睛一样,突然低下头。

洗完澡,梅楠披着湿漉漉的头发在镜子前坐下,金燕从抽屉里翻出吹风机。热风柔柔地吹着梅楠,镜子里的梅楠,温婉得像画上的仕女,有那么一股想跟她赌气也会觉得非常无礼的神情。

梅楠的脑袋主动配合着金燕的动作,她感受着来自那双手的认真,吹左边头发就往右边转转,吹前面头发就稍稍仰头,

不忘 ‖ 143

眼里现出温柔神色。"我想起你小时候呀,我给你扎小辫。手下没轻重,拽得太紧,头发根都揪了起来。多痛呀,可是你乖乖的,一声不吭。你还记不记得?"声音充满疼惜。

镜子里的金燕无声地点点头。梅楠的笑意如水波纹漾开。

"还有,我读电大的那年暑假,每天早上拎着课本去公园背书。到了中午,你做好饭菜装在饭盒里,吭哧吭哧骑着自行车给我送过来。吃完饭,你在小水渠里玩水。到了傍晚,吭哧吭哧骑着自行车把我带回去。那个时候你才多大呀,十二三岁吧。谁见了都说,这个妈妈太有福气了。"

金燕只要一抬眼皮,就能看见镜子里的自己。喉咙里有一股气流在打旋。她突然凑到镜子前,对着镜面哈出一大口气。梅楠愣了一下,用手捋过飞到鼻尖上的发丝,发出孩子般的笑声。这个举动多像她们做过的一个游戏。报数,逢七或七的倍数就报出"过"来替代,谁卡壳了,对方就送出一个弹奔儿头。拇指和中指捏在一起连成圈,张大嘴巴,对着它哈出一大口气,附加神力,对准喽——有几次她下手重了,金燕脑门正中立马蹦出一朵小红花。

"我庆幸还记得这些。妈妈有很多做得不好的地方,可从来没有听你抱怨过什么。相反,很多时候都是你在照顾我,顺着我的情绪。妈妈给你添了很多麻烦,谢谢你。"镜子前有一束从岸上采来的小雏菊,一朵朵粉白粉白的小花,乖巧地猫在镜前灯的暖光里。

金燕感觉有什么要冲破抿紧的嘴角。她忍了半晌,虽然不知道该说什么，但此时此刻却又很想听到自己的声音。

"头发吹干了，我给你盘起来。"她说。声音沙哑，像排毒排到一半。

公务男带着老先生和梅楠，站在侧舷靠近船头的位置。周遭世界如点缀金鳞的黑巨鱼。梅楠喜欢上了和他们在一起的感觉。她脸上的线条变得和缓，布满包子褶一般细密皱纹的唇部不再紧紧抿着，她展颜露出笑容，牙齿依然保持不错的光泽度。

隔着小女友，名牌佬和那对投行精英聊着什么。名牌佬左胳膊搭在小女友肩头，右手捏着牙签在虚空中划拉。女精英在手机计算器上戳来戳去，不时抬头给他报数字。男精英嘴里蹦出"融资租赁"。名牌佬伸出短肥的手掌摆手，再摆手，又摆手，"我没实业。"男精英抛出下一个"股权质押"，女精英紧接着连按一串数字。一来一往好几个回合了。

名牌佬突然露出非常专注的表情，脸上充满希望，又像恐惧，急急地说："真的吗？确定可以？真的没骗我？"

男精英嘴角瘪了一下，"中国人，不骗中国人——"

女孩无所事事，嘴里打着哈欠，身体却忠诚地一动不动，只为了名牌佬的胳膊不从她肩头滑下来。

金燕忍不住在她脸上多停留数秒。女孩反应敏捷，警觉的小兽一般立刻回瞪她，眼光里有一丝愠怒，却也有一丝怯意，肩膀微微打晃。名牌佬立刻搂住她，好像搂住一匹意图换脚休息的马。

不忘 ∥ 145

金燕似乎一瞬间就将这孩子看了个透。她也有过如此窘迫的时刻,被一种轻佻的眼光打量,被一种自我牺牲的情绪控制。

"小妹妹,我们去看星星。"她发出邀请。这个邀请显然在女孩的意料之外,以至于金燕看出她的腰部明显绷直,使她"坐"在那里的上半身陡然高出两三厘米。

名牌佬手臂被电了似的弹起来。他诧异于眼前肉眼觉察不到的异样,直到金燕再次对他的小女友发出邀请。名牌佬连连答应,像是感谢有人帮他承担负担。

她们走到公务男那边。金燕用两只手给大家演示,游轮如何爬上五级大坝。左手向上亮出掌心,摊平当闸室。右手做游轮,手掌朝前,与左手呈90度夹角。

"从六十二米左右的水位连续五次进入闸室,爬楼梯一样,"右手进入、左手抬高,右手再进入、左手再抬高,"一级一级爬上五级巨大的台阶,进入蓄水位一百七十五米左右的高峡平湖。"

五次重复动作过后,金燕的两只手在眉心处会合。

女孩的眼神没有那么紧张了。"你来过?"她开口说出第一句话。

"对,好些年前来过一次。"

"那有什么意思?一个地方来两次。"

这个武断的判断,令金燕脑子里开了小差,产生了一个有趣又无奈的念头——如果这个说法成立,那么人们也应该不会将同样的错误犯两回。事实上，在同一个地方栽倒，并非小概率事件。当然，以女孩简单的生活经验和幼稚的感知能力远远不足以认识到这个问题。

"就是因为第一次不够完美，所以要来第二次，寻找补救。"这是此行到了此刻，金燕才产生的想法。刚上船的时候，她可不是这么想的。当初她只是图省事，相对于其他旅游线路，游轮相对封闭——梅楠不会走丢。

公务男对头顶上的那幅地图非常熟悉。他为她们指出北斗七星的位置，在天顶稍北处。夜空十分清明。月亮要到后半夜才能升起。星星或明或暗聚成团地闪耀着。

"斗柄东指，天下皆春；斗柄南指，天下皆夏；斗柄西指，天下皆秋；斗柄北指，天下皆冬。"现在是秋季，看到的斗柄正指向西方。"从斗口的两颗星连线，朝斗口方向延长五倍的距离，就是北极星。"无论地球怎么自转，北极星也不会落下，"一年四季，它基本都是在正北方不动的。在野外迷了路，看到北极星就能判断方向了。"

公务男引导着大家往天上那个方向看。金燕从夜空收回目光的时候，发现他的眼光定在她身上，好像在确认它们是否能给她某些讯息或某些支持。

"你这么懂星座，帮我看看，射手座配什么星座最合适。"女孩冒出问题。

"哦……这个我不懂。我只认识它们在天上的位置。"

"属相你会不会看？生辰八字？塔罗牌？碟仙？"

"不会。"

女孩两只手交叉在脖子后面,下巴扬到天上去,"那你看这些有什么意思?纯粹为了看?"她看上去有点不耐烦,也好像觉得无聊。她抓紧护栏,右腿踩住最下面一层横杆,上半身探出去,把脸伸进光线暗处,眉眼之间忽地落下一层深深的落寞。

她的声音被江风吹回来,有些缥缈,"要是从这里跳下去,会是什么结果?"她扭头过来看着他们,眼神里是挑衅,"可不可以每人给我一个答案。"

老先生摇摇头,第一个说:"你当谁都可以做美人鱼?冷兮兮的,不好受。"

梅楠附和道:"嗯,对。你可以去公园里面玩,高高的那个……那个……"一时想不起名称,急得拍栏杆。

"蹦极。"老生先补充。

女孩这种表现得很幼稚的自我放纵,在一众热闹中突发晦暗心情,又存着被关注被安慰的小心思,令金燕想到以往很多个时段的自己。这个女孩还将用多久才能将经历熬成回忆,熬成生命里的历史?

金燕抬起下巴向某个方向一扬,"要不要叫他过来一起跳?也有可能,他向你飞扑过来,你已经跳了,只差一个指尖的距离就能够到你。你眼里还没来得及迸出大颗的泪花,就已经掉进水里。"

老先生颇感意外地看着金燕,但他立刻从和金燕的对视中感受到某种有趣的暗示。他掏出手机配合,"等一等,我要拍视频。"

"会游泳吗?看准方向,跳下去一定拼尽全力往外游,"公务男探出半个身位往水面上看,仿佛这件事势在必行,"不要陷进船身下面,船尾有螺旋桨,打到了你必死无疑。当然,肯定会有船员跳下去救你。但不排除你已经被江底的石头撞晕,两到三天才会浮起来。"

女孩眼光定定地盯着他看,嘴巴开始扭曲。"你们都疯了,我不过是在开玩笑。"

她跳下来,老先生伸手扶她一把。"小妹妹,人间值得。一想到明天早餐的黄油面包,哎呀呀,真香。"

"我得叫你爷爷了,你还叫我小妹妹。"

"哎呀,这不是你们最爱听的嘛。你是小妹妹,你是小姐姐,你是小姨妈。"老先生拱手作揖,顺着女孩、金燕、梅楠挨个儿叫一遍。

一阵很不严肃的笑声爆发出来,从小至大,把这几个人裹在一起。

* * *

五级船闸终于到来。

如同悬空而降的天梯,将游轮带往一个浩渺无垠、崔巍嵯峨的世界。

甲板上,传来大呼小叫的惊讶、赞叹、歌唱。

这些声音纠缠模糊,像一座魍魉魑魅云游的毛茸茸的小山,或撞击船闸钢板,或跌落水面,或浮于夜空。

"嗨,快看,快看!"女孩用胳膊肘捅金燕。金燕已经转过身了,但接着又扭了回来。

公务男和老先生绕过阳光酒吧,一高一矮的身影经过灯光稀疏的甲板中部,往较暗的船尾走去。噢——他俩手牵在一起,十指相扣。

那是手掌、手背、手指的每一寸肌肤,最大程度地接触,彼此摩挲、彼此抚慰。金燕和林远高第一次忘情地十指相扣是在电影院里。林远高掌心厚实,温热,富有弹性。电影后半程讲什么她全然没看进去,她沉浸在私密的欲望里。

女孩发出一声古怪的小小尖叫,似乎为这个发现惊奇不已,但又不想表现得过头。金燕注意到她在偷偷地观察她。

金燕对直她的脸看过去,报以一个温和的笑容。

女孩把胳膊肘往护栏上一支,双手合拢十指交叉抵住下巴颏。她的指甲油是紫黑色的,衬得指头越发如笋尖般细嫩。她画着酒红色眼影的眼睛一眨不眨瞅着金燕,那张夸大了不羁的脸上,有一股令人心疼的较劲。那几秒钟里,金燕觉得她有点像一个被捡回来的孤儿。

"有什么问题吗?"金燕歪着头,用一种戏谑的表情镇定地说。

"……没什么问题。"女孩卡壳了一下,随后故作老成不以为意地回答。

金燕想了想，决定告诉她。"老先生脖子上用丝巾围住的地方，有一个伤口。那是一个留置管，用于深静脉输液，得了癌症的病人才这么搞，针头置留在血管里不取出来。"林远高的父亲得食管癌后，就这么输过液。

"还能活多久？"好一会儿，女孩低低声说出话来。

"不清楚。不过，看上去他很开心，很幸福。"

这样想着的时候，金燕感觉到自己浑身上下透出一股慈祥的气息，并且想把这种柔情施与她身边的每一个人。她试着伸手，搂了一下女孩的肩膀。那个单薄的肩膀打了个激灵，但并未拒绝。金燕忽然想把她搂进怀里，像一个母亲那样。在像女孩这么大的时候，如果能得到（接受）这样一个拥抱，或许后来很多事情就会不一样。她是有所遗憾的。现在已很难说清楚，她是不是一直放任着自己的任性。好在她已经意识到了这一点。

居然在这个时候，收到林远高的微信。

"过船闸了吧？"

"你怎么知道？怎么还没睡呢？"

"上次没看见，这次不能错过了。今晚有欧冠。"

"这样呀，还以为你是等我呢。"

"要是没算错，现在应该是过第三级。"

"哈，对呀。很壮观，在这种神奇伟力的面前，一些事情就显得无关紧要了。可是想到它是人类创造出来的，又真心觉得人很伟大，很多事情是可以尽力做到的。"

"有收获就好。注意安全,把你妈妈看好。"

"她很开心……以后要常陪她出来走走,精神状态完全不一样。"

"好啊,我们也很久没有一起出门了。"

"谢谢。谢谢你一直都在。"

这一条林远高没有回复。可能不知道应该怎么回复。

"明天晚上我们就回去了。"

"知道的,我会熬好鸡汤,然后去机场接你们。"

某种温暖正从远处传来。金燕微微想笑,竟然有种失而复得的踏实感。她抬头看了看星空,又往群山深处看去。她相信自己看见萤火虫在山谷中飞舞,画出微光延时的痕迹。她打开抖音(是的,抖音也并非一无是处),搜索"醋熘大白菜""土豆炖牛肉""红烧带鱼"……久不下厨,她有点不是那么自信。眼下回家才最是要紧。菜市里那几个熟面孔的摊主一定会大声跟她打招呼:很久不见你来了,去哪里啦?

她想象着自己像葛优那样,追着被罚没的车,说道——在呢,在呢,人在呢。

在她低头复习怎么泡发海参时,梅楠从拥在船头的人群中退出来,在他们背后东张西望。她从东头走到西头,又倒退着折回来。一无所获后,她开始没有方向地胡乱走,然后从金燕对面十来米的地方走了过去。

第五级船闸缓缓打开铁门,黄金六号英雄般驶入黑夜中的浩渺江面。人群中爆出集体欢呼。这时,金燕发现梅楠不在他们当中。

金燕在甲板上四处寻找,同时拨打梅楠的手机。方才还灿烂的星空,不知道何时被云层挡住,仅有几颗星星隐隐约约闪出遥远的光。

手机一直无人接听。出客房前有没有把手机从充电线上拔下来?金燕恼火自己的记忆力也在逐渐减退。这个时候她没有太慌,梅楠身上戴着定位器。她向楼梯口跑去,心想梅楠是不是回房间去了,但立刻否决了这个想法。梅楠没有房卡。或许她会在房间门口等她呢?怀着不确定的希望,金燕抢在众人前面匆匆下楼。

房间所在的那层走廊,空空荡荡。金燕又一次安慰自己,没准客舱服务员帮梅楠开了房门呢?抱着一丝侥幸刷了房卡。梅楠不在房间里,她的手机连着充电线,静静躺在床头柜上。

金燕走上露台,下意识往低处看去。在她返身的一刻,脚钩到了茶几。那本硬壳薄书从桌面斜斜地滑下去,准确无误地穿过栏杆空隙。金燕整个人是蒙的,迟钝的,完全来不及做什么,只是眼睁睁看着它下坠,展出灰白色的内页,如同遭受猝然袭击失去意识的无辜江鸥。

四周突然愈来愈冷。金燕听到自己的心跳。一个人的心竟然可以跳得这么大声。她抖着手指,点开自己手机里的定位APP。"实时定位"里,手机和定位器共同定位在当前地点。再看"历史轨迹",绿色的轨迹线与这几天的行程完全重叠。金燕想了一会儿才明白,人随船走,只要在船上,定位的就是船的轨迹，而不是梅楠在船上的轨迹。

　　金燕张着嘴巴，吸不进气似的，拼命往外哈气。她告诉自己，不要慌，妈妈在船上，一定就在船上的某个地方。她扶着墙壁走出房间，游轮彻夜不熄的灯光在眼中动荡起来。

　　只是这时，心底深处传来一声声哀号——妈妈，妈妈。仿佛看得见自己光着小腿贴在门板背后，喊着妈妈的细音焦灼且沙哑。

灰姑娘

一

"麦多多……"

我是在一个闹哄哄的KTV里接到王博电话的。年底家家都在催账。出版社每年到了这个时候回款压力更是特别大。眼前这几个喝得东倒西歪的代理商已经答应明天早上划款了。王博打来电话的时候，我正大着舌头催促服务员上几碟炒粉和鸭下巴。今晚的生意太过火爆，催了半天东西还没端上来。这样怠慢消费者可不行。我是KTV的上帝。代理商是我的上帝。

我心急火燎，恨不得亲自跑去端盘子。王博电话里讲的什么我根本听不清。我拉开包厢门走到过道上，提高声音跟他说："我他妈正在这儿装孙子，那个猪头社长说，回款不到位今年所有提成一笔勾销。去死吧他。"

发了一通牢骚，我才想起来问王博，"有事？"

"麦多多——"

服务生端着托盘出现在走廊那头，我使劲冲他招手，"这边，这边！快！快点！等到天亮啦！"服务生被我急吼吼地推进包厢，差点跌倒。

吵死了。我留了半个身子在门外，"兄弟，不好意思先这样吧。哎，哎，一起回，帮我把机票一起订上。"

我和王博是同一个院子长大的发小，他大我两个月，穿开裆裤的时候就在一起尿尿和泥。七岁时的一场意外，加深了我们的友情，使我和王博在还没显现男性体征之前就成了生死之交。厂区的建筑工地旁边是一个大水塘，那天玩着玩着他就滑进水塘了。我临危不乱，撒腿猛跑，在最短的时间内找来大人，把他救了起来。估计就是这一次玩命跑激活了我的短跑潜力，上中学后我被选进学校运动队，专攻一百米和二百米，并连续两次获得全市中学生运动会这两个项目的第三名。拥有一双飞毛腿的我，在厂区孩子以打架为健身运动的成长岁月里，在突袭和撤退两方面，占据充分的优势，成为各势力团伙打击或拉拢的目标。十七岁，王博整天沉醉于泡妞，明知山有虎，偏向虎山行，得罪了隔壁工厂的一帮小混混。终于有一天，他们把我和王博堵在他们厂门口。面对这种敌我力量悬殊的局面，按照我以往的风格，早就脚踩风火轮溜之大吉。但是为了瘦弱的王博，我没有跑，和王博背靠背紧紧地贴在一起，脊背发凉，看着对方一步步逼上来。混混们跟我们差不多大，上了技校或者顶替家长进厂工作，骨子里其实还是有些孩子气的。

不知道那天他们为什么没想动手打架，而是把我俩带到家属院后面的空地上，比赛了五十米短跑，还比赛了立定跳远和投掷砖头。一场民间体育赛事开展得有声有色。然后，他们满怀敬意请我喝了啤酒。王博也分了一瓶。从这以后，相安无事。这件事印证了两个道理，一是挟技走天下，有点儿特长不吃亏，二是江湖好汉也多半是虎头蛇尾。

　　大概是三年前吧，王博离婚了。混在北京的他，时常在半夜三更的电话里向混在成都的我鬼惊鬼乍地发布一些重大事件。比如说终于去看了崔健的现场演唱会，比如说第一次到了澳门赌钱赢了两千块。所以，当我又一次被他的"午夜凶铃"惊醒之后，我让他不要急，容我放泡尿，点上一支烟，等我说"你可以说了"，再说。召开完只有我一个听众的"王博同学离婚事件"新闻发布会后，我说了两句话。第一句是："离婚的不一定是中年人，但中年人一定想离婚。"第二句是："恭喜你，人到中年，心想事成。"本来我还想说第三句的，他却把电话挂了。重新躺下后，我忽然纳闷，我和王博才三十而立少少几年，中年就如此这般热情汹涌地扑面而来？

　　离了婚的王博撞上了另一件倒霉事。单位高层倾轧，王博不幸沦为替罪羊。其时，王博历尽抽筋扒骨般的磨炼，一步步升任到了部门主任一职，自觉眼前是金光大道。但结局不仅仅是被开除公职，还背上了无妄而来的牢狱之灾。在看守所憋屈郁闷的近一年的时间里，被公款吃喝催肥的他体重迅速下降，以至于后来我见到他，以为他在深山老林里辟谷半年。有一天他在小便的时候,脑袋里忽然清明非常,好似醍醐灌顶,随即高吟"彷徨乎尘垢之外,逍遥乎无为之业"。肮脏臭腻的便池密布星云气象,令王博憋屈已久的腌臜之气顺势泄流。出来后他便拎了行李直奔成都。他说成都悠闲,物价低,有吃有喝,是一个不费脑子就可以把人生晃悠到终点的好地方。最重要的是,成都有我这个兄弟在。他说人的七情六欲里,什么都可以少,唯有友情不可少。肉麻起来,他搂着我的肩膀,省略中间两句歌词,直接从"没有天就没有地"唱到"没有你就没有我",就七岁时我救了他小命一事,反反复复地向我表示感谢。感谢完了他又疑惑,按说大难不死必有后福,这句话到底有没有道理?他唏嘘感慨人生时,正是来到成都的当天夜里。我和他两个喝了个烂醉,好像二十郎当岁意气风发半夜唱着歌在大街上狂飙的感觉又回来了。那天我们手痒痒的,真他妈想打上那么一架,最后摔了几个啤酒瓶以示鼓励。

从KTV出来,又转去蒸桑拿。我忍着胃溃疡陪他们折腾,在几个不同的厕所猛拿凉水洗脸。第二天傍晚我才睡醒。醒来的那一刻,我忘记自己躺在什么地方,好像将死之际,肉身沉重,灵魂游离,天地旋转。等到眼睛逐渐适应了昏暗,从一团团黑影中分辨出房间的轮廓,才想起这儿离成都两千公里。宿醉的滋味真难受,口渴,口臭,头痛欲裂。他妈的这就是我的人生。

好像有什么事。被酒精锈掉的大脑,像章鱼收拢触角一样,慢慢调动起来。让我慢慢想一想。我想起了王博那个电话。打开手机,王博的已接来电是在凌晨三点。

我想起来了。王博说的是"麦多多"。

我慢慢坐起来,靠在床背,手向烟盒和打火机摸去。窗口那里漫着灰暗的天色,渐渐有白色的雪花凌乱飞舞。

麦多多怎么了?在这个深更半夜的电话里,王博想说什么?

二

麦多多是我们同院哥们儿刚子的高中同学。高二开学,刚子说他们班来了个借读生,女的。我们自然感兴趣,问长得怎么样。刚子只说了一个字:白。我和王博旷课蹿去刚子他们学校,看到他的同桌戴着大口罩,长刘海遮眉毛,只剩下一双眼睛。刚子说这就是麦多多。我觉得只要是见过麦多多的人,都会记得她的眼睛。麦多多的眼睛是细长的,有点儿内双,眼梢略略往下。浓密的睫毛又黑又长,顺着眼梢的走势一路滑向眼尾,好像一笔横拖的浓墨坠在那里,衬得淡淡蓝的眼白特别干净。瞟你一眼,那眼神又像专注又像不屑,感觉怪得不得了。

麦多多在化学实验课上被酒精灯燎了半边脸。熄灭燃烧着的酒精灯,是要拿玻璃盖压住火苗的。麦多多却拿嘴巴去吹。难道她以为那是火柴?过后才知道,麦多多是从下面一个偏远县城来的,以前从没上过化学实验课。

从刚子的嘴巴里,我们时常可以听到麦多多的故事。

一次是班级组织游园划船。靠岸时，坐在船尾的麦多多伸手去拉旁边船的船帮，可能是想让自己这条船省力一些。但是两条船上的人，谁都没有留意到她的举动。大家朝着各自的方向挥桨前进。船身之间的距离越来越大。就听见扑通一声，清风荡漾的湖面溅起一朵巨浪，而麦多多同学，正在浪花中心扑腾。我们大笑之后，就奇怪麦多多为什么不出声，只要她高声提醒一下，就不会发生这种事情了。刚子说她就那么一个人，可以一天不说一句话。

不声不响的麦多多却在某一天成为校园名人。她偷了东西，被人扭送到学校。确切地说，她在书店偷了一本书。那是一本名为《黑眼睛》的诗集，作者名字叫作顾城。现在当然有很多人都知道顾城，知道他写下那句著名的"黑夜给了我黑色的眼睛/我却用它寻找光明"。但在当时，说实话，我们即使知道麦多多偷了什么书，也不知道书里有这样著名的诗句。那是1991年，满大街都在放着即将并称为"四大天王"的刘张郭黎的歌曲。从小学生到高中生，几乎人手一册歌本，抄的全都是港台流行歌曲。课间休息，经常会有男生扯着嗓子高唱"我和我追逐的梦/擦肩而过"，或者是那首甜到发腻的"对你爱爱爱不完/我可以天天年年月月到永远"。王博倒是个例外，他只听摇滚。

刚子说学校里有一帮男生看到麦多多走过，有事没事就在后面高声喊叫："窃书不能算偷。"但是不要以为麦多多是软弱胆小的那类女生。有天下午我和王博等在刚子教室门外，准备下了自习一起回家。忽然听到教室里一阵混乱。我们扑到窗口，看见麦多多和一个男生对峙。男生对麦多多挥起铅笔盒的时候，麦多多手里的铅笔盒也向他砸过去。不知道是谁的没关系，铅笔钢笔三角尺圆规暗器似的四处乱飞。男生还想砸第二下，刚子这时跳起来挡住了他。

麦多多为什么和那个男生打起来，刚子说就为了桌椅板凳的事，那男生骂麦多多"犯贱""贱货"，说她一副贱样还想当诗人。要说那个男生，是个欺软怕硬的货色，跟男生打架打不过，就总是欺负女生。刚子说他们班女生被他骂过的不少，但麦多多是第一个和他干仗的。回想当时看到的那一幕，实在让人震惊。麦多多本来就很白的脸，那一瞬间血色散尽，头发纷乱，有几缕挂在鼻梁上，真有几分像鬼了。

偷书事件之后不久，麦多多就辍学了。以上就是我对麦多多的全部记忆，并不十分深刻，却也没有消失。所以半年前王博拨通了我的手机，告诉我麦多多正和他共进晚餐时，麦多多那双特别的眼睛，就一下子从我记忆中跳了出来。

但是很遗憾，自从麦多多来到成都后，我一直没见到她。他们打电话给我的时候我正在出差。回来后又是接二连三地出差。这半年之间，我和王博也只是匆匆见了一面。聊到麦多多，我问王博她怎么跑到成都来了。王博说麦多多没说原因所以他也没问。本来我还想知道麦多多变化大吗，看到王博一副心不在焉的模样，我也就不再问了。他现在常常是这副德性，对什么都没兴趣，但你要给他什么，他也从不拒绝。

正如现在跟着他的这个女孩马拉。他们有过一夜情。之后又有了第二次、第三次，后来便时常在一起。她请我们看过木偶剧，散场后她跑过来问我们知不知道哪个是她。看到夸张的假睫毛，鸟翅膀一样长长地支棱在她巴掌大的小脸上，好像刚从日本动漫里蹦出来，我就有一种莫名其妙的感觉。马——拉，跟真的一样。天晓得她是不是真的叫这个名字，天晓得哪个活蹦乱跳的木偶是她的傀儡。我问过王博，他耸耸肩，无所谓的样子，"处女都会有假。"

"你要是来真格的，就别让她成天跑去跟什么网友见面。"我说。

王博嘿嘿笑着，"我哪有这个资格管教人家。我又不是她老爸。"

"你到底在想什么？"

王博给我的回答是："你让砧板和菜刀怎么拒绝一块五花肉。"

见我欲言又止，王博挥手撑开眼前的烟雾，凑到我鼻子底下说："我都是戴套作业，安全有保障。"

我劝王博对待感情还是认真一些，"离婚又不是天塌下来，不至于一朝井绳真当十年蛇咬。"

王博说："你错，你真错。男女之间，不谈感情，终是朋友；一谈感情，全成陌路。你是希望朋友多还是陌路多？"

王博的前妻，是他前女友的好朋友。这么说有点拗口，人听着也容易晕。其实不复杂。就是两个好朋友，其中一个把另一个的男友撬了墙脚。也怪前女友，看到好朋友失恋，就将其招纳进自己和王博双宿双栖的温馨小屋，盛邀其参加自己与王博几乎所有的活动，试图以春天般的温暖为其疗治情伤。在此，我们不得不折服于古人穿越时光的智慧——三千年前孔夫子就预料到，三人行，必有我"失"。果不其然，比神风特攻队更蠢的前女友，在某一天早上看到好朋友和王博手拉手站在她面前，说着她不愿相信的话。

他们结婚了。幸福建立在另一个人的痛苦和绝交之上，来之不易，当倍加珍惜。但是——

有一段时间，王博频频接到一个陌生号码发来的匿名短信。他打过去，对方却从来不接。字里行间熟悉的口吻让他联想到前女友。真是应了张爱玲的"红玫瑰与白玫瑰"：当他仰望天空时，前女友就是那束"床前明月光"；当他低头沉思时，前女友就是心口上的一颗朱砂痣。他们开始在短信里慢慢聊起来。前女友告诉他，她结婚了，又离婚了，只因为依然想着他。她的爱情没有了，友情没有了。她的人生一败涂地，毫无意义。她都这样了，王博觉得自己要是无动于衷，就太没人性了。他开导她，劝慰她，逗她开心，对她赞不绝口，帮助她恢复自信。她问他，当初他为什么能下如此狠心；如果再来一次，他还会做出这样的选择吗。一连串的为什么让王博无语问苍天，只好扪心自责。她又问他，现在好吗；是否过着想要的生活；是否有人让他真正的快乐。这一问，把王博问得特别不自信，常常看着老婆的后脑勺发怔，不自觉地在短信中表现出对目前生活的将信将疑。前女友生日那天，苦苦请求他陪她一个晚上。就这一次，以后她就再也不找他了。她的短信梨花带雨，在那个下着雨的傍晚倍显凄楚。

王博思想斗争很激烈。最终，他决定去。他问她见面地点定在哪里。这时，老婆推开书房门，将她新买的双卡手机狠狠朝他脸上摔去："就在咱们家，最合适！"

王博气得吐血，"你有点脑子好不好，你是老婆不是探子，非要想方设法使绊下套，制造种种诱惑，证明自己老公是个坏种，自己遇人不淑瞎了眼，哎，你就不能不犯贱，你难道不能每餐饭就吃个七分饱吗？做人不能无耻到这个地步！"

老婆歇斯底里大发作，"这就是男人！你永远不懂得什么是忠诚！"

王博咬牙齿切地回敬道："呸，咱们俩就是一对狗男女，就是一个背叛了爱情一个背叛了友情才搞到一块的！跟我讲'忠诚'，你也配?！"

王博从此不看爱情片，他觉得什么爱情片都无聊透顶。他从看守所出来后，就此对人生心灰意冷。

三

一直到了大年三十那天，我和王博才在双流机场碰了面。候机时他递给我一个袋子。我一样样东西掏出来看。红色男式织锦缎团花棉袄，适合老爸。藏蓝色女式开襟羊绒衫，适合老妈。"不错不错，眼光不错。"我连连点头，以示肯定。这次的礼物比起以前有了很大进步。王博闲人一个，所以每年我俩带给家人的东西都交由他置办。

但我很快就产生了疑问，"你懒人一个，怎么有心思逛街？"

王博低头看我手里的东西，小愣了一下，然后说都是麦多多帮参谋的。

噢，麦多多？！

这时我才想起麦多多。天哪，爪哇国还有个麦多多。

"麦多多怎么啦？你半夜三更的那个电话，到底想说什么？"

王博却不接话茬。

一架飞机滑过跑道。机翼和机窗反射出刺眼的光线，晃得我睁不开眼。我眯缝着的眼睛，却瞬间被迎面走来的一个身材极其丰满的女人撑爆。饱满的胸部将淡粉色的羊绒衫撑得即将爆裂，一颠一颠的，质感相当的真实。

我不怀好意扭头看王博。丰满女人在他的墨镜中越放越大，直至出镜。王博吸吸鼻子，藏在墨镜后的眼睛不知瞅着哪儿对我说："记得咱们第一次看毛片吗？都是青瓜蛋子，看得两腿松软，直想亮开嗓子号叫几声。每个人都按着裤裆里的东西，半天站不起来。"

我呵呵笑，"难道你现在没感觉？"

王博摘下墨镜，认真地看着我，"你有？"

我说:"我要说没有,你肯定骂我装孙子。我要说有,你肯定在蔑视我的裤裆后嘲笑我眯眼说瞎话。"

王博瞅了我半天,像在鉴宝,然后重重地拍了我的肩膀,嘴角泛起一抹无限同情却又感同身受的微笑。

王博说:"你是一个诚实的人。"

飞机起飞后,空姐送来饮料。我要了咖啡,王博则不断要求空姐续水。登机前他不知在哪儿喝了一餐,酒劲上来了,不仅口渴,话也多。

王博说麦多多好吃,能吃,可怎么吃都不胖,真是天赋异禀。和她一起吃饭,最畅快的不仅仅是她能吃,还因为她不矫情。大排档、小馆子、夜市、烧烤摊,成都但凡有好吃的地方他们都不放过,从不挑剔。

麦多多酒量也很好。他们的规矩通常是"两瓶二锅头,再加一罐红牛"。王博向服务员要来空的茶水壶,旋开二锅头瓶盖,红牛的拉扣套在食指上,隔空扑哧一声,两下对掺,汩汩作响全都倒进壶里。"这是海南喝法",他们第一次坐在一起吃饭时,王博向麦多多隆重介绍。麦多多抿了一口酒。王博问她感觉怎么样。麦多多说"好",吃着吃着,就加菜又加酒。

我不太能够想象喝酒的麦多多是什么样子。隔了将近二十年,当年十五六岁的女孩如今会有怎样的变化?如果不见面,谁也不能下判断。那次接到王博的电话,我和麦多多也聊了几句。感觉她的声音还是以前那样纤弱,语调也依然是平淡的。但这并不能说明一个三十多岁的女人其他方面的变化。不过听到王博在我耳边不停地聒噪，描述他和麦多多时常见面，有一点我倒是可以肯定，麦多多的外貌体形起码不会有太大的改变，有可能比以前更好。人嘛，就是这样，谁不乐意和赏心悦目的异性相处。想到刚子曾说班上有几个男生给麦多多写过纸条，我感到轻微的兴奋，好奇麦多多现在究竟什么样。

那天晚上他们喝得有些高了。麦多多下楼时东倒西歪，每一步都好像要矮下去。王博就从后面把她挽上了。两个人勾肩搭背走得趔趔趄趄，步伐忽大忽小。麦多多头仰得高高的，手臂挥舞在头顶，说树枝把天空戳了几个窟窿，天外的光亮就是月亮和星星。

"她的瞳孔里映着路灯……"王博的牙齿将纸杯边缘咬出一个个凹印，含糊不清地说，"亮晶晶的，真好看。"

我大致猜到了那个夜晚的结局。我按了头顶的呼唤铃，等空姐来收纸杯。其实这个时候，我有点不好意思看王博的表情，甚至都不好意思听下去了。摆明了这不就是恋爱了吗？正因为这是一个"老男人"的恋爱，他那种微酸的幸福感才更让人——肉麻。

飞机开始下降高度，由于气压的变化，耳膜的感觉很明显，说话也变得不太顺畅。我将口香糖撕成两份，递给王博一半。机舱灯一排排暗下来，聊天的声音也停止了。窗外天宫云海，骄阳似火，阳光透过机舱上的玻璃窗射到身上，又亮又热。不一会儿，飞机脱离了那片光与热，钻进厚厚的云层。灰云黏稠滚腾。王博的目光一直和它们粘连在一起。

四

我以为王博的半夜来电,就是要告诉我他和麦多多好上了。所以当我的一个表妹打来电话,将话题绕到王博身上的时候,我就告诉表妹,别再单相思了。作为超龄剩女的表妹显然不甘心,她从小跟在我和王博屁股后面跑,自认为和王博也是青梅竹马了。她一定要知道麦多多的情况。可惜我也是一问三不知。表妹当时说了一句话我没放在心上,但是事后回想起来,我不得不佩服女人的直觉。"好端端的,谁会突然在十几年没见面的老同学面前蹦出来!肯定有问题。"电话那头的表妹撇嘴巴。

大年初二那天一早,王博把我从被窝里吵起来。他借了他哥的车,要我陪他去找刚子。

好像哪儿漏风。我把车门打开,重新关上。王博抓起手机拨号,做了个没有食指配合的"嘘"的表情。但没过两秒钟,他就自己打破了安静,"妈的,关机!"

路上王博一直在拨刚子手机。后来他不耐烦了,把手机递给我,让我隔几分钟拨一次。

当时我的想法很简单,认为王博去找刚子,是要落实去年春节拟定的请他喝酒的动议。

刚子爸原来是我们厂的会计,在刚子高三那年因为贪污被判了十年。随后他家就搬走了。刚子就此无心上学,跟着他哥跑运输。起初我们还找刚子玩过几回,上了大学后就慢慢少了联系，直至音讯全无。去年春节回来王博打车时碰见他一回。他开起了出租。当时我俩还想找他出来喝酒，但又有什么事把这个念头给耽搁了。王博后来说，麦多多能找到他，应该就是从刚子这里得到的信息。

直到傍晚才找到刚子。我们不知道刚子家又搬了好几次。一整天的奔波，听到了前后数任邻居七嘴八舌的描述，我们大概知道了刚子这些年的经历。他爸保外就医，没几个月就死了。他妈急火攻心，中风瘫在床上。他哥跑长途出车祸，脑子坏了。这些话冷水一样，一瓢接一瓢从后心浇下来。

车开出南门，往八家户那个方向去。道路越来越荒凉，已经完全出了城区。又开了四十多分钟，在加油站前面的三岔路右拐。前面隐约有几簇零散的灯光，在天刚擦黑的旷野里勉强透着亮。车灯打在一排排像被遗弃很久的矮矬矬的泥巴房子上。路面也是泥巴的，一棱一棱被车压过的窄窄的突起，混了雨雪冻成硬冰，刀刃一样划过轮胎。王博虚着油门，车走得小心翼翼，却仍然躲不过底盘被撞得砰砰响。他一定在心里骂娘了。前面一个人影没有，喇叭却响得刺耳。

开门的是刚子哥。在昏暗的灯光下，我们差点把他认成了刚子爸。这两张脸实在是太像了，甚至连皱纹的走向都是一样的。他老得太快。他没有认出我和王博。王博问了三次，刚子在不在，他都好像没有听懂。在他像个门卫把守着那扇破旧的房门时，里面传出一声清脆的敲击声，像是一张开和的麻将敲在桌上。随即，是刚子的声音，"自摸，杠上开花！"之后便是推牌洗牌，哗哗哗，一桌人恨恨地威胁，要和刚子的大爷发生肉体关系。

房间小得一眼看到底。右手那间的炕上，窝着一个老太婆。整个屋子里飘着浓浓的烟雾，令人产生迟钝的昏沉感。等我的眼睛看到刚子，脑子才反应过来老人应该是刚子妈。

刚子扫了一眼门口的动静，低头打出一张牌。然后，他才像想起什么似的，再次抬头看我和王博，手上的动作也停了下来。随着他的停顿，其他人也向我们看过来。我第一感觉这个屋子里的人，是我许久没有接触过的那类人，好像摩的司机，好像地下通道里卖发票卖盗版碟的小贩，好像路边插牌揽活的泥水工。

刚子把面前赢来的钱塞进口袋，拍拍右手那个人的肩膀。他站起来，见缝插针地落脚，从屋里挤出来。

我不知道王博是什么感受。从敲开房门，看到刚子哥、刚子妈，再看到刚子朝我们走过来的时候，我的喉头一直在发哽。一起长大的日子，电影镜头一样哗哗地在我眼前闪过。我不会忘记刚子用他爸的一包红双喜，跟人换来一盘毛片，实现了我苦苦渴求的生日愿望；我想王博更应该不会忘记，他当年攒齐的崔健的所有磁带，有一大半是靠着刚子从他哥口袋里偷摸出来的钞票。

看着眼前的兄弟，我心里说不出的内疚。这股情绪来得特别强烈，好像刚子眼下这种生活状况是我造成的。我心虚着，因此有些动作僵硬。我做好和刚子拥抱的准备，就像我们少年时代时常勾肩搭背地走在马路上。但是刚子没有和我们拥抱。他甚至没有伸出手来。我和王博还不如他的牌友，连被他拍拍肩膀的待遇都没得到。

我们被让到刚子妈的那间小屋。王博掏出烟，递到刚子面前。我掏出打火机，给刚子点上火。看到刚子吐出一串烟圈，我的心才稍稍踏实一些。可是说什么呢？从哪儿说起呢？我看了眼王博，他正瞅着地上的一块黑，估计那是用鞋底抹开的一坨痰。

如果不是刚子妈认出我们，半疑半惑地叫出我们的名字，那天的沉默真不知道如何打破。刚子妈凑在灯光下使劲地看我和王博。她的样子都有些欢天喜地的意思了，伸手摸到窝在角落的塑料袋，扒拉出两个苹果，小小蔫蔫的，往我们手里塞，缺了门牙的嘴巴漏风，让我们"七"，"七苹果"。我的心里难受得不行，反手握住刚子妈的手，另一只手慌忙从皮衣里往外掏钱包。王博看到我掏钱包，立刻反应过来，拉住刚子妈的右手，说："阿姨，我们来给您拜年！"说完也跟着掏钱包。

刚子妈抓了满把的钱，扑在炕上要塞还给我们。刚子看着我们来来回回地推搡，看表演似的，好半天才出声，"他们是成功人士，扶贫来啦。"

刚子妈转过头去看他。刚子扯过丢在炕头的棉衣披在身上，一边往门口走一边说："上外头去说。"

门外停着一辆普桑，应该是刚子的出租车。车身敷着一层厚厚的脏雪，看不出原来的颜色。车门是随时会掉下来的样

灰姑娘 ‖ 173

子。排气管像一截瘫痪的手臂，松松垮垮耷拉着。这样的车子会有怎样的生意？我这么想着，眼前一道特别亮的弧线划过，烟头从刚子指间弹出。嗤的一声，闪出几颗细碎的火星，坠灭在雪堆里。

直到这时，我才觉出一点点不对劲。刚子的神情和口气，似乎我和王博的出现，是他意料之中的事。屋角处蹿出一只黑猫，一闪而过。一个念头比黑猫飞快的身影更快地袭上我的心头。王博找刚子，和麦多多有关。

王博说："麦多多找到我了。"

刚子不作声。

"我的电话，应该是你给她的。"

刚子突然就说："那又怎样？"他的情绪里潜伏着敌意。

王博瞪着刚子，"她最近的事，你知道吗？"

刚子反过来瞪着王博，忽然间笑了，是那种很轻浮的笑，"她会出什么事？她要有事，你也逃不过吧。"

王博一时说不出话来。他就那么盯住刚子一动不动，好像要从刚子脸上看出什么破绽，好像要确定刚子的轻浮是否真实自然。最后，他把脸转向我，"记得年前我给你打过一个电话吗？"

我使劲点头。冷。真冷。飕飕的北风跟刀子似的，一下下割屁股上的肉。

王博的声音比刀子还冷："麦多多死了。"

五

晨报上有关这起凶杀案件的报道，约有半个巴掌大。

不记得哪一次了，王博和麦多多在玉林串串香吃串串，被马拉撞见。一个干头棒突然从半空掉下来，撑着一只独眼凶巴巴地瞪着他俩。

王博惊得差点从板凳上掉下去，麦多多也是一脸被吓住的表情，举在手里的串串滴了满指缝的红油。马拉从后面转出来，嘻嘻嘻笑个不停。手里的海盗木偶，被她使唤得眉飞色舞。

王博夹在两个女人中间，突然语塞，不知道如何介绍。

马拉笑嘻嘻地说："我是王博的朋友。不是女朋友的那种，是女性朋友的那种。"

麦多多微微点头，完全相信的样子，伸手从矮桌下摸出张板凳邀请马拉坐下来一起吃。

"嘻嘻，她还是诗人咧?！你确定？不是别的什么人，是——诗——人——噢！"有一天马拉和王博光溜溜地躺在床上，马拉大腿横压王博大腿，好像主持人提问那样问王博。马拉特意将诗人拖得长长音。每次提到这个字眼，她就是一副好笑到不得了的样子。

马拉说木偶剧团也有一个诗人，写的诗让他们笑到癫，"我爷爷是农民／我爸爸是农民／所以／我还是农民／你爷爷是地主／你爸爸是地主／但你／肯定不是地主／因为／富是不过三代／走着瞧／你这个农民"。马拉在床上笑得倒吸气，屁股一颠一颠的，"每次我们演出累到不行的时候，就让诗人给我们念诗，"马拉揉着笑痛的肚子，强力推荐了诗人的新作，"我放屁／你放屁／他放屁／三个屁加在一起／其实／并不比一个屁更臭。"王博忍不住跟着大笑。

王博当然不会忘记，在介绍麦多多的时候他突然发现，自己其实对麦多多一无所知。他迅速看了一眼麦多多，她正专心致志地看着他。一笔横拖浓墨似的细长眼睛，眼周的细纹虽已不可避免地出现，眼白却依然淡蓝，好似幼童。一个三十多岁的女人脸上还有这样的眼神，实在有些说不出哪里不对劲，也说不上是好还是不好。王博来不及细想，脑子里冒出"啪"一下的响声，像电流撞击的声音，又好像哪儿飞出来一个铅笔盒砸在肩膀上。他感觉自己被什么东西暗中控制似的，明明知道是一句可能会要命的话，他还是无法控制地说了出来。

"诗人——麦多多。"王博心虚得不行。

马拉的声音好夸张，扯动海盗的手，要和麦多多握一握，"诗人噢，好了不起的。"埋着头的王博，好一会儿没听见麦多多的声音，心里暗叫完蛋，麦多多却开腔了，声音很轻，"不敢当，不过作品倒还是有的。"

麦多多在拎包里摸索半天，掏出一张纸。那是一张年代久远的纸，早已失去最初的颜色，只留下一片混混沌沌的黄褐。它在麦多多手里展开时，没有挺括脆生的质感，细软无力，如瘫子的腿脚。等到它被完全展开，果然已是斑驳残缺，好几处折痕处已经断开，破旧得跟出土文物似的。

麦多多将这张纸托在手上，说话都不敢大声，好像出气大了会把它吹跑。王博和马拉把脑袋凑上去看。泛黄的纸面上，是几行油印的铅字。字都有些花了，边边角角洇出很多虚虚毛毛的触须。这是一张用稿通知单。抬头是"麦多多同志"，内文为"你的诗作《寒露》已被我刊录用，并于1994年9月计划刊出"。落款是"《浣花溪诗报》1994年6月"。

王博来不及想什么，马拉人来疯似的抓住麦多多胳臂摇晃，"哇，念一念啦，让我们学习一下。"

麦多多嘴里"哎哎哎"叫着，说："别晃别晃，把东西弄坏了！"她挣脱马拉，动作轻柔，叠好那张即将支离破碎的纸片，放进拎包的隔层，然后将垂在头侧的头发钩到耳后，四下看了看，皱皱鼻子，神情是收敛着的愉悦，遗憾却又认真地说："这里环境太乱了，不适合念诗。"

马拉惊奇地看着麦多多，随即，嗓子眼里冒起水泡一样的声音。这是她大笑的征兆。王博在桌子底下用力碰了马拉一下。马拉忍住大笑，但她还是忍不住笑了。她笑眯眯地对麦多多说："给那张纸过个塑嘛，留一百年都没问题的。"俏皮可爱，一点没有取笑的意思。

但是在过后打给王博的电话里，她笑得喘不上气，"你那个同学，有毛病吧?!"本来王博是略有同感的，但被马拉这样一说，想到她鼻洞都快翻到天上去的大笑表情，他本能地起了反感，忍不住尖刻地回了一句，"我看你才有病，要不我每次都戴套！"

马拉啪地扔了电话。王博回过神,对着"嘟嘟嘟"的电话说,呸——神经病！一群神经病！

两周之后,马拉回来找王博。她摔了一份体检报告在王博面前,"看清楚,你要是衣原体感染支原体感染尿急尿痛尿频尿不畅尿潴留可都不关我的事！"

不戴套的感觉酣畅淋漓。但也不是每次都很好的。马拉对他有些埋怨。她说他最近不太对劲。她要他交代,是心不在焉还是未老先衰？王博把腿往旁边让让,说"我是未老先衰"。

马拉使劲踹他,却踢了个空。她腾起身子,跟着又是一脚。这回踹中了,"我看你是心不在焉,"马拉翻起来,脑袋挤到王博鼻子下面,"要么就是提前消耗掉了。"

本来想给她一个白眼,但眼睛翻到一半就不想睁开了,想睡觉。眼睛闭上还没两秒钟,脑袋上挨了一记打,"你那个同学,该不是你们俩旧梦重温了吧？"

王博心想这个白眼看来是一定要翻了,睁开眼睛,马拉却是嬉皮笑脸的模样,"在我没有放弃对你的使用权之前,你不能乱来。"

对于马拉的抱怨,王博无从解释。又有什么好解释的呢？王博嘴巴上不说,心里却想,马拉你要是觉得不好,可以不和我做嘛。

日子晃晃悠悠地就到了元旦。新年的第三天早上,王博从门外报箱拿回报纸。他翻到体育新闻那一版还没来得及看,头一晚在他这里过夜的马拉光着脚跑过来一把全部抽走,接着跑进厕所。王博空着两只手,心里很是厌烦,一脚踢向马拉的背影。拖鞋飞起,咚,打在厕所门上,随即响起马拉夸张的尖叫,"谋杀呀!"

除了体育新闻,王博对其他版面没有兴趣。王博说,那天真不知道怎么就鬼使神差地,在马拉从厕所出来后丢还给他的报纸上多瞄了几眼。

那个版是社会新闻版,刊登的都是本地发生的偷盗车祸凶杀自杀等事件。一眼从版头溜到版尾,下一版也已经打开一半了,一个字眼忽然从王博眼皮底下跳出来。

右下角有条大概半个巴掌大的新闻,说前天凌晨四时许,在西门汽车站附近的一家招待所,一名三十多岁身份不详的女子被人发现遭杀死。案发两个多小时后,疑凶到派出所投案自首。这类司空见惯的案件本不至于引起王博的兴趣,是文中提到的凶手身份把王博的眼神绊住了,"疑凶是我市小有名气的一名诗人,刚在一项全国重要诗歌大赛中取得名次"。

王博看一遍就过了,除了在心里稍稍强调了疑凶是个诗人。马拉接了一个电话,团里今天送戏下乡,催她集合。马拉挂了电话就欢天喜地地走了。王博洗漱完毕,泡了一碗方便面。碗下面垫着报纸。王博几口把面条吃完,收拾碗筷和报纸一并丢垃圾。报纸上洇了一圈碗底的水印,圈套似的令王博的目光掉进去。他再一次看到了那行字,关于疑凶身份的描述。

这一回,"诗人"这两个字眼让他心里隐约起了一点儿不太爽洁的反应。于是他把刊登凶杀案件的版面朝下塞进垃圾桶，仿佛要眼不见为净似的。手机在床头铃声大作，来电显示是麦多多。

王博说，直到电话挂断，他都不能相信麦多多死了，电话里那个一口浓重四川普通话的哑哑的男声，听上去像跟他开玩笑。后来在派出所，看见警方拍下的现场照片，他才真的反应过来，"一名三十多岁身份不详的女子"就是麦多多。派出所所长操着浓重的"川普"坐在他对面，端着一个浮满茶叶的脏兮兮的大号玻璃杯猛喝。

所长说："请你来噻，也是看你最近和死者联系最多，协助调查一下子哈，搞搞死者的身份清楚。"

所长一边吸溜茶水一边介绍案情。

那个疑凶交代，就为一张纸片片。两个人是在宽窄巷子的酒吧里认识的，那天晚上他朗诵了自己的获奖作品，完了她就找他聊天嘛。聊了一晚上好热火，还没够，就到招待所开房。做完事情了，又聊。男的开始闹肚子。拉了几次，卫生纸用完了。又去拉，没纸了，就拿女的一张纸。就是那张闹出人命的纸片片。疑凶说，那张纸片片是女的主动拿给他看的，烂兮兮的一张将近二十年前的用稿通知单。哪个还把这种东西当回事。要是当回事，他的单单子不得摞得一尺高。女的不见了纸，晓得他拿去擦了屁股，冲到马桶跟前一看，已经跟到他的脏东西没影了，就劈手给他一巴掌。他以为她只是出出怨气，就给她打了几下。她却愈打愈狠，捡到烟灰缸往他脑壳上砸，简直是要把他往死了打。完全不是刚刚亲热完的那个样子嘛，疯子一样了嘛。那他肯定就还手了。两个人对着打。打到后来他气顶到脑壳，一把揪住女的头发，又掐住女的脖子。没想到就掐死了。

"事情就是这么个过程，"所长用力吹开水面上的茶叶，"为了一张纸片片要死要活，发啥子猫疯喃。"

六

麦多多的老家，在三省交界的一处山沟沟里。地图上看不出来。

刚子开车。我们坐他的车。他说跟着他哥跑车的时候，曾经路过那个名叫驼合乡的地方。从县城去往乡里三个多小时的路程，全部都是一圈一圈不断旋高的盘山路。一边是深不可测的陡崖，一边是高仞千丈的山体。王博起初坚决不同意开他的车。刚子眼睛不看他，转过脸来对着我说，但我感觉他是说给王博听，"那种路，好车跑一次就得残。就算跑不残，也会轮胎被卸车门被撬。穷乡出刁民，邻省好些打劫杀人的命案，都是那个乡跑出去打工的人干下的。跑车的司机没有几个愿意在那里过夜，哪怕再晚都要赶到下一个乡镇。"

王博拖了一个小行李箱。刚子要拎起来放后备厢。王博拦住他，说放在车上。然后王博就打开后门，把行李箱放在驾驶座后面的位置。他转到另一侧，和箱子并排坐在后座。

我和刚子就明白了，行李箱里面，应该就是麦多多的骨灰。

麦多多的后事，是王博帮着处理的。老家那边的派出所找到她的家人。他们回给派出所的话是，当她早死了，政府爱咋样就咋样吧。

一路无话。即使有三五句话，也是刚子跟我说，或者王博跟我说。他们两个不直接交谈，我就像一个中转站。问题出在刚子身上。他对王博似乎有很深的对立情绪。王博自然也感觉得到。我俩见到刚子那晚，在回家路上，王博就让我帮他回忆，我们以前玩在一起的时候，他哪里得罪过刚子。我想了想，没有这个印象。我又想了想，觉得刚子这种表现有可能和麦多多有关。于是，王博和我一起将见到刚子时有限的几句对话翻来覆去加以回忆，我的猜测渐渐有了逻辑上的印证。一、麦多多的确是从刚子这里得到王博的信息的；二、麦多多去找王博，刚子是知道的；三、对于麦多多去找王博，他是不乐意的，这里就产生了一个问题，他为什么不乐意；四、他似乎确信，麦多多和王博在一起很有可能发生什么事，否则，他不可能有那句"她要有事，你也逃不过吧"；五、这些环环相扣的逻辑推断还说明，麦多多去找王博之前，极有可能已经有了什么事——一个女人，被亲生父母拒之门外，会是什么样的事？

王博听完我有理有据的推论后，沉默了很久，车到楼下才开口。他迟钝地看了一眼我，说："尸检报告，麦多多有尖锐湿疣。"

我脸上的表情一定出卖了我的内心。王博忽然恢复了吊儿郎当的口气，嘴角微微一撇，"她要有事，我就一定会有事？"一脸的不以为然，眼中却是一闪而过的凄寒。

汽车哐啷啷快散架一样跑着。盘山路开始了。二级路年久失修。驶过那些大坑洞时，车子霎时腾空飞了起来，愈发加快了速度朝前飞跃。

傍晚，终于到达驼合乡。

驼合乡政府在一条狭长狭长的街上。从街头走到街尾只需二十多分钟。如果不是街上有几个染着红头发的少年，我们仿佛置身上世纪七十年代。

在冬日斜阳的照射下，这里看上去祥和而太平。街道上有一些鞭炮燃过的痕迹，红红的纸屑时密时疏。车轮碾过，扬起黄黄红红的灰尘，腾在半空，很久消散不开。

我们三个的出现，几乎引起了所有人的注意。有一些人擦肩而过，就在我们身后停下来。沿街站在屋子外的人，扭头冲屋里喊，没一分钟门口就多出一两个人来。男人和女人都不出声，目不转睛地瞪视我们。所过之处静悄悄的，没看到他们交头接耳，也听不到他们窃窃私语。一两声零星的小红炮在或远或近的空气中炸开，冷不丁的，像哪里打来一梭冷枪。

刚子从嗓子里咳出一口痰，呸，砸在离他二尺的路面，激起一小团浮土，嘴里小小声骂："看你娘的看，看鬼吗？"他脚步很重，好像边走边甩开某种牵绊。

乡政府就是路边一座二层砖混小楼,好像哪个工厂废弃的厂房,破旧的门窗玻璃蒙了完全看不清屋里情况的灰尘。处理麦多多后事时和王博通过电话的派出所所长,联络了一名退休的司法助理员在乡政府等我们。

"我姓焦。"助理员和我们一一握手。他长着一副没睡醒的模样,眼睛眯眯的,番石榴肉一样红的鼻头,不知道跟喝酒有没有关系。焦助理把我们让进一间办公室。说话的时候,门外渐渐有窸窣的动静,一帧帧人影晃在脏得不行的窗外,忽大忽小,间或一个鼻子贴在玻璃上。

焦助理知道我们此行的目的,但王博还是认真地说了一遍。地上生着一盆木炭,我们四个围着火盆坐成一圈。王博说话的时候,焦助理低着脑袋一言不发。如果不是他手里拿着火钳一块块扒拉盆里的木炭,我真以为他睡着了。

王博说:"我们把麦多多的骨灰带回来了,想亲手交给她家人。"

焦助理沉默着。在他的认真下,每一块木炭都或多或少地燃烧了,盆里红光灿灿。

他终于开口:"这个事,不好办咧。"

焦助理慢吞吞地说:"她那样的死,不是好死。她家里头肯定不会要。就算是要了,村里头也通不过。把这么晦气的人留下来,村子肯定要触霉头。"

刚子说:"你也信这一套?"

焦助理抬头看了一下刚子,脸上表情干巴巴的,"不比你们城里人嘛。"

光线暗下来,应该开灯了。昏暗中我瞄见门框上空有一个灯座却没有灯泡。门外窸窣的动静一直没停过。刚子显然忍不住了,跳过去用力打开门。外面的情形令我们吃惊,起码有半条街的人或蹲或站在乡政府对面。看到门打开,他们一个接一个鬼影似的站起来。两个七八岁的小孩游窜在他们中间,点燃小红炮使劲朝我们这边掼过来,火星炸裂在暮色之中,好像一只只迸出血光的暗红眼睛。

"走吧。有啥事明天白天再说也行。晚了不安全。"焦助理说。这句话的后半截被一记火力更猛的爆破炸得四分五裂。这响鞭炮从楼顶甩下来,窗玻璃咯咯吱吱乱叫。王博和我几乎同时站起来。

"他们知道我们是来做什么的?"王博问。

"肠子大的地方,东头放个屁,西头就闻到臭,有啥不知道的。"

七

那天晚上我们赶回县里住。焦助理让捎他一段,他家在上面那个乡。王博让他坐了我的位置,让我跟他挤后座。

焦助理扭过来好几次,眼睛总是落在枕在王博腿上的行李箱上,嘴巴抖索索好像有话想说。他再转过来,王博就问:"你想说啥?"

焦助理的声音随着车体的颠簸断成几截,"那女娃……是在这里头?"

"麦多多在乡里头上的初中,那是88、89年吧,"焦助理掰着手指算时间,"来了一个老师,年纪轻轻留一把胡子,模样长得周正,可是脑子动不动就走弦走掉了。成天写呀写,据说写的都是诗。写完了就往外寄。邮递员成他家的了,信一摞摞地寄,一摞摞地收。他自己写就行了嘛,还发动学生写。放学后刻蜡纸、调油墨,印什么诗报,糟蹋好多白纸。家长们意见很大,学杂费可是他们汗水摔八瓣从田地里刨出来的。老师在县城里头有个女朋友,经常下来看他。两个人碰一起更加神经,组织学生跑到河边边上扯嗓子念,说是朗诵诗歌。男学生先念,女学生后念,然后男女学生一起念,再你念一句我念一句,最后又是一起念,就跟那戏台子上似的。大人也跟过去看热闹,可惜都听不懂,嫌鬼吼鬼叫的,没那老戏词好听。没出两年,老师背起个包包走掉了,辞职了,不干了。说什么鬼话他的生命在远方。那个包包里全是他那两年写下的诗稿,风一吹,稿子满院子乱飞。他还专门装了一书包梨送给学生,说就此分离吧,把一帮娃娃搞得鬼哭鬼哭地送他到村口。"

麦多多父亲是复员军人,脑子正经。所以在乡中学,麦多多还只是偷偷摸摸地写。考到县中后,她撒开了手脚写。邮递员现在成了她家的了,信一摞摞地寄,一摞摞地收。父亲一气之下就断了她伙食。她从地里挖红薯挖花生,就那么干熬了一学期。

"这个女孩子傲气,走路高高仰着脖子,不看人的。在县城里还好嘛,地方大一点点,这样子的人不显。在驼合乡脖子高高的样子,不好的,又不是凤凰,终归都是要窝蛋的母鸡。"

有人冲她吐口水。有人冲她头上撒盐巴。但是事情很快就发展到不是仅仅吐口水撒盐巴这么简单。"她都不知道大家怎么说她的,"焦助理扭过头,看着我和王博说,"骚人咧!犯骚咧!尾巴翘得那么高,莫非欠操嘛。"

后来,"她被拖进麦田里头……不是一个,好几个……可惜呀……也扯不清到底是谁干的,声张了更加丑。她爸有个叔伯兄弟在城里,干脆接了她去,高中不知道读完没有,出去打工了。"

再往后,焦助理就不再长吁短叹了,"出过这样事,可能啥都看开了。外面那样的花花世界,也得啥都看开了,才混得好混得下咧。是不是?"他转过来,看着我和王博,一副通情达理宽宏大量的神情。半晌,又冒出一句,"烧干净也好,埋在土里脏了地方。"

王博彻底打消将麦多多留下来的念头。他的第二方案,如果留不下来,就开车带着麦多多围驼合乡转一圈,此刻也灰飞烟灭。

这晚焦助理话里透风,驼合乡有个黄红凤,当初和麦多多一起出去打工,"人家多好,老老实实赚钱回来在县城东街开店,专门卖女娃头上的花花朵朵。老公也找下了孩子也有了。

可怜麦多多哟,孤魂野鬼。"

原来以为黄红凤的店不好找,结果第二天上午去找,一找就找到了。东街就一家这样的店。店名就是"黄红凤饰品店"。黄红凤染了黄黄的头发,说话时染了桃红色指甲的手指总喜欢挑着耳边一绺头发绕。

见我们进来,她笑吟吟地迎上前,"新年好呀。是不是给女朋友挑东西?喜欢什么样的,我可以介绍。什么身材什么年龄,报来听听,我帮着参谋喽。为女朋友花钱,一定要花在她们心坎上,不一定要贵的,但一定要对的。看看挑挑嘛,总有一样适合的。"

本来不知道如何开口,见她如此快言快语,也就不跟她绕弯子了。王博挑头说:"黄红凤吧,麦多多你还记得吧。"

黄红凤张着嘴巴,发出短促的一声"呀",绕头发的手指也做了片刻的停顿。她的目光从王博扫到我,扫到刚子,又扫回王博,"你们是……"

"同学。麦多多的高中同学。我们从驼合乡过来,焦助理提到你。"

她将信将疑,手指慢慢动起来,"提我干啥嘛?找我又干啥?"

王博说:"我们送麦多多回去……"

"呀,"黄红凤叫得比刚才大声,身子触电似的往下一矮,"还回得去呀?"

听到王博说回不去了,她的表情慢慢活过来,"出去说吧。大过年的不兴在店里说这个。"

黄红凤下嘴角有痣,我以前闲翻过面相书,依稀记得"嘴角有痣,话多"。坐在小茶馆里,黄红凤打开话匣子。

"我们一起在服装厂做车工嘛,很累的,天天加班到晚上十一二点。早早七八点又上工。麦多多不好好做工的,成天拿个本本不停地写。"

"写什么?还写诗?"好像是刚子问的。

"哪懂得是不是诗,反正她说是诗。谁有心看有心听,累得挨着床板就睡着,就她一个打着手电筒还写写。写就写喽,忽然有一天她说她是诗人了。大家就觉得好好笑,问她拿什么证明她是诗人。她就掏出一张纸片片,说你看,有刊物用我的稿子了,这是用稿通知单。旁人看过以后,说谁知道你这个纸片片是真是假。麦多多说我还会骗你呀,刊物马上就到。那就等喽。可是等了一年连个纸毛都不见来。所有人都说麦多多骗人啦。麦多多说她打电话问过,下个月就到。下了好多个月还是连个纸毛都不见。"

黄红凤说:"一个打工妹,拿个纸片片,就说自己是诗人啦?你听了觉不觉得她神经有毛病?有从家乡一起出来的,就把她被人欺负过的事拿出来说。大家就讲得更难听了,装神弄鬼什么狗屁诗人,原来是个破鞋,是个婊子。谁在背后这么说她,被她知道了,就拿竹竿把人家晾晒的衣服全部捅到地上去。这么闹过几次,厂里就把她开掉了。换了一家厂,她还说自己是诗人。结果不想就知道,又是闹得鸡飞狗跳再被开掉。

她走到哪里,都成了笑话。"

"后来不知道怎么认识一个男的,她带来给我们看过。又老又瘦,脸也黑黑的,像个大烟鬼,竟然有肝病。她却骄傲得不行,说那男的也是诗人。我们就笑,他也有纸片片?她摇头,说不是,是比她那个东西更宝贵的。我们问是啥。她说他跟顾城照过相,还有顾城的签名。"

"是有一个叫顾城的吧?"在获得我们的确认之后,黄红凤接着说,"为啥会记得这个名字?还不是听麦多多跟我讲过,这个人的帽子是裤腿做的。裤腿,裤腿,顾城,顾城,是不是有点谐音,我就把这个名字记住了。等到麦多多拿来照片给我看,果然其中一个戴着裤腿样的帽子。我就为麦多多高兴,总算找到跟她一样的人了。"

黄红凤犹豫了一下,想了想又接着说:"两个都是这样的人,怎么生活呢?"空气中划过一道叹息,"后来就听说她做婊子了……"

"好些人就说她天生就骚嘛,现在骚到正点上了。厂里有几个男的跑去找过她,回来就说,麦多多换了一个人似的。问他们怎么换,他们就是笑,笑得前俯后仰的。可是谁也不回答。想一想,其实也不难理解,做了婊子,可不就是换了一个人。"

最后一次见到麦多多的时候,黄红凤已经在一家小小的印刷厂做到车间调度。院子里有个女人跟厂长说着什么。厂长进车间拿几本样书。黄红凤跟着厂长身影看出去,竟然发现那个女人是麦多多。麦多多穿了一件质量很差的化纤连衣裙，黑的底色上浮着暗绿色的花纹，胸前还缀了几颗塑料珠子。黄红凤躲进库房里。她不知道，见了麦多多，是麦多多难堪，还是她难堪。

等到麦多多走了，厂长开始大发议论，说这个婊子真是有情有义。他说你们知道她要干吗，她男人肝癌要完蛋了，她说一定要给他在临死前出本诗集，印个一两百本的，当冥纸烧了也好。

说到这里，黄红凤忽然打量起我们三个，显露出好奇，"她的事，你们怎么会帮到？"但她紧接着说道，"不问了不问了。"边说边做出打嘴巴的手势，闪闪烁烁的暧昧眼神，好像我们和麦多多之间有着更为复杂的关系或者秘密，而她则是烂在肚子里的心知肚明。

最后，黄红凤抹抹眼睛，"想一想这个人再也见不到了，唉。"

送她回店里，王博对她说如果想见，还可以见最后一面。

黄红凤的脑袋土拨鼠一样，警觉地四下看看。

王博轻轻拍车后座的行李箱，说这里是麦多多的骨灰。

好像被狗咬到似的，黄红凤一个蹦子跳下车，双手拍着胸口，"不要看了不要看，过年呀！"

八

焦助理和黄红凤的讲述，令刚子和王博原本紧蹙的眉头拧得更加紧了。他们各自心中关于麦多多的版本，从这个时刻起，才开始一点点在对证中补充、完善，试图以各自掌握的碎片拼成一幅完整的图景。但是，大块大块的无法填充的空白处，要比已掌握的碎片多出许多，好像悬疑剧中一帧帧沉默的空镜头。

碱子沟一带是城中村，挤挤挨挨全是农民自己盖的三四层到七八层的简易楼。农民变身做了房东，房客近乎都是做皮肉生意的女人。来这里的男人多是打工仔，图的是便宜。

两年前的春天，刚子开车经过碱子沟。

那天晚上生意冷清。差不多凌晨时分，刚子加了油门往碱子沟那边去。一些不过夜的嫖客差不多这个时候该出来了。有时候，刚子也会把车停在马路对面，跑进去找个女人放松一下。

那段时间扫黄打非很厉害，警察随时可能从天而降，扫荡淫窝。碱子沟的热闹少了许多，暗娼要么不做，要么不给够钟。那天晚上，他就是想去探探风头。结果就碰上了大行动。碱子沟的几个入口都堵了大队人马。

熄了车灯松了油门，刚子悄悄将车泊在一个隐蔽角落，开始看风景。妓女和嫖客连起一条蚂蚁搬家那么长的队伍，一个接一个，老老实实排队上卡车。看着看着，他左眼角似乎扫到了什么异常的东西。刚子从前窗玻璃往左侧张望。就瞧见有人从楼顶的窗户爬出来。看不清女人样还是男人样。身手倒很敏捷，蹲在窗口起跳，落在另一栋的房顶。顺着房顶一直跑，跑到房顶边缘，抱了又粗又脏的下水管道向下滑。滑到一半，可能是手松了，咚地坠到另一个房顶。隔了那么远，其实是听不见坠下去的响声的，"咚"的那一声，是刚子心头的跳。那一下应该摔得不轻，刚子正在可惜，就看见人影一寸寸地长出来，一拐一拐，贴着房顶再次跑动。这回看清了，是个女的。

刚子估计女人有可能选择的落点，便悄悄把车开过去停在拐角大树下。女人似乎对这一带也是轻车熟路。树的一根树枝恰好搭在屋檐，树枝枝干颇长，搂着树枝往下跳，可以一直坠到地面。女人摔在车前。他伸头出去，噘口一个半响的呼哨。女人扭头，先是愣了一愣，看清是辆出租车，连滚带爬地钻进来。刚子早就挂好挡，一轰油门飞蹿逃离。

车开动后，刚子说："你的身手不错呀。"

女人说："谢谢夸奖。"

刚子笑："看得出来，很有经验。"

女人笑："你停车在那里，也该不是巧合吧。"

刚子从后视镜看她："以前没见过你呢。"

女人戴了假发，浓妆，脸上有一道擦伤，手臂上也有擦伤，正弯了胳膊肘噘着嘴巴嘘嘘吹。听刚子这样说，女人说："我才回来几天。"边说边从斜挎的小包里翻出一张自制的名片递过去。

女人说:"有空请多多关照。"

刚子问她往哪里走。女人说找药店。

到了药店,女人却下不了车。刚子扭头一看,膝盖跌烂了,红兮兮的肉翻在外面。刚子说"你别动了",就下了车进药店拿了云南白药、红药水和纱布胶带,然后钻进后座给女人处理伤口。

两个人热出了一身汗。刚子又是上药,又是包扎,他一头的汗,不好意思撩衣服来擦。忙完了,刚子要退出去,女人拉住他,"做一下吧,"她贴着他汗涔涔的下巴说,"算我谢你。"

刚子就和女人慢慢有了联系。他照名片上的电话拨过去,约好时间,就赶到碱子沟去。他按名片上的名字喊她,英子。这个假名字起得还有点水平。那种地方灯光都是暗暗的,勉强看得清嘴脸。模模糊糊中,英子让刚子觉得似曾相识。

让刚子觉得奇怪的还有一点,有的时候做完事情了,英子喜欢说一些像诗一样的话。有几句她反复地说,以至于刚子记住了。比如"所有花都在睡去,/风一点点走近篱笆"。她甚至提过一个非常奇怪的要求,她说给她写首诗吧,如果他写得出来,就不要他的钱了。

刚子说"你还挺有诗意的嘛"。英子从暗暗的角落凑上来,伸出胳膊把他搂向自己,好像母亲搂着孩子。

刚子讲到这里的时候,我和王博忍不住互相看了一下。就像照镜子,我们从对方那里看到了自己的表情——难以置信。而一直烦躁戾气的刚子,脸上则难得地露出一线柔软。

到了秋天。刚子在街上尿急，就把出租车停在步行街入口，跑去新华书店上厕所。上完出来，见收银台处吵吵嚷嚷，报警器嘀嘀嘀叫，保安揪住一个少年不放。好多人都在看热闹，保安更加卖力地嚷道："你以为窃书不能算偷？"一个头脸白净的女人从人堆里挤出来，扯住保安来回推搡少年的手，说："放开他。多少书款？我替他付。"

刚子从围观的人群中穿过。他看了一眼就急匆匆拐出书店大门。右拐三十米就是停车的地方，那里不给泊车，抓住是要开罚单的。也就是走出十来米，刚子忽然做梦一样停住了。他在店铺的落地玻璃看到自己站在路边的身影。玻璃映出他慢慢把身体扭回去。那句高声的"窃书不能算偷"像一个连通记忆的开关。

怀揣着一种莫名的兴奋，刚子返身折回书店。人还在那里，争执还在进行。等到他把那个女人看得一清二楚，兴奋顿时变成震惊。他终于知道英子似曾相识的感觉到底是怎么回事了。

他费了很大力气才转过身去，慢慢走到门柱后面，掏出手机，翻到英子的号码。他手上几乎没力气，用了很大的劲才按下通话键。但是没有等到接通，他就挂断了。他没有想好，是叫她英子，还是叫她麦多多。

再次见面，他到底没忍住。听到他叫她麦多多，她偏过脸看他，很久没有回应，好像脑子里有台机器被卡住了，也好像正在高速运转。有一种说不出滋味的东西硬硬地哽在心里，令

灰姑娘 ‖ 195

刚子极其不舒服。眼前这个女人不是英子了，是他的高中同学麦多多。

刚子问过麦多多，她没有认出他吗，难道她就没有认出他是她的同学吗。麦多多笑嘻嘻的，却不回答。她是英子的时候，也是这样笑的。那时刚子觉得很正常。但现在刚子被她那种轻浮的笑脸弄得很不舒服。他本来以为她会羞愧，至少也应该把头低一低。但是，麦多多始终笑着，看着他笑，有点无耻。

麦多多笑着把手伸进他的衣服，往皮带那里摸去。刚子僵直了一下，把她的手拿开，拉开门走了。虽然他还是常来，但他再也没碰过她。

刚子倒是动过念头，想让麦多多从碱子沟搬出来。他甚至都想过，让麦多多搬去他那里。不过，话到了嘴边他没有说出来。他家里有傻子有瘫子，再养这样一个女人，他能不能顶得住？万一扛不下来，再让人家搬出去？

好不容易找到一份在服装批发市场帮人看摊的事给麦多多做。麦多多倒也没拒绝，去了。第三天摊主打电话给他，劈头盖脸就是一顿臭骂，说怎么找个鸡婆，被客人认出来啦。刚子问，那她人呢。摊主吼道，跟那个嫖客嬉皮笑脸走掉啦。

刚子连忙给麦多多拨电话。没人接。一直没人接。他一路飙车赶到碱子沟，车刚靠边还没熄火，就看见有嫖客从麦多多楼上下来。

刚子冲进去，麦多多蹲在地上洗屁股。刚子抄起裤子摔过去,"麦多多,你做婊子上瘾吗?"

麦多多翻了他一眼,"你找谁?"

很久他都没有再去找过她。直到他拉了王博。王博下车后,他就近在路边店买了两瓶白酒几样小菜,掉头去找麦多多。

但是刚子那天找到麦多多之后说了些什么,他没有全盘托出。我听得出来。我相信王博也听出来了。如果没有猜错的话,很有可能是见到王博后,人生的荒谬和落差令他极为不爽。这一点从我和王博找到他家,在那个破落屋子里他怠慢和冷漠的态度,可以得到印证。

刚子说两瓶白酒几乎是他一个人干掉的。他乱七八糟说了好多话。他依稀记得麦多多一直认真地听他不停说。他的头晕沉沉的,抵在床板上,听到麦多多说她记得王博,她要去找他。他一阵冷笑,说:"你以为人家会把你放在眼里?你以为你是谁?你以为你还是麦多多?"麦多多瞟他一眼,那眼神又像专注又像不屑,感觉怪得不得了。

这个女人令他感到陌生,甚至有点厌恶。只是脸还是那张熟悉的脸。

麦多多说:"你懂什么。"

这句话伤了刚子的心。他翻身睡去,在醉得不省人事之前丢下一句话:"你是一个狗改不了吃屎的婊子,这个我懂。"

九

但是王博说不是的,"麦多多就是麦多多。"他不认为英子是麦多多。更不认为麦多多是英子,"不管有多少证人证词,都不是他们所说的那回事。"

"当然,装是可以装得像,但总会有蛛丝马迹。如果你见到她,你一定也会这么认为。"王博对着我说,见我只是模糊不清"唔"一下回应他,王博摇头,"我们对麦多多的记忆,赶不上麦多多对我们记忆的百分之一。"

麦多多见到王博,就问他还弹吉他吗,她像一个小女生那样,双手托着腮,回忆第一次见到他的情形。他抱着吉他坐在校园白杨树下的花圃里。她说,他穿着一件黑色的背心,瘦瘦的肩胛骨和深陷下去的肩膀,楚楚可怜却又桀骜不驯的样子。

被麦多多回忆的王博,是一个每天都在打架和被打的血腥架事中狼奔豕突的血性少年。她说每次听到"兄弟"这个词,听到男生们聚在一起说到把谁练了或者被谁练了,听到他们形容架场上的血雨腥风,听到他们狠狠痛骂哪个不仗义的家伙,她就暗地里攥起拳头,在想象中挥出一拳又一拳。

麦多多说她永远永远都记得,她在王博的随身听里听到一首歌。她激动得浑身起疙瘩,一层叠一层,直打摆子。

她问王博,还记得那首歌吗?

王博完全想不起还有这样一回事。他不好意思说不,含糊笑一下。

"《国际歌》!"麦多多一脸兴奋,眼睛发亮,"你告诉我,那个乐队叫唐朝!"

王博的心情一下子恍惚起来。幽暗的通道,阴冷的空气,影影绰绰的人影。走到尽头,是一片金光火海的鸣响与光泽。火星乱溅的鼓槌,呼啸的贝斯滑音,狂飙的键盘高音,放纵的狂吼,蒸腾的白汽,挥舞的手臂,传递的啤酒,醉酒的合唱。所有人反复唱道:"不要说我们一无所有,我们要做天下的主人!这是最后的斗争,团结起来,到明天,英特纳雄耐尔就一定要实现。"有人唱得嗓子劈叉,有人拳头挥舞像要奔赴战场,还有人泪流不止,好像从饥寒交迫一步迈入共产主义。

年少轻狂的青春岁月,突然间重见天日,王博有些招架不住了。他心中涌动着一股难以平抑的激动,以至于那天晚上失眠,久久睡不着。

那段时间王博就很愿意和麦多多在一起吃饭聊天。王博说,和麦多多在一起,好像时光在往回走,虽然追怀往事常常让人不胜唏嘘,但相对眼下乏味无聊的生活,真的是一种幸福,就像温水流过心脏。吃完饭聊完天,带着那一点儿恰到好处的醉意和那一点儿小小的渗入骨髓的忧伤回家躺在床上,王博半梦半醒地想,原来他曾经年轻过,曾经那样美好地年轻过。

"你刚才说,麦多多是在你的随身听里听到《国际歌》的?"我打断王博的回忆。

"是麦多多说的。我没有印象。"王博说。

灰姑娘

我说:"你的随身听是上大一才有的。你记得吗,是咱俩一起去买的。国产的,爱华。"

王博眨巴眼睛,想起来了,"是噢……那麦多多为什么这么说?"

"这么说的话,那还有一件事。麦多多说,我曾告诉她,小野洋子和约翰·列侬,小野洋子出过诗集《葡萄柚》,约翰·列侬是史上最伟大的摇滚艺术家。他俩是世界上最棒的一对。"王博眉头打结,"可是,我从来没说过这些话。而且,小野洋子写过诗出过诗集,说实话我也是从麦多多这里第一次听说。我以前根本不知道,又怎么可能给她说呢?"

但就是因为后面这件事,王博渐渐看出麦多多的毛病了。怎么说呢?他觉得麦多多就是个文艺女青年。或者说,麦多多依然停留在一个文艺女青年的心智和心态。什么是文艺女青年的心智和心态?无非两点:一是无视自己与时俱进的年龄,看不见眼角的鱼尾纹已经可以夹蚊子了,总认为世界还属于自己;二就是太过幼稚并苛求完美,看不到存在即合理并对一切持批判态度,同时不切合实际地以为世界可以被她们改变。是的,麦多多就是这样的。她讲话时常冒出"你们男生""我们女生"。当她知道王博的工作是在一家汽车租赁公司收车验车,她连连说"怎么会这样",失望的表情迅速地毫无遮挡地写满她整个面孔。

王博被麦多多的失望搞得很难堪,有点吊在半空下不去的感觉。他被麦多多形容成一个连他自己都不太能够确认的人物，可他清楚自己，他完全不是她想象的那么高深。王博讪笑，"总要生活嘛！生存才是第一位的。"

麦多多喃喃自语："可你是王博呀！你一直是我心目中的传奇！"

王博被这个伟大的词吓住了，他小心翼翼地问："麦多多，你这是说谁呢？"

麦多多的目光穿越他，好像看到很远的地方，"我一直以为你和他们不一样。"

和谁们？怎么不一样？散坐在四周的人，哪一个是头顶上长着三只眼的？这句话激起王博强烈的抵触，与其说是抵触麦多多，不如说是抵触他自己。不错，十几年前，当他还是一个小男人，顶着一脸青春痘和一脸不服气趴在社会的门槛左张右望的时候，真的是自视特别高，觉得自己和别人不一样，甚至痛恨自己和别人一样。可这十几年走下来，他变得让自己都失望起来。

于是，他就干脆把自己弄成一泡屎，"醒醒！我是人，不是神。我要吃饭，还要大便，我放的屁甚至更臭，我的肚子像锅盖一样扣在小腹上，什么都不能让我兴奋起来，你看看我脸上的表情是不是越来越俗气？以前我生龙活虎，现在我时常不举。有什么不一样，都一样！"

许久没有出声的刚子突然质问王博："你为什么要给她讲这些？你跟她讲这些还不如你根本不搭理她！"

王博反问："她说的那些根本不是我！你跟她同学那会儿

灰姑娘 ‖ 201

我跟她说话没超过三句半,你都看见的。我怎么知道她这些瞎编乱造的东西是哪来的?我为什么要去附和她?"

刚子被问住了,突兀地挥了一下手,愣了一刻又无力地垂下。

王博说:"谁知道她半道跳出来算哪路神仙?她以前有过什么事我又怎么会知道?"

刚子抓住这句话反问:"如果知道了,你会怎样?"

"……不知道……这样的假设没有任何意义,"王博有些黯然,他的头忽然偏向一边,眉头拧起来,嘴角咧出一个难看的形状,那副样子好像脑子里面有东西在打架,"可她就是麦多多啊!我没觉得她是别人。"

十

元旦的晚上,王博躺在沙发上看电视,收到麦多多的短信,"去你那儿玩一会儿,好吗?"王博回复,"好,想来就来。"

不到十分钟,麦多多就上来了,怀里抱了一个盒子。麦多多满面春风的样子,把盒子往他怀里一塞,"送给你的新年礼物。"

王博说:"什么呀?"就去撕粉紫色的包装纸。麦多多说不要撕呀,好漂亮的纸撕烂了太可惜了,用裁纸刀裁嘛。王博说纸嘛,最后的归宿都是垃圾桶。麦多多说美好的东西,就要尽力延长它的生命。但没等她说完,王博就把包装纸撕烂了。

麦多多送给王博一个录音机,很老款的随听声,外壳黑黑笨笨的那种。这个礼物让王博摸不着头脑。他心想,她从哪儿淘来这么过时的玩意儿?麦多多的表情却多云转晴,继而欢欢喜喜地说:"上次我拿来的那些磁带呢?今天可以听了。"王博这才想起来,麦多多给他送过四五盘磁带,是崔健、黑豹、唐朝、郑钧他们发行的第一盒卡带。都还没开封,玻璃纸半旧发黄,摸在手里涩涩的。

王博当时看到这几盘磁带,特别惊讶,一下子就把他的诉说欲给勾起来了。他好一通回忆,当年是如何赖在音像店门口蹭歌听,又是如何将爱听的歌翻录到一盘磁带里宝贝一样揣着,甚至还讲到为了给初恋女友送一盘黑豹乐队的正版磁带,他连着一个月放学都是走路回家的,就为省几块车钱。当他嘴上说着这些的时候,心里有另一个声音在感慨,有些东西注定是要成为回忆的,并且成为回忆了你才觉得它有价值,要是弄成现在进行时,就没意思了。

他讲得带劲,麦多多听得更带劲。麦多多一脸痴迷沉醉的笑,说她又看到了当年那个王博。

兴奋中的王博被这句话刺了一下,就是第一次听到麦多多说他和别人不一样的那种感觉。这个麦多多,真的是老而弥纯吗?她没被生活强奸过吗?但王博还是配合麦多多的情绪,延续着兴高采烈的状态。其实他还是高兴的,多少还有些感动。弄到这些玩意儿,不仅仅是费时费力的问题。否则那几盘磁带不会被他翻过来掉过去地又摸又看,宝贝似的舍不得撒手了。

麦多多说："唉，今晚你的眼里只有它们啦？"

"还有你呀！"话一出口王博就觉得这玩笑开得不合适，他连忙补充，这次是发自内心的真诚，"你的友情和这些磁带一样，弥足珍贵。"

磁带拿回来，因为没有录音机就一直搁在茶几上。被马拉看到了，她大呼小叫，"哇，古董哎！"她挂在脖子上的播放器，不到两年从MP3、MP4、MP5、MP6一路换到MP7。王博每次看到她换了新款都觉得不能理解。喜新厌旧的速度也太快了吧。但他随即说服自己，她们这一代人就是这样。

马拉大呼小叫之后，在他对面坐下，很有意思地看着他，"你和你那个同学，到底有没有在谈恋爱呀？"

这是他们之间第二次涉及这个话题了。王博说："你看呢？"

马拉摇摇头说："那是你心里的事。谁能帮你做主回答？"

王博说："你个小屁孩，该干吗干吗。你懂什么。"

马拉一下子跳过来，蹲在他面前逼视他的眼睛，"干吗干吗？！你除了跟我性交还跟我干过什么正经事？凭什么你就认为我不懂？"

王博显然措手不及，看着马拉那种有些蛮横又混着说不出的怪异的神态，他哑然失笑，"你用词注意一些。女孩子怎么讲这么露骨的话。"

马拉突然尖叫，"我是在跟你做爱，可是你呢？你呢？"

王博看着她五官变形的样子，不知她抽什么疯了。

马拉继续叫,"你以为你和我是一夜情,我就也得跟着你这样认为?蠢猪啊,你这个蠢猪,你懂什么女人!你根本就没有心肝肺!你见我成天和你笑嘻嘻的,以为我也没心肝肺?傻子都看得出你们俩腻腻歪歪,你就装!呸,都奔四的老男人了,还想扮纯情?你跟我怎么不扮纯情?怎么不扮?你当我是妓女?我跟你一夜情了,你就以为我跟别人也一夜情?你太龌龊啦!龌龊龌龊龌龊龌龊!!!"

马拉一巴掌往王博脸上甩去。王博伸胳膊拦她,顺势抓住手腕往后一扭,马拉反身跪在地上,拼命挣扎,不罢休地伸腿蹬他。

磁带找不到了。麦多多问,肯定在家里吗?没有借给别人吗?王博心说这种东西谁会借,你以为是宝贝,人家也得认为是好东西?别一厢情愿了。

麦多多和他一起找。王博记得有一天他想到过这些磁带,顺手翻了翻茶几,见没有也就懒得再找。他又往前想了想,好像从马拉那天闹腾完就没有再见过磁带。王博就恨上了,幻想拿把菜刀在马拉头顶上飞飞飞。

麦多多问,床底下也找吗?王博在阳台上说找吧。麦多多说好像找到啦。

麦多多从床底下拖出一个鞋盒,拎到客厅桌子上。王博跟过来,脑袋忽然涨大,鞋盒里有十多张A片。王博心里大叫"死了死了"。死到第三下,他又活过来了。全部没有封套,真真正正的"光"碟。阿弥陀佛,祖宗保佑。王博火速表扬了自己十次，第一时间扔掉封套的做法实在是太正确了。忽然间他又觉得自己特别莫名其妙，一个成年男人的家里有A片算个事吗？既然不算事，那他为什么觉得在麦多多面前曝光会颜面扫地？

经历了如此的惊险，他们却并未如愿。磁带老化了，声音听上去哆哆嗦嗦，像刚从冰冷的海水里爬上来，音调全跑到海南岛去了，音速也慢，是行将朽坏地苟延残喘，好像崔健他们忽然活过了一百岁，假牙卡在喉管里，下一口气不知道提不提得上来。

麦多多像个孩子站在那里，似乎是冷，似乎是无助，似乎心里憋了多大的委屈。她不停地说："怎么会这样？怎么会这样？"

王博倒是早预料到了，"二十年前的东西放到今天，该朽的早就朽了，又不是拉过皮的女明星。"

麦多多一脸的抑郁，"有没有什么，是永垂不朽的？"

王博哂笑，"但凡还存在的事物，就只有尽头。消失了的东西，才有不朽的可能。"

麦多多转头看向他，好像听懂了，又好像没听懂。

为了缓解麦多多的情绪，王博打开电脑说在网上购物，请麦多多帮参谋买给父母的礼物。

麦拉拉问王博："你妈妈多高多重呢？"

王博想了想，"一米五八，五五？我也不是太清楚。"他站起来，用手在自己肩部到嘴巴之间比画，"这儿？好像到下巴吧。"

麦拉拉跟着站起来,立在王博跟前,"有我高吗?我一米六三。"

"当然没有啦!你到我鼻子,我妈才到我哪儿?"王博又比画了一个高度。麦多多再往前站了一步,贴近王博形容的高度。几乎就是拥抱的距离了。

麦多多确定,"应该是一米五五。那胸围呢?多少?"

王博更加没数了。

麦多多说:"她的胸部比腹部高,还是腹部比胸部高?低头往下看,先看到哪一样?"

王博拍着后脑勺想了半天,"真记不清了,没细瞅。"

"噢,那她的腰围呢?"

"这个岁数了还有腰?"王博说,"都是肚子了。"

王博说完就忍不住想笑。麦多多没有反应,仍然认真探讨着关于体形的问题。麦多多说:"我是一尺九的腰。"自然,王博的目光往她的腰部看去。两个人的目光同时集结在麦多多的腰部。麦多多把毛衣捋平,让王博想象一下母亲的腰围。她略略挺了挺身体,王博的眼睛掠过她不大的乳房,停留在她的腰部做虚无想象。

那天麦多多还送了王博两条红内裤。她说,他的本命年到了,一定要穿红内裤。红内裤还一定要是别人送的才好。

"你穿大号还是中号?"麦多多问他。

王博说:"不知道。"

"你不知道自己穿多大号？那你往常怎么买？"

"瞎买呗。"

麦多多"噢"了一声，问王博有软尺吗。王博说没有，什么尺都没有。麦多多说，那就用手量吧。说着她就围着王博的腰际一拃一拃地丈量起来。

麦多多的手指从王博肚脐眼上滑过。她的头发，在他的下巴处摩挲。这两个地方，都让他痒痒。麦多多脸上有一层细茸毛，在侧面而来的灯光中，呈现出淡淡的金黄色，好像一个毛茸茸的桃子。屋外刮着西北风，空调吹着暖气，窗帘挡在窗前。背后就是王博的床，被子从来不叠，胡乱滚在角落。日光灯坏了，只有一盏台灯发出不算明亮的光。他俩的影子投在墙壁上，或者倒在床上。

王博的脑子在那一刻飞快地打架。从性的欲望来说，他的生理本能已经起反应了，他甚至斜瞄了一眼床铺，算了一下如果麦多多稍做挣扎，他将会在两步之内将她按倒在床铺上。麦多多已经是他手下的猎物了，可她似乎全然不知，手指正从他的脊柱上滑过去。她让他抬起胳膊，最后一拃在腰侧结束，然后直起身子对他说："一共是六拃，每拃就算十五公分。你的腰围是二尺七。"

她淡蓝的眼白，好似幼童的，不谙世事，无欲无邪。

王博说："麦多多，你看你，不仅给我出了好主意当了好参谋，还送礼物给我，我怎么感谢你呢？"

麦多多微微一笑，"那你就以身相许吧。"

王博好一阵恍惚。静了那么一小会儿,他听见自己的声音有点无奈有点抖,"我的好姑娘,我哪儿有这个资格呢?"

十一

麦多多的骨灰被王博带回成都。他说选一个天气好的日子坐船去岷江。他说江葬吧,让麦多多江葬吧。

临走前,刚子提出想看看麦多多。王博打开行李箱,捧出深褐色的骨灰盒。刚子、王博和我,坐在它对面。很难说清那是一种什么感受。就我个人而言,我并不觉得那只是个盒子。我能感觉到它的温度,它的气息,甚至,它的眼神。我也不觉得十分悲伤或是痛苦,倒是有一种无法解释的遗憾从心头升起。遗像之处,是空白。

刚子在怀里掏着什么。他掏出一个信封。他把信封在桌角磕了两下,里面掉出一张照片。

刚子说:"我找遍了高中同学,只有这张照片,上面有麦多多。"

湖岸边,一群学生围成半圆,像排球比赛上场前,手叠着手喊加油,脸上笑意融融,青春逼人。

刚子指着右边角落一个女孩。她背对镜头,踮起脚尖。不知远处有什么吸引着她,在同学们兴高采烈玩在一起的时候,她一个人在旁边,像要走开的样子。

我几乎在刹那间被什么东西击中了。吐出的烟雾涌进我的眼睛，我感觉自己流出了眼泪。

私底下，王博问过我，麦多多的死到底跟他有没有关系，他自言自语地说，是不是他和她好了，她就不会去宽窄巷子了。我说，恐怕不仅仅是和不和她好这么简单。他扭过头一脸疑惑地问我，那她要什么？

我想了想，说："我也说不好。总之，应该不是你想的那样。"

刚子有一句话或许是对的，他说："麦多多活得比我们纯粹。"我很诧异刚子会说出这样的话。后来我想了想，的确，我们任何人，都不应该把别人想成我们以为的那个样子。

我们在机场分别。刚子伸出手，与我和王博握了一握。他和王博的握手似乎多了几秒，力度看上去也更大一些。但是，他跟我握手的时候，我俩的目光是有所接触的。他跟王博握手的时候，他没看王博，王博也没看他。

半年后的一天，我去社里的财务处报账。一个编辑也在报销出差费用。我是发行人员，成天在外面跑，和社里的编辑不是太熟，就听她和会计有一句没一句闲聊。

会计问："最近见你经常出差，忙什么？"

编辑说："去组稿子嘛。咱们那个社刊在改版。"

会计问："又要改？改了好多次了，每次都不见赚钱。"

编辑说："不赚钱也得办哪。反正风行什么就改做什么，不能让刊号死掉。"

会计说："我记得老早是做诗歌的嘛，我还记得名字美得很,《浣花溪诗报》。后来做少儿做女性做汽车,名字换了又换。这次改版又准备做什么?"

编辑说:"不讲了。一讲到那个诗报我头都大。有个女的隔三岔五就给我打电话,说她发了一首诗嘛一直没收到刊物。从我毕业分配到那里,到后来生小孩,现在小孩都要上大学了,她的电话一直没断过,阴魂不散。"

会计说:"那你不帮她找找喽。"

编辑说:"我想帮,可是帮不到嘛。那一期根本不给发行,里面有一首长诗有问题。发稿的时候谁都没意识到,印完了等车来拉,有个印刷工没事做捡起来看。要说也是走运,这个工人的父亲是研究这方面的专家,估计在家里聊过这方面的事。好嘛,幸好被他拦下了,要不从我这个小小责编到主编到社长,都得一路撸下来。"

会计说:"噢,那活该是她不走运了。讲给她听啦。"

编辑说:"讲啦!不顶用,过不了几天又来电话。十行都不到的边角料,搞得我半辈子跟她耗。神经病!都快烦死我了。这半年消停了,再没见电话。是不是死掉了不知道。"

仓库里已经没有那期刊物了,十几年前的废刊早就打浆做纸了。找到退休的老社长,他竟然留了两本做警示教育。我约好王博,周末下午去他家。

王博和马拉准备结婚了。他们正在刷墙,地上铺满报纸。坐在涂料桶上,王博翻开目录,很轻,有点迟疑。黄色的纸页似乎掉下细细的纸屑。是的,我听见它们坠地的微音。

王博把它递给马拉,说:"你念吧。"

王博闭上眼睛。马拉清清嗓子,像登台演出那样,情感充沛的声音在充满微酸气味的房间回荡。

　　寒　露

很少有人像我这样
不怕冷地滞留在
小镇寂寥的街口
那些机灵的飞鸟
那些失魂落魄的花朵
早已撤离现场
只有我
还要在这里执着地等

风把报纸吹得哗啦啦响,阳光在窗外绿色的树叶上闪着光。隐约传来好听的小提琴曲,特别抒情动人。我也闭上眼睛,麦多多如在暗房里的显影中渐渐浮现。随着音乐,湖岸边的麦多多动起来。她向远处走去,将一团欢喜热闹的我们留在身后。

看你一眼有多长

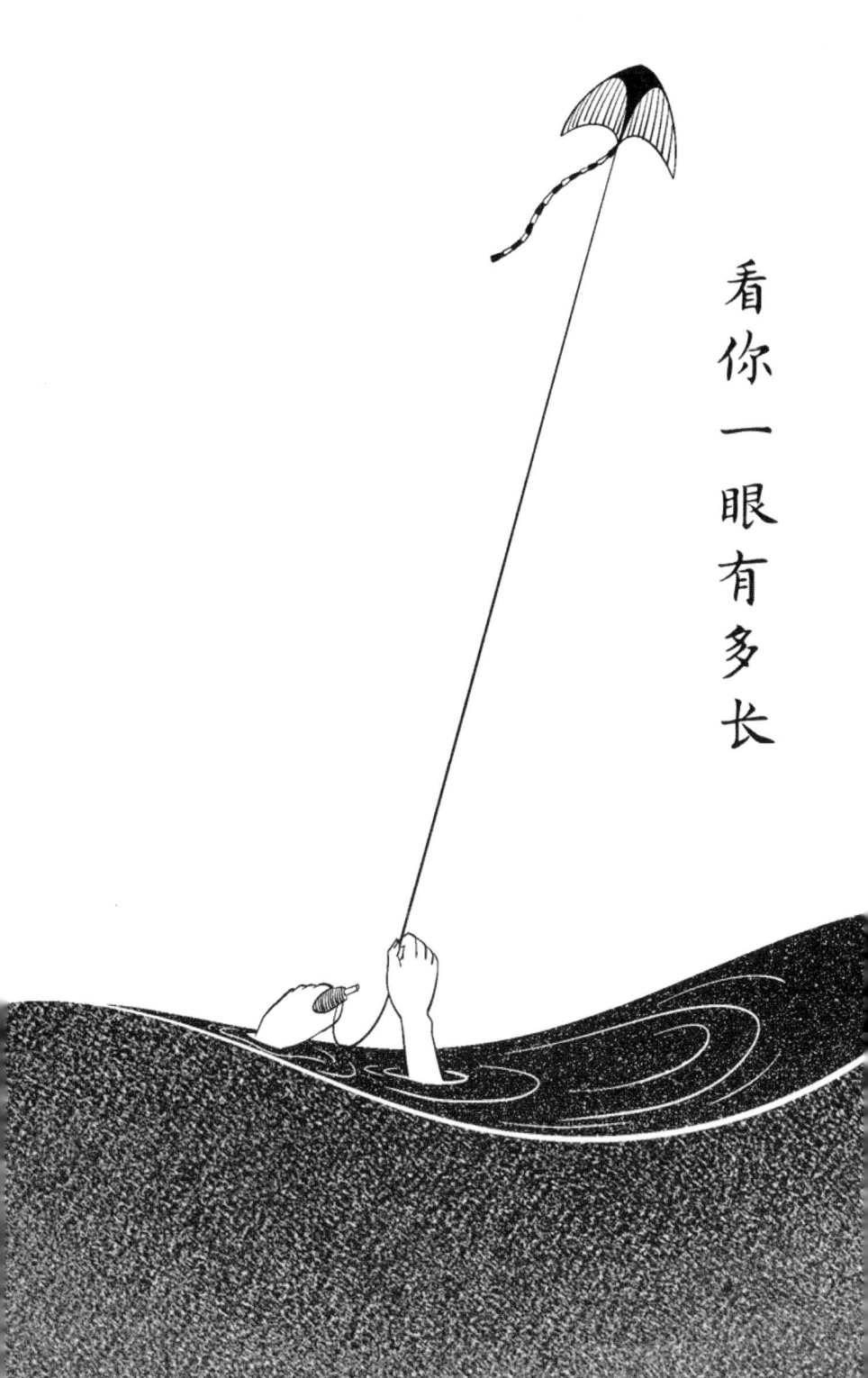

老董那件事？上个月结案了。那个刘铭过故意杀人罪，判了有期徒刑十三年。

　　对，我是刘铭过的辩护律师。这件事情，怎么说呢？我还记得宣判那天，一直下雨。非常大的雨。下了整整一夜后，还在下。天都快下漏了。响雷没完没了在头顶滚，压路机一样，耳朵里轰轰轰听不清对面人说话。宣判前，审判长让法警把窗户都关了。庭里的声音忽然就强起来。话筒喷出来的声音像打桩机，一下下往心里夯。我第一次在开庭遇到这样的情形。

　　宣判完毕，刘铭过神情平静。被法警带下去时，刘铭过将头稍偏看我，目光平静安然，还有一股淡淡的温热。他的样子看得我心里说不上什么滋味。

　　真的要从头讲起？现在几点了？明天上午我还要参加案情分析会。你们这帮家伙，说是给我接风，把我灌得差不多了，又要听故事。行啊！叫壶好茶上来，且喝且聊。说实话，做完这个案子，我心里憋了一堆的话，乱麻一样，也只有说给你们，你们才会理解。哦，不，不，不是理解我。理解刘铭过？也说不清。暂且听着吧，兴许说完了，到底理解什么，我也明白了，你们也明白了。

＊＊＊

这个案子本不需要我接。主任的意思是给年轻律师练练手。这是指定辩护。无所谓输赢，上法庭无非是走个法律程序。杀人偿命，太阳底下无新事。

可是老董和刘铭过，都是我认识的。事发第二天下午，我在出差路上接到平哲短信，就是《诗早报》的副主编平哲。他的短信把我吓了一跳——刘铭过昨晚在医院捂死老董，原因不详。一车的人，我不好回电，便回短信：离奇之事，此二人怎会有瓜葛。平哲回道：是的，印象中他们似曾连话都未说过一句。

晚上我给平哲打电话，除了何时、何地、何人、何事之外，最重要的那个何因，他还是提供不了。他说不仅他提供不了，估计我们中间任何一个认识刘铭过的人，都不明白刘铭过为什么要捂死老董。我打了一圈电话，获知案件已经到了刑侦部门。那段时间我手上正有案子，也没时间细打听了，心想这个案子到了法院刑庭后，去阅卷的时候就能知道个八九不离十了。

很快就到了阅卷那天。薄薄一本案件卷宗，前面两页都是老董的彩色照片。他躺在医院的白色枕头上，眼睛闭着，脖子抻到一边，脸有点歪。总体看上去就像睡着了，灰白头发散在脑袋四周。秃顶法官凑上来看了一眼，多话道，嗨哟，爱因斯坦。

这人缺口德，总要把卷宗里那些狰狞扭曲的死者和某个名人联系在一起。联想不要太丰富，对死人活人都不敬。不要以为自己是法官，就真当了钟馗。人总是要走夜路的。

再翻笔录，很简单，刘铭过对杀人行为供认不讳。其中涉及对杀人动机的审问，前前后后的提问不下十余处，他的回答永远都是——人到了该死的时候，就应该让他死。听听，是冷血还是哲思？

不到一个小时就看完了。卷宗本身没有疑点。事实清楚，证据确凿。神志清明却拿刀砍人的事件屡见报端，可见人性之古怪。不知道刘铭过是否属于此类。

回所里给主任汇报了此事。主任不满意我浪费时间去接这类费时费力不赚钱的破案子。我坚持。主任让我给他一个理由。

我递过去一份报纸，就是曾经在你们中间疯传的那期报纸。一年多前的报道《横跨两个世纪——他和诗歌"死磕"到底》里的那个"他"，就是老董。主任一目十行地看完，盯住我不出声。

我估计自己沉默了两分钟才开口。我说，我年轻的时候，喜欢写写诗歌。话说出口，怎么都显得气短。

看你一眼有多长 ‖ 217

主任吐了一口烟，有些不耐烦。这算理由?！杀人犯不是这个老董，你搞搞清楚自己的角色！他将报纸推到我面前，指头敲在桌面上"哪哪"响。

我扮无辜，笑说，有个标的五百多万元的经济案件找到我了，我转出来，你看着安排吧。

主任牙疼那样，恨恨看了我两眼，算是默认。在我转身开门的时候，他在背后徐缓作声。水火本不容，法情何以通。律师钟情雅，如遁蛛网中。

我扭过头去。我想我的表情一定是目瞪口呆。一大团烟雾罩在他面前，看不清他模样。他一直单身，人和性格一样，瘦巴干倔。

* * *

先说说老董吧。这事在你们中间传得沸沸扬扬，的确跟老董的身份有关。

我第一次见到老董是两年前，在明坊一间新开张的酒吧。听说老板是个画家。明坊以前是麻村，近郊农村，城市扩张后就慢慢变成了城中村。麻村改造成明坊后，一条街过去，好多画廊、工作室、琴行、酒吧、茶室，我接待朋友也常常跑去那里。

一进门我就看见老董了。前额很宽，鼻子超大，一团头发犹如灰白的钢丝，乱蓬蓬地堆在脑后。我不得不承认，秃顶法官对于他形象的联想是十分准确的。老董窝在偏暗的角落吃东西，吃相可不怎么好看。胡子上沾的全是饭粒，那盘炒饭近乎是直接倒进胃里的。吃得太急，噎得一直打嗝。肩膀一耸耸的，样子很狼狈。咸菜色的圆领汗衫前后襟都皱着，老人脸似的扯不平。袖管坠了根线，晃晃悠悠，要断不断的，看着让人着急。

我多看了他两眼，有些搞不清他身份。等人的过程中我一直留意他。他吃完东西，慢慢止住嗝，撩起衣角把嘴巴胡子擦干净，然后拿五指当梳子，耙地似的，往后一缕一缕梳理头发。单手在裤袋里摸索了好半天，掏出一根皮筋，在后面绑了个马尾。嚄，这么一收拾，花白马尾，还带卷曲，虽然还是一脸菜色，却搞得都像艺术家了。

一打听，才知道老董是干吗的。他是写诗的，老板找他来暖场子。

来明坊的客人，都是你们这号的，当然也包括我在内，年少时做过文学梦艺术梦，虽然现在都改行到十万八千里之外，心里却多少怀有落寞不甘。所以明坊的酒吧，每一家在经营上都搞搞文化创意。有的支几个画架，客人手痒了可以过去涂鸦；有的摆一台老款留声机，古铜喇叭翘得像朝天开的牵牛花，竟然还放得出声，唱针划过黑胶唱片上的密纹，沙沙沙响。这家店想了新招，就是让老董时不时上台念两首诗。

老董浓重的山东腔，鼻头那儿像插了根管，话音都是一杆子戳到地，不带拐弯。他灌下小半杯啤酒，往台子上一站，背有些佝偻，表情很凝重。看着看着我觉得不对劲，他那不是凝重，是冷硬，像刚从冰箱里拿出来的冻肉。后来我才知道他的脸摔伤过，肌肉都死掉了，就此损失了所有表情。但老董直戳戳的声音透过麦克风响起来，一张不动声色的脸，使他都有点天翻地覆慨而慷的气势了。

老董念的啥，我们撑死了只能听懂一半。但很多人鼓掌，热烈鼓掌。这种场景让我回忆起自己上中学那会儿，每个周末下午，一帮诗友约好在城郊南湖碰头，找块空地围坐一圈，轮流朗诵自己的诗。

我不知道你们是怎么开始写诗的。我写诗是源于上高一的时候，有一天放学，我看见班里的一个女同学在小溪边放纸船，我就问她，纸船是你的吗？那个女同学说，不，是大海的。我一下就有感觉了，于是写了我的第一首诗。我想把这首诗登出去，不是为了成名，就是想给那个女孩子看到。呵呵，别笑。是不是觉得我喜欢她？有那么一点儿，很朦胧，说不清的。还记得吗，当时寄给外地的刊物，邮票要八分钱，而省内只要四分钱。我就跑到邮局，找到省文联一份杂志的地址，照抄寄过去。没想到过了两个月，真发表了。我就成了我们县高中第一个发表诗歌的人。得的稿费还挺高，有三四块钱。那是1986年，我爸的月工资才七十多块。后来我在学校里组织了一个诗社，十几号人马，还动手办起了诗报，自己写，自己刻，自己印，还自己描图，从杂志上描类似大海帆船的图案，一次印几百份，往全国各地的中学狂热地寄。可是毕竟没什么钱，这么寄报纸又是一笔不小的开支，就开始琢磨省钱的路数。我还真钻研出一招。每次在邮票正面涂上胶水,寄出去的时候在信里跟对方说,我要集邮,请把邮票寄回来。回来后,用水把邮票上的胶水洗掉,就可以再用了。这样重复使用,能用好几遍。

如果不是当年咱们那么热络地写信寄报,甚至互相串联,今天谁认识谁呀?当年那些信我都留着,信纸都发黄起毛了,见证着咱们从十五六岁开始的友谊。今天在座的,有几个咱们当时通信了三四年,直到今天才第一次见面。可是只要名字和人一对上号,那就是灯泡安对了灯槽,唰唰地来电。真是不知道怎么形容,虽然没见过面,却感觉就是一辈子的朋友了。现在的小孩哪里懂得这个。我那儿子成天热衷各式各样的选秀。后退二十多年,我们在他那个年龄段,是一门心思追着诗歌跑的。刚才是谁形容1980年代的诗歌生活:超女有多火,诗歌就有多火。这句话没错,简直是太正确了!

哎,这个时代不是诗歌的时代了,不过不管诗歌怎样,我们现在一样热爱,甚至是更热爱了。这种热爱可以说比当年更加理性,更加深刻,更加痴迷,更加长久。也许有人已经不热爱了,这不奇怪。但是坚持热爱下来的人,一定拥有上述四个更加。怎么说呢,一方面这种热爱里包含着怀旧的成分,让我们回想到青春的美好、稚嫩、轻狂、浪漫、纯真,于是使我们开始趋于老化的身体和心灵,有了将岁数和时光打折的冲动;另一方面,经过时光淘洗和生活历练,对生命的感悟不断地……

噢，你们笑出声了。是的是的，我是文绉绉了点儿。没办法，一回忆起那个时代，我就忍不住抒情，就忍不住用诗歌般的语言。可能是以前写诗落下的毛病。别笑我，你们也一样，你们刚才还朗诵来着。我是真写不出来了，看到你们还能写，而且写得那么好，我真他妈的嫉妒了。

不好意思，扯远了。还是说老董吧。老董朗诵起来相当投入，眼神放空，要么看着地板，要么看着远方，都有些目中无人了。端的那架势实在唬人，却似乎有表演的成分。不知为什么，我本能地不喜欢他。不喜欢他落魄且懒散的形象，故作玄虚的声调，最主要的，可能还是老板将他冠名为"诗人"。这一切加起来让我心里泛起一股子特别不清爽的感觉，以至于那天无论何种液体灌进我的嘴巴，都是一股子馊锅巴味。

老董的事儿，要认真说起来，一天一夜都说不完，包括他怎么上了报纸，成了你们都知道的"死磕派诗人"。先说我最后一次见老董，就是在他出事前一个月。他连着发烧十几天，送到医院抢救。平哲组织我们去看他，为他捐款。他躺在重症监护室，身上插满了管子。我记得刘铭过那天也在。他跟在我们后面，捐款里也有他的一份。

可为什么他要捂死老董呢？

***

在以往的接触中，刘铭过给我的印象并不深。他有间印刷厂，算是个小老板。他跟我们不是一拨人，三十五六，比我们起码小个七八岁，听口音是苏北人。平哲那份杂志是在他那里印刷的。后来，这帮少年诗友出诗集，也由平哲介绍去找他。到了这个岁数，咱们手里多少有些闲钱了，就想把年少时写的那些诗收拢起来出个集子。有没有人看有没有人买是另回事，只当是留给自己的青春记忆。事情就是这样的，其中一个出了，大家心痒，便跟风去出。于是他和我们的来往渐渐多起来。我们的聚会，他也参加过几次，还帮着买过一两回单。我以为他跟平哲私交不错。出事后我问过平哲，他却说跟刘铭过实际上没多少交情。说刘铭过是熟人都很勉强，其实就是认识，认识而已。倒是刘铭过给大家印书优惠了不少费用，相当于微利。刘铭过从来不说为什么，搞得大家很不踏实。久而久之，大家就将他当成一个不合时宜的对诗歌居然还抱有热忱的文学青年。去取书时，还都认认真真送他一本签名本。

刘铭过瘦，且高。鹰钩鼻，脸上好多八字纹。我去看守所约见他那天，他从走廊那头走过来，就像一杆衣架撑了个布袋。

他看到我后，眼神里飞快地掠过一丝诧异。聚会中我是多听少说的那一类人，很少谈及自己的工作。律师如今也不是有什么好名声的职业。

我出示了证件。刘铭过倒是认真看了看。他似乎还想对我笑一下，表示友好，就像他往常见到我们的时候，有礼貌的样子。他最终没有笑出来，只是眼角拎着那些河渠密布似的八字纹略微上提。他天生一副笑起来不好看的模样，脸青唇白，神色阴冷。鸟类一样突兀的铜铃大眼,眼底冻着一坨冰。

我说,你可以委托辩护的,为什么要放弃?

他说,我不委托,法院也会指派,命案嘛。他说话的样子和语气都很平淡。不是满不在乎那种,完完全全就是平淡。

我看他两眼,他也看我。他还有点儿法律常识。

交谈说不上顺利,也说不上不顺利。他回答的全都是我阅卷看到的那些内容。他对自己实施的杀人行为非常清楚。我略一提示,他便熟练地将案情做了复述。

那天早上他到了医院,老董已经从重症监护室转移到普通病房。三张病床只睡了老董一个人,另两张是空的。老董身上插着导尿管,鼻子连着一根通到胃里的软管。人是闭着眼睛的,不知道是睡着了,还是昏迷。他叫了他两声,老董老董。老董没有反应。他在床前站了一会儿,然后侧身拿起邻床的一个枕头,对着老董的脸蒙下去。老董抽搐了两下,很快,就软下去了。

我对刘铭过说,我要知道你最真实的情况,哪怕对你不利的,也请你不要对我隐瞒。我的职责是维护你的合法权益,并且是为你的权益得到最大的维护做工作。

他的目光穿越我的头顶,有些虚无的神态。有一种类型的嫌犯,一开始好像什么都不在乎,一副视死如归的洒脱。然而一旦抓到救命稻草,知道有可能拼得生存希望,那兴奋劲儿,比范进中举还要癫狂。我心想刘铭过你可别跟我装牛×。

我接着说,虽然这是指定辩护,你不用掏一分一毛,但我同样会尽心尽力。请你把全部情况都告诉我，不管有多糟糕。只有这样，我才能救你。

他收回目光看我，抱歉似的咧咧嘴巴，您例行公事吧。

太有礼貌了，一口一个"您"。可他越是"您您您"的，我就越觉得可恶，觉得他在取笑我做无功的徒劳。我点燃一支烟，长长吸了一气，好不过瘾。我知道他有烟瘾。隔着铁栏，他果然不看我，脸向墙壁。

我心里就爽了一下。接着我慢条斯理地说，刑法第二百三十二条规定，故意杀人的，处死刑、无期徒刑或者十年以上有期徒刑；情节较轻的，处三年以上十年以下有期徒刑。你的刑罚，最终将以事实为依据，以法律为准绳。

我的口气听上去像法官？是的，他那副无所谓的神态让我心生抵触——二十年后又是一条好汉？没那么容易！

＊＊＊

慕林林，刘铭过的前妻。慕林林这个名字，是我给她起的化名。毕竟牵扯到个人隐私。

慕林林给我的第一感觉，整个状态非常差。穿戴得也还不错，可惜那一脸用来掩饰倦容的脂粉，跟阴雨天刷墙没干透的涂料一样，洇着霉点。最主要是眼睛。女人的精神气在哪儿？全在眼睛。一双亮晶晶顾盼生姿的眼睛，会给姿色平平的女人加分。可是慕林林不行了。杏核眼的形状还在，却没神了。你说一百平方米的房子点了十瓦的灯泡，那是多惨淡的景。

我们约在茶馆见。坐下来之后,我想我还是先不要发问的好。这是我的风格,通常我都是耐心等家属开口。家属的第一句话很重要,所透露的信息绝不可忽略。此刻面对慕林林,我同样不急。既然她同意面谈,那么肯定有话想说。

慕林林绞着手指,很用力,好像跟每一个指头都结了仇。她从牙缝里蹦出几个字,你别劳神费力了,没用的。

别小看这句话。这说明慕林林对刘铭过有情绪。进一步说,这种情绪恰恰透露出某种隐情。

当然,你们尽可以认为我夸大其词。但这样的怀疑或推断,是我必须要做的。

我留意着她的反应说,这起案件,刘铭过的杀人动机令人费解。从现有调查看,他与被害人之间无任何关联。他现在的情形是闭口不谈。

慕林林左手抠右手指甲。她抠得很用力,抠起一小条皮。她把手指放在嘴边,用牙齿撕扯。咬下来的那一小条皮,在她牙齿里嚼了两下,咯叽叽的,然后她就咽了一下口水,把它们吞下肚子。这时候我才发现,她的十个指尖几乎都没有表皮了,突兀着粉兮兮的肉。

慕林林还是不出声,一直在专心致志对付手指头,似乎这是眼下重要的事情。

我试探着问,他平时有没有什么异常的举动?

慕林林飞快地看我一眼,扬起了眉毛,像撵走某些令她憎恶的东西似的说,变态的人会告诉你,他是变态吗?

慕林林说刘铭过有洁癖，极其严重的洁癖。回家第一件事，把自己从里到外脱个精光，然后去卫生间洗澡。哪怕在楼下买棵葱出门倒垃圾，也必须遵循此原则。所有从外面买回来的东西，有包装的要冲洗，没有包装的要装进专用塑料袋，才能各归其位。听上去似乎这一切并不复杂，但实际操作起来，慕林林说她在结婚的第一年里差点儿因此崩溃。她常常在脱光衣服去卫生间的几米路程中，手、脚或者头发不小心碰触到了沙发、桌沿、房门。刘铭过大发雷霆，哪怕不吃饭，也要把房间卫生重做一遍。

他们在家从不接待任何客人，包括慕林林的父母。刘铭过已没有任何亲人，自然省却麻烦。慕林林敲头，接着又弯腰敲膝盖，她说她现在有严重的偏头痛，还有关节炎，一到阴雨天就疼得非常厉害，完全就是常年沤在水汽湿重的房间里落下的病痛。

慕林林忽然低下声音，神经质似的把头探过来，鬼鬼祟祟。她说，你不会想到，他……后来会对男人感兴趣！我们结婚五年，他突然变成同性恋。

在我和她的目光对撞的一瞬间，慕林林瞪大眼睛将食指紧紧压在唇上，那一刻我真的觉得她不正常。她说，我悄悄看过他的电脑，里面有好多男人的照片。不，不是好多个，是同一个。那个男人的一举一动，他全部搜集下来了。就在上个月，他写好了离婚协议书，逼我签字。当时我还不知道他居然喜欢上男人了。我就悄悄翻他的东西嘛，就在电脑里看到那些照片。你说他是不是变态？

我提出能否去看看那些照片，慕林林斜下眼睛翻了两个眼白，闷了十几秒然后同意了。出了茶馆，她拐进一间小杂货铺。从里面出来后，手上多了两件连裤雨衣，还有两双防雨布鞋套。她各拣一样递给我，说，没办法，我现在也有很严重的洁癖，我总不好当着你的面脱衣服，那就咱俩都换上吧。

上楼后在她家门口，我俩窸窸窣窣穿戴装备。楼道里灯光暗暗的，我觉得自己像个贼。慕林林看了我一眼，边把帽子扣在头上边对我说，你也把帽子戴起来吧，头发不要落在地板上。我真想说，鼻孔要不要也堵上。做了两三次"整改"后，慕林林这才掏出钥匙插进门锁。

她家有一股强烈的消毒水的味道，闷着沉重的湿气。卫生间门外的木地板翘裂，踩上去吱吱作响，三尺见方的范围已不见原先的清水色，锈着发黑发乌的痕迹。慕林林将水龙头开得很大，水花四溅，打在衣服上，又打在镜子上。在慕林林的指导下，我的手足足洗了三遍。必须打香皂，必须每个指头轮流搓洗，必须指甲对着掌心来回摩擦，必须两个虎口相抵翻绞。我从来不知道洗手会这么麻烦，几乎失去耐心。之后，慕林林掬起水，对着水龙头一捧接一捧泼下去，又捏着香皂正反面淋水。做完这些事，我偷偷看表，总共花去了十分钟。慕林林终于将我带出卫生间，指着一扇房门说，他的东西还没有彻底搬走，现在看来可以丢进垃圾堆了。

她不进，让我自己进去。她努了努嘴巴示意，那些玩意儿都在电脑里,你自己看吧。

在电脑启动的几分钟内,我四下打量房间。屋角摞着几捆书,蹲下去细瞧书脊,有教材教辅,有法制教育宣传册,有期刊,有一些类似盗版印刷的畅销书,估摸着都是刘铭过那个小厂印刷的。一摞高高的诗集另放一边,再一看,都是诗友们的。这些书的共同特点就是,边角翘起,封面和内页发皱,好像在水里泡了一下又拿到太阳下晒干,摸上去有细细的纸屑拉手。

电脑出现了主界面,我起身坐过去。一个个文件夹仔细查看下来,我有点儿犯糊涂。慕林林主题先行塞给我的感觉是,那些照片必定是一些暴露的男人裸体的色情照片。我挖地三尺,却没有找到此类内容。相反,刘铭过的电脑很干净,不仅是指其内容,还包括形式,归档分类得整洁又有条理。我认为它在某种程度上证明了刘铭过的洁癖。

但是,的确有个文件夹里收有同一个男人相当多的照片。当我猛一看到照片中这个男人的时候,我感到心脏异常地收缩了一下。一张张看下去,这些照片都是日常生活照,以在野外的居多,还有一些他置身于集体合影的,甚至有几张年轻时的黑白照片。虽然照片本身没有任何离奇之处,可我却感到震荡和异样。这种感受并不仅仅来自有可能慕林林就是凭借这些照片断定刘铭过所谓的变态。

越来越多的东西,忽然就跳出来——这个男人的名字,布满几个大的搜索引擎。在上网历史记录中,还有不少博客。按图索骥，我一一点击，在里面慢慢看，慢慢找，其中都有涉及这个男人的内容，甚至有些照片就是从这些博客里下载的。

可以断定的是，刘铭过就是通过这种方式了解他的生活，关注他的行踪的。

他是谁？老董？！唉，我就料到你们一定会这么猜。如果是老董，我在看到照片的那一瞬间不会心脏猛缩。不是的，不是老董。这个人咱们都认识，咱们都敬重。如果没有他，咱们这些少年诗友不会有今天的重逢。明白我说的是谁了吗？对，陈以茛，咱们的大哥，咱们的大头领"宋江"。

这事怎么会扯到陈以茛？你们这么想，我也是这么想的。

从慕林林家出来，我打电话给平哲。我出差回来后的这十来天一直没见过他。电话联系也少。他的外事活动倒多，天南海北地到处参加笔会。电话接通，他正在外地参加一个什么农民诗歌节的颁奖晚会。不知道是谁的手机质量太好，那边"咱老百姓今儿是高兴真高兴"的歌声跟我隔了道门似的那么闹腾。他扯着嗓子问我什么事，我顿时什么也不想说了。可也不能什么都不说呀，于是我扯着嗓子问他农民诗歌节是什么档子事。

他肯定是喝高了。你们大都见过他，知道他一喝高了就讲书面语，就激情高涨，爱挥手握拳讲话，搞得五四青年似的。他在手机那边喊，谁说诗歌没人读没人写了？又是谁说这是一个诗歌死亡的年代？你看看，农民都能评出十大诗人来。上个月我还参加了打工诗人研讨会。这就充分说明，最普通的生命个体，灵魂中都充满着诗意和理想。这是人性的光明，人性的真诚，人性的纯洁，人性的崇高！我们人类，在诗意的引领下，终究是有希望的，有未来的！

我在这头说"好好好"，懒得多言，就挂了电话。顺着马路走了一段，也不知道要往什么地方去。等清醒过来一点儿，我便倒回慕林林家楼下去拿车。正要发动，慕林林头发湿淋淋地从楼道走出来，手上拎着一袋垃圾。垃圾袋露出黄黄的一截东西，仔细看，就是刚才我们穿过的雨衣。她丢完垃圾往回走，看见了暗在夜里的我和我的车。她愣了一下，朝我走过来，卸去脂粉的模样在路灯下不比老董冻肉一样的脸好看多少。

慕林林蹙起眉头，这种厌烦的神情似乎已经和她的脸长在一起了。她压低嗓门说，你不要多花心思了，让他去死啦！死掉啦！他早该死啦！反正他自己也想死。他就是个精神病，彻头彻尾的心理变态。

她突然伸手出来，眼看就要抓住我肩膀。一股怒火立刻涌上心头。我一掌挡开她的手，脱口而出，如果鉴定出他有精神病，他将免于刑罚。

慕林林愣了一下，反应过来后"嗷"地号叫一声，拼命吐口水，你到底有没有良心！为一个变态辩护！他上完了女人上男人！他……你知道他的罪恶有多重？他死两次都不嫌多！你以为你是谁，你以为你救得了他？

她突然弯腰发出"呃呃"的干呕的声音，眼眶都憋红了。

我不敢断言,换做你们当中任何一个,是否会有我那样本能的反应。我当时那么说,完全是针对慕林林。我,还有你们,绝不允许有人对陈以葭做任何亵渎。哪怕是间接的,甚至是无意的,也绝不允许。不是吗?!

冷静之后,我慢慢回忆慕林林那些言行。她的反应过度激烈,完全不是处在一个正常的逻辑之下。不出所料,我的猜测在数天后得到印证。

* * *

成年人的性取向可以改变吗?我特意请教了相熟的医生。五十开外的一脸慈祥的性学专家给我的回答是,不可能。

她用非常学术化的表述告诉我,多年来,世界各国的科学家、医生尝试过所有可能的手段,都无法改变人的性取向,无法把同性恋变成异性恋,或者把异性恋变成同性恋。因此,世界卫生组织认定以目前的科学手段而言,性取向是不能改变的。也就是说,性取向是天生的。

她接着说,没有任何证据证明环境能改变成年人的性取向。权威科学早就证明如果有人进行同性性行为,那是因为他自己本来就是同性恋,而不是由异性恋变成同性恋。

看到我眨巴眼睛似乎还不完全信服,她微微一笑,和蔼可亲地说道,不信的话,如果您自己是绝对的异性恋,你去全部是男人的群体当中,看会不会变得想和同性做爱。

我的胃立即就感到不舒服,心里的石头也说不清搬开了没有。

从医院出来接到平哲的电话。他从外地回来了。电话里他哗啦哗啦说了半天，又说给我带了一罐好茶叶，最后吭哧吭哧的，吃了热汤圆一样，有什么话滚在舌面上出不来。我正开着车，路上堵得一塌糊涂，前面十米就是交警。我让他过五分钟再打过来。五分钟过后，电话没来，来的是条短信。平哲问我借十万块钱，他必须买房了。

平哲因为诗歌写得好，被保送上了大学中文系，毕业后分配到《诗早报》当编辑。咱们这拨人里，只有他没开小差，认认真真把诗歌写到了今天。当年我们羡慕死他了，看他都跟看刘德华似的，觉得他不是真人，是偶像。我们重新聚在一起，平哲对招呼大家聚会特别热心，诗友们迎来送往的事都是他张罗的。一年半载下来，他请客的地方越来越寒碜，说好听点儿是返璞归真，跟陶渊明似的，直接往草棚子里带。我跟他中学原来是一个班的，所以重逢后走得比较近。有一次刚进餐馆他就把我拉到一边，问我借几百块钱。我一直以为他请客都是杂志社可以报销的，这才知道全是他掏的私人腰包。杂志社一年几万块的办公经费，搞得他们连医药费都难报账。平哲掏得无怨无悔，却难以为继。后来我们坚决不要平哲买单。除开平哲，大家轮着来。说实话，我们中间哪个不比他混得好，但无论是谁也写不出来诗了。

平哲买房是为了女儿上小学。就近入学的政策规定，必须要有该地段的房产，如果是租房，也需达到一定年限。但在真正操作上，后者形同虚设。没房？要么你就割肉出血缴纳高额借读费，要么你就去郊区学校，跟郊区的孩子挤在一堆。平哲结婚晚，已经不是八十年代，没有哪个女孩愿意一日三餐只吃精神食粮。平哲后来娶了一个非常普通的女人，看相貌可以做大姐。女儿要得也异常辛苦，他老婆输卵管不畅，治了三年才怀上孩子。

见了面，向来干手净脚的平哲看上去一身灰尘，头发油乎乎地耷拉在脑门上，愁眉苦脸，嘴里像含了黄连。他一脸皱皱巴巴的表情说，我怎样都无所谓，我本来就是农村出来的，可是，再亏不能到下一代……他的话让我心里堵得慌，我连忙拦住他说，不用说了，我们现在做什么不都是为了孩子？他狠狠点头说，理解就好。他背来一个大布包，装钱的。我说别折腾了，把银行卡号给我，我直接给你打进去。平哲张着嘴巴看了我一会儿，磕磕巴巴地说还是现钞吧，踏实。我笑他是没见过钱还是怕我忽悠他。他很是难为情，说他不会刷卡，他也没有卡，只有存折。工资上午发下午就全领出来了，各项开支都等着应付。

这话听着你们心不酸吗？

把钱的事搞清楚后，平哲显得平静一些。他掏出烟。三块钱一盒的黄盒一品梅。我接过来，没抽，开了车后厢，拿了两条苏烟软金砂塞给他。平哲正要撕玻璃纸，忽然转手揣进大包，恨恨地说，留着，托人办事的时候肯定用得上。他那种强撑出来的狠劲，其实戳上一指头就能泄掉。我什么也没说，掏出自己的烟递给平哲。打着火机，给他点上。抽着烟，平哲低头说他在一家广告公司找了些事，给企业写软文，还帮几家婚姻家庭杂志写点儿情感纪实类的文章。

他狠狠嘬着烟嘴，一口气消灭了半支，用一种艳羡的心有不甘的口气说，一行诗才三块钱，一首诗顶多能挣百来块钱，那种软文一个字一块钱，写上五千字就是五千块，妈的，这才是字字珠玑。他抬头看着我，嘴巴往一边咧，笑的模样真难看。

我没接茬，腹诽，这家伙算是开窍了，还是堕落了？这么腹诽完，我突然想抽自己一个大嘴巴。我凭什么对平哲说三道四？他一直在为理想坚持，而我早就成了实用主义者。我比他多的，不就是钱吗？可是，钱能换来平哲，换来陈以茛，换来少年的诗歌兄弟姐妹，包括在座的你们吗？能换来可以真真切切地不讲钱、不讲利益、不讲功名，只讲友谊、青春、梦想、诗歌、纯净吗？我不知道这样想是不是矫情。但有一样是真的，重逢后，我觉得自己好像找到组织了，有根了，被人惦记着也惦记着别人。时间过了二十年，时代已经完全不同了，但我们之间的感情没有变，那种不可磨灭的记忆就好像是触手可及的昨天，此刻就在眼前哗啦啦流水似的淌过。是不是只有在那个时代、在诗人之间才会产生这样的感情？我不敢下断言，可我分明又是这么想的。

以茶当酒再碰一杯？！好，这个提议好，来！让我们为往事干杯！为永远的友谊干杯！

※ ※ ※

那天我问平哲,老董住的那个地方你去过吗?

平哲一下愣在那里。他正要往嘴里送烟。烟雾袅袅升起,把他一对渗着血丝的眯缝眼罩得月朦胧鸟朦胧的样子。他使劲眨了两下眼皮,神情才活泛过来。该死,我怎么把这事忘了呢?他叹气。

到后岭村车跑了四十多分钟。我没来过,平哲也只来过一次。那次他是晚上来的,早分不清东南西北了。进了村子,我们边走边问。车开过去,村民就杵在原地望着我们的车屁股扬起灰尘。

房东一家没人。站在二层小楼的红铁门前,邻居说他们去了海南儿子那里。知道我们找老董,村民都凑过来。一个胖到没有脖子的大爷说,死喽,警察来过一趟,说他死喽。

大爷自顾自地说,他那号人,游手好闲的二流子,每天就是睡觉、晒太阳、喝酒,就这还稀得你们隔三岔五来接济。要让我说,就得给他下地干干活,把一身懒筋抻开。什么狗屁诗人,都是你们给他灌迷魂汤,搞得他连自己是谁都不知道。

平哲张开嘴巴要说话,我用眼神拦住他。周围的村民跟着嘻嘻笑,一个中年男人咳了口痰甩在我们面前,说,你们都是文化人是不?要是文化人活得还不如我们这些在土里扒食的,那送小娃子读书有个屁用!村民们哈哈大笑,比看小沈阳还乐呵。

另一个看上去有些文化、长得像干部的村民摇摇脑袋，背手说道，他脑子有问题。有天来了几个什么行为家，噢，行为艺术家。谁知道哪儿批准他们当这个家的。反正他们把他扒光了，让他躺在一车冰上晒太阳，一直晒到一车冰在他屁股底下哗啦啦淌水。居然还起了个题目，叫个什么似水流年。几个记者苍蝇样凑上去拍照，放在报纸上半个菜板大。什么狗屁玩意儿！这就是艺术？这不是明摆把他当个二百五耍？！唉，活了半辈子的人了，没醒，白活。他要是不死呀，我们迟早也要把他清出去，不是个好样子。

平哲的瘦脸发青。我跟胖大爷说，想去老董那屋子看看。胖大爷说门没上锁，你要去就去呗，他那点破物件，白送给贼贼都嫌寒碜。

拐过一个土坡，就看见槐树底下趴了几间院墙倒塌的破土房。房东搬了新房，老宅就近乎丢荒了。

什么是家徒四壁，看看老董的屋子，你就明白了。里面没有电视、空调、电冰箱、衣橱或灶台，统共就是一张大炕，铺着一张乌黑油腻早看不出颜色和花纹的塑胶地板。炕上残留着老董日常生活的大部分痕迹。一瓶已经发黑的食用油，泡在一盆臭水里、没有刷过的饭碗，两把挂面被老鼠咬碎了包装纸。剩菜长出长长的绿毛，油腻腻地瘫在一次性饭盒里，冷不丁看过去还以为是盆景。炕沿底下有一只破旧的煤油炉，旁边溜着一排空酒瓶，还有一双塌了鞋帮的破棉鞋。平哲不小心绊了一下，一只老鼠竟然飞蹿出来。

平哲要我的烟。我干脆把整盒都给他了。平哲叼着烟走到炕前，把枕头掀起来说，看见没，这都是他写的东西。

我跟过去看，两摞破损的、卷边儿的、水渍明显的稿纸，叠加起来估计有一尺来高。捡起来几页翻翻，上面拧着歪扭的、潦草的字迹。粗读一遍，感觉像诗，但又很糙。平哲也看。我问他，这些是诗吗？平哲没表态。

我把两摞诗稿——暂且这样定位吧——塞进平哲的大包带回去细看，心想不知道这些文字会不会提供一些线索。又上上下下找了一遍，没再发现有价值的东西，我俩就从脏兮兮的屋子退出去，在院子门口的木槛上坐下来。

已近午时，农民家里都生火做饭了，淡淡的炊烟远远近近地飘。田埂两侧，净是高大整齐的杨树，树枝都生得笔直。风从平敞的麦田上吹过来，树枝就沙沙地响上一阵，又高又远，声音舒畅得很。太阳也是暖烘烘的，植物和花朵的香气也是暖烘烘的。看着村子里那些走来走去的人影，我心想，都说世俗生活中的弱智到了艺术世界中，会成为罕见的天才，那么，老董算是这种类型吗？他是被埋没的天才呢，还是被高看的弱智？他的那些诗，是我看不懂，还是压根就不算诗？

* * *

平哲告诉我，九十年代初在明坊还是麻村的时候，老董就和一帮画家、诗人混在那里了。那时候好些爱好艺术的人都从单位辞职出来，就像下海似的，一头扎进麻村。麻村成天川流不息着长发披肩高谈阔论的艺术家,他们自我感觉特别良好。平哲那个时候也跟他们混在一起,如果不是父母以死相逼,他也是要辞职的。

我问平哲,你们成天混在一起都干些啥?平哲舔舔嘴巴,过了一会儿才出声,声音充满自嘲。他说他们就干一件事,对人类灵魂进行考问,就人生根本问题发言。我差点儿笑出来,问他,有啥成果?平哲又舔舔嘴巴,说陀思妥耶夫斯基比我们触及得更为深入,更加深刻,具体内容请参见他的作品。我看他一眼,不知他是认真,还是说笑。

平哲说,当时来来去去的那些画家、诗人,都是一副吃不饱肚子的落魄穷酸样。倒也不是故意,实在是穷。他跟他们去湖里抓过河蚌,去地里挖过野菜,吃上一顿肉可以嘬着牙签回忆小半年。十几年过去了,大多数诗人已不再忍饥挨饿,他们中的一些人,成为记者、畅销书作家、大学老师、文化公司老板。画家们则比诗人们抢先一步实现了中产,要么穿哥伦比亚牌的冲锋衣户外靴,好像随时准备去美国西部沙漠写生,要么穿香云纱的唐装大褂,好像与中国传统文化打通了任督两脉。他们中间最次的都开着二十多万的三菱欧蓝德,街上溜一圈的油钱比老董一个月菜钱还贵,哪还见得着老董那样狼狈的人。平哲借用画家们的话来形容老董,我们穷的时候,他穷,等到我们终于富了,他还穷着。

平哲不知道老董的来历。他大我们十好几岁,差不多算两代人了。打个比方,我们刚懵懵懂懂摸到诗歌的后台时,他们那代人已经在舞台上闪闪发亮了。可老董从没享受过一点点灯光，一直窝憋在最暗的角落。

平哲说，他的作品没上过刊物，诗歌圈子也没人知道他。

我说，那还写个鬼？

平哲说，理想在于坚持嘛。

我说，那也得看他是不是那块料。他是那块料吗？

平哲说，他认为自己是那块料。

我白了平哲一眼，你没跟他说过实话？

平哲说，那可太残忍了。

我听着真是觉得荒唐，把句子分行写就算诗歌？一门心思写这种分行的句子就算诗人？要是这样，木匠迟早都能变成小提琴家，弹棉花的迟早也能弹钢琴。

平哲却为老董辩护，谁都有谁的活法，只要他没妨碍到你，没危害到社会，你管他干什么。轮流给他捐点儿钱，饭总是要让他吃上的。平哲还在喋喋不休地说，你说什么是文学的良心？什么是诗歌的良心？那不就是悲悯吗？

你们听听，他都语重心长了，好像我在胡搅蛮缠，一点儿没看出我心里噌噌直冒无名火。

我的嗓门不自觉地高起来。我说，滥施同情是最可恶的温情！你这种不是悲悯，是抹杀！抹杀的不仅仅是文学的良心，还有社会的公理！如果诗人都是这样的，还有谁愿意当诗人？现在老董这个活样板，让随便哪个出门打酱油的都以为诗人全他妈是扯着诗歌的旗号放纵自己游手好闲的本性。怎么能让这么一颗老鼠屎坏掉了一锅粥?一个手脚健全却没有生存能力的人是可耻的,可恶的!那是一种逃避和堕落,我鄙视这种连自己都养活不了的寄生虫。没有钱只有诗歌的话,他连命都保不住。上次他住院,不就是你动员我们给他捐款?!少则三五百,多的有捐两三千的。要是我们都是穷光蛋,没被刘铭过捂死之前,他连呼吸机都上不了,早死在这间破屋子里了。

平哲却依然坚持为老董抱冤。他说假如老董是个农民守着土地穷成这样,还可以骂他好吃懒做;假如是个工人好歹下岗工资也能有个五六百不至于这么凄惨。可你如果大冬天的去过他那间冻得吓人的破屋子,看到他光脚趿着露脚趾的破棉鞋,用来对抗寒冷长夜的就是那种最便宜的一元两角一斤的散装白酒,看完这一切,你再看看他呵着手指趴在破棉絮里一笔一画不停地写,那摞稿纸有着不断增高的迹象,谁还忍心说什么?!这么一个时代,他这么"死磕",你不觉得是为诗歌复燃而坚守的一丁点火星吗?

我把平哲的大背包扯过来,拽出一沓稿纸,随便拣了几行念,"我在街上随处乱走。/街道很乱,/车流很乱,/人群很乱,/脚步很乱,心情很乱。/一切很乱。/乱乱的乱,非常的乱。"翻了一页,再念,"黑暗是纵火犯的双手,/黑暗是强奸犯的阴茎,/黑暗是杀人犯的内心。/如此之黑暗,/比黑夜还黑,比墨汁还黑。/我走进黑暗,/黑色的瞳仁翻不出白色的光。"我拍打着稿纸,情绪再一次激动起来,对着平哲嚷嚷,检验一个人的理想之果如何,不是看他从社会上得到了什么,而是看他给人类什么。这就是他给我们的吗？完全是一个精神病的臆语。这些字码在一起就能称为诗歌，妈的，那我们对诗歌还有什么期待？

我越说越来气，丝毫不加掩饰我的厌恶。我说本着人道主义的原则，生死关头我可以拉他一把，可如果他现在还活着，继续写这些不着调的破玩意儿，我绝不会再给他一分钱，就让他走火入魔接着"死磕"去吧。

平哲见我动气了，半晌不作声。等到我呼哧呼哧的粗气渐渐弱下去，这才说话。平哲说，你尽可以按你的想象和原则，去定义老董是某一类人。在我看来，就算他的艺术天分不高，但他好歹在那种自我制造的艺术幻觉里获得了快乐和平静。当我们的自尊多多少少需要虚荣来维持的时候，他的内心是不是比我们强大？

将这番话琢磨琢磨，我听出了平哲的意思，是说我衡量老董用的是一把世俗的标尺。我看着平哲，他今天的状态有些低迷，背佝着，说话的调子都是低八度的，完全没有平日的亢奋。

联想到他为女儿上学的揪心与难堪，我心里忽然转过向。生存与理想的选择，我早在二十年前就交出答案了。而他却一直在坚守。在漫长的坚持中，也许他已经视老董为精神偶像。他对老董的感情，或许正如我们对他的感情。

我似乎有那么丁点儿理解了平哲，却无法认同。这样一想，我不知该说什么好。几乎在同一时刻，另一个念头突然跳了出来,把我自己吓了一跳。我对老董的判断和情绪绝对不是"孤掌难鸣",刘铭过或许认同我这一套。可是这些足够成为他从肉体上消灭老董的理由吗?这么一想,我更加吓一跳——难道说,我内心里也有如此残酷的念头?

※ ※ ※

平哲知不知道刘铭过和陈以茛有过什么样的交往?问得好。你们现在问我的,我当时也琢磨过。见到平哲,我几次话到嘴边又打住了。我仔细回忆,陈以茛和我们重逢后那次盛大的聚会,刘铭过是在场的。聚会后,陈以茛就去了甘南藏区。但我想不起来刘铭过为什么在场。平哲对此也没有印象。

我没有问平哲,也没有向参加聚会的朋友们打听。如果不是后来了解到真相,我也不会把这件事告诉你们。绝对不会。

别着急,还是让我按着事情的发展往下讲吧。

回来后,我连夜翻读老董那些不能称为诗句的文字。"宋楼"这个词语出现了五次。凭我对诗歌粗浅的悟性,我断定这是一个地名。久闭的门窗终于开启一道缝隙。

宋楼是刘铭过的老家。

第二天一早我直奔汽车站。临近中午,赶到宋楼。

市中院有个庭长是宋楼人,找他给宋楼相关方面打了招呼。有了这样的关照和配合,调查进行得还算顺利。一度,我以为我知道了真相。

刘铭过是私生子,没人知道他父亲是谁。刘铭过的母亲是

1970年代宋楼文工团的台柱子，八大样板戏的女主角全都演过，风头一时无双。一个根正苗红的女人做出这样的事，给宋楼带来强烈的震撼——知情人姓费，宋楼中学的退休教师，她说那一年有三件事宋楼人永远难忘，一是唐山大地震，二是毛主席逝世，三就是刘铭过他妈生下了刘铭过。

刘铭过七八岁的时候，老董不知从哪儿流浪到宋楼，在邮局门口摆摊替人写信、写对联、写状子，文笔略有文采，还自作多情给文工团写过一两个小戏，出人也算被人敬重过。刘铭过的母亲怎么和老董好上的，谁也说不清，反正老董就是住到刘铭过家里了。

费老师摇头说，那家伙帮人家写信，自作主张，人家给老婆报告明天回家，他给写成"我颠倒的归途将掘出道道鸿沟"。人家给父母报告他们得孙子了，他给写成"鲜活的肉身穿越你们偃偃的白发"。莫名其妙，怪里怪气，着实吓人。收信人以为这边出啥事，忙写信来问。他给人回的信，又是神神经经一大堆的不知所云。哎，他总觉得自己怀才不遇，周围人都不懂他。可是，就算文曲星下凡，也得说人话不是？这女人，吃了一次亏脑子还没醒，眼看着往泥潭越滑越深。

女人怀孕了。本是喜事，却从老董那里传出风声，他前面有过两个女人，肚子从来都瘪瘪的没鼓起来过，轮到她怎么就行了呢？女人发起狠来，叫老董滚。她说这孩子就此与老董无关，生下来姓刘。老董一声不响，隔天便走得不见人影。

生产的时候，女人痛了两天两夜才屙粑一样屙出一个男婴。接生婆把婴儿送到女人眼前。啊——啊——啊，女人直勾勾地瞪着婴儿，嘴巴里叫起来，比生产时叫喊的声音还要惨烈。宋楼的人没有一个不听到她的叫喊。她的叫声透着钝刀子拉肉一样的疼。她足足叫了五分钟，然后一仰脖子晕了过去。

老董有个大鼻子。可是生下来的这个孩子，鼻子却窄窄长长。长相分明随了女人。唉，有些事情说不清。费老师叹息，你说香港那个武打明星，大鼻子跟印章似的，往老婆那儿一戳，生个小子是个大鼻子，跟别的女人那儿一戳，生个丫头，也有个大鼻子。他不承认也没辙，凭那个大鼻子就抵赖不了干系。

孩子五六个月大了。头晚下了场大雨，第二天一早女人背着孩子上山采蘑菇。到了天黑母子还没回来。镇上的人都出去找。第二天在山脚下发现她俩。女人应该是从山上滚下去，脑袋撞破，孩子甩出去十几米远，都已经没了呼吸。可怜了刘铭过，十来岁成了孤儿。

女人有个好姐妹，费老师说那女人叫金彩。金彩对刘铭过挺照顾的，时不时喊刘铭过去她家吃顿好的。宋楼人好像没怎么留意，刘铭过就一天天地晃到了二十来岁。可后来的事情，就把金彩气坏了。

金彩的儿子石头，比刘铭过小三四岁。两个玩得要好，石头喊刘铭过一口一个"哥"。刘铭过去深圳打工，金彩让他把石头带着。隔了两年，石头交了女朋友小红，带来给金彩看过，金彩相当满意，就定下日期筹办婚事。

哪知过了半个月，小红打电话回来，哭哭啼啼的。金彩忙问怎么回事。小红说，这婚看来是结不了了。

这种事情电话里哪讲得清楚。费老师说金彩汽车换火车，火车又换汽车，折腾了两天往石头那边赶。路上急火攻心，燎了满嘴大泡。下了车嘴都张不开了。

讲到这里，费老师脸上一副无可奈何的表情说，把事情弄清楚，金彩又气又恨，都想拿巴掌去扇刘铭过了。

竟然是刘铭过不让石头结婚。他说小红配不上石头。

他告诉金彩，小红晚上去酒吧当小姐，在公司里和一堆男人搞不清楚。

石头向母亲证明了小红的清白。小红那个物流公司，司机、送货员、搬运工，一大堆男人。午饭多半聚在小馆子里凑份子。小红的确去了酒吧，但她是去当服务员。这是他们商量好的，结婚用钱的地方多着哪。小红从酒吧下班他都去接她的。

小红插嘴说，况且，石头和他那段时间都没有正式工作，不多打几份工他俩吃饭都难。

刘铭过说，有我这个哥在，饿不着他。

小红对金彩说，阿姨，就是这个人，带着石头一次次辞职。他自己做错了事被厂里辞了工，却非得拽着石头一起离开。没有升职机会加不了薪，也要拽着石头走。他俩这次找到的工作干了半年多，老板非常喜欢石头，要升石头当班长。可是他又要拽着石头辞职，因为老板没给他升职。

刘铭过打断小红，你知道什么？我的经验比石头的丰富，他是我带出来的。什么工作适合他我最清楚。他跟着我肯定会有更好的机会，为什么要在意这一次升职？你们女人，就是目光短浅。

石头跟着刘铭过辞职的事，金彩是知道的。她心里当然是不高兴的，她早就讲过石头，心总是那么软干什么呢？人家叫干啥就干啥，难道叫你去做坏事你也去？但她忍住气，听他们吵。其实是嘴巴疼得张不开。

小红说，阿姨你都不知道，他根本没有其他朋友，也不谈女朋友，成天黏着石头。石头到哪儿，他几乎都要跟着。他还非要跟石头住在一起，说什么要是没有石头，他好寂寞好孤单。他甚至到了什么地步，连我和石头去看电影，他都躲在后排监视。他是个男人，这样对石头到底什么意思？！

刘铭过说，我们兄弟的感情，你懂得什么？！你一个外人来插什么嘴？

小红说，到底谁是外人？我和石头就要结婚了！

小红转过来对金彩说，他就是要霸占石头，他觉得石头是他一个人的。谁靠近石头他就要把谁踢开。他是男人呀，怎么好像在吃我的醋啊。

费老师学金彩的样子，把手放在胸口，说金彩立刻犯了心绞痛，心口被针扎住，一动不敢动。她刚刚能喘过一口气，便哆哆嗦嗦地问刘铭过，石头是我儿子，小红是我选定的儿媳妇，你拦在中间，到底要干啥？

看你一眼有多长 ‖ 247

刘铭过说,他希望石头一切都顺顺利利,一切都非常完美。有他在,谁也别想靠近石头。

金彩忽然失声怪叫,啊啊啊。她顾不上嘴巴疼心口疼,嗓门像劈豁的木柴喊起来,你看清楚啦,我是石头他妈!石头他爸在家也好好活着哪!我们家的事,怎么也轮不到你说话。难道我们做父母的还藏了害他的心不成?你给我走开,离石头越远越好!我这就带石头回去结婚。你要再敢缠着他,别怪我说出你妈当年的事情!你的爹多了去了,你妈自己都搞不清楚是哪一个!

金彩知道刘铭过妈妈当年的事?!我跟你们一样,听了这话立刻生出疑惑。费老师摆手说,金彩哪里知道,她是乱讲的,是为了不让刘铭过再回宋楼。她讲完就后悔了。她说还不是为了石头,晕头了,讲出那些乌糟话。不过被她这么一讲,刘铭过从此再没回过宋楼。

我要联系金彩和石头。但他们全家人去俄罗斯做生意,走了好些年。看到我有些沮丧,费老师抱歉似的,又跟我多聊了一会儿。

我问,刘铭过小时候什么样?

她慢慢摇着头说,那孩子没少挨人欺负,身上鞋印子,胳膊腿挂彩,灰头土脸,常有的事。可那孩子,是真爱干净,从没见他邋遢着出门。每次在铁丝上晾衣服,总是不忘要先垫上一张白纸。

我又问,他和老董处得好吗?

她边想边说，他家住得偏，具体情形咱没见过。有件事我倒记得清楚，冬天上学刘铭过忘记带烤火盆，都是老董给他送到学校来的。

还剩最后一个问题。我犹豫了一下，是直接问好，还是含蓄一些。坐在对面的到底是个上了年岁的女人。

我说，那他跟石头……就是兄弟一样？

她反应极快，飞速向我瞥来一眼。我立刻意识到这个问题问得太愚蠢。

她弓着的腰挺直，看得出她是在努力把话说得既不以为意又掷地有声。婚宴上头我们一看，小红的肚子应该五个月了，没想到年尾刚生，春节没过完又怀上。中间没消停两个月。金彩在我们跟前气恼，一对夹不住裤裆的兔崽子。

然后，这位费老师非常郑重地丢过来一句，小沈阳穿个花布裙还都是纯爷们！

操。我当时真想给自己一个嘴巴。好嘛，自食其果，一个不专业的提问，被人当成狗仔队。

***

听到这里，你们是不是认为刘铭过杀死老董的动机浮出水面了？不错，我第一时间也是这么认为的。还是毛主席说得好，世上决没有无缘无故的爱，也没有无缘无故的恨。

但是后来的事情，却陡然而起180度的变化。

＊＊＊

刘铭过在拿起枕头之前，还做了一件事情。

意外之情来得颇为凑巧。我老婆嘛，一把岁数了才要求入党。好不容易轮到她去党校参加入党积极分子培训。一个班上五六十号人，哪个单位的都有。她的同桌正是老董住院的那个科室的护士，姓杨。

老婆回来就跟我讲，她们闲聊，说到老董的事情。杨护士说那个杀人犯给老董剪了手指甲。剪完手指甲，又剪趾甲。她以为是学习雷锋好榜样呢，谁知道最后把老董给捂死了。

我的脸色肯定不好，语气也冲。我问她，你确定她是这么说的？你真的确定？我老婆有个毛病，最不喜欢被我反问。她说她不是我的调查对象，让我少把职业病带回家。情急之下我忘记她的毛病了。她一甩脸子，那天晚上本来要吃红烧小排白灼虾的，改成稀饭馒头了。

不过我这个老婆，也有一点好，就是不记仇，什么事生完气就过了。我哄哄她，第二天她就带着我一起去了党校。

杨护士是一个轻微肥胖的女人。三十岁出头，热心，自来熟，正义感和同情心溢于言表。如果做街道工作应该是把好手。

她说她亲眼看见刘铭过给老董剪指甲。她走过来的时候，是无意中扭头，从门玻璃看见的。等她走过去的时候，是有意停顿再看一眼，就看见刘铭过已经给老董剪脚指甲了。后面这一次，她心里还想，老董在这里待了近一个月，也没听说有个亲戚什么的，这个男人不知道是谁。

可是她说的这些情况，警方的调查笔录里只字未提。

她说那天不是她当班，她已经请好假准备带父母去香港旅游。回医院是取港澳通行证，从办证大厅领回来一直塞在办公桌里。上午十一点的飞机，她算好了时间八点拿证，然后直奔机场。进科室的时候正值早晨查房，护士站里没有人。她停留了五分钟不到，跟谁都没打照面。

她用指尖刮刮嘴角的口水，接着说，我是一个星期后回来的。一上班听说这件事情，吓了一跳。一个给他剪完手指甲又剪脚指甲的人，会把他杀掉？我第一反应就是不可能嘛。后来又想，这个人没准跟老董有深仇大恨。如果是仇家的话，要送他上路了，最后关头了，发发善心表表意思，也不过分。嘻嘻，《王刚讲故事》看多了，自己跟着瞎琢磨的。想来想去，又觉得沾亲带故的可能性大。老董那副乞丐样，面目黢黑浑身酸臭，谁见着不是绕着走，哪儿还有迎难而上的。哎哎，他俩到底什么关系？正在调查？噢，有结果了一定要告诉我，看看我有没有活学活用。

杨护士闭上眼睛，歪斜嘴角，做了个昏迷兼痴呆的样子，嘴巴接着呱啦呱啦。那个老董嘛，也是，心脏嘛是跳的，可是脑子烧坏了，十有八九得成植物人了，天知道什么时候醒得过来。醒过来也是要废掉的。抢救的时候一天差不多要去七八千块，收到的捐款几天就开销掉了。要是一直昏迷下去，吊水一

看你一眼有多长 ‖ 251

天最少也要三四百。难噢！唉，再继续捐吧，肯定是打水漂，不捐吧，这个人躺在那里还能出气。真是两难！活死人拖垮活人。

我说，那也不能见死不救。

杨护士瞥了我一眼，愤愤不平地说，你是站着说话不腰疼，你家里躺个植物人试试！这样死掉其实也好，就是安乐死嘛。但法律上是不允许的，只能眼睁睁看着病人受罪，家属更受罪。

我说，你作为专业医务人员，有没有什么好建议？

杨护士义愤起来，要让老董这样的人死得有尊严，别那么耗着，一点儿生命质量都没有。

杨护士最后为刘铭过感到惋惜，他的手段太暴力了，没必要那么狠的。

第二天，我拿整理好的调查笔录找到杨护士，要有她的签名这份材料才有用。她看完第一页没说什么。翻到第二页才看了一半，就把材料烫手山芋一样丢到我怀里，连连叫着不行不行。

她刚说不行，又一把抓回材料，翻开第二页，脑袋和材料一起凑到我鼻子底下，伸出一根胖手指，对着材料指指戳戳。她边念边嚷，脸上的肉紧张得打抖。那个老董……十有八九是植物人……这样死掉其实也好……你这人怎么这样！我也真是的，怎么一聊开了就成了个大嘴巴。我是这么说了，你却不能这么照搬全写呀。这么白纸黑字地写下来，你想干什么？想曝光我呀！本来现在医患关系就紧张，你把我说的全抖落开，就算我说的都是实情，没有人愿意听真话的，出门不得被人打死！别说是我，问到我们科主任我们院长，都不会跟你这么说的。谁说摘谁的乌纱帽！你看看，我马上就要入党了，你这么一整，别说入党，我连这身白大褂都没法穿了。你不要这么害我。人是他杀的，冤有头债有主，你不要把我也拉下水。告诉你，这些我没说，绝对没说。前面那页我可以签名，后面这页我看都不要看第二眼。

她说着就把第二页扯下来，一把揉成纸团紧紧攥在手里。她眨眨眼，忽然又掏出来，扯开纸团唰唰唰几下撕成碎片，揣在衣兜里死死捂着，好像揣了个手雷，声音忽然软下来，说，想想你老婆，再想想我，你就别为难我了。真的，人都活得不容易，你就体谅体谅我吧。

＊＊＊

刘铭过对老董到底是什么样的感情？恐怕是大家都在揣测的吧。

好像不全是恨。好像又有恨。但他到底杀死了老董，却又为老董剪了指甲，手的，还有脚的。老董本来就是要死的，只是不知道何年何月。他的自然死亡，几乎一眼看得到底，就发生在后岭村那间孤独破败的老屋里，就算凄惨，也分明无法改变。刘铭过让他的死亡提前了。在他死之前，应该说，刘铭过让他走向死亡之前，还给他整洁、干净的手脚。这种事情，放在有儿有女的平常百姓家，我不知道逝者子女是否可以假手他人。

谁都没办法用一种超然的心态来面对这样一件离奇的事情。当我就此再深入探求刘铭过的杀人动机时，我没有好受过，即使现在我仍然不好受。

我对刘铭过的罪行似乎既谴责又理解。在这种复杂情绪中，谴责和理解相互扭架，一会儿是谴责占了上风，一会儿又是理解赶走了谴责。但是哪种情绪，都无法完全说服我自己。

我给主任说明了情况，并说了我的想法，准备为刘铭过申请精神鉴定。主任问我，有病历？有证据？有证言？还是凭那些没什么干货的调查结果？主任的臭脾气水龙头一样冲过来，不要想象力太丰富！你以为写小说？！我看不是别人有精神病，是你有精神病。他这么痛骂我一顿之后，一语中的，他老婆离了，又没有其他家属，谁去申请？难道你要跑去看守所暗示，让他装白痴？你不要越界，想被吊销执照呀！想玩你自己开了律师所再玩！

主任的责备句句在理，可我就想一试。一种不知从何而来的说不清原因的偏执绑架了我，连我都觉出自己的不可理喻。如果刘铭过还想活命，这就是救他的唯一办法。

＊＊＊

我再一次申请会见刘铭过。

在我提到宋楼、老董、石头这几个关键词时，我发现了刘铭过神情上的变化。他努力控制自己，但身体有细微反应，比如说眼皮的多次眨动，牙齿的咬合，呼吸瞬间的急促，再有意识地收缩放缓。

其间，他爆出一句，你怎么会找到宋楼？他的眼神里有一种受挫的反击。

在我提到病床前最后的一幕，窗口射进来的光线并不刺眼，他却闭起眼睛。

然而，除了那句"你怎么会找到宋楼"，他没有就我的调查再做回应。他的面部恢复了平静，依旧是那副虚着眼睛看人的阴冷表情。那张面孔就这样呈现在那儿，仿佛什么事情都未曾发生。而他面孔下的意思我却读得懂，那就是——那又怎么样？他用潜在的抵触回应我，就算知道了这些，你又能怎么样？他的平静之中潜藏着一种挑衅，潜藏着一种让人无法理解的一意孤行。

但是我知道，他在表演。他的无所谓都是表演出来的。他已经开始心虚了，或者说，他开始意识到，我在某种程度上是他的对手。有什么秘密，或者说真相，我已渐渐逼近。

当我提到他的前妻慕林林，提到他令人费解的洁癖，他的脸色霎时发白。他好像被危险逼到某个角落，却依然保持着镇定，依然保持着彬彬有礼，用压抑着强烈情绪的发哽发硬的语调，表达他的顽固和抵抗。

他说，一个人到了我这个份上，剩下的唯一人权就是，不受别人帮助的骚扰。

他直视着我，眼光并未闪躲，神情严峻。

这一次，我却没有被冒犯被藐视的气恼。我在琢磨他的时候，脑子里飞快地闪过电脑里那些有关陈以莨的照片和搜索。可是，我实在不想面对铁栏后身着号衣戴着手铐的刘铭过谈及这件事。我本能地生出一种回避的心态，心里却有一种说不出的烦躁。

我脑子接着打转。按常理，坐在我对面的这个位置，求生才是正常的。为求生表现出来的种种反常——吃屎喝尿、语无伦次、装疯卖傻、神志不清，虽是表演，反倒正常。以这种模式来框定刘铭过，他则完全背道而驰。他的表演到底是为了什么？他怎么会把罪行看得这么无所谓，或者说，他就真的那么想挨一颗枪子？他似乎一心一意并且努力护佑着这个结果，生怕被我毁了。

我放弃了暗示。于他反常态的状态中做这样的努力实在危险。

尽管我认为刘铭过实际上什么问题也没有，却还是忍不住在他摇晃走远的背后摇头，你他妈该不是真有精神病吧。

* * *

第二天上午，我刚走进电梯，手机响。

平哲声音发急，还有点抖。陈以莨刚刚给我打来电话，就是几分钟前……他让我谢谢刘铭过，他说他打刘铭过的手机，那边一直关机……平哲被自己急促的话音呛住了，使劲咳嗽。

慢点说，说清楚，到底谢什么？

刘铭过给他所在的环保NGO捐了三十万……

多少？三十万？！我的声音大得连自己都感觉到有什么东西撞到电梯门上，又反弹到我脸上。

对！对！陈以苡说他们网站公示了最近两个月的捐赠名单，他也是才看到的。他刚结束一项野外环保考察，下山补充补给……咳咳……他马上又要进山，又是一个多月……他让我转告刘铭过，欢迎他有机会再参加他们的环保行动。

再参加？他什么时候参加过他们的活动？陈以苡知不知道刘铭过的事情？电梯到了，我使劲按开门键，按得啪啪啪响。身后有个女人嚷了句什么，我回头吼了一声："闭嘴！"

……我也不知道！他在山上待了两个多月，应该是不知道的。反正我这边是没给他说过。

那你刚才说了吗？

没有。他那边信号不好，跟我通话都是喊着说的，说到一半就断了，我回拨过去不通……咳咳……

我冲出电梯，等不及拐进自己办公室，看见行政秘书的电脑开着，便紧急征用。三分钟后，刘铭过的名字赫然出现，列在一排捐款人名单当中。名单做得很细致，包括捐款人姓名、地址、时间、金额。顺序不是按金额大小排序，而是按照某一时间段内捐款先后顺序排列的。我的眼睛从属于刘铭过的那一行信息上反复扫过。

你们知道吗？我全身上下忽然一阵激灵，好像一颗子弹从

看你一眼有多长 ｜ 257

后背穿透前胸。刘铭过的捐款时间是四十五天前。三天后，他走进医院捂死了老董。如果这两件事你们觉得联系在一起或许牵强，那么还有，他和慕林林办妥离婚手续是在此前稍早。这三件事是巧合吗？刘铭过作为这三件事的当事人，甚至是主导者，你们会觉得，这仅仅是巧合？

我的第一反应，立刻冲到银行找到朋友，请他帮忙调出刘铭过的汇款记录。我拿着复印件，站在银行门口，翻出号码打到慕林林手机上。

为什么要找慕林林？我这样讲给你们听吧。假设刘铭过一心是要挨枪子的，从司法角度来看，就意味着他要放弃一切帮助。进入审判阶段，这个放弃就相当于放弃辩护。你们还记得吗，第一次会见时，我问他为什么不委托辩护，他说就算不委托，法庭也会指定的。我当时认为他多少懂点法律，现在三件事联系在一起，再想，他就不是懂一点点法律这么简单了。离婚，等于堵住了家属为他委托辩护这条路，包括申请精神鉴定。他自己也不委托，那么就只有法庭指定辩护。而对于指定辩护律师来说，这种案件通常如主任所言，就是陪着法律程序直到结案，没有谁会去较真。刘铭过聪明啊，他拿准了条条道路的七寸。他精心布了个局，笃定一切会按着他的设计走到底。这个莫名其妙找死的人啊！

我要把一切关联告诉慕林林。我的直觉不会错，慕林林那里一定有秘密。

※ ※ ※

　　慕林林好像受到意外的袭击，紧张得脸上一直是一股子惊慌失措的神情。随后，一种无法置信的表情在她脸上像凝固了一般，停留了很长一段时间。她傻看着我，嘴里喃喃地说，从来没听他提起过，从来没有。

　　又过了好一会儿，她才再次出声。他安排好这一切，就是为了去当一个罪犯？她的神志似乎陷入某种混沌，眉间又开始蹙起疙瘩。但这一次，纠结而起的不是那种厌恶的乖戾之气，而是茫然。

　　为了一个已经没有多少活头的老头子，他搭上自己的一切？为什么他非得这么做？这一切值得吗……

　　慕林林咬住嘴唇，开始摇头，幅度并不大，但是不停地摇。摇头的时候她闭上了眼睛。

　　我正想着应该说点什么，她忽然睁开眼睛，抄起桌面上的汇款复印单夹在食指和中指之间，全身发狠，随时要掷出去的样子。

　　可这个算什么呢？她的声音嘶哑破败，带着咻咻的喘息，好像气管破了一个大洞，眼睛频眨，突然之间又现出那副神经质的模样。到死，他还不忘去舔人家屁股。

　　我感到什么立刻涨满了胸口和喉咙，翻江倒海，若不咬紧牙根，绝对要骂人了。好半天，我才缓过这口气。

　　我说慕林林，你比我小十来岁。我十七八岁的时候，你才七八岁。我已经是青年了,你还是个孩子。我想给你讲讲我们的故事。请你不要不耐烦,就算出于礼貌,也请你听一听吧。

慕林林,请你听清楚这个名字——陈以苣,他就是刘铭过电脑里的那个人,也是捐款单上这个NGO组织的成员。刘铭过电脑里对他的搜索,我不知道你有没有细看过。那些博客的主人,都是我们年少时的诗歌兄弟姐妹。在那些一个字一个字敲打下来的对于年少光阴的记忆里,对重逢后狂喜激动的描述中,陈以苣是被大家提及最多的。二十多年前,陈以苣是我们这些少年诗人中最有名气的一个,是我们中间唯一参加了全国诗会的。你知道吗,他是坐飞机去的。1986年他就坐上了飞机,那时候我连火车都还没见过。仅凭这一点我们就佩服死他了。陈以苣仗义、豪爽。他的稿费常常拿来给我们改善伙食。有一年暑假我们在隐烛山搞笔会,几个小流氓来找碴。陈以苣跟他们打起来,胳膊都折了。

真正让我们当他是"老大"的,是他捣鼓的诗报有模有样,甚至请到了省作协主席题写刊头,创刊号的"发行量"达到了上万份。虽说终因资金不济,不到五期即告夭折,但那份诗报成为我们心目中的灯塔。我们中间的好多人,就是在那上面第一次刊登铅字作品的。我在诗报上发了两首短短的小诗后,收到天南海北的少年诗人来信。每拆开一封,就有一个熟悉或陌生的名字在问候我,就会有一首纯净的诗作在等我默读。那种感觉就如同天天都在热恋当中,心狂跳,跑进树林嗷嗷叫,忍不住把每一首诗都大声对着天空朗诵。我们翘首每一期诗报的到来，就如同今天我们企盼发财的机会。

那个时候电视还不是每家都有，更别提什么网络。你脚下踩的这个城市还只是一个小县城，闭塞极了。但是，我们有诗歌。诗歌把我们跟广阔的社会连接起来。每天最重要的事情就是写信，寄信，收信。哪怕就在同一个地方，周末下午就能见到，也要通过信件来传递友情。我们的信，开头往往都是这样的：现在夜已经深了，天边一颗星星……结尾往往又是：现在旭日已经初升了……

我还记得那时写给陈以莨的信，抬头必道"以莨兄"，十七八的年龄，搞得混在江湖很久似的。

你的想象能够穿过二十年的光阴回到我们那个时代吗，慕林林？

你的想象能够穿过二十年的光阴看到我们后来的落魄吗，慕林林？

先不说别人，说说我自己吧。1988年高考，因为写诗严重偏科，我的数理化成绩糟糕得一塌糊涂。为了谋生，我去帮挂靠在文联的报刊发行部卖书刊，每天坐在尘土飞扬的街边叫卖琼瑶金庸梁羽生的小说。这份工作只做了几个月，报刊发行部转行做了餐饮，我成了餐馆里的跑堂。过了一年，我通过了成人高考，读了个大专。但是，人生的坎坷似乎刚刚开始。

1991年毕业，正赶上海南开发大潮，我昏了头也漂洋过海赶过去，找到朋友推荐的一家杂志社。却没想到，人家嫌我不是名校，不要我。我只好在海口流浪。为了让家里父母放心，我还写信给他们说，我在海口过得很好，在一家外资企业工作，每月五百块钱。实际上我的日子已经十分潦倒了。我天天出门去看电线杆上的招聘广告，不计较工种工资，只求能管饱。在一家淘金厂，我甚至跟着一大批来自全国各地不知道来路的人签下了契约，生死由命。后来想到这条命是父母给的，心有不甘，趁着天黑跑出来了。

我在工地上烧过饭，在收购站当过搬运工，给黄牛党当过跑腿。最饿的时候，我曾向在街上玩纸牌骗人的家伙讨过钱，在小食店里捡人家吃剩的饭菜。每次赚到一点钱，最大的开销就是花上两三块在地下录像厅看一宿。都是香港武打片，刀枪棍棒，嘿嘿嗬嗬，很容易一个晚上就晃过去了。

从一个成天做着诗歌梦的少年，毫无准备地成为在大街上四处找食的盲流——最最心灰意冷的时候，我陷入了深深的怀疑。怀疑自己写过的诗，怀疑自己是不是曾经写过诗。我觉得自己一脚踩空了，所拥有的记忆根本经不起推敲，甚至不止一次想到自杀。

你们一定想象不出我那天面对慕林林滔滔不绝的样子。我说得刹不住车，完全沉浸在自己的情绪中，以致忽略了慕林林的存在。现在回想，我当时一定是异乎寻常地为自己所感动。这种情绪，在与陈以莨重逢的那次聚会上泛滥到无以复加。你们没能来参加，这将是你们终生的遗憾。知道吗，我们那天哭得笑得，每个人的肩膀上都糊着别人的鼻涕眼泪。每进来一个，都在大呼小叫地对号入座，接着就是拥抱，恨不得把他搂到骨头里去。哭完了笑，笑完了哭，从来没有那么肆无忌惮过。我还记得，我们热得脱毛衣，大冬天的竟然吵着开冷气！我们就像一个个不谙世事的少年一样，争先恐后说起当年的趣事。平哲说他当年"傻傻"地花了笔"巨款"，二十元买了四十份陈以莨办的诗报，因为上面有他发表的一首诗。他背着那四十份报纸到处推销，他看到同学就说，上面有他的诗。给他面子的同学拿出五毛钱买一份，结果把这些诗报推销完毕，他的账却亏了两元。

我们一直在期盼这一天，可是又不知道能不能盼到这一天。多年前的少年们，谁知道如今天各一方都是什么景况。如果不是陈以莨重出江湖发出号召，或许永远不会有这一天——我们这些失散多年的诗歌兄弟姐妹，以我们曾经的诗歌名义呼啸着相聚。我们是喝多了，可是我们又都是清醒的！让平素那种混不吝的交换利益的说辞滚他妈的蛋，摘下那些轻狂的、自负的面具扔得他妈的可以破标枪世界纪录。面对少年朋友，我们流着热泪，怀念共勉我们的青春，追忆没有人比我们更熟悉的诗歌岁月。我们都成了孩子，在诗歌和青春面前，单纯，虔诚，永远长不大。

哎呀，我是不是又跑题了。刚才说到哪儿了？噢，慕林林。

直到服务员过来续水，我猛然回过神，这才意识到慕林林一直没有出声。她的眼光落在我身后某个地方，是一种耗尽心力、无限疲惫，却又努力勘破什么的眼神。她好像把我说的一字一句都听进去了,也好像走神了,陷在她自己的心事里。说实话,我觉得这才是慕林林正常的样子,约束了破败狂躁情绪,恢复理智的慕林林。

我无限感慨,心里满是酸麻。我的自言自语听上去像是自嘲。是啊,慕林林,我说的这些你怎么会感兴趣。你怎么会经历那种理想破灭、精神沉沦的人生,又怎么能理解那种复杂的噬啃内心的情绪——在最艰难的时候,我们是那么渴望,然而又害怕,甚至拒绝诗意的抚慰。

慕林林慢慢朝我看过来一眼。她眼里有东西,我却看不透是什么。

我说,刘铭过在一篇一篇地看那些博客时,他会是什么感觉?你要知道,那些唏嘘的、慨叹的、感伤的、无奈的,间或峰回路转,演变成为感动的、痴迷的、快乐的、热烈的、灿烂的文字和情绪,我每看一次,眼眶就不由自主湿润一次,就忍不住要长长狠狠地喘上几口气,就好像身上捆了把绳子,我一使劲喘气,就能把它们全部挣断。

走出茶馆,慕林林左右望了好几眼,扭头问我,她是从哪边来的。她的眼睛蒙着雾,神情恍惚。她有话对我说,嘴巴张了张,却没出声。她似乎在下决心,身上却少了力气,于是后退两步,靠在墙上。

慢慢喘了几口气,调匀呼吸,她一个字一个字地,往外蹦出一句话。

她说,有些事情,我想晚上在电话里说。

＊＊＊

慕林林结过一次婚，离了。刘铭过却是第一次。刘铭过时常对慕林林说，想到你并不完全属于我，我很难受。慕林林又伤心又甜蜜，她觉得刘铭过是在乎她的。

有一天做爱的时候，刘铭过忽然成竹在胸似的对她说，虽然你前面只结过一次婚，但我知道，你经历了不止一个男人。慕林林一时出不了声。刘铭过一边动作一边说，我有特异功能，我和你第一次做的时候就知道了。告诉我，我要听实话。不要撒谎，我们是夫妻，你不能对我撒谎。

怎么可能有这样的特异功能？慕林林说。可她心里刚刚这么想，他就像看到了似的，他说慕林林你不要打小算盘，没有用的。我非常清楚。就看你了。你说吧，没关系。我要的，是你对我的忠诚。你要是真爱我，就说吧，不要让我难受。慕林林摇着头说，你不知道他在我上面的那种神情那种笑，还有他所说的每一个字，都让我害怕极了。第三次他再这样问我的时候，我顶不住了。

慕林林说，前夫。刘铭过说，一个。慕林林顿了一下。刘铭过说，接着往下说。你可以骗我，但你那里面一清二楚。慕林林小声说，前面那个。刘铭过说，哪个？慕林林说，和你结婚前。刘铭过说，两个。还有。慕林林说，然后……是你。刘铭过一巴掌从她脑门上扫过去，你把我跟他们放在一起？

慕林林一下子愣了，很快她意识到自己的失误。但刘铭过没有心思听她的道歉,紧接着问,还有一个你没讲。慕林林口吃,没有了。刘铭过说,还有一个,我帮你数着呢。慕林林喃喃道,真的没有了。刘铭过揪住她头发,不对!还有!慕林林快哭了,别问了行吗?刘铭过回了她一个字,说。慕林林眼睛一闭,有气无力地说,结婚后真的没有了……刘铭过按住她的脸,慕林林觉得眼珠子快要被挤出来了。刘铭过说,你第一次结婚前,还有!想瞒是瞒不了的。我再说一次,我第一次进来,就清清楚楚地知道了。慕林林说,你不要问了好吗?刘铭过让她张开嘴巴。慕林林张开嘴巴,刘铭过朝里面吐了口水,接着问,谁。慕林林完全没有力气了,流着眼泪说,我被强奸过。刘铭过把她的头发快揪断了,还有!慕林林张着嘴巴啊啊地哭,我怀孕了……流产,患了子宫内膜炎,医生说再怀孕不容易。

之后,慕林林每天回到家,除了洗头洗澡,还必须用洁阴器灌上刘铭过亲自调配的消毒液,反复冲洗。次数也是他规定好的,三次。他站在浴室门口,手里拎着专门置放消毒液的暖水瓶,监工一样监督着慕林林的每个步骤。在慕林林洗好之后,他手里换上浴巾,将慕林林裹在里面,从发梢到阴部到脚趾缝,一寸一寸,将水分吸干。他一边擦一边和和气气地说,你在我眼里,曾经是最美最美的瓷器,可是你现在呢,就是一个婊子,一个烂货。你这么脏,这么烂,可我还是爱你。

我不是婊子!不是!慕林林话音未落,刘铭过一把将她揉到墙角。

慕林林的坦白，成为她铁板钉钉的罪证，是她不可宽恕的耻辱，是她咎由自取的恶之源。除了逆来顺受接受惩罚，别无出路。她不敢有恨。她觉得自己不配有恨。

刘铭过提出和她离婚，直到办完手续，只有短短的十天。她什么都不敢问。他说怎样就怎样。她对着刘铭过呜呜地哭，你不爱我了吗？

慕林林说，这些事情我没有勇气当面对你说，就在电话里说吧，谁也看不见谁的脸。

我听到慕林林在电话那头咝咝地吸气。她说，对不起，我的脚板好冰，冰到受不了。我正在搓脚心。

你知道吗，以前都是他给我搓的，泡在热水里，一搓就是半个小时。每天都搓。慕林林的声音忽然低下去，弱下去。她说，他是爱我的。

* * *

慕林林和刘铭过之间的故事并没有完。

正如慕林林所说，那件事过去那么久了，他为什么非得告诉她呢？他完全可以不说的。他就那么一心想毁灭自己吗？

慕林林被强奸的时候，刘铭过就在现场。高考前的一天晚上，她下了晚自习回家，被人用一把水果刀堵在巷尾。刘铭过正要翻过围墙回工厂宿舍。他趴在墙头，看得一清二楚。强奸她的那个人，比刘铭过个头矮小……可是他什么都没有做。

刘铭过是在电话里告诉慕林林这一切的。第二天，老董就被他捂死了。慕林林在电话里尖叫咒骂，她要杀了他。在她歇斯底里的片刻停顿间，他说，那天早上，你穿着白裙子走在阳光下的样子，我永远记得。

突然而来的真相，令整件事情一下子变得复杂起来。你们听到这些，会有什么样的迷惘和困惑？是不是越琢磨，越会陷入不可自拔的思考？

如果刘铭过的犯罪动机仅仅是因老董而起，他为什么要说出陈年的秘密？他已经切断了慕林林对他施以帮助的种种可能，为什么还要在已然万劫不复的路上再狠狠推上一把？他这样做的目的，究竟是一意孤行要实行第二天的罪行，还是在那一刻对往事有了忏悔？联想到他的精心布局，我不能断言他给慕林林的电话是一时冲动。向慕林林坦白在她遭受侮辱时他的旁观与怯懦，有可能正是他计划中的一部分。

问题回到原点。他在婚姻中的复杂形象，对慕林林复杂的爱恨，使我不得不向这样的答案慢慢靠近——或许，他要用这种激烈的、决绝的方式，摆脱一直纠缠在他内心的长久的负罪感。如此说来，他真正的犯罪动机，难道是要亲手给自己一个迟到的宣判？

但是，这一切真值得吗？只为曾经怯懦的旁观，当得起这么大的罪过吗？再进一步想想，老董恰时的昏迷与他后续的这些行为，到底存在偶然的还是必然的，程度有多大的关联呢？如果老董一直安然无恙，他的生活还将维持原状？刘铭过留下了太多的悬疑。这些悬疑，都是耐人寻味的，对于我的精神和智力却是加倍的折磨。

再有几天就要开庭了。我被一种说不清道不明的道德感和责任感支配着。那种在理解和谴责之间徘徊的感觉愈演愈烈。要尽到辩护职责，我就必须将真相曝光于众。我巧舌如簧，可以拼接出比较有利于刘铭过的逻辑链条，但是，有没有可能这么做，根本就不是他想要的；将他最隐秘的忧患公之于众，对他而言，会不会是一种比受到法律制裁还要残酷的打击。

我的内心复杂纠结，对即将到来的庭审充满逃避和畏难的情绪。

我在办公室待到很晚，还是理不清头绪。不知道主任为什么走得也迟，拐到我这边，问我要不要一起去吃饭。我们俩就一起去了一间他常去的小馆子。包厢里有窗户，看出去是河面。有几户渔家点了灯，在船上烧饭。

吹着风，喝着酒，几样炒菜也还入味。两瓶洋河大曲，我喝掉了一瓶半。

我从来没有那么不自信。我问主任，上庭后我到底怎么说？

主任说，尊重当事人意见。只说有利于当事人的，不利于当事人的，尽管你知道，也不能说。

我说，现在就头痛在这里。哪些有利，哪些不利，全混了。

主任说，我看你搞不清楚的不是这个，而是你自己的角色。你不是警察，不是法官，不是检察官，你是辩护律师，守好你自己的本分。一切交由法庭审判。

我摇头。我说主任，法律果真能对一个罪犯做出恰如其分的审判吗？

那天我一定是喝多了。后面说了什么，有些记不住了。但是主任讲了一个故事，我却没有忘。主任有一个同学，年轻的时候酷爱写作。在地区的文学刊物上，他读到一首小诗，很喜欢。他试着给作者写了信，竟然收到了她的回信。后来他们之间通信越来越多，彼此都认为，他们喜欢上对方了。当时他在一所乡镇中学教书，她在县医院工作。她常常去新华书店给他买书，再细细地包好，寄去给他。后来他们相约，他去看她。女孩在信里俏皮地问他，我们怎么相认呢？要是认错人多不好意思。这样好吗，我们就在新华书店门前碰面，我手里拿一本诗集，书店预告了，舒婷的《双桅船》下周到。多巧啊，就是我们见面的那天。

到了那天，这个同学坐了一路长途，赶到约定地点，却看见一群人围着一个女孩推搡唾骂，有个膀大腰圆的男人抓着女孩的手腕，另一只手挥着一本书。女孩哭泣，弱弱地哀求，她带了买书的钱。男人问，钱呢？女孩扯过背包，上面有一条一看就是被尖锐的刀锋划过的长口子。她说她的钱被偷了，可是……她一定要有这本书。围观的人们哄堂大笑。这个同学使劲去看男人手上的书，竟然就是《双桅船》。他冲进去，将女孩保护在身后……然而，这个同学的出现，让女孩一下崩溃了。她再也没有好起来。

女孩家里后来把她嫁给了一个弱智，生下来的儿子有先天性心脏病。这个同学去看过她。她记不起他了，只是一个劲让他吃玉米。他要走了，她突然跑进屋里，再跑出来的时候手里多了一样东西，是他写给她的信。她念着那些句子，说真好，是谁写出这么好的句子，是写给谁的？我这里有好多好多这样的信，它们怎么会在我这里呢？她忽然笑起来，甜蜜的样子，一定是哪个男孩写给他喜欢的女孩的，多好啊，那个女孩一定会很幸福的。他走的第三天她就死了。没人说得清是怎么回事。她去洗衣服的那条小溪那么浅……

后来呢？我问。

每年清明的时候，这个同学都会去看她。主任说。

噢，重情义。你同学现在呢？过得怎么样？

他一直没结婚。不是没有遇见合适的，有过，但他过不去心里这个坎。

没必要吧，又不是他害的她。

大家都像你这么说，可他觉得不是这样的。这么多年了，他一直放不下。他把她的儿子带去北京做了手术，并且赞助他读完大学。

他很对得起她了。他这么做，会好过些吗？

对得起还是对不起，那是你们眼里的标准。但我知道他过得很不好。这件事是他心头的伤疤。他觉得，她被毁掉的人生，是跟他有关的。他觉得自己有罪。

如果这都算有罪，监狱早就爆仓了。

主任戳戳自己的心窝子，说，这里还有一个。

我似乎嗤笑了两声，也朝自己的心窝子戳了戳，这里管用的话，还要国家机器干什么。

主任盯了我一眼，嘴巴好像劣质沙发裂开皮子那样，爆出一声短促的急笑，记得起美国辛普森案结案后法官那一句意味深长的话吗？尽管全世界都认为他有罪，但是法律宣布他无罪。

主任说的这个故事没准就是他自己的。对，我也是这么估摸的。他那个同学有可能就是他。

第二天酒醒了，我从主任的话里慢慢琢磨出点儿意思，到底什么是真正的审判？真正的审判是不是源于自我内心的道德审判？再想一想，对于一个实施了自我审判的人，法律的惩处究竟有多大的意义？其实，我不能肯定主任有这个意思。很有可能，是我要为自己找一个能够说服自己做出决断的理由。

这算是一个找到答案的求证与掂量吗？我不由陷入了一种巨大而苍凉的悲凉。太多的人在法律底线踩钢丝而安然无恙，刘铭过的悲剧却是因为他在道德上的求全责备？荒诞和悖论恰恰就在于，你和我或许都认为他无罪，但是法律宣布他有罪。

迷惘和困惑依然横亘心头，诱使我持续思考道德边缘问题。我越陷入刘铭过的人生，就越感受到一种肃穆的意味。这种感受似乎具象，又似乎缥缈；似乎能说清楚，但要张嘴道来，却又无法摹描。具体到刘铭过身上，我说不清究竟是理解，是尊重，还是惋惜。他的自我审判和惩处来得太极端激进，但有一点是清晰的，他拿出认真与庄重，与一直缠绕着他的荒谬的人生做了终结的对抗。

一种朴素的直觉，替代了多年职业训练而成的辨识。或许，达成他的心愿，就是帮他实现救赎。

就在我做出这个决定的同时，我对自己摇头，你不是一个合格的辩护律师。

* * *

开庭前一天，我第三次会见了刘铭过。

我告诉他，我能够做的，便是鉴于从宋楼和医院得到的证人证言，从杀人动机和主观恶性这两个角度着手，为他做罪轻辩护。有证言支持，既无隐瞒，也无夸张，在法律上是立得住的。估计死刑是不太可能了，十年以上十五年以下吧。

刘铭过没作声，头微微动了一下，表现出心甘情愿地低头就范。

他安静地坐在我对面，好像更瘦了，铜铃眼显得更大。我忽然觉得他特别单纯，并不觉得他曾做了有罪之事。

我很想跟他说点儿什么，像朋友那样，既有庄重，又能亲近一些。

我说，陈以莨收到你的捐款了。他给平哲打电话，让平哲替他转达谢意。

刘铭过略微一愣。

他一直在野外考察，还不知道你的事。

刘铭过似乎难堪，又似乎宽慰，脑袋难以觉察地轻点一下。

我记得他来的那次，你也在场。可我想不起来了，我们诗友二十年后重逢的聚会，你怎么会在场呢？

我感到了他的迟疑。片刻之后，他说，你们互相交换诗集，好几个不想回家取，就打电话给我。我那里总有十来本存书的，就一起挑拣出来，给你们送了过来。

你去过他那里？什么时候去的？

半年前，跟着他在山里走了一个多月。他还带我去了他当年待过的林场。

噢。他在那里当护林员，一晃就是二十年。要不是林场被卖掉，估计他也要留在那里当肥料了。

他保存着好多信，都是你们当年写的，还有你们创办的诗报，诗歌手稿。

你都看到了？这可太珍贵了，这都是历史，我们这一代人的历史啊。

嗯。二十年来他连一丝火苗都没有看到，也没有写诗的兴趣，每天的娱乐是打扑克。没了工作，他更灰心。撤离护林小屋时，收拾东西，从床板底下一口积满灰尘的木箱里翻出那些报纸、书信。他一封一封地看，看完就哭了。

你相信吗，当我看到他在网上发出的"寻人启事"，又是激动，又是不敢相信，连着三天晚上根本睡不着觉。往事历历在目，眼眶热乎乎的。

他没和电脑打过交道。为了找你们，他报名学打字学上网买电脑，和你们重新联系上的那两三个月里，仅是手机话费就差不多把他的遣散费用光了。

是的是的，我在跟帖里留下了自己的电话。我记得那天接到他的电话，整个人就像火柴，一下了就燃烧了。说了近一个小时才放下电话。

他也很高兴。他没有想到，大家还这么清楚地记得他，还是像以前那样，喊他"大哥"，喊他"以莨兄"，他悬着的心一下子踏实了。

那是肯定的。说句不夸张的话，他就是我的生命中像亲人一样的手足兄弟，几十年的兄弟情谊是没有什么可以割断的。不过，说来遗憾，我们仅仅是在重逢那次见到他，倒是你，和他相处了那么长时间。

刘铭过说，他跟陈以莨去的大山里面全是原始森林，好多大树需要两三个人才能合围。他从来没见过那么大的树。陈以莨告诉他，当地人每次进山都要抱抱它们。在当地人的心目中，这些树都是神树。陈以莨让他也去抱那些树。他就去了。

除非你亲自去抱一次，否则，你永远不知道那种感受。刘铭过似乎陷入回忆，眼神飘向窗外，长时间不动。

那天天气特别好。天空湛蓝，那颜色干净漂亮，几乎不像真的。透过铁栏，可以看到天上有一朵慢悠悠散步的白云。我和刘铭过仿佛被一种把我们联结起来的感情笼罩着，就像两个兄弟。我们彼此之间没有显露这种感情，但是我相信他和我一样，都感觉到我们的生活甚至生命，有一部分神秘地投合在一起。

刘铭过看着那朵云，直到它游出窗框。

他把头转回来，说，纸船是你的吗？/不，是大海的。/风筝是你的吗？/不，是天空的。/我细长的手指上，/滑过水的凉意，/掠过风的加速跑。/站在海滩或高岗，/我望水而歌，/我踏石而跃。/只为，/只为看到你回望我的表情，/是否如我一般地留恋与祝福。

看到我一脸惊讶，一种混合着得意与羞怯的表情从他的眼角一掠而过，顽皮如少年。

你的处女作，挺好。他轻轻笑了。恍惚间，我竟然像是回到多年前某个清风拂面的下午，一群少年围坐在南湖畔，朗诵他们心爱的诗歌。

※ ※ ※

这事最后还得提提慕林林。

离开法院时，背后有人叫我的名字。我扭头看去，一个穿黑衣的女人朝我走来。

慕林林一直走到我面前。她的右手遮挡着小腹。

慕林林说，我怀孕了，六个月。我要把孩子生下来，我们一起等他。不等我说什么，她转身撑开雨伞，慢慢走下台阶，走进雨中。我目不转睛地望着她离去的背影，缓慢，僵硬，带着直愣愣的劲头。我似乎想起她的脸上没有化妆，鼻尖上雾着薄薄的水汽。

刘铭过的故事到此还没有结束。

这次出来之前我接了出版社的一件案子。去社长那里了解情况的时候，有个编辑拿了一本书进来。她说作者在后记里提到的一个人前两天坐牢了，那这个书现在怎么办，要不要给作者发货。

编辑将书翻到后记那一页，然后放在社长面前，用手指出她提到的那个名字，同时念出三个字，刘铭过。

社长上下瞄了几眼，自费书吗？

编辑说，是，也巧，就是这个人掏钱的。

社长想了一下，先别发，扣一段时间。

编辑拿着书准备离开，我说能给我看一下吗。我笑着掩饰自己说，职业敏感。

编辑把书递给我。很厚很重的一本，浅褐色封面，竖排青灰草书《让我向你致敬》，编者署名"陈以茛"。书的前半部分，竟然全都是咱们大家少年时期发表过的诗歌作品，后面则包括每个人的创作简历、通讯录，还有相当篇幅是包括自办诗报、互通信件、手抄诗稿在内的历史图片。翻到后记，我看到这样一段话："感谢年轻诗友刘铭过的无私帮助，使属于我们那个时代的诗歌图景，能够复原。书中收录的部分诗歌，由于作者本人已在岁月的流逝中散佚了原稿或者发表刊物，是刘铭过从图书馆成千上万的浩渺期刊中一首一首找到的。"

我在目录中看到了自己的名字，和那首题为《远方》的处女作。

你说什么？搞一个捐赠活动？找陈以莨带头，把书送到刘铭过服刑的监狱。再搞个朗诵会，咱们也念，犯人也念？不要搞什么台上台下，观众演员什么的，就围个圈，谁朗诵谁就走到中间去？你这后面半截纯粹异想天开，监狱里怎么可能让你跟犯人接触。不过，这个主意好！真好！具备一定限度的可操作性！你们得拽着我啊，我激动，要飞出去了。对，咱们就这么狠狠地搞一次。把人都找齐了，重逢那天没到的，这次统统都得到。

来！干杯！还喝什么茶，拿酒上来！

是不是先感谢一下刘铭过？这小子，咱们欠着他一份情啊。

一起倒数，三、二、一——

让我向你致敬！我亲爱的诗歌兄弟姐妹！

五秒钟是什么概念

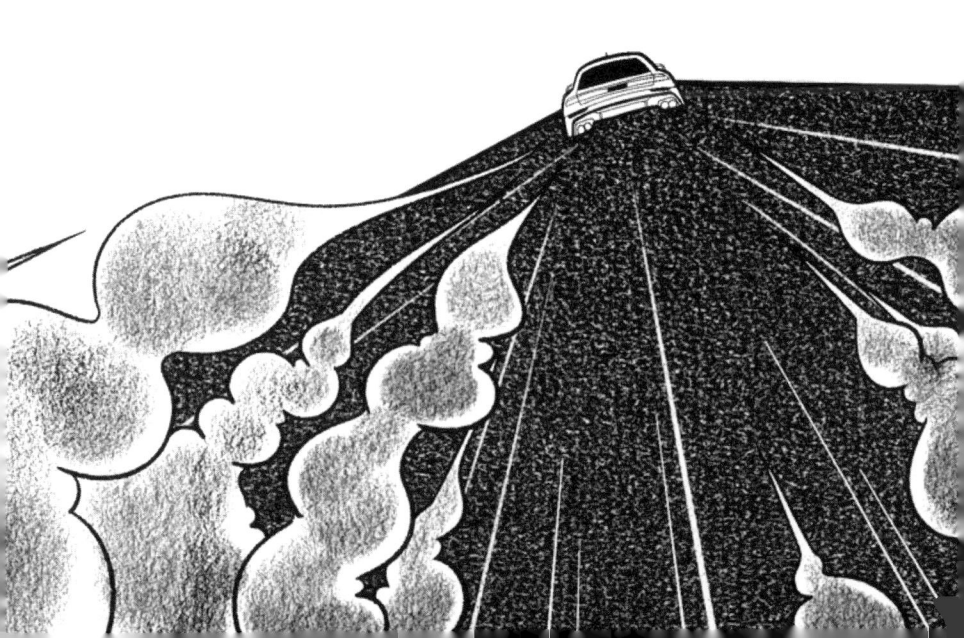

飞机落地后,阿茂打刘孙电话。刘孙有一辆灰色别克商务,专跑机场长途。刘孙说知道了,老地方见。阿茂就往外走。门口已经站了几个人,拿着烟。还有一个女孩,站在玻璃门里边,呆呆望着外面,像有什么心事。阿茂从她身后过,多看了她两眼。昨晚的酒令他现在还有些头痛。

过了一会儿,一辆车从路口冒上来。有人说,来了。另外一个人说,你什么眼神。

车身泛着很强的光,水波纹一样的光,像波浪一样,一浪一浪地涌动,黑色巨兽一般划破深海,向他们无声无息靠近。这是一辆奔驰迈巴赫S级轿车,非一般的奔驰能比,更豪更霸气,明晃晃的立标戳在车头。

车停下来。大家没有动。那两个手里夹烟的,也不说话了。车窗缓缓降下。阿茂被那个驾驶座上传过来的声音点名,"谁是阿茂?"开车的男人戴着帽子,看不清脸。

阿茂脸上露出迷惑的表情,哈着腰,举手冲车窗晃动了一下。阿茂戴着墨镜,虚胖,一撮应该划分到右边的头发,非常顽固地朝左边翘着,有点儿像近两年火起来的一个脱口秀演员。周围的人转过头,都看他。

"上车。"

"我?"

那个人的声音很严肃。"你不是去米东县嘛。"

阿茂撅着屁股,好像听不清他讲的什么话。"噢,是的。那……那……"

"价钱一样。"

阿茂还是有些不能确定。他摘下墨镜,又往车窗里看了一眼。男人不耐烦起来,"站着干吗?跟我走啊。"阿茂一面"哦哦"应着,一面往两旁看去。几张陌生面孔谁也不出声,只是定定看着他。那个女孩眼睛没有瞧他,似乎还陷在心事里。开出去五十米那么远,他从后视镜看到,他们还是一副没缓过神的样子。好像他上的不是一辆豪车。

车太大了。坐在副驾驶位上,感觉腿伸直了都碰不到头。有一缕淡淡的烟味。

"大哥,是不是还有其他人也叫阿茂?有没有可能,我不是你要拉的那个阿茂。"阿茂抱着唯一的行李——一个电脑双肩包。他不敢乱动,揣着小心,扭头往左边看。男人五十岁左右,穿一件墨绿色衬衣,棒球帽的帽檐压得很低,他得仰着下巴,才能看清前面的路况。他意识到阿茂在看他,从压低的帽檐下扫了阿茂一眼。

"米东县米香街米兰小区。"

"对,对。这,这车……也跑专车?"阿茂不想让自己结巴。他其实很想给刘孙发个信息,又怕男人看见。不过,他也不是第一次被刘孙倒手。这些专车司机都是这样,大家都接单,然后把单凑拢在一起,凑够一车就发一车。

"把你的墨镜给我。我的墨镜丢了,看见光线眼睛会流眼泪。"

"我,我也有同样的毛病。"

男人斜眼看他。"要不你来开?"

阿茂估计男人个头得有一米八。阿茂摘下墨镜,双手递给男人。男人戴上墨镜,把帽檐往上顶了一下。现在,他半个额头露了出来。整个人看上去也轻松了一些。

正是中午,阳光白晃晃地从地面反射过来,刺人双眼。阿茂狠狠闭了一下眼睛。男人伸出手,把他那边的遮阳板扒拉下来。

"谢谢大哥。您这车太豪了。"阿茂蹭着座椅后背,尽量把整张脸藏在阴影里。"最少最少也得过百万吧。"阿茂想象自己把握方向盘的模样,估计会让警察以为是无人驾驶。

男人说:"两百多万。等了半年,才提上车。"

阿茂舔舔嘴唇,喉咙那里有些干。现在有钱人太无聊了,跑跑专车,体会一下普通人的生活。不过阿茂没想到,这样的事会让自己遇到。要是这样,这个有钱人为什么不拉那个女孩呢？阿茂忍不住又想到了昨晚。

很快就上了高速公路。车速压着时速上限，跑出平稳流畅的节奏。一队平行排列的云朵飘浮在左前方的天空，一动不动，仿佛银河战舰降临地球。平展展的平原上，田野和厂房交替出现。槐树还没长出叶子，树干和树枝之间架着好多鸟巢。有些更聪明的鸟，把巢搭在高高耸立的通信基地最顶端。

男人的目光这会儿投向那些铁塔般的基站。阿茂偷偷瞅见，有些讨好似的说："筑巢5G，抢占先机。"

男人好像笑了一下。

阿茂又来了一句，"起步就要提速，开局就要争先。"

男人好像又笑了一下。"这车百公里加速，只需要五秒。打个哈欠，也不只五秒。"

阿茂咂咂嘴巴，跟着笑起来，把两条腿用力往前抻，给自己调整了一个舒服的坐姿。

"接着说。三个小时呢，别让我犯困。"男人说。

阿茂伸手把那撮不听话的头发使劲往右刮，那是它原本应该在的方向。"想听什么？您给个范围。"

"说说昨晚吧。"

"昨晚？"

"对。昨晚。"

"为什么非得是昨晚？"阿茂有点儿发蒙。

"人生在世，只有活过的那个晚上，才是你的。谁能担保，下一秒钟不出什么意外。昨天不是刚刚掉了一架飞机？

那么些人,说没就没了。就像花出去的钱才是你的,一个道理。"

车外的噪声几乎听不到。车内像电影院的内部。男人缓慢的声音如同贴在阿茂耳朵边上。阿茂没接话,过了一会儿,他想,这话真他奶奶的有一定道埋。有钱人说话都很有水平的。如果他们想跟你好好说话。

阿茂扭扭脖子,关节处发出咔咔的响声。昨天晚上脑袋挨到枕头之前,他也把脖子扭出咔咔的动静。再往前几个小时,他把每个手指关节轮流捏过去,一连串啪啪的响声非常有节奏地响起来。如果只有节奏,还算不上什么。竟然还有不同的音高。这才是他的绝活。

阿茂准备开讲之前,礼貌地请教对方"贵姓"。男人说:"免贵,姓梅。梅德韦杰夫的梅。"

"梅老板。"阿茂把"哥"咽回嗓子眼里。

阿茂把怀里的背包放在座椅下面,两条腿枕在上面。阳光弱了一点儿,刚才并排的白云散开,扯成条状或者片状,在天空中不均匀地铺开。

然后,阿茂施展了他的绝活。男人,噢,梅老板,转过头盯着他手里的动作。"这和你昨天晚上有什么关系?"

"人的身体就是最好的乐器,"阿茂说,"肚皮可以拍,脑门和腮帮可以弹,捶胸口或者跺脚后跟,都能整出动静。"

昨天晚上,他们一桌人,就和阿茂描述的一样,有拍肚皮的,有弹脑门或者腮帮的,有捶胸或顿足的,他则捏手指关节。

坐在正中间的领导，头发半白，笑容温和，撮拢嘴唇吹出口哨。他吹得很好，音准和节奏都很好，像专业演奏员。抖音里好些人都吹得不如他。如果把他们的现场演奏发到抖音上，肯定会火。

领导很谦虚，也很和气，没有一点儿架子。听他说话，很长见识。

如果梅老板见过领导，他一定会觉得阿茂学领导学得很像。阿茂把两只胳膊一上一下叠着，想象面前是桌子，想象胳膊架在桌子上。上面那只手，想起来的时候，就拍一拍下面的胳膊。

阿茂的老板——丁老板，大脸盘子，五短身材，圆脑壳正中剃出桃心板寸。

丁老板给自己杯子满上，站起来敬领导。"还是领导看得深看得远。我们中国人，和为贵。我们跟着您，和气生财。"丁老板哗一下把酒倒进嘴巴，然后又哐当哐当连灌自己两杯。杯杯见底。领导明早还要开会，举起杯子抿了一口。

通常这个时候，就有人提议，跟着领导开展一下文艺活动，提高一下素质。阿茂跟着丁老板不是一天两天，所以跟这位领导吃饭也不是一餐两餐了。今天是丁老板请客。这一桌，有丁老板的人，也有不是丁老板的人。有的人熟，有的人不熟。但是，这个提议一起，大家都跟着附和，都把椅子往后推了半步。

然后，就出现了刚才说的那一幕。有人拍肚皮，有人弹脑门或者腮帮，有人捶胸或顿足的，阿茂则捏指关节。他们都有本事把身体的某个部位整出高低起伏的动静。

不过，阿茂跟梅老板说的时候，把丁老板这一段跳了过去，也没有提丁老板这个人。在这个老板面前，不要提另一个老板。相当于黑帮片里，不能当着这个大哥提另一个大哥。你不知道老板跟老板之间，大哥跟大哥之间，有什么恩什么怨。阿茂只说领导。领导的口哨真是一绝。大家都很陶醉。掌声响起，大声喝彩。说领导，比说老板，显得有分量，有底气。

领导说，人的身体是最美妙的乐器。

领导又说，有共鸣腔，有打击乐，有管乐。

阿茂看了梅老板一眼，他有在听。阿茂说："有个傻逼跳出来，说，还可以吹箫。"

梅老板咧开嘴角，粗暴地拍了一下方向盘。"领导什么反应？"

"他说，有些人活一辈子就像活了一天，有些人活一天就像活了一辈子。"阿茂朝右边的车窗外看去。这种话不知道到底想表达什么，听不懂。

好像就是一会儿的工夫，天色暗下来。阿茂这半边天空的乌云越积越厚，开始往高速公路左边透过去。两辆大卡车跑在他们前面，车厢蒙着帆布。男人几次想超车，都被它们故意挡道。

阿茂气起来。"那个傻逼，我还不知道吗。混工地的，成

五秒钟是什么概念 ‖ 287

天和这种烧柴油的大卡车打交道,一身土腥味。到了晚上人模人样地出来吃饭。关键是他不怕在人前丢脸。"阿茂用手背蹭鼻子,好像要把什么味道蹭掉。

瞅准空当,男人深踩一脚油门,迈巴赫箭一样蹿出去。两侧路面似乎开始下陷,车身却很稳,向低空飞去。强烈的推背感把阿茂强制摁在座椅上,他感到一阵头晕。

梅老板说:"这样的人,才能赚到钱。"

阿茂挣扎着说:"一定要把自己搞得很low,才能赚到钱吗?"

阿茂心里面涌出复杂的情感。谁想把自己搞这么low?还不都是拼演技。

丁老板,算辈分,他得喊丁老板"表舅公"。丁老板在领导面前,永远是一个忠诚的听众。他常常在领导面前表示,领导说一,他绝不说一点一;领导说北,他绝对不看东西南。转过身去,表舅公讲起俄乌局势也头头是道。"有些事情,该防着还是得防着,免得他秋后算账。"表舅公说的"他",应该不是美国。表舅公只是一个包工头,没有那个能耐做跨国生意。表舅公关心时事,常常看新闻。看到那些腰杆直挺西装革履的老板天天捐钱,表舅公心疼得不行,说都是从他们身上盘剥的。

表舅公的腰围很粗,肚子像一袋面粉在T恤底下晃来晃去,裤子只能用两根背带吊着。他这辈子大概是没有办法看到自己的小弟弟了。他拍拍肚皮说:"酒囊饭袋,外加满满一脬黄连水。"

昨晚，表舅公表扬他，说他有进步，关键时刻会说话，逗得大家很开心，以后要一直这么机灵，前途大好。表舅公从车后座伸出那只胖胖的中指短了一截的左手，拍拍他的肩膀。

梅老板突然伸过手，拍拍阿茂肩膀，"再有钱的人，没钱之前都很low。"

这让阿茂猝不及防。他几乎本能地挣扎了一下。安全带扣得很紧。双脚一蹬，踢到了储物盒的底板。盒盖不知道为什么竟然打开了。

有什么东西发出幽光。阿茂伸长脖子，看到第三眼，他确定他第一眼就看对了。他的心突然揪紧。那是一把枪，大概一个半手掌那么长，压在一本厚厚的塑料膜还未拆开的汽车使用说明书上。

阿茂的激灵让男人有些意外。这次，他多看了两眼阿茂，又跟着阿茂的眼神，往储物盒那里扫过去。他脸上涌起含混的笑。那个表情看在阿茂眼里，好像是说——我知道你看到了什么，但我没必要和你解释。男人的嘴角总是挂着若有若无、莫名其妙的笑。过了一会儿，阿茂伸手过去，主动把盒盖扣上。

现在，阿茂把脑袋对着车窗，使劲往外看。远远近近的树，赤裸着灰色的枝，像无数条鞭，受风的指挥向空中乱打。但是坐在车里什么也听不到。他只听到自己的心不听指挥，怦怦怦怦乱跳了起来。在映出面孔的车窗里，一道伤疤横在他右眼眶下面。笔直的一道，像比着直尺画出来的。

五秒钟是什么概念 ‖ 289

表舅公右手拿着刀，对准自己左手的中指。他不砍不行。有一支枪顶着他后脑勺。阿茂的头被狠狠按在桌子上，身体本能地绷紧，脸也是，一双充血的眼睛瞪得溜圆，右眼眶下面猛烈抽搐着。在他眼前，表舅公断掉的那一截指头，泥鳅一样跳起来。

别看表舅公身体软塌塌地像一坨猪尿脬，可他的骨头是硬的。他不求饶，镇定得像砍别人的指头。少一根指头算什么？又不是少十根，更不是砍他小弟弟。他们做土石方工程的，从别人手上抢地盘抢生意，拼的是什么？不拼谁的骨头硬，难道拼你对国际局势有独特见解，拼你会吹口哨？阿茂不止一次被表舅公教育，干一行就要有干一行的样子。表舅公戳戳后脑勺一勾褪色的刀疤，像他们这些只有蛮力的穷乡人，想要出头，就不要怕痛。

阿茂突然比出左手中指，对着梅老板比出左手中指。他猛地把身体凑过去，小声说："你见过被砍断的指头吗？"还没等梅老板有所反应，他快速把手撤回来，生怕那根手指落在对方手上似的。

男人在座位上挪动了一下。前后左右都没有车。那些车都不知道跑到哪里去了。这样的高速公路，开起来很单调很乏味。一大早，他就在这条路上跑了一趟。现在，是往回开。他打了一个长长的哈欠。人在打哈欠的时候，会触发中耳里面一块叫鼓膜张肌的肌肉，使人不会被自己下巴肌肉运动的声音震聋。因此，男人听力减弱了那么一两秒。这个哈欠打得太大，也是因为太累了吧，眼泪跟着流下来。他拿手在脸上胡撸了一把。

他没有留意到身边这个小个子冲他比画着并且又说着什么。

那是一根手指头呀，从手上活生生砍下来。血不是一下冒出来的，而是等了一下，才从粉红色的断碴处静静涌出，然后流成一道很扎眼的红线，和从阿茂脸上流下来的血汇在一起，顺着桌子向下淌。阿茂再次在车窗里看见自己脸上那道刀疤。他的椅位是那么宽敞，但他的上半身却斜撑在椅背与车门间，好像随时要逃走。天空里的墨色，像洇在他脸上。

车上沉闷得不行。中控台是一个很大的触屏电脑，泛着孤独神秘的蓝光。梅老板提醒阿茂，"说话啊。你刚才说得挺好。接着说。"

不知道他按了一个什么键，车厢里闪过一串又一串LED灯光。红的、绿的、紫红、黄的、蓝的，像夜店里那样动感十足，闪烁不停。他又按了一个键，音响响了起来。一开始是两首歌，先是《北国之春》，然后是《最炫民族风》。接下来是二人转。全是黄段子，一个接一个。以为讲完了，又来一个。以为讲完了，竟然还有。没完没了。

梅老板一直在笑。他那若有若无、莫名其妙的笑，实打实地生动起来。他都笑出了声，吭吭吭吭，像一个臭不要脸的老兽。他还转过头，不停地看阿茂。阿茂僵硬地坐在那儿，面无表情。男人感到奇怪，问："你怎么不笑？"阿茂十几岁的时候去东莞打工,长途大巴上,二人转听一路,他跟着一路笑过去。跟个傻逼一样。

男人并不知道阿茂突然生出的恶劣心情。"要是今天是你活命的最后一天,你打算干吗?"男人问阿茂。

"不知道。"阿茂没有立刻回答。他根本不想说话。

有雨点噼啪落在挡风玻璃上。刚反应过来下雨了,雨水就哐当一下,整个儿地砸下来。四边的天上都黑得很严实,有一种世界末日的感觉。雨水击打在车头,溅起飞浪一般的白沫。

车速一点都没有降。为了抵消雨水带来的阻力,男人似乎还踩深了油门。

"你说,那架飞机掉下来的时候,那一飞机人,来得及想这个问题吗?"

"你干吗总是提那架飞机?"阿茂强迫自己说话声音大起来。他感到自己的手在颤抖。他说不上,自己是害怕吗?

这么暗的天色,梅老板依然戴着阿茂的墨镜。梅老板从镜框下面伸进去一根手指,揉了揉眼睛,指着远处那些模糊在雨幕中的风景。"这么大一件事,你竟然都不关心?都说飞机是最安全的,出事概率是最小的。"他看了阿茂一眼。

二人转后面,跟着一首歌。随着柔软而温和的旋律,车里的氛围灯渐渐转成夕阳西下,天边晚霞的那种颜色。这首歌唱完,又从头开始唱。男人按下循环键。

男人跟着唱。他唱得小心翼翼,一点儿都不像他这么大块头发出来的声音。那个声音却一点都不好听,仿佛被掐住了脖子。

阿茂愣在那儿，好像在瞬间，他遭受了电击。这首歌的每一句歌词他都记得。很多次唱这首歌唱到吐。边醉边唱，边唱边吐。

你问我爱你有多深/我爱你有几分/我的情也真/我的爱也真/月亮代表我的心。

男人调小音量，他想说些什么。"我遇到过一次。飞机就像过一连串大坑，整个跳起来，掉下去，又跳起来，掉下去。我在座位上跟着跳起来，掉下去，又跳起来，掉下去。水杯倒了，水洒我一身。我的脑袋撞到行李舱，不止撞了一次。你就感觉，脑袋跟身体分了家，你根本阻止不了脑袋撞上去。"

"旁边坐了一对小情侣。女孩二十岁出头，长得很好看，比男孩镇定。男孩怕得嗷嗷叫，那小姑娘只是死死抓住扶手，脸上冷静得很。我都服。我心想，没事的没事的。头天我见过活佛。正儿八经地拜见。"男人伸手，在脑袋和车顶之间比画。

男人的描述让阿茂在脑子里形成某种图像。他的心里面抽了一下，好像有什么很冷很冰的东西，顺着衣领窜入，钻进他的心脏。

男人转过头来，嘴角扯了一个难看的弧度，可能想笑。他应该忍了很久，一旦开口，就没办法收住了。"其实我不想说。我原本想，找个人坐在旁边就行了。这条路太长，开起来很累。"

阿茂茫然地看着前面，他可能走神了。

"我有一个很好的朋友，我们一起长大，一起做过好多好事，也一起做过一些不是那么好的事……别人都说，再好的朋友，只要一起做生意，就会闹翻，就会成仇人。可是我们不是这样。当然，有人挑拨我们的关系，想要分头击破我们，把我们的生意搞垮，但是他们都没有得逞。"

雨势不见弱，雨刷一刻不停。路上只有他们这辆车，对面车道竟然也没有车。他们好像进入了一段被人遗忘的路段。周围的景象没入浓重的灰茫中。

"城里最高的楼、最大的市场、最豪华的饭店，都是我和他的。朋友们开玩笑，你们除了老婆孩子不共有……"

男人伸手在车门那里掏出一瓶水。他扭开盖子，咕咚一下，一口吞下大半瓶水。他没有理会阿茂，抹掉漏到下巴上的水珠，接着说。

"人不会一辈子都顺风顺水的。所以我们做事很谨慎。我们把很多风险都熬过来了。"

男人说"风险"的时候，水从胃里反上来，他打了一个嗝，从口腔里喷出来的水飘到方向盘上。阿茂心里跟着冷笑，"风险、风险"。

"我去见活佛那次，他有事没去成。我就把活佛赐我的玉送给他。我跟他说，我们俩的命，拴在一起。"

男人又扭开水瓶，把剩下的水一口气喝光。他按下车窗，把空瓶子丢出去。风立刻把瓶子卷走了。灌进来的雨水打在他半边身子上。脸是湿的,墨镜上也有水珠。

男人安静了一会儿。那个好听的声音还在不知疲倦地唱着《月亮代表我的心》。阿茂有很久没唱这首歌了。昨天晚上,他让那个歌厅公主陪他唱这首歌。

她说什么歌都会唱,就是这首,她不会唱。歌厅公主不会唱《月亮代表我的心》?鬼才相信。他站起来,逼近她。她很瘦,比他们曾经在一起的时候还要瘦。他是在夜市大排档上认识她的,她在那里卖唱。她唱《月亮代表我的心》,比别的卖唱歌手唱得好听。有流氓调戏她,他冲上去,为她打了一架。阿茂是暴脾气,和她在一起的那两年里,也对她动过手。五颜六色的激光灯转得阿茂心烦意乱,他在考虑,要是他再给她一巴掌,她会不会还是像以前那样冷冷地看着他,一声不吭。和他一起去的人,搞不懂他为什么一定要唱这首歌,也搞不清那个歌厅公主为什么一定说不会唱这首歌。阿茂也搞不懂,他遇到的女孩既不把他的轻声细语当回事,也不把他发起脾气的拳脚当回事。她们总是不把他当回事。

和他一起去的人起哄,歌厅公主起价,要么欠揍,要么欠操。他们很期待地看着阿茂。可是,这次他没有胡来,只是又把自己喝醉了。脑袋挨到枕头之前,他把脖子扭出咔咔的动静,是那种动手干架之前的虚张声势。摩托车碾过他的睡梦。那部破车,堵塞的引擎总要喷呛几声才能出发。歌厅公主细细的胳膊箍紧他的腰。他抓紧油门,狠狠转到底。不知道怎么搞的,他跑进了电影里。他变成了身受重伤、鼻子淌血的刘德

五秒钟是什么概念 ‖ 295

华,女孩变成了穿着婚纱的吴倩莲,他们逃命。再不逃就没命了。那部老港片是《天若有情》,表舅公的最爱。

表舅公说,女人只靠哄是不行的,只靠拳脚更不行,哄和拳脚加在一起,也不顶用。要靠真心。每隔一段时间,表舅公就让阿茂飞过来一趟。任务是送钱。都是现金,沉甸甸装满一个电脑包。米香街米兰小区有一个女人。年轻女人。

阿茂不多说不多问。不过,他多少有点好奇,表舅公都是什么时候过来的呢?给钱就算是真心吗?要是这么说的话,那不给钱就是连一点点真心都没有。绕弯弯的话若一直追问下去,很无聊,很沮丧,很绝望。

女人后来生了孩子。阿茂怎么看那个孩子,都不像表舅公。表舅公却稳得很,甚至让那个背包更重了。直到后来见到会吹口哨的领导,阿茂总算明白了。

这包钱就放在座椅下。阿茂脚底下踩着几十万。要是这些钱给了那个女孩,那个很会唱《月亮代表我的心》的歌厅公主,她马上就能还清她父亲欠下的赌债。阿茂问自己,有没有胆量这么干。真心。哼,真心。他只能对自己冷笑。"你跟着我,我不能给你什么。"刘德华的台词,阿茂记得清楚。

就在这个时候,男人突然大哭了起来。他伸着两只手,牢牢地抓住方向盘,就那么哭。忽然又停止了哭,拉下墨镜,用袖子把眼泪擦干净,重新把墨镜戴了回去。

"你不知道,你不知道。这几年我太难了。先是我妻子,病了好几年,走了。你不知道,你不知道,我有多难受。"男人的喉结一上一下，动得很厉害。

阿茂把脸从窗口扭过来，看着男人。天边晚霞那种颜色的氛围灯，让男人的脸色没有原本那么难看。

"他们一家带着我出去散心，去了一个很美很美的地方。其实我不想去的。天黑下来，我去泡温泉。我在池子里躺平，把脸埋在水底下，真的不想出来。我听见有人喊我的名字……是他老婆。"

"我根本不知道我做了什么……其实，我只想有人陪我坐一会儿……"男人不断强调，"其实"。

是不是只要一说"其实"，就会显得自己很无辜，显得自己迫不得已，显得自己情有可原，甚至还可以把黑的说成白的，把错的说成对的。那把枪顶在表舅公头上的时候，也有人在旁边说："其实……其实……"那把刻字刀抵在他眼眶下方的时候，也有人不断地叹气："其实……其实……"

"问题是，我们当真了，我们动了真。"男人接着说，"太难受了，我们不知道该怎么办。我也不知道该怎么办，她也不知道该怎么办。我们怎么办？"

阿茂微微摇头。他听见自己心里有个小小的声音，你去死。

男人说："我跟她说，只能看看老天爷能不能帮忙了。有没有可能，突然山崩地裂大海啸？要么飞机从天上掉下来？"

男人声音都变了，"他妈的，我就是说说而已。明知道不可能的事情，才有胆量说出来。谁能想到，太平日子里真的会

五秒钟是什么概念 ‖ 297

有飞机从天上掉下来。更操蛋的是,他怎么就偏偏坐了那架飞机?他前不选后不选,偏偏选了掉下来的那架飞机?再有半个小时,他就能落地了。"他的声音一路往上,像奋力攀爬盘山公路的汽车,最后那一声真是吓人,气管像是被什么噎住了,又被他用尽力气从喉咙缝隙里进出来的气流冲开了。

"到底谁在那架飞机上?"阿茂吸了口凉气,好像明白了,又好像不太确定。

雨势似乎瞬间弱下来。雨刷跟着降速。车外的光线透出亮色,映着男人煞白的脸。他的脸已经被自己的眼泪搞得一塌糊涂。"我最好的朋友,我最好最好的朋友。"

阿茂悄悄把位置慢慢调高,让自己不再瘪三一样窝在座位里。他的手指蹭到什么。一个细细的烟头。

"你刚才,是送人去机场?"阿茂问。

"她要赶过去。"男人说。

她?那个老公跟着飞机一起掉下来的女人?

"你不去?"阿茂说。

"她不给我去。说实话,我也不敢去。我没脸去。为什么掉下来的不是我?他妈的,掉下来的那个应该是我。"

"你当真这么想?"

"我失去了老婆,我失去了最好的朋友……我也不可能和她在一起了,我什么都没有了。"男人的声音又带上了哭腔。

对面的车道出现了一辆车。接着又是一辆。又是一辆。阿茂看着后视镜,后面竟然也有车跟上来。他们好像从一个诡异的困境中走出来。阿茂把手指关节挨个捏过去。那一串单个的响音连在一起,像是敲在他心头。

来、咪、来、拉、西、哆、来、哆。月亮代表我的心。

来、咪、来、拉、西、哆、来、哆。月亮代表我的心。

后来,阿茂两只手在手机上刨了一会儿。

"配置3.0T双涡轮增压直列六缸发动机,最大输出功率会超过五百马力,同时还拥有九速的自动变速箱。"阿茂把搜索到的一段文字读出来。

阿茂扭头看了看男人,男人心不在焉。他不知道阿茂的话是什么意思。

阿茂看回手机,"你这辆车,最高时速两百五十公里,相当于每秒七十米。"

天空慢慢放晴。在细雨和阳光交织的奇异光线中,一道彩虹渐渐出现。整个世界像水洗过一般干净,欣欣向荣。

阿茂眯着眼睛继续看手机,眼球上是细细的红血丝,"有人分析,那架飞机,最后几秒钟几乎是以接近音速的速度掉下来——"他换到计算器,手指戳戳戳,"差不多相当于,每秒……每秒三百米。"

阿茂指着马上接近的车距标志牌,"嗒、嗒、嗒,"嘴里发出读秒的节奏,"四块牌子两百米我们要跑三秒,它一秒不到就过去了。"

车速突然降下来。男人像被火烫了一下。但奇怪的是,他

五秒钟是什么概念 ‖ 299

感到自己的脚是冰的，不仅冰，而且麻。冰麻冰麻的感觉顺着右腿往上爬。他感到血管里也是冰块。他马上就会像科幻电影里那种场景，整个人从下到上，咔咔咔咔，几下子，就成为冰冻人。他连忙打右闪灯，往停车道靠去。

这个时候，阿茂突然说："把墨镜还给我。"

男人吃了一惊，他对着后视镜看过去，似乎才发现自己果真戴着一副墨镜。他脑子有点儿乱，说："你再坚持一下，马上就到了。"

阿茂固执起来，"把墨镜还给我。我已经坚持不了了。"

男人的表情忽然狰狞起来，"我凭什么拉你？不就凭你脸上比别人多一副墨镜？我一大早送一个死了老公的女人赶飞机，我的墨镜鬼知道掉到什么地方。人都没了我还来得及找墨镜吗？人都死了我还要找到墨镜才能出门吗？他妈的，你就为这么一副破墨镜在这逼逼叨叨？滚，给我滚！"

阿茂奇怪地笑了，"把墨镜还给我。"

男人真的怒了。他扯下墨镜，恶狠狠地摔到阿茂身上。墨镜从阿茂身上弹到座位下面。他弯下腰去捡。他的动作有些慢，好一会儿才直起腰。

阿茂把墨镜好好地戴起来。他脸上竟然有一种心满意足的表情。他没有滚，没有滚下车。那撮不听话的头发，应该往右却执意向左的头发，非常蛮横地竖起来，使他浮肿的脸看上去像表舅公的。

他用被墨镜挡住的脸冲着男人,用一种无辜而恐怖的声音低声说。

"你的好朋友,是被你咒死的。他从天上掉下来,是因为你诅咒他。"

男人倒抽一口冷气。他就那么狠狠地盯着阿茂。阿茂终于将他的长相看清了。阿茂已经等着了。等着男人松开安全带,推开车门,绕过车头,把他这个可恶的混蛋从车上拽下来,把拳头砸在他这张浮肿的脸上。阿茂的手揣在裤兜里,那里藏了什么东西。

有什么好怕呢?又不是第一次挨打。勇于挨打,需要拥有比打人更多的勇气。这是表舅公的金句之一。出来混,迟早都要还的。阿茂记得很多电影台词,这句来自《无间道》,送给眼前这个男人。

让阿茂想不到的是,男人忽然问他会不会开车。

"你会开车吗?"男人的声音轻飘飘的,好像被什么抽干了力气,要不是仔细听都听不到他说什么。

男人对阿茂重复了一遍,"你来开吧。"车窗外,天空透出青花瓷一般的颜色。

这真让人吃惊。阿茂吃了一惊。

静了片刻,男人摇了摇头,"跑起来,能跑多快就多快。这辆车百公里加速,只需要五秒。五秒钟之后,我们就在那里了。我知道它能跑得很快,但我从来没试过。"他伏在方向盘上，喘气喘得很辛苦，把嘴里的话慢慢慢慢吐出去。

五秒钟是什么概念？搜索网站上这么说——

就像有一股力量强制把你摁在座椅上，呼吸是没有的，喊叫是不能够的，身体是不存在的。全身的血液被压向后背。不是兴奋也不是恐惧，胸腔里没来由地积郁起无限的悲伤，像突然丧失了部分脑功能的人。你就像经历了一场生死洗礼。

"我想试一试。但我真的没力气了，我的脚踩不下去。请你，让它飞起来吧。"男人看着阿茂，他的眼睛弥漫着红酒似的绯色。

阿茂长叹一口气，他觉得有什么从心里涌上来了。

两百多万的奔驰迈巴赫，在青花瓷一般颜色的天空下，野兽咆哮般，轰地飞了出去。窗前的景色瞬间模糊，画着线向后唰唰而去，像淋湿的水墨画，又像抖动的相机拍下的照片。那道彩虹像一道巨大的拱门，横跨在公路尽头。

在米兰小区拐角的树阴下，阿茂贴着墙脚坐着。踩过油门的右脚还在微微颤抖，连着大腿的长长的筋，说不出的酸胀。膝盖周围的肌肉，冷不丁地这边抽一下，那边抽一下，像"打地鼠"里的地鼠。阿茂从口袋掏出一样东西。正着看了一眼，反过来又看了一眼。

有个大叔过来，问他有没有火。阿茂就把那个东西对准那根叼在嘴角的烟。大叔看了他一眼，又看了他一眼。阿茂慢慢扣动扳机。"啪嗒"一声，一朵淡蓝色的火苗从枪口吐出来。

大叔笑了起来,说:"跟真的一样。"

阿茂没有笑。

阿茂说:"这就是真的。"

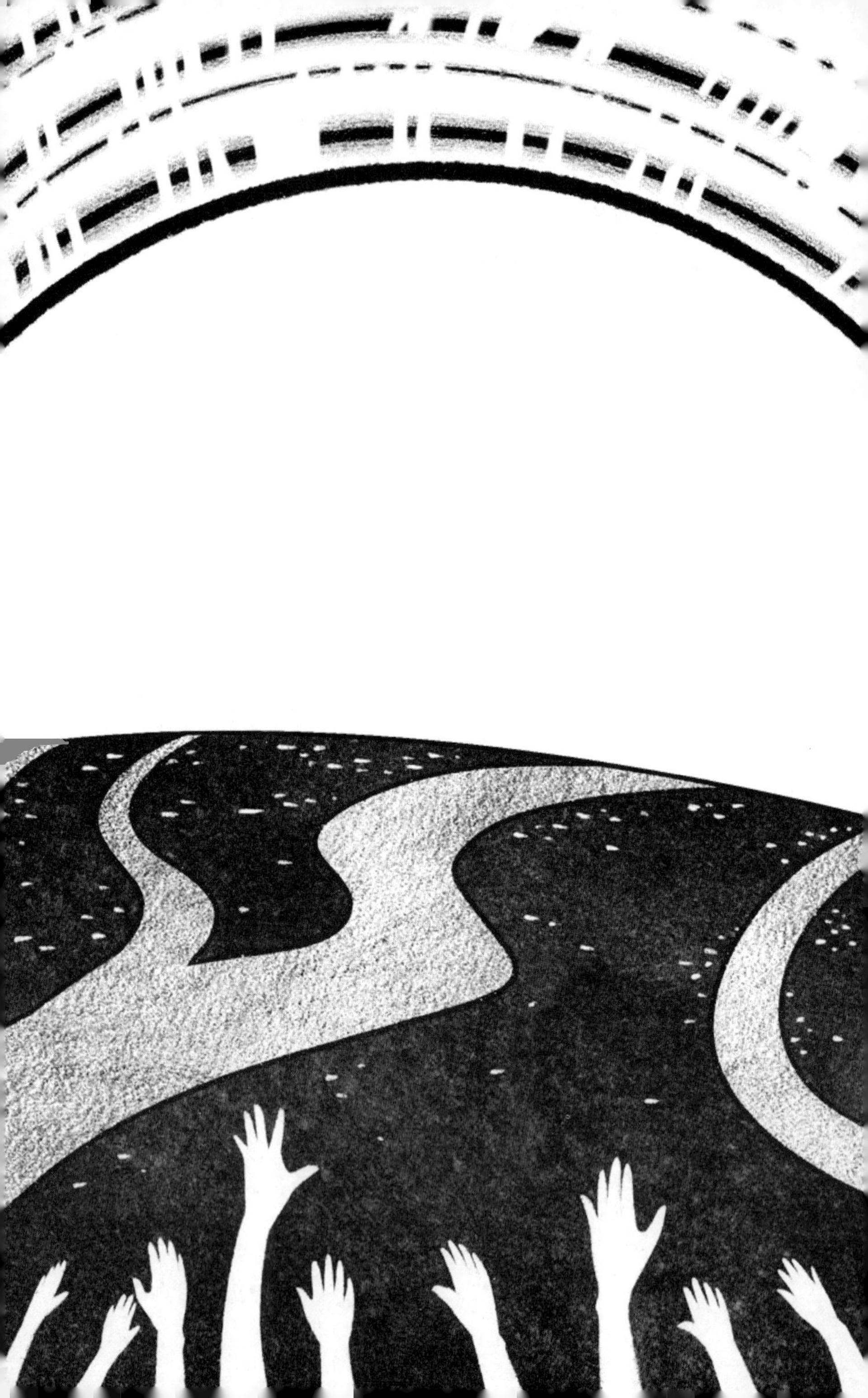

夜路

他心想，怎么也要睡它个昏天黑地，而且肯定能睡它个昏天黑地。为了这个愿望，他决定连夜开车回来。两百多公里的路途不算什么。其实他完全可以睡一觉再回来，睡两觉都可以，把缺的觉补回来。一个渴望好好睡一觉的人肯定有着深重的疲惫。他要用深重到极致的疲惫拥抱昏天黑地的沉睡。

傍晚的光线下，他找到自己那辆"牧马人"，挡风玻璃埋在枯枝败叶里，车身沾着密密一层的树浆鸟粪，新痕发白，旧迹灰黄。他的车从来没有这么不讲究。他是打算洗车的，但是车动不起来。有电也有油，发动机也很有劲，点火也正常，但就是噗噗几下就熄火。喊人过来修，找不到原因。问他多久没动车。他想了一会儿，感觉整个脑袋转速相当低。两个月吧。他捶了一下后脑勺。修理工判断，十有八九进了老鼠。找来一柄足够长的铁钩捅进排气管，果然钩出一团祸害。

刹车，点火，油门轰下去，一把启动。裹挟在下班高峰的密集车流里,他竟然记不起眼前的路通往什么地方。木然跟住前车,过了不知道多少个红绿灯,一激灵,发现竟然上了高速公路。越来越浓的暮色将行进的车体压得很扁,仪表板上蓝光烁烁。冷月当空,黢黑山影一截高一截低一截远一截近,看着他的车没入前后空荡黑暗的世界。车灯放射出冷涩的光,光束里惨白的沥青路面时而下陷时而上升,像附着在大洋深处微微起伏的浪上。飞虫迎光旋舞,或者猛地撞上来,在他眼前撞出又一摊黏液。

这部车子几乎没有舒适度可言,风噪大,靠背直,避震不好。方方正正的车型,被村里面的人背后取笑为棺材盒子。他开车回去,压路机一般慢吞吞碾过村道,那些骑摩托车的要么憋在他后面吃土,要么远远躲开他。他摇下车窗,坐在高高的座位上,把墨镜架在头顶,像二战片里得意的美国佬。样子很讨嫌。

这辆潜行在夜色里的车忽然摆尾,又一次忽然摆尾,它的驾驶者因为某种原因整个人弹了一下。车厢里只有他自己,没有人对他做出危险动作。其实他是睡着了,却在睡着的刹那间被刻在潜意识里的某种声音惊醒。这个声音在过去的两个月里每当他犯困时就来一记当头棒喝。

他伸长脖子贴着挡风玻璃,不停切换远近光灯。外面像是起雾了,又像是下雨了。干结在挡风玻璃上的斑点令他以为雨点如针脚细密。雨刮拼命摇摆却起不到半点作用,咯吱咯吱的怪音听起来像咒语。

这个弯拐过去，将迎来一段长达数十公里的直道，然后穿过隧道，进入壮美的海岸高速。他不止一次向着直道尽头的光明欣喜狂飙，仿佛看见几年后的自己驾着快艇，子弹一样飞在海面上，白鸥拍翅，银鱼伴随，身后划出一道染成金光的水墙。虽然他来自穷乡僻壤，但这样的场景，又怎能不成为穷小子的向往。

他也曾经在黑夜里数次往返于这条公路。走的是夜路，却有钢铁护身，脚下这台闪着双光透镜氙气大灯的"吞油"机器足以吓退荒野间的乡妖土鬼。他不曾忘记为母亲和继父守灵的那个晚上，倚在墙根好端端站着，突然莫名其妙地跌倒泥地，脸颊和手背擦破皮。乡里老人说，这是阴曹地府里的小鬼要拉他一起下去，他母亲苦苦求情，这才松手，将他退回阳世。这种惊骇之事，在他进入城市后再也没有遇到。他的胆子就是在城市里慢慢变大的。

他在睡意旋涡里挣扎。车体顺着左转弯道前行，忽然跑偏路线擦中右侧护栏，猛地弹回，车体打横倒转，又是一个暴冲，再次向右侧护栏撞去，并一跃而起，与山体正面交锋。随即，轰轰几声巨响。若不是他下意识提前踩了一脚刹车，或许他会提前享受到子弹一样飞在半空的感觉。

黑幕将一切动静吞了下去。他被卡在座位和方向盘之间，安全气囊瘫翻在外，一股轻微的炸药味钻进鼻腔。他记得自己睁开眼睛，努力想找车内后视镜。他第一时间想看看自己的鼻子。当然什么也看不到。倒是没有多少惊恐，可能因为平时在

夜路 ‖ 309

这条路上见过多起车祸,知道这种撞法不致死人。

四周万籁俱静,不闻虫鸣,也无鸟叫,只有他的沉重鼻息和这台钢铁机器引擎颤抖、金属收缩时的嘀嗒声。整个世界离他非常遥远,也好像他是这个世界上唯一的人。山在他的面前黑黢黢地纹丝不动。他突然放松下来,困意彻底征服了他。在铅色一般沉重的暗夜里,他看见自己张着嘴巴,发出响亮的鼾声。接着,他看到一团阴影从他躺倒的身体里飘出来,顺着裂开的车门滑到地面。这团影子一样的自己游移到车道中间,犹豫了一会儿,开始往回奔跑。

天空仍然是混沌的铅灰色。他跟着亮度迷蒙的路灯靠近那座小楼。楼道大门从里面反锁,警卫在门房里盯着电脑上的监控画面。他身体里酝酿一小股力量,噗地把自己挤进门缝。一团影子一样的他在楼道里刷出一道淡淡的风。楼道从头亮到尾,绝不遗漏哪怕针尖大的暗角。

小楼在一处小院深处。两株大榕树在楼前对称直立着,垂下长满长须的气根。数小时前,他从其中某个房间被放出来,尖锐急促的蝉声如夹带碎玻璃的雨阵砸向他。他拿回自己的手机,打开一看,才搞清楚今天是几月几日。这是他被关进来的第六十天。

他想知道她被关在哪一间。每天他都竖起耳朵听外面的动静。但是密封舱般的隔音效果令他感到泄气。灯光二十四小时明亮,身边是两人一组的看守轮换着二十四小时不言不语地盯着他。不被带去问话的日子里,除去晚上十二点到早上六点就寝，其余时间必须枯坐在一张没有椅背的方凳上，一举一动都要打报告。才过了几天，骨头和肉便开始一起疼，躺下去艰难，起身更艰难。到了后来，被拎进讯问室，锁在有靠背有扶手的讯问椅里，竟然成了他暗暗的期待。

前往讯问室不到二十米的走廊上，他贪婪地搜刮着各种声音。某一次一间房门打开的瞬间，他真的听见她的说话声。刚想转头，就被左右夹着他的人厉声呵斥。

一团影子一样的他无法突破每一道房门。这些经过特殊改造的门，就是为了防御形形色色的魑魅魍魉。

小楼门口里有一面正衣镜。他离开小楼时，看了自己一眼。两个月以来他第一次看到自己的样子。眼睛下有稍许眼袋，混乱的胡须爬满半张脸，二八侧梳油头已没了形状，两侧冒出的发楂像公鸡掐架时脖子上竖起的毛。她比他早进来，势必还要待上一段时间，直到出现在法庭。他不忍想象她那每隔二十天就要精修的发型将会是什么样子。

她干练利落，清爽超短发，是一位有工作能力的女领导。她从会场被当众带走。现在，她就在他进不去的某个房间内，被看守紧紧注视。

不知是睡还是醒。

* * *

他明明是想以最快速度离开这里的，怎么会又跑回来？

镜子映着楼梯，映着楼道，映着灯光。镜子里空无一人。

夜路 ║ 311

镜子里忽然产生水波纹一样的晃动，楼梯、楼道、灯光在水底荡漾。

"你叫什么名字？"

"姜家豪。"

"你叫什么名字？"

"姜家……"

坐在对面的审讯员打断他，严肃地说："你叫什么名字？"

他低下头说："姜土金。"

"大声一点。你叫什么名字？"

"姜土金。"

"为什么一开始不承认？"

"姜家豪是我另外一个名字，我在发廊当发型师的名字。"

"怎么会取这个名字？"

"名字太土，会被客人笑话，就会没有客人。"

审讯员笑了一下。他们并不总是严厉严肃的，有时候也跟他聊天。

张国荣原来叫张发宗，成龙叫陈港生，谁能想到冯德伦原名竟然是冯进财。冯进财顶多演马仔古惑仔，成了冯德伦，才能演美少年才能娶大美女舒淇。他心里是这么想的，但是没有说出来。她欣赏他这一点，多做事少说话。她告诉他，有位大作家叫莫言，写书得了大奖。她说如果时光重来，最想当一个作家，把人生百态患得患失悲欢离合都写下来。莫云，这是她的名字。莫云莫言，差一个字，是一个意思。

"她的头发,一直是找我打理的。有时候太忙了,过不来,我就过去。"

"其他客人呢?你也这么尽心尽力?"

"没有。也就是对她。"

审讯员看着他,"说说,为什么?"

他想了想说:"我们是一个村子出来的。算辈分,她是我姑。"

审讯员接着看他,"你们村,莫是大姓。你们不是一个姓。"

他愣了一下,感觉到审讯员比他想象中知道得多。他是母亲改嫁带过去的。

进来之前,有人找过他。每讲一条,就伸出一根手指,像是叮嘱像是警告。第一,不知道的不要乱说,知道的更不能说。第二,没有最强大脑超强记忆力,就千万别说谎。第三,非说不可的时候,死死咬住,"记不清了"。食指、中指、无名指,三根手指并拢,在他眼前晃了又晃,如同电影里的人发誓。依据这三条要求,他在心里反复演练。像砌墙,一层层垒起高度;像箍桶,万万不能有短板;像编箩筐,能盛米面甚至盛水。生父是一个乡村巧匠,父亲的技艺深深刻在他的记忆中。

每天晚上他脑子里不断做功,砌墙箍桶编筐,累得要命。有些事不想往深处想。一旦被讯问,不想往深处想的事,又不得不往深处想,脑子里像安了一台打桩机。

如果只是每隔二十天给她精剪头发，他不会被关在这里。他跟着她，主要打理两类事。一类是订餐订酒店，迎来送往为她的私人朋友服务。一类是跟东西有关，把一些东西从这里送到那里，或者从那里带回这里，要么开车，要么坐高铁，偶尔会坐飞机。也就是这些，她不让他接触更多的事。

手机微信里，她一桩桩一件件安排他做这做那，清清楚楚明明白白。他这边呢，人怎么安排东西怎么送到，一五一十报告。

没有什么绞尽脑汁的斗智斗勇。删掉的信息全部被恢复，一目了然。这样一来，脑子里的砌墙箍桶编筐打桩，成了他跟自己较劲，白费劲。只有咬紧牙关，"记不清了。"

审讯员缓缓说出他的微信签名，"天空中没有翅膀的痕迹，但我已飞过"。

这是她喜欢的一句诗。他觉得好，用上了。

审讯员摇着头说："写到诗里还挺美。现实中不可能的。只要你做过，就会留下痕迹。"

她违法违纪涉及的金额，远远超出他的想象。他本能地从嘴巴里冒出一句"不可能"，他不相信她真有那么贪婪。这句话被审讯员牢牢抓住。他像被扣在铁笊篱里的小鱼，拼命挣扎。越挣扎，吐出的气泡越多。

他被告知政策。他是涉案人员，如能在被追诉前主动交代，可以从轻或者减轻处罚。如有重大立功表现的，可以减轻或者免除处罚。好自为之。

过后,他好像被审讯员忘记了,在留置室里煎熬着一个连一个的无底洞般的白天黑夜。坐在凳子上,腰酸腿胀眼皮打架几乎要跌下来,看守在他头顶念起紧箍咒,"姜土金,不要睡觉。姜土金,坐好。"

他只好牢牢盯着墙上的电子显示屏,上面有年月日,有二十四小时制的时间,还有温度湿度的显示。留置室里只有这一处动静,证明日子是在向前走,而不是倒退。月和日的组合,撩拨着他已然降速迟钝的反应。到了下午,他终于想了起来,这一天是她的生日。

上次她过生日,在一个私人老板的会所,被身边好多好多人围着,各式各样的赞美像成千上万晶莹剔透的肥皂泡,各种颜色的酒水可以灌满一个泳池。散场后,司机和他一起送她去酒店客房休息。他们出来时,她喊住司机。他轻轻把门从身后带上。他缩在一楼角落待到天亮,直到清早看到司机和她一前一后下来。

在此之前,他觉得司机有几分小帅,长腿一动,身形矫捷。再看,分明长着公狗腰,额尖脸窄,满脸写着贪欲。他心里燃起憎恶的怒火。

* * *

天上在落雨。有风吹来,夹带着细细的雨丝。发廊灯箱在深夜中休息,要到明天正午十二点才会启动,红白蓝红白蓝勤勉转动。"金光闪闪"大店的玻璃门上的黄铜把手,和夜里空气一样微凉。作为前员工的他,被玻璃上突然放大的黑影吓了一跳,向后一退,才发现那是一团影子样的自己。

随着他噗地一下把自己挤进门缝,雨势骤然增大到不近人情。他还没搞清楚状况,耳麦里传来洗头小哥的报告,"姜总监,客人到位,您可以下楼了。"

他本能地仰了一下头,看见楼板之上,发型师姜家豪在二楼员工休息室刚刚打开已经凉下来的红烧牛腩饭,快速往嘴里扒拉几口,又盖上了。天色依然是暗的,店里射灯发出稳定暖光,使人置身其中,心情不至于跟着坏天气一起坏。

他回过头,看见她坐在他的专用椅上,穿着青色丝绸上衣,黑色蕾丝半裙,伸出两条结实的小腿在脚踝处交叉,湿重的半长发耷拉在肩上。

楼上的姜家豪往嘴里丢进两颗薄荷糖,咔咔嚼碎,接着喝下半杯温水,勉强平复隐隐的胃酸。下楼之前,姜家豪在手机上查看今晚两场世界杯八分之一决赛的时间,接着在微信上向体彩店老板买两百元彩票。他没有办法拦住眼前的自己去花这个冤枉钱,C罗和老对手梅西在这个晚上先后被淘汰出局,事先不被看好的法国足球队最终在俄罗斯莫斯科的卢日尼基体育场举起大力神杯。

没有人会想到受到种种冷眼和欺辱的乡村少年姜土金,有朝一日会成为城中潮牌发廊创意总监姜家豪。

姜土金早早出来打工,被呼来唤去甚至呵斥打骂,后来在一家小小的发廊稳定下来。相比别的洗头小弟,他不善言辞,不会陪客人聊天，推销能力也不行，卖不出卡没有业绩。起初看着这些都是劣势，却也有那么一类客人，讨厌有人在耳边聒噪，他被这样的客人点名洗头。他用心钻研洗头技术，加水打泡、运泡抓揉、收泡冲洗都非常到位，从不让泡沫和水珠溅流于顾客脸上及其他部位。越来越多的客人点名要他洗头。天天接触那些廉价洗发水，他的手红肿发烂的程度比别的洗头小弟的都严重。凭借专注、勤奋和一点点遗传基因，从最底层的小弟一步步打怪升级，从业地点从城乡接合部次第转移到城中村、新城区，直到进入在商务区独占一幢二层小楼的金光闪闪潮牌店。

发型师姜家豪最擅长剪沙宣头。这款发型整体像香菇，面颊部像括号。他使每一个沙宣头都有变化。一名中年职场女性带走的最终造型是，右括号盖住腮部，左括号提高到耳朵一半处，一条犀利的发线如刀锋一般，从后方斜插下来，非常好地解决了长期困扰她的左脸小右脸大的面颊不对称问题。二十岁出头的女孩，将得到一个更具创意的沙宣头——发线整体提升，露出脖颈和耳朵，刘海处的头发剪出一颗心的形状，发尖轻盈俏皮，整体围度圆润、精致、流畅，使她古灵精怪的个性更具可视性。

城中女客预约电话里点名要"姜家豪"。姜家豪这三个字的发音在她们嘴巴里碰撞出奇妙的化学反应，好像口服一款跳跳糖，加了碳酸的糖果颗粒在舌头上噼啪作响，于是头顶上升起螺旋桨，带着她们前往美丽新世界。姜家豪剪发收费三百八十元。找他，物有所值。

姜家豪走下楼梯，再走几步就到自己的专区。一眼望去，看到她的背面，也看到她映在镜子中的正面。姜家豪脚下一个趔趄，还好扶住了旁边的柱子。站在她身后，手有点抖，摆弄了一下她的头发，又面对镜子，仔仔细细地看她。如果不是因为这面镜子，他没有可能长时间盯着别人的脸。镜子里这张女人脸，眼周被时光画上了纹路，下巴和两腮棱角分明，前额饱满，鼻头虽大但鼻梁挺直，正脸侧脸看都不错。然而，后脑勺太扁，失去了自然弧度，像是被擀面杖擀得过于平整的饺子皮。湿漉漉的头发垂在肩膀，表情迟钝。

"你好，我是姜家豪。请问想要什么款式？"发型师习惯性地询问他的客人。

在镜子里这名颇有名气的创意总监，微胖厨师一般的体形，肚子和衬衣之间的余量很少，鼻子歪扁，双眼不能同步而是略有先后地眨了几下，像草原上被高等级食肉动物盯上的土拨鼠。

她的脸上混合着复杂神色，被人生欺负过的无助感脆弱感和不忍自暴自弃决意挣扎的紧绷感。嗓音倒是柔和的，她说："我不想动脑子了。你是发型师，交给你。"

发型师"哦"了一下。

发型师挺着小肚子，挪移出碎碎的步子，从前后左右四个方向再次仔细打量她。在她头上动了几下剪刀之后，停了一瞬，忽然问："想不想突破一下？把头发剪短？"他们的眼神在镜子里对在一起。她用力叹出一个模糊的字音,"好。"

随着剪落的碎发越来越多,她的新发型渐渐显露。整体是超短发的效果,清清爽爽,干练利落。后面头发层次提高,分层打薄,熟松塔般蓬松绽开。额前薄发丝用啫喱水略一打理,是迎风微微翘起的俏皮,整个人有了生命的弹性。这个并非沙宣头的超短发,发型师足足花了一个半小时,几次停下,打量,琢磨,调整。他剪得额头冒汗,黑衬衫腋下被汗液洇湿。

终于完成了。发型师从来没有剪过这么有难度的发型,忍不住呼出长气。他从工作台面上抽出几张纸巾,朝镜子方向走过来。镜子上有一团莫名其妙的雾气。

她从面前的镜子和发型师举在手里的大号手持镜里,反复观察正面侧面后面及整体效果。她转过头,对着他的脸,忽然被不知从何而来的飞尘迷了眼似的,拼命搓揉眼睛。等到勉强睁开,眼底泛出湿漉漉的泪迹,两颗瞳仁映出头顶上方投射下来的灯光。发型师似被细小颗粒击中,猛地咽下慌张的口水。

这款发型差不多二十天就要打理一次,否则就成刺猬。这期间她应该是去过别的发廊,但其他发型师即使一丝不苟照抄作业,也剪不出姜家豪赋予她的灵动感。她也曾陪母亲过来。老太太坐在理发椅上,一脸哀戚。她搂着母亲肩膀,小小声哄道:"一家人就剩咱俩了,你要好好陪着我,别让我成最孤苦伶仃的那个。"

她双手抓着自己的短发,小孩子一样摇晃脑袋,"从小到大我都是长发,从来没想到会成这样。不接受也得接受呀,总得把日子往下过呀。"

发型师姜家豪仔仔细细为老太太打理出新形象。店里每个季度配给每名发型师一个免费剪发名额,他用这个配额给她母亲免单。她略感困惑地接受了他的善意。可惜的是,没剪两次,忽闻老太太去世了。

这期间,一位大歌星来开巡回个唱。随行发型师突发急病,姜家豪被请去救场。大歌星对他的技术非常满意,便有了一张合影,挂在店里最显眼的地方。

那天她来得早,前面的女客还没剪完。她走到他工位旁边的空椅坐下,把专程带给他的茶饮放在镜柜上。

"她真人皮肤怎么样?"

"她是不是真的有口臭?"

"她和她的女助理,真的是一对吗?"

胖乎乎的女客八卦问题层出不穷。他无力招架。这个行业需要迎合或撩逗女客们做意义不明滋味不错满足她们情感需求的对话,他依然不擅长。

他的眼睛跟着剪刀走,来来回回只有一个答案,"没注意。"

女客不甘心,"你没长眼呀?也没长耳朵?"

他不敢生气,露出勉为其难的笑容,一副卑微的样子。

女客倒不是刻薄尖酸的人,"哈哈"了两下,说:"你肯定是跟人家签了保密协议,拿了封口费。大明星嘛,都怕泄露隐私。"

他感到坐在一旁的她歪着头，专注地盯着他看。

连着两个月她没有出现。一天傍晚，他突然接到她的电话，说有车去下面县城，辛苦他跟过去，帮她收拾一下头发，实在没法看了。之后那辆车连夜送他回来。这么折腾了几回，凭他有限的经验也看得出来，她在下面当领导。

又一个二十天的节点上，她要他带样东西下去。有人送过来一个有分量的水果纸箱。他便开着自己那辆二手朗逸跑了一趟。纸箱没封口，包装绳随意捆了几圈。在只有他们两个人的饭店包厢，她当着他的面打开纸箱，里面整整齐齐码着一沓沓粉色人民币。

她从最上面拿起一沓，装入一个准备好的信封，放在餐桌转盘上，转到他面前。她换上了轻松的笑脸，亲手给他面前的杯子注满热茶。胃酸一点点地往上涌。一种极为软弱的勇气，在这杯热茶面前泄掉了。

这是第一次。有了第一次就会有第二次。

其实，他没有那么缺钱。他按部就班还房贷，不定期自费前往北京、广州、香港学习最新的美发技术。那沓钱拿回去，丢进衣柜最下面的抽屉。积少成多，很久没花出去。

* * *

自己分明是一团影子，怎么会有冷的感觉。他用力睁大眼睛，眼前是灰白的死气沉沉的雾气，耳朵里有梦幻般的悠鸣，像胃镜手术之后从全麻中醒来最先听到的那种微音。他伸出手，触到一片毛茸茸的草坪，厚实丰满，若有若无的细微草尖在掌心匍匐。在迷离的晃荡的思绪中，他想起来，身上是那件昂贵的皮草大衣。

追看《琅琊榜》，看到"全剧终"时怅然若失。发型师姜家豪像很多人那样，在微信朋友圈诉说"生无可恋"，那种感觉就像明天不会再来一样。以前不管是怎样的剧终，他都会满怀期待地看完结局，然后去追新剧。而这次，仿佛天塌下来。梅长苏怀揣一颗追求真相、至真至纯、滚烫热烈的赤子之心，对朋友肝胆相照，对正义誓死追随，历经千辛万苦忍辱负重之后，什么都拥有了，可什么也都没有了。那个不忍复述的结局，令一股悲痛与压抑始终潜藏心底。

第一眼看到那件皮草大衣，通体青灰，放射状的毛针挑出细微星光，令他圆睁的眼睛里瞳孔缩成一线。他无法移动离去的脚步。中了火寒之毒的纤弱的梅长苏，就是被这样一件皮草温暖包裹着，熬过了金陵城一个又一个漫长寒冷的冬天。

奢侈品店的柜姐客气地接待他。皮草加身，他仿佛完全抹掉姜土金的痕迹，附着了梅长苏的气息。当然，这是他自以为是，旁人未必这么认为。价格标签在他的指间紧紧捏住，前额冒着汗，两眼眯着，充满希望又像恐惧，不敢松开，也舍不得松开，手指慢慢搓着，快要断气的喘息声在他胸腔内起伏。

他克制着冲动回到家，拉开衣柜最下面的抽屉，将一个个信封开口朝下抖。他发现自己在发抖，缩着腿脚想避开一沓沓现金，然而它们终于还是盖住了他的脚面。狂躁的胃酸冲到颅顶，打出他两眼血丝。他知道自己下了决心，之所以还在犹豫，是要给自己一个过得去的说法。片刻之间，他忽然走神，想到她。她又是怎么给自己一个说法的？

付款的时候竟然有点愤怒。柜姐清点一沓沓现金时，优雅地轻轻皱了眉头。拍出这么多钱来难道还要被嫌弃？

他从她那里接受的钱，相对她涉及的金额，是一杯水和一桶水的差别。他更多的钱并非来自她的犒赏。可是，审讯员悉数掌握的银行流水股市投入，又怎么可能是一个发型师辛苦劳作、一天顶多剪十个沙宣头所能调动的正常收入？

疫情来了，城中各类服务场所开开停停，停停开开，日子过得惨淡。姜家豪索性辞职。为了照顾常年跟着他的熟客，在家里开了工作室，每个月末集中三五天把工做完。大部分时间，他待在县里，以便她随叫随到。

洗头床、理发椅、镜柜、一台挂了很多根电线的可移动烫发机，构成工作室的基本要素。厨房里看不到任何形状的锅，餐桌上摊着"大吉和牛党"日料或牛排，一瓶喝了一半的奔富407。卫生间盥洗池台面上是一目了然的男性用品，归置整齐，并且有一股宜人的清爽气味。皮草随意丢在客厅飘窗上，他不介意来客的手一遍遍摩挲。没有花瓶、图画或者小摆设之类的东西。这是一个单身汉的家，房间里只有必需的适量的东西。

边柜上有一台小型咖啡机，那是她以开张大吉的名义送给他的。咖啡机上方的墙面，固定着一个双层置物架。架子上的书和杂志，也是她提供的。百忙之中她来过一次，发现那些书

夜路

和杂志有翻动过的迹象，于是一厢情愿的馈赠心愿得到小小安慰。墙上那一排书里，他只粗粗地翻过一本厚如砖头的《塔木德》，封面上那行字有卖点，"犹太人的创业与致富圣经"。整本书就记住了一句话，"靠体力赚钱只能解决温饱，绝不能赚到大钱，更不可能发家致富"。

这期间，她交代他务必办好一件事，为高总——一位长着灰白胡须的大块头男士，定期理容。

高总在放倒的理发椅上躺下来，闭上眼睛，等待发型师姜家豪在他脸的下半部直到喉咙，涂上一层厚厚的白色剃须膏。然后，等待一把剃刀，在他脸部刮下第一刀。刀锋经过之处，细微的硬物被截断。一刀。又一刀。接着又是一刀。

发型师姜家豪调整站位，身体紧贴椅头，俯下上半身，靠近大块头男士的颈部。他撑开左手虎口，大拇指是一个方向，食指与中指结盟，往另一个方向，反方向作用的两股力量将泡沫下的皮肤绷开。大块头男士脖子上的动脉震动突破脂肪拦截传递到他指尖，实证生命的存在。刀锋围着喉结打转，像猎犬围剿猛兽。一刀，又一刀，接着又是若干刀之后，一坨残余的白色泡沫，顶在喉结正上方。

在最危险的地方，睡最踏实的觉。高总在这个时候开始打鼾。刀锋默然，向喉结径直贴过去。一把锋利的刀，永远渴望对手的强硬。越强硬，刀越能迅速解决问题。刀不想遇到软弱滑头的对手，令它无法以干净利落的方式体现自身价值。

此刻，它的对手却因为被剃须膏长时间软化而变得软弱滑头。刀锋小心翼翼地，以毫米为单位前进，并且超长时间地滞留在喉结上下，像爱恋，也像死磕。大块头男士的颈子歪向一边，折断似的。他睡得更沉了。他突然抽动了一下，像在梦里踏空。一些普通人难以得到的类似于刀口上舔血的经历，在他睡梦中翻涌。他固执地遵循着某种老派的方式解决脸面问题，而不是随大流，用一把三个转头的电动剃须刀替代了事，或许正与他那不同寻常的经历有关。

完成工作的姜家豪等待高总自然醒来。后者盯着镜子，把头往左右偏转，如同欣赏高级工匠以稳健手法完成的一尊完美无瑕的雕像。镜子里的姜家豪，和他一样头大身圆，像出自同款花纹的大小模具。差别在于，大块头男士的鼻梁高大厚实，不怒自威。而姜家豪的鼻子斜趴在脸上，像被人踩了一脚，令他看上去笨拙倔强。高总看着他，如同看到自己初出道不甚机灵却忠心耿耿的模样。

"加仓，有多少加多少。"某一天，高总在睁开眼睛的同时吩咐姜家豪，日常寥寥几句对话，他知道这个小弟的股仓已薄如船底。

姜家豪几乎忘记了登录密码。这天之后，看到股市资金渐渐水涨船高，那种感觉就像看到逝去的亲人复活，简直难以置信。高总再给他一个字，"等。"

一段不算短的日子之后，他对着自己的账户总资产频频发出傻笑。高总离开此地时，留给他一句"见好就收"。发型师姜家豪去车行提了外形嚣张的"牧马人"。他用它粗壮的轮胎,碾过村道上的石块,碾过晒谷场上的稻谷,碾过长满芦苇的河堤,碾过漫荡田间的磷火,油门轰到底,跃上埋葬继父和母亲骨殖的高坡山岭。当年那里是一处砖窑,继父和母亲刚钻进去清理窑道,轰隆一下顶上塌了一个大洞,等到人被挖出来已经没了呼吸。气管排出的轰隆隆炮声,轮胎刨出冲天的黄土泥浆,林间树叶纷纷震落。偌大的动静来自被村中恶人踢断鼻梁骨的姜土金。

按照某种计算标准,发型师姜家豪已经提前完成任务,无须为六七年后到来的四十岁"高龄"感到焦虑。每个像他那样的发型师都会为四十岁感到无可奈何,被潮牌大店解聘是肯定的。因此,所有的辛苦打拼,为的是攒够本钱盘下一个小铺面,开小发廊也好,经营美发产品批发生意也好,在熟悉的行业里做一个仍需劳心劳力的小老板。

他开始琢磨怎么运用股票杠杆,将手中的资产连翻几番,足够下半辈子享用。是的,他已经开始谋划人生的享受了,突破发型师姜家豪的想象,实现姜家豪plus的财务自由。天然的欲望像笨熊经过冬眠苏醒了。

前面两回杠杆,收益暴爽。他拽过皮草轰起"牧马人"去吃夜宵。"文和友"周边停车费奇高。这有什么可气的,嚷嚷的都是穷逼。他的车车体宽大,一个车位难停,索性霸道,占两个车位。不就是交两份钱吗?很早就有段子说,等以后有钱了,豆浆买两碗喝一碗倒一碗,油条买两根吃一根扔一根,汽车买十辆拴一块当火车开。他带着烤串小龙虾螺蛳粉的味道,一头扎进马路对面的电玩城。他直接让老板拿两盒游戏币过来,慢慢喂。推币机哐啷啷往外掉币的动静,太诱人,那是钱的声音啊。他甚至推中过一次币塔。电线杆般粗、半条手臂高的币塔,冰山一样轰然坍塌。所有人都在回头看他。眼前金花飞溅。他,妥妥的人生赢家。

他决定再来一把,也是最后一把。高总的"见好就收",他延伸为好事不过三。他要为第三把做好准备。

这个准备就是——他做了隆鼻手术。一小截从他自己肋骨上取下来的软骨,垫在他的鼻腔里。这个花费四万元的鼻子让熟悉的女客们端详了很久。她们觉得大可不必,男人不看脸的。莫非他也想转运?她们中间好几个刷短视频的时候,看到过他的点赞——一名命理大师口沫横飞讲解玄学:某女星为嫁入豪门,找人看过脸后,把精致的鼻节给削了,结果就真的如愿嫁进豪门。

豪赌押上。六倍杠杆。六六大顺嘛。

跳下山崖,腰上拴了绳子,就是蹦极,如果没拴,就是找死。他以为自己玩的是蹦极,跳下来后才发现绳子断了。下场第一天就被套牢。节节败退,又不想割肉。十天后爆仓,一败涂地,打回原形。

他高烧不退,全身如被火烧焦,竟然从舌头上撕下一层皮。胃里涌上来的强酸,犹如汽油弹,一边燃烧一边爆炸。他把自己裹进皮草大衣,扣上帽子缩在棉被下,像一条土狗蜷缩成团不断发抖。全身被烧焦的梅长苏,跌进雪窝遭到雪蚧虫的咬噬，毒虫释放毒素以冰寒之气遏制火性，这才让他活了下来。

谁能来救他，成为他的雪蚍虫，哪怕以毒攻毒也是救命？

不知从哪里传来一遍又一遍铃声。

一个清脆的女声在世界那头轻轻问："有人吗？"

＊＊＊

轻飘飘的影子，风筝一样，在出了寒月的天空中浮荡。

月色下，他回到的这个村庄，景色改变了许多。山坡上原有的松林被砍掉，用来造纸的桉树连片生长。这种经济树种，树干细长，树叶都在顶端，对水土肥料的消耗极大，因而树下植被稀薄。风扫过树梢，像撩过中年男人毛发稀疏的头顶。

乡村的夜晚寂静，似无一物。狗都老了，叫不动了。

成为姜家豪之前的姜土金，曾是莫家村里形单影只的存在。母亲右手拇指上，第六根指蒜瓣一般旁逸斜出，成为他被村中顽童嫌弃欺凌的根源。他每天走一个小时去村里的小学，回家的时长却说不准。那条通往他家的小路，要穿过一片有好几座无主坟墓的山坡。天上的月亮照见顽童在黑暗里的招数。他们守在那里，发出鬼吼鬼叫，将土块石块向他砸来。黑色大鸟从树丛中猝然闪出。姜土金是他们眼中必须毁其形慑其魄的鬼魂妖孽。

某一天村子里冒出一个女孩，听说是从城里回爷爷家养病的。那就是她。她高出他们大半个头，一把粗马尾扫在肩上，红皮鞋踩着自行车在村里东游西逛，无所事事的哪吒般，撩猫逗狗，追鸡撵鸭。

知道他被欺负，她竟然每晚在学校门口等着，送他穿过那片坡地。姜土金不知所措，难为情得满脸通红。身后是乡村顽童满口脏话，尚不知其确切意义却又嚼蚕豆般起劲。她倒并不和他们硬碰硬，反而是从村口小卖部买来米花糖、麦丽素、麻辣锅巴，在水泥乒乓球台上一字排开，大家排队跟她"石头剪刀布"，谁能赢她谁就拿走一样。他们每天眼馋巴巴地等她出现，吃她的东西就要听她的话。她指挥他们，有的扶着后车架，有的奴才一样双手抬着姜土金的脚，请他"登基"。他叉开腿，骑在后座上，双手扯着她外衣的两个角，第一次差点从车上掉下去。她把手电筒斜挎在胸前，一轮光圈晃在天上地上树梢上。偶尔她向两旁看，给他一弯侧影。后脑勺扁扁的，像是可以贴一块饼子不掉下来。叮铃铃，按动清脆车铃，在路上跳脚捡食的麻雀，扑棱翅膀飞进松林。

她有时会到他家，叮铃铃的车铃声由远及近，清澈的声音从敞开的屋门口传进来，"有人吗？"他带上竹篓和长竹竿，带她上山采松子。他举着竿，她托着篓，松果没打下几个，却被震落的飞尘迷了眼，揉上好一会儿直到流出眼泪，眼睛总算能睁开。黄色松塔才是熟果，用手逆着松塔的鳞使劲掰开，就会看到里面被褐色薄膜包裹的松子。如果打下来的是青果，得在太阳下暴晒一天，等它鳞片张开。从松林里回来，她身上脸上汗涔涔的，头发水洗过一样，长刘海斜斜巴着脑门。他问她为什么不剪短发,那多凉快。她说女孩子都是要留长发的,这样王子才能找到她。他听不太懂。他用从生父那里学来的编筐手艺,尝试着给她编各式各样的辫子。对着他家墙上巴掌大的沾满苍蝇屎的镜子,她打量自己的模样,然后开心地伸手在他脑袋上撸了几下。

在没人的地方,他叫她"姐姐"。姐姐姐姐姐姐……后来姜土金怎么也想不起来,那段时间母亲和继父去哪里了,他的记忆里为什么只有"姐姐"。早上睁开眼睛想到的是"姐姐",晚上睡觉前想到的也是"姐姐"。他甚至有了胆量,敢对坏孩子说:"等着,我让我姐来收拾你。"

"姐姐"要回去了。明明想送她,却拗着性子躲在家里哭,眼泪鼻涕一起灌进嘴,伤心又气恼。等他追出去,只看见长途班车在尘土中渐渐远去的影子。"姐姐"把手电筒留在他家窗台上,他搂进怀里,又哭了一鼻子。没有了"保护伞",过那片山坡再度心惊胆战。他们果然又来了。他把手电筒对准自己的脸,按下开关,狰狞鬼脸伴着他的惨叫骤然出现。一个刚刚学会欺负人的兔崽子,吓得连滚带爬跌进一个窟窿,正是昨夜暴雨过后,一处墓地封土塌陷露出的大洞。等到大人们从棺木旁边的积水里把兔崽子捞出来,这孩子显然把魂丢了,两眼发直,讲不出话。

拳脚迎面砸来。姜土金的脸在那个晚上失去鼻梁。

一晃二十九年过去了,他还是认出她了。他的脚发软,手颤抖,还好扶住了旁边的柱子。站在她身后,摆弄了一下她的头发，又面对镜子，仔仔细细地看她。如果不是因为这面镜子，他没有可能长时间盯着她的脸。镜子里的她，褪去少女时的婴儿肥，棱角分明了，曾被飞尘迷了的长长的眼睛周围，被岁月划出短短细细的干纹。扁平的后脑勺有了白发，发量少了将近一半。但是，这就是她了。

剪了短发的她转过头，对着他的脸，不知何故忽然睁不开眼。等到勉强能睁开，眼睫上浸了过多水光。他猛地咽下慌张的口水，以为她认出他了。可是，她怎么会认出他呢？他那时还是五官没有定型的孩子。

他叫不出她的名字。事实上，他也不记得她的名字了。过后看到顾客签名，才想起，她叫莫云。

有个作家叫莫言。莫云和莫言一个意思，多做事少说话。她是什么时候告诉他这些的？

记不清了。

***

风牵着他的影子往前走。好多好多有她的画面像涌潮浪花。他向浪花奔去，想在浪花盖下来的瞬间，用力跃起，和浪花纠缠拥抱。但是，来自海底的力量令浪花一次次以后撤的方式砸在他眼前，摔碎成如呕吐物般的白沫。

在她生日宴之前的一个兴致勃勃的酒局上，人人都要讲一件童年趣事。坐在下位的他，说到如何打松果剥松果。他悄悄去看她的脸。她跟大家一起笑，托着腮听别人饶有兴趣地追问细节。他埋下头，心里可怜自己，再一次确认，她不会记得他的，一回到城市，她就把他这个乡巴佬忘记了。

之后一段时间，她忽然对他疏远淡漠，不给他交代事情了。他便天天打游戏消磨时间。他使劲回忆，是不是说错了什么话办错了什么事，又觉得自己那天实在太愚蠢。除了坐在重要位置的那几位说话有人听有人笑有人鼓掌有人敬酒，其余的有谁在意他们说什么。在这一张张或大或小的圆桌上，他是等级最低的那个，能不能上桌得看当天来客是否可以坐满一圈。

他并不在意他们的脸色，他不是为他们留在这里的。尽管被取笑，自己也不得不屈服于别人从丛林法则出发完全站得住脚的取笑，但是，他从她那里获得的可在大多数人面前虚张声势的满足，足以抵消那些不痛快。他被大多数人称为"姜老板"。这个头衔使他不再执著于健身和减肥。

在一个闷热的夏夜，他瞅准机会，陪她去河边公园散步。没有什么特别话题，大致就是说着她要划出一片区域，准备搞地摊经济，恢复城市烟火气……公园里人也不少，都戴着口罩，有的在河边钓鱼，有的在河里游泳，有的在草坪上遛狗，大妈们披着纱巾翩翩起舞，小孩子们玩滑轮，在不断变换形状的喷泉里兴奋地钻来钻去。

他羡慕地看着那些被水花淋湿的孩子。出不完的汗把衣服粘在身上，如果能钻到水柱底下，被喷泉结结实实滋一顿，那可太凉爽了。汗也把她的头发粘在额角。头发长了，应该修剪。

她接到一个电话，加快步子往出口走。他知道那边是谁，又是那个司机。他跟上她的速度，又比她稍快几步，有一点点想挡她道的意思。

有关她的闲话暗地里流传，说她和司机联手敛财，司机是她的代理人。她不仅用金钱收买司机，还用身体拉拢司机。闲话扯到他，说他失宠了。

那个司机在外拍着胸脯说，能包揽建筑工程，能安排人事提拔干部，能去派出所销案检察院捞人。他和司机打过麻将。每次摸牌，司机就摇头叹气，好像张张都是废牌，出牌也是左挑右拣，把鼻孔凑在牌桌中间的废牌上扒拉半天，才小心翼翼打出一张。最要命的是司机挤着蝌蚪般的眼睛诈胡，如果被发现，也不过是把麻将稀里哗啦推作一团，让大家无法复牌。有人输牌输钱，恨司机奸诈，冲上去揍他。司机被揪住衣领按在墙上，嘴巴却很硬，瘦瘦尖尖的喉结鼠类般上下蹿动，"不都是赌吗？不赌你们坐在这里干吗？不然一群乡巴佬为什么要出来混？想要改变命运就得赌！我不过是比你们更想赢！"司机恶狠狠地从他们脸上看过去。他退后两步，像是害怕从司机的眼睛里看到自己。

他嗫嚅着嘴巴刚起了个头，她立刻低声呵住他。

"不关你事。"

"有些事情，你不能交给他。"

"再说一遍，不关你事。"

他飙起无力的高音，"你就这么相信他？他不保险，会坏

夜路 ‖ 333

你事的。"

她站定。隔着口罩都能感觉到她板着脸。

"你可以相信我。你知道的，我从来不会乱说。我帮你送东西出去，带东西回来，都是安全到位的。交给我做，我一定会做得好。别让他害了你。他不可靠，他太想赌了，他是在利用你。我对你绝对忠诚。绝对。我绝对不会让任何不好的事情发生。"他从来没有一口气说过这么多话。全身上下每个毛孔都往外冒汗，溪水般顺着腿毛流到脚趾，双脚像插在夏日正午的秧田里，闷热得想立刻拔出来。

为了证明所言非虚，他有些孩子气地提到，他现在都不发朋友圈了，就是不想暴露自己的行迹，这样就不会被别有用心的人盯梢。还有不能说的，有一个他喜欢的也喜欢他的女人，怀疑他有了别的女人。没有办法，一接到她的电话或者收到她的信息，他就要躲到一旁接听或回复。女人不相信他，他很难过，却不能解释。有一次又为这个事情发生口角，女人提出分手。他不知道该如何挽回，就这么分手了。也许，这个女人在他心里没有他以为的那么重要。

孩子们加速从他们身旁滑过，带过一阵被喷泉浇透的清凉水气。落在后面的小男孩努力向前追赶，不停地喊"姐姐等我""姐姐姐姐姐姐"，滑轮与路面发生心急火燎的摩擦。

她杵在原地，眼神飘出光，追逐那道清脆童音。半晌，她交代他，"有位高总，最近被困在这里，你经常过去看看。"

待她离去，他冲进喷泉钻到水柱底下，一个个喷嘴踩过去，开心得无声大笑。水打到皮肤上的感觉好极了，被水淋透的感觉好极了。世界不再是吐着热气的夏日秧田，也不再是吐出海洋垃圾那般可恶。眼前亮晶晶的，无数星星对他闪动狡黠的笑意。他不知道该怎么形容自己，心情有了起伏。他觉得自己复杂了，是个好人，又像个不太坏的坏人。他吃不准自己是不是被司机刺激到了。但他说出来的每一句话都是真的，他的的确确是那么想的，没有说半句假话。

风牵着他的影子继续飞。旋转。旋转。旋转。他跟着头顶的星星一起旋转。夜空成为黑洞，像百慕大三角一样把他用力吸进去。风里是她缓缓的声音，风里是她空荡荡的眼神，仿佛一个失了灵魂的人在回忆。

"这是我女儿最喜欢的地方，我们一家人以前常来。真希望一转身，就看到他们。"

她约他在一个很特别的地方见面。

漫天漫地的薰衣草花幕宛如爱丽丝梦游的仙境，陈列着狐狸尼克、美少女战士、加勒比海盗、小王子、樱桃小丸子、无脸男等各种卡通动漫玩偶。在这家动漫主题餐厅，孩子们兴奋得像一只小耗子窜来窜去。很多单身客会要一个真人大小的玩偶陪伴。她对面坐着他，却依偎着"大白"。大白，动画片《超能陆战队》里笨笨憨憨的充气型智能机器人。无论主人让大白做什么，只要主人可以开心起来，大白就会去做那件事。

她的脸颊在一片假花假枝中凹进阴影，晦暗的眼周揉入一段时间以来难得一见的柔软。在她撕裂伤口的回忆中，他感到周围的空气到了很稀薄的程度。几年前城中那起惨烈的事故，醉驾司机开车冲上斑马线。那一幕狼藉遍地的惊悚画面至今仍牢牢焊在网络上，多看一秒都是罪孽。她的孩子、爱人和父亲一起消失在那个夜晚。

"不知道我上辈子做错了什么，这辈子会这么糟糕，痛失所有亲人，我差不多也死了。没有寄托，没有依恋，也就没有了约束，没有了敬畏。一颗死魂灵，随波逐流，活着毫无意义，什么都无所谓了。"她用指尖用力拔出另一根手指上的倒刺，渗出一颗大大的血珠。

"我没忘记你，不过一开始的确没认出你。有时候也会想，那个跟屁虫似的小男孩现在是什么样子，"她停了一瞬，又说，"当初我也考验过你。第一次让你带回来的东西，做了记号。"

怎么可能忘记。那记号是一根头发丝，夹在两沓钞票之间。他合上水果箱，心在突突跳，有一种紧张的兴奋，就像当初坐在她身后，向那片被黑夜笼罩的有坟地的危险山坡步步紧逼。对冒险的隐秘渴望控制着他。

他抬头看她，呼吸在微颤中渐渐用力。她也看向他，眼神羽毛般轻轻撩过他的鼻尖，脸上有一种无力回天的嘲弄般的倦怠表情。他稍稍改变眼珠发力的角度，感受到自己脸上那条从山根直降下来的高鼻梁。当时，花费四万元的鼻子让她看了很久。她坐在理发椅上从镜子里看着他，又扭头看了看他，被水冲洗掉酒气烟味的头发散出清香。她什么也没说，忽然动了一下,一只手伸到围布外边,升了上来,在他脑袋上撸了一把。

"直到认出你。我对自己说,你好像还有一个亲人。好在及时认出你,否则你就被我毁了,那我就真的罪不可恕。"她笑得邪性、无奈又天真,额角浮凸出几条曲折的青筋,又一次伸手,在他头上撸了一把。

"老高帮你赚到钱。这些钱来路正当,你这辈子都不会为钱烦恼,为钱去做错事。"她明确地说。考虑到他的感受,她接着说:"他愿意点拨你,是你的造化,你的踏实本分得到了他的认可。"

他脸上凝固着僵硬的呆笑,头脑混乱不堪地转了一会儿。他一直没有告诉她,泡沫一样涌来的所谓财富又泡沫一样撤离,在他的生活里虚晃一枪,却让他的胃真真实实地被切掉了三分之一。一年之内,他两次走出医院大门。上一次,他挺胸抬头,世界在他隆起的鼻尖下。这一次,他驼背含胸双手护着胃,原本就矮,这下又矮了几厘米。命运向他发出强硬警示。这边多了,那边就要缩水;这边攫取,那边就要没收。他失去了妄想的胆量,将厚如砖头的《塔木德》用黑色垃圾袋包好,塞进阳台杂物柜。这个从姜土金一路走来的姜家豪,不得不,并且没有选择地重新拿起理发剪,为四十岁之后的人生从"头"开始。

应该是察觉到了某种力量正向她逼近,她索性把话跟他说透。"如果有人找你问我的事情,你知道什么就说什么,不要有隐瞒和顾虑。你应该不会受太多牵连。对我来说,这一天迟早会来,何尝不是一种解脱。原本我的人生不应该是这样的。可是,人终究要为自己的所作所为付出代价。"

她避开他的眼神,眼里的光暗得不能再暗,忽然低低地充满伤感地说了一句:"太惭愧,我居然当过你的姐姐。我不配。"

从头到尾她没有给他说话的机会,脸上有一种梦幻般的表情,像是即将进入一条长长的未知尽头的暗黑隧道,抓住最后一缕天光和他道别。陡然暗下去的隧道瞬间将她吞噬。他试图跟随她冲进去,却被黑暗中迸出的强大气流弹出来。一股难以名状的悲哀穿透了他,从后背直到胸口,肚子里发出悲号,"姐姐姐姐姐姐……"

* * *

一遍又一遍铃声。手机铃?门铃?自行车铃?闹铃?上课铃?起床铃?

黑暗渐渐退后。萤火虫画出延时的银线,白色河流在山顶上飘带一般飞舞。雾气变成白色渐渐散漫,耀眼的光从雾气后面千针万线迎面扑来。

"姜土金。

"姜土金!

"姜土金!!"

有人在他头顶急促催唤。然后他,姜土金,听见一个常常念出紧箍咒的声音说:"梦到什么了?号得这么吓人。今天是你出去的日子,昨天晚上你就把皮大衣穿好了。起来。赶快起来。"

我是金银珠

小金赶到城郊五塘卫生院的时候，已经过了中午。白马大道上，重型货车呼啸而过，对着急过马路的行人毫无怜悯之心。小金站在路边急得直跳，要不是下楼时撞见那个话多的刘老师，她就不会错过整点发车的城郊公交。

终于逮住缝隙过了马路，小金一路小跑冲进卫生院。"庆祝元旦"的横幅像一个胖子的肚皮，被过往车辆掀起的气流带动，一会儿鼓起来，一会儿瘪下去。门厅寒风倒灌，人影不见一个，只有三两排簇新的不锈钢长椅，缩在边角闪着冰冷的银光。

推门的前一秒钟，小金透过门玻璃看见陶叔被他儿子陶主任搀扶着，从窗前蹭着地往床边走。陶叔瘦成窄窄一条，缩在羽绒服里，头上扣一顶灰毡帽。看见小金进来，他的眼睛里浮起亮光，"外面看着大太阳，不顶用，你快暖和一下。"小金没敢吱声，放下行李，从陶主任手里接过陶叔。陶主任脸色虽沉，倒也没说重话，拔了暖宝宝的电线，塞进陶叔怀里，交代了几句，便急匆匆赶去上班。

半年前，陶叔确诊了直肠癌。在手术台上，医生打开他的肚子，却发现肠道已经被肿瘤堵满，没有办法切除，只能原样缝上。从手术室出来，陶叔身上什么都没减少，肚皮上反倒多出一个粪袋。儿女们哄他，不好的东西已经切掉了，陶叔只是听着，什么也不说，脸上也没有过多的情绪。事实上，他从未就自己的病情刨根问底。他到底清不清楚自己得了什么病，儿女们也不能肯定。不过这样也好，让每一颗悬着的心略有放松。

在此之前，小金已经照看他整整四年。他的妻子早些年过世。大院里有几个大学生假期里都会上门看望他，因为"陶爷爷给我们补习过数学和物理"。小金在家里见过一本高级工程师的职称证书，照片里的陶叔神采奕奕。

陶叔个头不高，说话轻声轻语，一脸善意。照顾他一点儿都不费劲。一日三餐很简便，早上杂粮粥，中午买条鱼买只鸽子回来小火慢炖，加一碟炒青菜，晚上面条，餐后吃些水果。刚开始小金按自己的习惯，买回来的果菜多少带点"轻伤"。陶叔虽然不说什么，但下次买菜就跟她一起去。茭白顶端的笋壳若是颜色过绿，那就是老了。慈姑要霜降以后才采挖，因此霜降前买不到新鲜慈姑。做汤提鲜首选瑶柱，少用味精和鸡精。红心火龙果比白心火龙果胡萝卜素含量更高，但糖分也更高。这些都让小金长了见识，觉得陶叔真是一个会生活的老头。菜拎在手上,陶叔很少问价钱也不算账,人家说多少他就给多少。"不缺斤短两就行。再说,能多几个钱?"

陶叔从来不吃独食。几年下来,他依旧瘦瘦的模样,小金却胖了一大圈。陶叔用作家木心写过的一首小诗形容她,"胖姑袭花衫 花都胖起来"。小金听懂了,笑得头发丝跟着颤,跟陶叔嚷嚷,不能再吃了,要减肥了。小金对这份工作很满意。工资年年见涨,逢年过节还有红包和年货。特别是陶叔给她女儿的大红包,相当于一个学期的学费。

陶叔做完手术那天,小金看见陶主任红了眼圈。贴在他身边的江丽丽伸出细葱一样的手指,揩去他脸上的泪花。江丽丽是陶主任的第二任老婆,看上去比陶主任小一轮。

医生说如果不做化疗,陶叔的情况不容乐观。小金暗暗流过几次泪。有一天她实在忍不住对陶叔的女儿陶敏说:"听说化疗费很贵的,好些药还是自费的。"

"再贵也得治。现在哪里是考虑钱的时候。"陶敏本能地回答。

"那你们还在等什么呢?快点救陶叔,不要不管他。"小金破口而出。

"谁说我们不管他?你什么意思?"陶敏眉毛一跳。

"我问过护士,天天打针输液,都不是化疗的药。"

"你急,我们就不急啊?你知道不知道化疗要遭多大罪。身强力壮的年轻人都吐得七荤八素,头发掉光,全身疼痛。我爸现在这身体,你让他化疗,癌细胞没杀死他先完蛋。"

"那我每天煲汤送过来，给他增强营养。你们下班后过来替我一会儿。要是赶不过来，我就让其他陪护帮着照看一下。"看到陶敏嘴角抽搐了一下，她急切地说："要是她们要钱，扣我的好了。"她的样子非常诚恳。

"这跟钱没关系，跟汤更没关系。"陶敏忍了忍，索性一口气说完，"你知道输液架上那个小瓶是什么吗？人血白蛋白。小小一瓶就五百，一天一瓶。他这个情况，喝汤根本不顶用。只有这个针能让他有点精神和胃口，然后再想办法慢慢提升各项指标。"

她俩几乎同时转头去看沉睡中的陶叔，他的面容苍白而疲惫。

"那就坚持打下去，不要停嘛。"小金拖着哭腔。

过后，陶敏对她哥抱怨道："小金什么意思？是责怪我们不舍得出钱给老爸治病？"陶敏的眼距有点宽，右眼轻微斜视，生气起来倒不显得凶。"我看她是为她自己打算吧。老爸要是走了，她上哪儿找这么享福这么清闲的差事？也就是这大半年辛苦一些。想想过去，摆个水果摊，风吹日晒像个烤焦的地瓜干，看看现在，跟个大白萝卜似的。过两年女儿大学毕业，再指望着咱家帮找个好工作。"

陶主任呵斥她，"行了，话说过头了。说实话，有她在，你我都解脱。久病床前无孝子，惭愧的是我们。再说，能用钱解决的都不是事。"

陶叔反反复复住院，基本都是挂人血白蛋白针。挂完针回到家，小金煲的汤他又能喝下好几碗。放下汤匙，陶叔拍拍肚皮做出一副滑稽的模样，"再过几天，我这里就三个月了。"

小金被逗乐了，"又不是吹气球，我怀佳佳的时候，也没有胖得这么快。"

"要不要打赌？"

小金心里忽地涌上一阵酸，"好吧好吧，这次算我输。记账。一会儿你就去记账。"

陶叔很喜欢和小金打赌。他们约定，谁输谁掏二十元，月底一并结算。基本都是小金赢，一个月下来能赢好几百。每次赢，小金笑得可开心了。不完全是因为钱，她觉得陶叔是在意她的。

陶叔反反复复入院出院，各项指标一直没有太大起色。这一次，陶敏找到当年的卫校同学，现在是五塘卫生院院长。既然只是常规输液，没有特别用药，就不往市里的大医院折腾了，住院十五天就得出院的规定实在让人崩溃。或许是和陶敏有过一段青涩的初恋，院长当即答应，可以随时进出院，想住多久住多久，随后安排了一间双人病房给他们专用。还特意交代，职工食堂及其冰箱炉灶都对他们开放。事实上，这种乡镇卫生院哪有什么人当真来住院。整层楼空空荡荡，晚上亮灯的窗户不超过三扇。

小金烧上热水，一边收拾床铺，一边扭头看电视。几个长镜头交代，非洲大草原上一头小角马掉队了，躲在灌木丛里无助地叫唤。远处，一队鬣狗游荡。鬣狗似乎发现了猎物，小跑

我是金银珠

着迂回前进。

小金忍不住叫起来:"母角马呢,怎么还不赶回来?"

陶叔在她身后说:"要不要打赌……"

她打断他,"赌什么?难道你想赌小角马被吃掉?"她双手合十,一脸紧张。

镜头一转,母角马全力奔跑,冲着鬣狗就是"一角"。小金松口气,转过身瞪陶叔,像教训小孩,"这种事情不好拿来打赌。"

陶叔连打两个喷嚏,脑袋往被子里缩。小金忽然想到她进门时,陶叔正从窗口往床边挪。没准她迟到了多久,他就在窗前守了多久。就像平时她去买菜,他就坐在阳台上张望。小金忍不住伸手去试陶叔额头的温度。

这天一早陶主任到家接他俩。临出门陶叔要上厕所,出来时手里捏了一截马桶冲水把手。小金让他们先去,她找人修好再过去。陶主任说别换了,等他有空整个换掉,换成智能的。小金没出声,心想家里灯光暗水龙头漏水晾衣架断成两截,这些事情陶主任都说他来处理,等来等去还不是她自己操心。再说,还有不到二十天佳佳就要放寒假了,总不能回来没法用厕所吧。

自从到陶叔家工作,女儿也跟着住过来。高中时住校,只是周末回来。到了大学寒暑假,就是按月论了。这样一来,她节省下一笔房租。小金非常感谢陶叔一家的友善接纳。她理当对陶叔好上加好。

一夜北风过后，天空碧蓝如洗。小金在小区门外的水暖器材店买了配件，回来时在单元门口遇见刘老师。刘老师说："刚才看陶主任背着陶叔下楼了。又去住院？"小金点点头。

上了几级台阶，刘老师叫住她。"我昨天办好公证啦。"小金看看她的眼睛，里面放着得意的光芒。

这个刘老师，其实在幼儿园做勤杂工，却执着于让人叫她老师，两年前嫁到楼下老高家。她喜欢找小金聊天，什么都问。她问陶家一个月给小金开多少工资，小金自己有没有房子，老公做什么，女儿在哪里上学，陶叔的两个小孩是公务员还是老板，婚姻家庭状况如何。没有比较就没有伤害。相比小金五千元工资，老高每个月给她五千元家用，显然让她心理不平衡。还有，老高的三个子女经常拖家带口十来号人回来吃饭，都是她一个人买菜烧。那个大女儿尤其讨厌，隔三岔五盘问生活费都是怎么用的。

小金问："那干吗要嫁？"刘老师说她要养孙子。她的儿子儿媳四处打零工，口袋里没几块钱。她要是不倒贴，孙子连牛奶都喝不上。她气不过，抱怨道："我这个当老婆的，还不如你一个当保姆的。"

虽然听着不舒服，小金还是安慰她，"这怎么能比呢？你跟高叔平起平坐，春节单位领导来慰问，还要敬你一尺。"

"唉，不说了。不过老高同意跟我去做遗嘱公证，这套房子一半所有权归我。他还算有良心。"刘老师挺挺腰杆，"要是他儿女来闹，好啊，我就把公证书亮出来。我有法律保护，怕个屁。"

她越说越起劲。"这房子虽然破旧,但好歹是学区房,怎么也值一百多万。如果拆迁,得更多。他拜拜了,我是可以住到死的。我倒情愿他儿女来撵我。一手交钱一手交房,拿钱走人,我高兴得很。"

小金愣住了。她眼睛大,眼白多,常常一怔神一发呆,魂就好像跑了。

此刻,刘老师三步并作两步把小金从楼梯上拽下来,拐进楼房侧面的僻静地。"你呀,也别太傻。人不为己,天诛地灭。你要真有什么想法就快点儿行动。我看陶叔也撑不了多久。关键看老头。拿住了老头,就拿住了他全家。立下遗嘱把房产留给保姆,早就不是什么新鲜事了。"

小金打断她,"我有什么想法?我什么想法也没有。你可别咒人家。他全家人都是好人。"

"好就对了!越是好,对你越有利。再说,他们对你好,还不是求着你好好照顾老头。老头有病,他儿女照旧只是周末来点卯,谁也没说多回来几次。这院子里谁不夸你把老头照顾得清清爽爽?再说,他们个个都住着江景房,小孩在国外,哪个看得上这破房子。"

地上有几尾矮草,不知道被谁狠狠踩过,软趴趴直不起腰。

"你带着孩子,又没男人。这些年不相当于陶家帮你养?能嫁就抓住机会嫁,名正言顺。多好的事。老天爷给你掉馅饼,你还不快点伸手接住。"刘老师不停地说。

小金猛然一翻眼睛,露出下面大块眼白。"胡说什么呀!什么名正言顺。我干的是保姆的活,拿的是保姆的钱。陶叔是高级工程师,清清白白的知识分子。你不要血口喷人!"

太阳光很亮,白刀子一样扎眼睛。刘老师退后一步,从上到下打量小金,方才还热忱无比的眼神变得古怪而又轻蔑,接着用鼻孔嗤笑一声,扭身走了。她不应该把头发染得那么红,好像红毛猩猩。

第二天傍晚,陶主任把家里的绞肉机、榨汁机、油汀送过来,还有新鲜的大虾、螃蟹和杀好的水鱼。正赶上小金煮饺子,就喊着多煮一些。

电磁炉上坐着锅,饺子在细密的水花间沉浮。油汀也开着。窗户玻璃上蒙了雾气。他们把两个床头柜拼起来当饭桌。

出锅的饺子个个清爽、滑溜、饱满,没有混沌的面汤气。淋上一勺红醋,滴上三五滴香油,热气腾腾,鲜香无比,简直是"神仙都迈不开腿"。陶叔每每吃得舒坦了,最爱这么讲。小金换了清水,烫虾仁和上海青。另拿出一个深口碗,青菜铺底,上面码虾仁。黄酒温过,化开一勺白糖,与香油、生抽、蚝油一起拌好,沿着碗边慢慢浇下去。一道鲜嫩爽甜的青菜虾仁令人胃口大开。这都是陶叔教的。

陶主任吃得非常舒服,连菜汁都喝光了。陶叔也很高兴。小金洗碗时,父子俩聊天。陶主任说:"我妈说,和你爸在一起,天天都得喝汤。"声调往下走,好像无可奈何。陶叔笑。

我是金银珠 ‖ 349

陶主任又说："你说，和你妈在一起，天天都有汤喝。"收梢往上扬，透着亮。陶叔笑出声。"汤一定很蒙圈，你们到底是稀罕我还是嫌弃我？"陶主任的话把大家都逗笑了。

连着一周，陶主任下班都赶过来吃饭。小金使出浑身解数。陶主任连连说："太好吃了。自打我妈走了，我再没吃过这么香的饭菜。"

这样的夜晚其乐融融。小金一会儿剔鱼骨，一会儿添茶水，一会儿打果汁，忙活得像个家庭主妇。这间不足十平方米的病房被各式各样的家什塞满，再挤着三个成人，几乎转不过身。越是这样，小金越要忙。陶主任和她配合得很好，一个切橙子，一个往机器里加水。小金热得只穿毛衣。果汁榨好后，在装满热水的大碗里温一下，然后插上吸管端到陶叔面前。她揪掉陶叔毡帽上一坨线球，怜惜地叹气，"你爸脸颊上有点肉了。"

照例送陶主任到电梯口。陶主任问她明天想吃点儿啥，他带过来。她想了想，说"按你自己的口味吧，我随你们"。陶主任又叮嘱要降温了，注意保暖。她笑着点头说好的，抢在电梯关门之前摆摆手。陶主任也冲她摆摆手。

晚上铺床的时候，她忽然想到陶叔老伴的模样。家里影集里面有好多他俩的合影。越上岁数，他俩长得越像，连笑起来眼角两片扇形细皱纹的走向都一模一样。小金问过他，想不想她，他倒没有流露伤感，只是说迟早会再见的。他就是这样，对什么都淡淡的。有时候陶主任和陶敏很久没回来，他也只是笑笑,"各过各的,自得其乐。"

远离闹市的清静的陪护生活,虽说比家里多了些许不便,却也多了几分不被常规约束的欢悦。白马大道上的嚣张车流仿佛一道天然屏障,隔绝了外面的世界。小金几乎忘记了横亘于心的烦恼。然而,一个电话把她拉回现实。

当时她正在用温水泡的毛巾擦拭陶叔肚皮上的瘘口。这件事每天都要做,接着抹一层氧化锌软膏,避免瘘口红肿发炎。手机忽然疯响起来。

小金躲进厕所。电话那头的男人语气不善。"你说了没有?"

小金恳求,"别折腾了。我的钱你都拿去。"

"什么叫'我的钱'。我是要饭的吗?"

"没有没有。我没有这个意思。"

"那你还等什么?等老家伙翘尾巴吗?他一完蛋,你就是个叫花子。"

小金紧紧闭上眼睛,"他们一家都是好人。"

"你告诉他,如果不给你这笔钱,你就把他骚扰你的事情告诉他儿女。再不给,就告到他儿女的单位。"

"他根本没有做过这种事情。他不会吃这套的。"

"他要真是硬骨头,你就跟他来软的。你以前是怎么让男人舒服的,你就怎么让他舒服。"

"求求你,不要逼我了。我真的说不出口。"

男人大叫:"你就是头猪!一头蠢猪!我这辈子就毁在你

手里了!"忽然,他软下来,"我知道你能做到。你心肠好,你不救我,我就完蛋了。你救我,救救我。"

小金从厕所出来,六神无主。慌乱之中,一只脚踩进水盆,另一只脚钩倒板凳。要不是及时拽住床头栏杆,很有可能摔到陶叔身上。这时她发现,陶叔的肚皮竟然还露在外面。

陶叔却没有一句怨言。他抿着缺牙少齿的嘴巴说道:"你看太阳晒到床边了,正好给我的肚皮消消毒。"

整个白天,小金像得了健忘症。手底下正做着的事情,做到一半,眼神就虚了,脑子也飞走了。把替换下来的粪袋丢进厕所,只是抬头看了一眼镜子,人就怔在那里。她看见自己浮肿的上眼皮耷拉着,短鼻子鼻孔朝天,毛线团一样的头发纠扯在后脑勺。这副样子真是又可怜又可恨,果真一副蠢到家的模样。她想憋住眼泪,却怎么也憋不住,索性对着镜子无声哭了一会儿。脚下既踩着屎,又蹚着雷。能怎么办?她也不知道该怎么办。

到了下午,护士进来挂输液瓶。小金窝在床上,神色恹恹,倒好像生病的是她。护士扫她几眼,她只好撑着胳膊勉强坐起来,两只脚吊在地上够鞋子。

呆坐了一会儿,门口响起重重的敲门声。小金整个人凭空弹了一下,像是身体某处挨了枪子。她紧盯门口。一个脸庞干瘦的女人推门进来。

来人是陶主任的前妻张文,裹着一件棕黑色的半长不短的大衣,手里拎着两罐蛋白粉。陶叔动完手术后,她曾去医院探视。她抬手将暗金色边框的墨镜推上额头。"这种地方能叫住院？"随即瞥小金一眼，算是打招呼。小金打起精神从床上滑下来，搬出板凳请她坐。

"我早就告诉他们了，我能找到最好的医院最好的病房，护理员都是拿高级证书的。别人找我，我还不一定帮呢。可您的事，只要张口，我必定落实。"张文语速慢悠悠的，下巴翘得老高。

"就在这里，挺好的。谢谢。"陶叔在枕头上蹭蹭脑袋。

"爷爷，告诉你一个好消息，陶小陶要回来了。您好多年没见到孙子了。他可说了，一定要陪您好好过个春节。"张文瞅着陶叔，期待他的反应。但陶叔没有表现出她想要的情绪。

"回来就好。过年来病房，总不好的。等我回家再说。"

"陶小陶这次回来，就不再出去了。国外现在挺萧条的，还是国内机会多。"

小金没见过陶小陶，只知道他自高中起就一直在新西兰留学。小金还多多少少地知道，陶主任把所有财产、房产都留给了张文，他现在住的房子是江丽丽的。小金以前在陶主任单位门口卖水果，陶主任也算是脸熟的顾客，偶尔也会闲聊几句。她在陶家住的那个房间，家具比其他房间的都要新，就是陶主任离婚回来后重新添置的。

张文替陶小陶表达了对爷爷的思念，又回忆了一些往事。他们当时在外地工作，陶小陶在爷爷奶奶身边长大。往事历历在目，感动点点滴滴。爷爷奶奶疼爱陶小陶，那是掏心掏肺，倾尽所有。对嘛，陶家就这一个独孙，不疼他疼谁呢。陶家的门楣，得靠他撑着。陶家的香火，得靠他延续。他的一切都是陶家的，陶家的一切更加都是他的。他就是陶家，陶家就是他。

又长又绕的一段话听下来，小金只觉得缺氧。平日陶主任几乎不接张文的电话，说她打电话来绝对没好事，还说她那张嘴是挖土机。小金没听懂，问是什么意思。"挖坑啊！"陶主任忿然道。

张文往前凑凑，头发干枯毛躁。小金想到鬣狗凑近小角马的画面。

"爷爷，陶小陶也二十六七了。结婚生小孩，这些事情一眨眼说来就来。咱家这套老房子，现在对应的可都是最好的小学和中学。您看，是不是过户给他？反正迟早都是他的。宜早不宜迟，春节前咱们就办了吧，相当于爷爷为他留学归来、成人立业封个大红包。我问过，办赠与就行。现在都是以人为本，手续都简化了，很方便的。"

张文从提包里拿出一张纸。"这是办理赠与手续的流程，还有费用明细。虽然是赠与，国家也要收一些费用的。我都列在上面。陶小陶还没工作，您给先垫上，等他工作有了收入再孝敬爷爷。"

小金不知所措。陶叔垂着眼睛，插着针头的左手搭在床沿。药水滴得不紧不慢，一副事不关己高高挂起的模样。

小金小心翼翼说道："陶叔病着呢。"

"没准爷爷早就想这么办了。我来，不过是把爷爷的心愿落实到位。"张文后脑勺冲她。

不知道哪一层装修，电钻声尖锐刺耳。陶叔眉头扭成麻花，眼皮闭紧，眼珠在眼皮下打转。

小金横下心，声音却发飘。"要不您先回？等爷爷出院再说。"

张文板着脸。"我们在说陶家的事情。外人走开。"连一个"请"字都没有。

小金涨红了脸。她看见陶叔抬起右手指着她，"她是我的活菩萨。"他慢吞吞冒出一句，又接上一句，"不好得罪活菩萨的。"

这天天气特别好。远远近近的房子像是被阳光揽在怀里。电线在半空中一根根平行排列，清晰得如同铅笔画出的线。有些鸟巢竟然搭在通信基站的铁塔上，黑乎乎一坨，高枕无忧。满世界都闪闪发光发亮，找不到阴影暗角。

出于礼貌，小金把张文送到病房门口。张文却让她一路跟到停车场。小金只穿了件薄毛衣。张文打开后备厢，从一堆杂物里扒拉出一盒不知道什么牌子的护肤品，硬塞给小金。她换了种口气，像要推心置腹。

"陶小陶出国这么多年快把家底败光了。不啃老啃谁？好歹这是亲爷爷。你也是当妈的，能理解吧。你在老头跟前做做工作。看得出来，老爷子信你。"说着说着，又恢复了惯常的语气。"这事我不跟他们商量。只要老爷子同意，谁也拦不住。"

她斜起眼睛盯着小金，意味深长地说："谁也别打歪主意。老爷子没糊涂，谁亲谁近他分得清。"

张文开车扬长而去。小金实在气不过，朝地下啐了一口，这才搂着肩膀打着哆嗦返回病房。

晚饭时陶主任没有过来，打电话说江丽丽出差回来了，他要回去给她做饭。小金刚把鱼粥熬上，正准备榨果汁。她把陶主任的电话内容转述给陶叔后，有气无力地说："又剩咱俩相依为命了。"

忙完一天，终于在床上躺平。一时睡不着，小金忍不住问："陶叔，你今天为啥说我是活菩萨？"想到张文在陶叔面前不敢撒气的样子，小金感到好受了一些。

陶叔后背垫着枕头看电视，咂咂嘴，有滋有味的样子，就是不看小金，温和的语气却像在安抚一个小调皮。"有个人脸皮老厚的，在讨表扬。"

小金龇牙一乐。她身上发冷，把被子使劲往下巴上扯。"活菩萨要长得好看，心肠好，不贪钱财，做什么事都不求回报。我这么难看，人又笨……"她神经质般扫了一眼枕头旁边的手机，生怕它突如其来炸响。

"我哪里好？哪里都不好。我不配当活菩萨。"她小小声咕哝。

半夜，小金开始发烧，从头到脚没有一处不酸疼。她咬住嘴唇，强迫自己不呻吟出来。一直熬到清早，才跌跌撞撞下到一楼去开药。

电话打给陶敏。很快就有护士过来，让小金搬到隔壁空病房去。她抱着枕头和被子，陶叔把暖宝宝塞到她怀里。小金给自己压了两床厚被子，躺在冰冷的床上。陶叔可怜巴巴的眼神在她越来越重的眼皮下晃动。

不知道睡到什么时候，手机铃声在耳边大吵。小金感觉自己从很遥远的地方拼命跑回来。

"你在干什么？这么久才接电话？"

"我病了，发高烧，一直在昏睡。"

"你以为这种小把戏骗得过我？"

"没有，我真的生病了。我连说话的力气都没有。"

"你是不是刚从那老头的被窝里钻出来？"

"求你了。不要这样侮辱人。"

"我能相信你吗？你配我相信吗？"

小金毫无还嘴之力。她不知道怎样才能让男人相信她。无论她说什么，男人都不相信。真想骂他"无耻"，可是她没有这个胆量。

"这样诬陷一个老人，会遭报应的。"

"我不怕，反正我死过一次了。你口口声声说对不起我，到头来我在你眼里，还不及一个快死的糟老头。你这辈子是不是侍候男人上了瘾？你要不说，我去说。不要以为我找不到你。"

"这是造孽。你我还有女儿，也要为她想想。"

我是金银珠 | 357

"那是你应该想的事。如果她知道她妈是什么人。"

一阵刺痛碾过小金的心脏。她从来没有这么绝望,真想死掉算了,一了百了。她真恨啊。恨自己年轻的时候,怎么就去做了发廊妹。哥哥开拖拉机撞死了人,为了还清赔偿,家里把能卖的都卖了。包括她。尽管只是短短半年。

哪怕到了今天,一想到自己在挺着肚子去置办婚宴的路上被认出做过发廊妹,小金都会浑身打战。没有办成的婚宴,抛下她无影无踪的男人,逃离的家乡……很长的一段时间,她以为这些事情过去了。两年前,那个男人竟然找到她。他瘦到不成样,一根裤管在膝盖处打结,残废的身体架在两根木拐上。过后她才知道,这是他欠下赌债的报应,并且,他还在赌。

他太惨了,她可怜他。她收留了他。但她不可能和他过日子。她厌恶这种事情。这辈子的不幸,就是这种事情带来的。男人这么折磨羞辱小金,小金却不敢恨他。她只恨自己。

又睡了不知道多久。小金再次醒来,床单潮乎乎的,前胸后背都是汗。整个人轻松了不少,头脑也清醒起来。她掀被起床,忽然愣住了。被子最上面多出一张毛毯,粉底紫花,姜黄色缎面包边。这是陶叔专用的毛毯,每次住院他都要带上。陶敏说过,这是她母亲留下来的,买这条毛毯的时候,刚刚改革开放。

小金把脸埋进毛毯,使劲嗅,一股淡淡的微酸的老人味。就算没有她照顾,陶叔身上也不会有楼下老高身上那股浓重的哈喇味。

小金哭了,眼泪不受控制地涌出来。她舍不得这份工作,舍不得陶叔对她的好。她这一辈见过的最好的人,就是陶叔了。她这一辈子所有的开心和快乐,都是在陶叔家得到的。她蜷着身子,头歪枕在胳膊上,不让眼泪弄湿毛毯。窗外的天是黑的。四周没有高楼,灯光稀少,夜空就显得特别辽阔特别黑。星光也极其微弱。许久,她才在视线的边缘捕捉到一两点针尖状极其微小的闪亮。要是她能躲在那个针尖尖上不被人发现,该有多好。

小金鼓足勇气,告诉来陪夜的陶敏她的决定。她要辞工。她只能离开。她必须离开。只有离开,她和陶叔一家才能脱离随时可能来临的羞辱。

陶敏正抡起手臂使劲向后抻,一夜没睡好,床垫太硬枕头太硬。听到这个消息她非常吃惊,两个眼睛左右包抄,盯着小金连连追问"为什么"。小金怕自己动摇,煞有其事说女儿摔断锁骨要手术,她要赶过去照顾。陶敏哑口无言,立即拨通陶主任的电话。不到一个小时,陶主任飞车赶来。她狠下心重申了这个要求。

他们半信半疑,挤在病房里,一时拿不定主意。她坐在板凳上,缩着肩膀,冲着地上一小块水渍发呆。她听见陶敏说,要不他们这个月多给她五千元,算是资助她女儿在那边请个护工。陶敏还要她拨通佳佳的电话,要帮她做工作。她用力想象女儿小时候摔了跟头哭喊着找她的样子,连连摇头,竟然有些喘不上气。

我是金银珠 ‖ 359

"不要勉强她了。小金有这个权利,让她去吧。"她听见陶叔说。她抬起头,看着陶叔。陶叔也看着她。两个人都呆呆的。

他们只好要求,暂缓两天。就两天。不管能不能找到人接替她,后天都肯定让她走。但他们请求,那边若是无大碍了,请她务必尽快赶回来。她沉默着,没有摇头,也没有点头。

两天。还有两天。这或许就是小金和陶叔相处的最后两天了。小金决定尽最大努力过好这两天,不留遗憾。什么是"遗憾"?她还没想清楚。电视剧里常常有这样的台词。

小金决定先为陶叔洗澡。她把卫生间的热水开了五分钟,待里面充满热气,便扶着陶叔坐在带扶手和靠背的防滑淋浴凳上。她把他浑身涂上淋浴液,然后用喷头冲洗。陶叔乖乖坐着。小金说"捂眼睛",他就双手合并蒙住脸。小金说"抬胳膊",他就平伸手臂。小金说"冲冲腿",他就撑住扶手,身体往后靠。小金说"舒服吗",他说"再冲冲再冲冲"。

小金用毛巾给陶叔擦干,再涂上润肤乳。有干纹和皮肤皱褶的地方,还有脚后跟,都要多多按摩,帮助吸收。在水乳的滋润下,陶叔的皮肤泛出细腻的光泽。尽管老了瘦了,陶叔脸上的线条仍然清晰。前额开阔,鼻管笔直。头发楂很短,在灯光下银光闪闪。小金哄小孩似的凑过去闻闻,夸赞道:"真香。你是一个香香的帅老头。"

接下来,小金给陶叔剪指甲。陶叔的手掌心细绵温暖,手指修长,骨节分明。如果不是散落老年斑,真不像老人的手。

每次给他剪指甲，小金总要翻过来翻过去看，边看边感叹，好好看的手。手指甲剪好，又剪脚指甲。低头太久脖子酸，小金摇头晃脑活动一下，便对上了陶叔的眼睛。陶叔欲言又止，心事重重。

小金还唱歌。"一只鸭子一张嘴呀，两只那个眼睛两条腿。走起路来两边摆呀，摆到那个池塘水当中。"

以前陶叔会跟着唱。"呱呱，咿咋咋来，呱呱，咿咋咋来，呱来呱去不成双啦，咿咋咋来，咿咋咋来。"一边唱，一边脑袋左右点，学鸭子摇头摆尾的模样。

这首民谣是陶叔教给小金的。他非常怀念在故乡的童年时光。门前小河水潺潺流过，爷爷摇着小船带他去买菱角。卖菱角的人家在另一只小船上。刚刚出水的菱角，剥去乌黑的壳，果肉嫩嫩的、脆脆的，香甜爽口。船上有一个扎羊角辫的小姑娘，穿蓝底白花小短裳，或许是刚刚裁好的，带着米汤上浆的清香。她的手脚又软又滑，从豁开的袖管裤管探出来，一尾又一尾活泼的银鱼似的，在他眼前跳来跑去。他好喜欢看她，却没有胆量多看。倒是她落落大方，送他一朵胖乎乎的莲蓬。这个小姑娘，后来成为他的妻子。

现在，陶叔唱不出来了。小金就一人包场。先报幕，后登场。"呱呱，咿咋咋来，呱呱，咿咋咋来"，站在病房中间，头顶有追光那样，表情和动作都很夸张。她再也没有机会这样唱了。就让她随心所欲放肆一回吧。小金摇头晃脑，挥动手臂，屁股左右摇摆，脸上好像涂了油彩，眉毛和眼睛小蝌蚪一样跳来跳去。

陶叔发灰的眼珠盯着小金,眼里闪动着湿润的水光,轻声说:"我想回去,我想回家。我想阿爹,我想我姆妈。"

小金心里酸酸的,不知如何是好,俯下身,轻轻环抱着他的肩膀。陶叔拍拍她的手背。

"孩子,别觉得过意不去。"

小金轻轻摇头。

"你还回来吗?"

小金抿紧双唇,闭上眼睛,她觉得自己又要哭出来了。"陶叔,你是这个世界上对我最好的人。"

"说反了呀。你管我吃管我喝,我是香还是臭也归你管。"

小金苦涩地笑。一台货车估计是超载了,压过路面,噪声大得连玻璃窗都在振动。她端着水杯送到陶叔面前,想了想,问道:"陶叔,你这一辈子,最难最难的事,是什么?"

陶叔把水小口小口地吞下去。"最难最难的呀……"

小金拽过板凳,在陶叔床边坐下来。

陶叔眨着眼睛。

"我老伴也是癌症。她比我好一些,医生说可以做化疗。但她坚决不做。她说不愿受那份罪,也不愿意花掉那么多的钱……我竟然就顺了她的心意。"

陶叔手一抖,几滴水洒在床单上。小金接过杯子,扯出一张纸巾,轻轻擦着床单上的水珠。

"现在轮到我了。他们都不告诉我,以为我不知道。其实我知道的,我也是癌症。天天打的这个针,是续命的,不顶用。"

小金忍不住伸手过去,握住他的手掌。陶叔犹豫了一下,手上渐渐用了劲,攥紧小金的手。小金没料到他还有这么大的力气。像是给他打气给他鼓励,她随即也加了一两分力气。

感觉到陶叔是用上了全身的劲。"小金,我们去结婚好不好?"

他张着黑洞洞的嘴,颤巍巍地长长吸进一口气。

小金吃了一惊。

"我们就是走个形式。实质上什么都不是。从前什么样,还是什么样。"陶叔的手在抖。

"我听不懂。我不知道你到底要说什么。"她想从陶叔手里抽出自己的手,居然没有成功。

"我没有什么能留给你。如果我们结婚了,你就可以得到一笔抚恤金。"

"哦,天哪。这怎么可能?"

"我不会对你做什么坏事。我们只是表面上去领证。生了这场病,我没有什么钱了。房子也有人盯上了。我能留给你的,只有抚恤金。如果我们是夫妻,这个钱就是你的。抚恤金是给配偶的,不是遗产。他们分不到,谁也分不到。"

"我的老天……陶叔,你为什么要这么做?"

陶叔指尖发凉,手心汗涔涔的。

"那个时候,我们刚结婚。她胆子大,说了不该说的话。

他们抓她去陪绑批斗。他们朝她吐口水,泼墨汁,用皮带抽打……真可怕。"他嗓子眼里发出一连串呃呃呃的动静,好像被什么卡住。小金连忙为他顺后背。

"我躲在人群后面,把帽子压得不能再低。我不敢冲上去,不敢拦住他们的拳脚。我恨自己没有用,是个胆小鬼……这个秘密,守了这么多年。我只告诉你。"

"……他们都疯了……"小金结巴着。

"你手机每次一响,脸就变成灰色,这次,慌里慌张要走。就好像她任人宰割、无依无靠的样子。我心里难过,受不了。"

小金的手停在一半。

"我知道,你其实不打算回来了。趁我还能动弹,我们就去把这件事做了吧。这让我觉得自己还不是个废物,多少还能帮帮你。这个事情听起来是不太好。冒犯你了。"

小金不知道该怎么回答。陶叔双手撑住护栏要坐起来,小金伸手去搀扶。哪知他双脚一挨地,人就往下出溜,是要给小金跪下的意思。小金慌忙把两条胳膊箍成一个圈,将他牢牢锁在胸前。

"求求你,让我为你做些什么吧。你是活菩萨。这个事,不是我帮你,是你帮我。否则,我怎么敢下去见她。"他像个受委屈的孩子抽抽泣泣,面颊凹陷,看起来既苍老又脆弱。

这是个难熬的夜晚。小金硬生生坐着板凳在床边趴了一夜。陶叔一定要拉着小金的手才肯睡觉。他第一次这么不讲道理这么倔,小金怎么哄都不听。他说只要一松手,小金就会跑掉。

一大早,陶敏来了,带着一个新陪护,看上去比小金年轻一点。陶叔还睡着。她们蹑手蹑脚进来看了一下,然后打手势让小金一起去走廊。

陶敏给她们互相介绍,这是小金,这是小王。"小金你今天带一下小王,尽快让小王熟悉情况。"陶敏说话的时候一直怪怪地盯着她的脸看。

洗脸时,小金看到镜子里自己的脸有点儿肿,眼睛下方挂着两个巨大无比的眼袋。这张脸把她自己吓住了。可是,相比面对这张脸,如何面对醒来的陶叔更令她感到手足无措。

然而,陶叔却一直昏睡。她伏在旁边轻声唤,他倒是睁开眼睛了,却对不上焦,眼珠左右转转,好像看不到东西。不一会儿,眼皮沉甸甸地合上。医生来看过,随后叫来院长。到了下午,陶主任和陶敏一前一后赶到。一行人到了院长办公室,小金也跟上去。院长说这是癌症病人进入最后阶段的征兆,清醒、昏迷将会交替出现。一旦进入持续昏迷,通常不超过一个月人就走了。但病人其实是有感觉的。家属多陪陪他,多说些话,回忆一些温暖的美好的往事,他会没有那么孤独。

因为经历了母亲的病亡,陶家兄妹对这个情况并不显得愕然。他们不打算做创伤性的抢救,只是要求医院尽量减少老人的疼痛。

回到病房,地方太小,站不下这么多人,大家守在走廊上。两个护士推着一堆器具进去。护士将一根电线夹在陶叔左手食指上，另一头连接心电监护仪。接着把床头摇高30度，从陶叔鼻腔缓缓插入鼻肠管。以后每餐都要鼻饲流质食物或者营养液。陶主任说家里有一个搅拌机，就是母亲最后那段时间用的，他明天一早送过来。小金倚着门框看护士忙碌，久久不说话。肺里什么地方像是扎进去了一根针，浅一些呼吸时感觉不到疼。可是呼吸稍稍深一些，针尖就扎得她生疼。

等护士忙完，陶主任准备离开。他看小金一眼，问她要不要跟他的车回去。小金看上去累极了。她点点头。

路上陶主任接到江丽丽电话，说想去吃斑鱼火锅。陶主任挂了电话后邀请小金一起去。小金说不用了。陶主任没再客气，说："要不把你放在星光广场下？赶上下班时间，车有点儿多，兜回我爸家去再接丽丽就会晚。"小金说行。

下车后小金顺着星光广场向南走，穿过两个路口就是陶叔家。陶叔身体好的时候，他们经常走来看音乐喷泉。此刻，她觉得这条路长得好像看不到头，腿上软软的，一点劲都没有。

前面几十米围了一群人。小金慢慢摇晃过去。人堆里是一个白发老头，穿着整洁，人却有些慌张，周围的人七嘴八舌地问他话。你跟谁出来的。电话记不记得。你住哪个小区。

或许被风吹久了，老头缩着脖子，鼻涕流下来。他个子挺高，从大家的脑瓜顶往外张望，看着路的左边，慢吞吞地转动身体，再看看路的右边，膝盖打弯，像一头老象。他的声音夹杂在众人的问话中，断断续续，"我老伴让我在这里等她……

今天是植树节,她去种树了……我们明天要去北京看奥运会,有个运动员叫李宁,点火炬……"

有人说:"糊涂了糊涂了。"

有人说:"谁帮看看,他身上有没有手机或者提示牌。"

一个老太太问:"你叫什么名字,总该记得吧。"老头带着怯生生的笑容说:"我姓全。全面发展的全。"

大家跟着松口气。"全什么?你的全名是什么?"

老头挠挠脑袋。"人家都叫我老全。"

"打110啦。"人群里有人说,"找警察吧。"

这个时候,马路斜对面冲出一个女人,挤进来拽住老人胳膊。"爸,你又乱跑,说了很多次不要出小区。"

她转过脸对着众人摆摆手。"不好意思不好意思。说来无奈,他不相信我妈去世了,天天要到外面等她回家。"

人群忽然噤声,默默散去。老头被女儿领走了。小金站在原地,直到老头背影消失在视线之外。

小金几乎是拽着楼梯把手,把自己拖进家门的,她饿得前胸贴后背。冰箱里空空如也,她打开保鲜盒,抓了一小把瑶柱。锅里放油,烧热,放葱段煎成棕红色,下酱油、白砂糖,煮开熬成面酱,关火盛出。接着煮面,和瑶柱一起煮,煮好沥水装碗。面酱拌在面里,鲜香味美,就是一碗鲜掉眉毛的葱油瑶柱面。

鲜掉眉毛,也是陶叔经常说的。一开始她听不懂。"鲜和眉毛有什么关系?"

"吃了一口东西，特别鲜，像闻到了大海。"陶叔边说边表演，两条眉毛同时向上挑起，头皮一放松，眉毛就好像快要飞出去掉下来一样。

小金仿佛听见自己开心大笑。她大口大口吃面。一颗颗瑶柱圆润晶莹，入口弹牙，一眨眼就吃光了。又盛了面汤，把沾在碗边的面酱化开，一气喝下。

有了力气，小金去洗澡。随后套上准备过年穿的枣红毛衣，把头发吹干，用女儿留下的黑头带在脑袋后面束成一个短马尾。她抹去镜子上的雾气，用手在脸上拍拍，像是要把硬邦邦的表情拍得放松一些。电视开着，停在体育频道。一名女子举重运动员准备上场比赛，她"嘿""哈"大喊，给自己加油打气。

中秋节的月饼一直没吃完。小金把月饼取出来，捧着红底烫金的包装盒走进陶叔的房间，打开灯，在书桌前坐下，从手机上搜到结婚证图片。拉开右边抽屉，里面全是陶叔的文具，摆放得很整齐。接下来，她要照着图片，做一张结婚证。

按证书尺寸剪出一块底板，接着画封皮上的国徽。小金用圆规画出圆圈，上半圈里的五角星好画，下半圈里的天安门和齿轮飘带太难了，但好歹也都描了上去。看着贴照片的地方，小金犹豫片刻。不过很快她就不纠结了，因为她和陶叔只在手机里有合影。那就画两个简单的小人，一个扎小辫，一个小分头。画完之后，她不自知地笑了。这么严肃的事，搞得像小孩子过家家。

下面是填写内容。陶叔的名字，陶叔的生日，陶叔的身份证号码。这些小金烂熟于心。下面填她自己的。一笔一画写下"金"后，小金怎么也想不起名字里的第二个字怎么写。有一个瞬间，她想起来了，落笔之后，却怎么看都不像记忆里的那个字。很快，"金"字旁边团了一个黑疙瘩。

小金气得抓头发。她跑去自己房间翻出身份证，凑近一看，恍然大悟。

一切从头开始。

这一次，没有再画小人。小金提醒自己，要当真。于是翻箱倒柜找出陶叔和她的单人证件照。并排贴好，便有了郑重其事的意味。

写完最后一个数字，小金吁出一口气。待墨迹干透，捧起证书，慢慢打量，慢慢欣赏。她的目光定在自己的身份证号码上。她头有点儿晕。今天竟然是她的生日。

翻来覆去睡不着。牙缝里有一根瑶柱丝，她努力用舌头舔出来，顶在门牙上来回嗯。噢，还有香味呢。她让自己安静下来。半梦半醒之间，似乎有一种神奇的力量托举她，身体慢慢飘浮起来，越来越高，向着深蓝色天幕中静谧的闪耀的光团靠近。她想，这不就是趴在医院窗口费好大劲儿才看到的那些针尖大的星光吗？她胸中涌动着波澜。

第二天小金起得很早，发微信给陶主任，说她去送搅拌机。陶主任回，不耽误你时间吗。她回复，不在乎这半天。

小金赶着最早一班公交车到了卫生院。陶叔还在昏睡状态。趁小王去打早餐,她把结婚证塞进陶叔手里。她攥紧他的手,贴在他耳边说:"结婚证办好了,你一本我一本。这是我们俩的秘密。"然后她把结婚证塞进枕头罩,再次伸出双手,捂住陶叔脸颊两侧。"坚持住,等我回来。我向你保证,快去快回。"

十点左右小金赶到机场。过了安检,她直奔厕所。这三四天一次大手也没有解,肚子硬得像块石头,此刻终于有了便意。她寻了一个蹲位,胳膊架在膝盖上搁着下巴,时不时腾出一只手揉肚子,发出既痛苦又惬意的哼唧。"陶叔,你这病不传染吧。"她居然有心跟自己开玩笑。

门外的人来了又走,走了又来。腿蹲得麻木,还是觉得意犹未尽,还想接着蹲。

一个奇怪的声音罩在头顶,久久不散。"×××旅客,您乘坐的航班就要起飞了。请您速到35号登机口登机。"

×××旅客……

金××旅客……

金银珠旅客……

金银珠……

小金一下子挺直背。她几乎不敢相信,这个声音是在反复叫她的名字。她已经多久没有听见自己的名字被完完整整地叫出来了。陌生,新鲜,刺激,郑重,甚至隆重,好像正在授予某种表彰。这个名字如此好听,朗朗上口,端庄大气,有金有银还珠光宝气,像一个蒙面仙子,更像一个手执权杖却很低调的大人物。全世界都在期待她闪亮登场，他们呼唤、他们焦急、他们渴望。

小金飞奔向登机口，不顾工作人员不耐烦的催促，热烈而执着地表白："我是金银珠。我是金银珠。"

她念叨着"我是金银珠"小跑过廊桥走进机舱，向看或不看她的乘客报以羞涩却得意的微笑，好像一个刚刚成名的歌手走近观众。

这股兴奋支配着她，自告奋勇，安抚走道对面一个不停哭闹的小男孩。"一只鸭子一张嘴呀，两只那个眼睛两条腿。走起路来两边摆呀，摆到那个池塘水当中。呱呱，咿咋咋来，呱呱，咿咋咋来，呱来呱去不成双啦，咿咋咋来，咿咋咋来。"

她一边唱一边摇头晃脑。小男孩的眼睛亮起来。接着他冲着小金一笑，露出小白牙。

年轻妈妈很惊讶。"这是我外婆那一辈老人的儿歌。她给我教过，可惜我早就忘记了。"

透射进来的阳光将小金的笑脸染成金色。她要去的地方，正是陶叔的故乡，没准也是小男孩曾外婆的故乡。

后来小金在飞机上睡着了。她梦见野鸭子贴水飞行，雨珠滑过莲叶，茅草、芦荻拔节，栀子花开花，翠鸟停落枝头。她听见船桨摇摆，小鱼吐泡，蚕吃桑叶，风筝被风拱起来，麻雀在瓦片上弹跳。她要把这些美好清新的画面和声音带回来，带给陶叔。

有什么声音很吵。她擦掉嘴角的口水，迷迷糊糊地问邻

我是金银珠 ┃ 371

座:"快到了吗?"

"我们压根就没飞。还在等。"那人提醒她,"你的手机响。响了好多次。"

她有些烦躁,弯下腰,从踹到前座下的背包里掏出手机。她的心跳加速,一团火噌地冒起来。"你再敢打电话来,我就报警。你还是好好想想,怎么保住另一条腿。"

有乘客扭头看她。

"谁会相信一个满嘴喷粪的赌棍。你会吗?"她的眼睛瞪得又圆又大,像极了发怒的母角马。

乔丹的祝福

"那双耐克鞋呢?"高远去S城出差回来不久后的一个晚上,妻子问他。

他们正穿过步行街。高远跋着儿子的旧匡威,实心橡胶底,有点儿沉,还打脚。脚后跟那里磨得痛。

他不动声色急着往前走,像是被马路歌手的表演吸引。

"鞋呢?"妻子追问,"那可是新鞋。出差回来就没看你穿过。"

高远已经超前两步。步子迈得再大再急一些,就可以拉开三步。三步差不多就是两米。这么热闹的街上,她再说什么,他就不是装作听不见,而是真的听不见。

妻子的手从后面插进他的臂弯,用了相当的力气拖住他。"好不容易买双鞋,四百多块钱,差一点就五百了。"她的话音透着不难觉察的心疼。

一个胖子从后面跟上来,看戏一样瞅着他俩,"没准送人喽。"

高远听见妻子在后面恼怒地回嘴，"一双男鞋，送什么人？有什么好送？"

胖子嬉笑着瞄了一眼高远，慢条斯理向前踱去。

高远泄了力气，往后退一步，让开往前走的路人。妻子也跟着他退后。两个人站在相邻店面之间灯火未连接的暗处。脚后跟估计磨出水泡了。他尽量把脚趾往前面顶，轻声轻气地说："跟老同学喝酒，这事给你说过。没敢说的，是我喝醉了，下了出租，直接栽进绿化带里睡着了。半夜，人醒了，鞋没了。"

"这么危险的事你也做得出来？好日子还没到，你就想把自己报销了？你这辈子就没有遇到过一件好事。"妻子更加恼火，甩开他径自走了。

***

去S城出差，是高远退休前最后一次出公差。

在那之前，在加拿大留学毕业的独子终于拿到工作签证，并且顺利找到了工作。"你们再也不用省吃俭用了。"对着视频电话，一家三口都红了眼圈。

南方九月傍晚的阳光依然灼热刺眼。下班时分，电单车大军如过江之鲫，迎向西边的太阳。漫长的回家之路，尘埃、汽车尾气、噪声……这些全都是躲不开的。道路两侧高大的常绿阔叶树林，闪光的浓密枝叶在人们头上织网，在风中飒飒作响。高远的脸皱着,似乎被长了牙齿似的光线咬得睁不开眼睛。前前后后的电单车一直用同一种速度前进,如果不是中途拐弯,必将同步调抵达一个目的地。

他难得比妻子更早到家。也不开灯,在暗中呆坐。直到传来钥匙转动门锁的动静,才反手按下墙上的开关。灯管在微鸣震颤中来回滚动出一串黑环,如老鼠列队逃窜,随即迸出一片冷白光。

吃完晚饭,他勉强开了口,"我要出趟差。"

妻子随口"嗯"了一下,便端着碗筷走进厨房。收拾停当,拎着垃圾袋从厨房出来,冲他比画了一下,"吸油盒里的纸,还有垃圾桶里的纸垫,都要换了。"

"噢……我忘拿报纸回来了。"他迟缓地挠挠头。

妻子下楼扔了垃圾回来,看他还是呆呆坐着。顺手把茶杯端给他,"吃药吧。"

水很烫,没法下嘴。他眼神有些涣散,不能确定似的说:"单位让我选一个自己想去的地方出差。"

妻子按着遥控器换台,"哈,准备提拔你?"

他笑了。笑得很勉强,随即自言自语,"好事怎么会轮到我?"

看完一段广告,他突然把茶杯往桌上一蹾,来脾气似的语气变得有些强硬,"怎么不是好事?下个月,我就退休了。这是单位给我的福利。"

妻子猛地扭过头来盯住他。暴露在她目光下的右脸有种被火燎了似的热烫。他想,她再也不必为他发愁了,就让鬓角处无法用染发剂掩饰的白发疯狂生长吧。

他降了点调门,用力调动出几分兴奋。"这个待遇,只有在单位兢兢业业、尽忠职守四十年的人才有。这么多年算上我,只有五个人享受过。你知不知道,那四个现在都上八十了。"

冷场片刻。妻子的高音骤起,"在一个单位沤了四十年……你闻闻自己身上的味道。"

然而,她似乎立刻接受了这个现实,仅仅是用既高又急的声音提醒他,"明天开始报纸杂志每天往家拿多一些。以后再拿不着了。"

这么重要的事,在她那里就算过去了。高远有点儿不甘心,还想说几句,又觉得无从说起。尽管他极力让自己显得平和,但仍难掩失落。他下意识地端起茶杯送到嘴边,却被水狠狠烫到口腔。他竟然没有立刻吐出来,而是强忍着烧灼,直到能够下咽。瓦刀脸涨得通红,眉头狼狈地揪成一团,斜插在右眉间一长一短两道瘢痕,跟着几根斜刺出来的长眉毛簌簌抖动。

连着两个晚上,高远长时间地停留在儿子房间,对着满墙体育明星海报中与世界地图并排张贴的中国地图认真琢磨。他满脸疲倦,一些破碎的暗淡的影子不停地在脑子里闪现。

***

动车抵达S城已是晚上十点。风在站前广场上打旋，落叶跟着跳舞。空气有了进入初秋的干爽，还有一丝凛冽，夹带若隐若现的烟煤味直插鼻腔。高远打了两个喷嚏，甩甩头，坐进出租车，赶到预订的宾馆。

　　这是一个偏居在西北的小城，没有太大名气。他的一个中专同学在这里工作。

　　"人家还认你吗？几十年没见。"他把自选的目的地告诉妻子，她不以为然。

　　"怎么会不认呢？我们是同学。"他有些激动。他很敏感，妻子用的是"认"，而不是"认得出"。他辩解——认不认，是内在因素，是情感问题，是主观意识。愿意认，就认得出；不愿意认，认得出也可以装作认不出。他这么说的时候，隐隐觉得自己是在强词夺理。

　　此刻，高远并不想睡，走进卫生间，洗了把脸，又将头发认真梳理，拽拽领口、袖口和下摆，努力把衣服上的褶皱捋平，像是还要出去。转回房间，他却脱下鞋子。这是一双过季的耐克，打六折。他已经很久没有穿过新鞋了，久到似乎跨了半个世纪。这双耐克的轻巧舒适超乎想象，令他一路上都感到脚下生风，好像李白早发白帝城，一步能跨出一丈八。

　　为此，他认可妻子的一再坚持，一定要为他买一双新鞋。"我们也算熬出头了。好歹有个模样，别让你同学看轻了。"

　　他抽出纸巾，依次擦拭鞋面、鞋帮、鞋沿、鞋跟，甚至把鞋底也擦了。然后端端正正摆在面前，鞋头朝前。

乔丹的祝福 ‖ 379

从宾馆窗户望出去，整座城市都是低矮的。看看昏暗的窗外，他迟疑不决。楼道上传来说话声、刷卡声，然后是关门声。这记重重的关门声似乎给了他决心。他将拖鞋甩到一旁，重新穿上耐克，朝房门走去。

然而，到了门口，他一个折返，大步走向窗户，他来来回回走了好几趟，甩开臂膀，齐眉眼一般高。他控制落脚的力度，鞋底轻微摩擦地板。甚至还试着做了几个转身突破投篮的动作。他年轻时曾经是单位篮球队的中锋。这一天下来，他还没有过够穿新鞋的瘾。他甚至觉得，这一天应该是刚刚开始，而不是即将结束。他重新走到窗前，把目光伸到前面不可想象的远处。

最终，这一天是这样结束的。

他倒退几步寻了床沿，倒蹭着背靠床头，将两个枕头悉数偎在肋下，穿着鞋的脚枕在床沿外。

打开手机地图，找到酒店定位，随后在地址栏输入"乐园街"，再点击"到这去"。一条绿色的规划路线呈现在眼前，2.3公里，步行需要三十分钟。他不断放大屏幕，顺着一个个不熟悉的地名，不断前往目的地。超市、加油站、文印店、学校、典当行、车站……他用自己的手指抚触着绿色路线最终抵达的终点，像个贪心的孩子，仍想不断放大屏幕。

然后，他不断地在"出发地"输入其他地址。东南西北，什么地方都有，都是他出差去过的地方。这些地方距离乐园街有远有近。最近的一处，只有一百公里的距离，十七年前去过,当时连高速路都没有,他被二级路上的大小坑洞颠散了骨头。最后,他输入自己家的地址,这个距离是最远的,在中国版图中自南向北又向西画出一个"7"。赶飞机、转动车,这一天用了整整十四个小时,比儿子飞加拿大的时间还要长。

第二天早上起来,他感觉不对,两只脚发胀。脱掉鞋和袜子一看,脚脖子好像也肿了。这个突发状况,使他不得不放弃沿着步道前往乐园街的想法。他有些懊恼,慢吞吞地走到窗口。S城蒙着轻度雾霾,不亮堂,好像人刚醒还没洗漱。玻璃窗上有泥点,还有奇形怪状的水痕。他再一次打开手机地图,和窗外风景对比了半天,发现乐园街的位置在酒店的另一侧,这个角度看不到。

事实上,当他开始洗漱时,便渐渐有了某种新鲜的想法。这次能来,并非预谋已久。是的,没有什么一门心思的设想,更没有所谓的对结果的预设。就当这是一次奇妙的旅行,像过马路时无意撞进另外一个世界。他查看自己映在镜子里的脸,将眉头努力向上抬,耳朵努力向后扯,脸皮轻微地绷紧起来。镜子里的自己比他平日里的自我形象多了几分情绪表达的欲望和力度,也使他那颗发紧的心略微感觉到了平静。

临近中午,他决定出去走走。阳光出来了,把房间照得很亮,光线中飘满浮游的微尘。或许是心境的改变,让他觉得双脚没那么胀了。他穿上鞋,用力跺跺脚,感觉如同在店里试鞋时第一次穿上它。鞋帮两侧银白色形如闪电的"√",神奇般地使落在地面的双脚踩了弹簧般反弹。他回想起那双终于被丢弃的旧皮鞋，仿佛摆脱了一个浸过水的沙袋。

他脚步轻快地穿过一条不是主干道的马路时，经过一个有绿色外墙的门面。透过落地窗户望进去，七八个年轻人围坐在一起，旁边有书架，还有一个小小的咖啡吧台。类似这样的城市书房他在不少大城市见过，能在这样一个小城见到，还是有些稀罕的。他在门口停了一下。里面有人正在朗读。两个女孩不太整齐的声音被挡在书架后。

她们念的好像是诗歌一类的东西吧。声音灌进耳朵，令他想起了儿子，想起儿子大声朗读英语课文。在蒙蒙亮的天光里，儿子面对窗口，小身板挺得直直的，有时候故意摇头晃脑。可恶又可笑的小家伙。

他想得太入神，在那里站了有七八分钟。一个年轻人从里面走出来，礼貌地邀请他一起参加他们的活动。年轻人连着询问他两遍，他都没有听到。等反应过来，他连退几步，退到台阶下，带着几分慌乱几分拘谨，哈着腰，慌慌张张地摆手拒绝，好像受到了某种伤害。

* * *

第三天是阴天，远远近近都是灰蒙蒙的，空气中的烟煤味明显加重。中午吃饭的餐馆是昨天就考察并预订好了的，几道菜也是仔细研究了菜单挑选的。坐在桌前等上菜的过程中，高远分别向两位客人介绍对方。

坐在他左侧的，"赵刚，我的中专同学。"

坐在他右侧的,"陈亚君,以前的同事。"

包厢不大,他们坐成等腰三角形,便于打量、倾听和交谈。

赵刚已然成了腰围与身高同比的矮胖子,开场白一过就自动转入主角。"我也不想啊。在乡镇待了十几年,不吃不喝怎么和村民打交道?回到县里又是十几年,不吃不喝对上对下怎么开展工作?现在公务员不能吃了,可是我的狐朋狗友多啊。一顿能变出两餐,一天能排出六场。哎呀呀,小城特色,让你笑话了。"

"老同学,实话,今天中午早就约了一场大酒,朋友的朋友开药店,我帮搞到了许可证。你来,没话说,肯定要先见你。让他们排队去。"他伸手去拍高远的肩膀,手短了些,没够上,一道有重量的弧线落在他自己的大腿上。

"你怎么样?还是瘦,羡慕啊。"赵刚说起高远的外号"床板",因为"门板"被赠予另一个平胸女生。偏偏他俩还是同桌。为此他们编出一个不太可笑的笑话:门板和床板挨在一起,它们互相抱怨,你硌疼我了。

高远讪讪一笑。菜还没上来,茶已喝了三杯,胃里好像有只勺子在慢慢刮。

"咱们班后来这么多次聚会,你一次都没参加,"赵刚说,"有那么忙吗?微信群里,你一个,还有大头、红薯干、三条,全都沉默是金啊。"

"看你们热闹就好。挺好的。"

"搞那么深沉干吗？现在还玩深沉？哈哈哈……"赵刚忍不住爆笑，把脸转开去对陈亚君说，"你跟他同事，知道他爱写诗吗？"

高远没好意思抬头。

"知道。"陈亚君爽快地回答，令赵刚的目光在这个浅褐肤色的女人脸上停顿了一下。她的上唇圈着一层青色软髭，这个发现让他瞬间有点儿走神。她此刻直视他的眼睛。她和他们差不多年纪，但身上没有一点点懒散的痕迹。

高远拿出事先从超市买来的白酒。赵刚看看瓶身说："少喝一点，要不就别开了。"高远还是坚持开了。他先给赵刚、陈亚君倒满，然后给自己倒上。

菜的味道挺好，起码比他家的好。酒的味道他不太敢肯定——他很少喝酒，或者说，他很少参加应酬，几乎不在外面吃饭。

要求少喝一点的赵刚还是左一杯右一杯地喝了。远远近近，漫无次序地聊。高远那点儿不甚丰富的人生经历，被赵刚拎着他的话头随便抖抖，就能抖出一地鸡毛。

他为颈椎手术失败的高远母亲打抱不平，"这是院方的责任。手术方案定了取一根骨头，谁让他们临场发挥多取一根？让你妈在病房躺十年，免费治，那是他们心虚。老母亲一走，你没跟医院索赔？"追问之下，更加愤愤不平，"你，你，你善良。如果打官司，百把万不敢说，五六十万肯定能拿到。"

仿佛他有能把一切事情的因果串联在一起的本事。"要是有了这笔钱,你至于供儿子出国那么辛苦?加拿大还算负担轻,你去老美试试?"

高远想说,儿子打工,也不是完全依靠他们的。

赵刚自顾自地说:"孩子出去就是学知识学本事的,要是出去还要打工,那有什么必要出去。留在身边,找个有编制的单位,就是手心翻手背的事。你说我那个女儿,小小年纪就出了国。她们这一代哪听你这些教育?省城的两套房我都卖了,她不回来,留着长草?卖掉卖掉,抵她在那边的首付。"

他举起杯子,示意他俩。大家跟着举杯。稠密的话语之间,截出一个短促的空白。他们三个碰了一下。

赵刚抹抹嘴,问陈亚君:"你孩子多大了?是留在身边,还是也在外面?"

"我没孩子。"陈亚君语气自然且平静。

气氛略有异样。赵刚又往嘴里灌了一杯酒。

高远匆匆一瞥,啥也没看清。他有点心虚,不知道请陈亚君来这个场合是否合适。这正符合赵刚对他的判断——他从来不是一个能够把问题解决得干净利索的人。

酒瓶见底,赵刚努力地斜出半个身子,终于把肉乎乎的巴掌落实在高远肩头,真心实意地说:"还是你好啊。本本分分。你母亲当年在学校门口卖烤红薯,我们都跟着享福了。老人家躺了十年没有褥疮,难得,福分。母慈子孝,你是大孝子。来,我敬你一个。"就听他发出咕噜一声,自己又跟自己喝了一个。

高远缩在椅子里动了动,胃里既热胀又空虚。

赵刚有电话进来。他往后一仰,肚子上顶出一摊沉甸甸的肥肉。浑浊的灯光里汪着油腻,非常不友好地放大了他脸上膨胀的眼袋。墙壁和水泥地面渗出一股淤积已久的酸气,那是酒水、腐肉、发酵的豆制品和可能是尿液的混合气味。地板上黏兮兮的,抬脚时有一种拔丝的感觉。高远忍不住在椅子腿上剐蹭鞋底。

电话终于打完了。赵刚举起酒杯一饮而尽,合手作揖告辞。"老同学,急事来了。这样,明天中午,光华大酒店,本城唯一四星级,我做东。你刚听见电话里头我已经叫人安排好了。本来今天就应该是我为你接风,你非要坚持,那我就不争了。"

他丝毫不给高远说话的机会。"实话,这家店不行。欸,欸,说错说错,这事跟你没关系。你过来出差,不了解,正常。所以明天,我来。必须的。"

他边说边往楼下走,"我再叫几个兄弟。你什么都不要管,只管带上好心情好胃口。你说咱们的人生还剩啥?不剩啥了,就剩自己了。还图啥?吃好喝好,好好享受。哈哈哈。"

高远跟他到门口。一辆小车已经等着了,司机喊着"赵哥赵哥",赶紧下来开车门。

"你再陪陪人家。来一趟,不容易。今天你自己安排好。明天一起,一起的。"赵刚脸上洋溢着参晓隐情却又非常体恤的神情,肥厚手掌拍打高远的后背。

强烈的烧灼感往上蹿,顺着食道。几乎刚一走进洗手间,高远就把一切都吐了出来。

＊＊＊

根据地图显示,从乐园街到餐馆,只有一条路。

昨天,站在预订包厢的窗口,他推演——全长六百米,三个拐弯,最后一个拐弯在三百米处——她会在他的视线里走五至六分钟。她的步态让人过目不忘。一步接着一步,每一步都踩得稳扎稳打,像一匹体格不小的母兽逡巡领地。第一次见到她时,门从外面向里推开,她卷着风进来。一颗顽强的子弹打穿暗夜,泛着金属燃烧般的蓝光。

但他今天没有坐在那个可以看到窗外的位置。这一带离铁路很近,是一个自发集市,恰逢这一天赶场。摊位、店铺、货车、三轮车、箩筐、菜农、挑贩、人流,全都挤在七八米宽的巷道里。想要从中剥离出一样具体事物,并不是容易的事。他错愕了片刻,几乎没有花费多少力气就说服了自己背对窗口坐下,顺势放松了神经。

现在,他们并肩走在一起。集市散了,巷道空荡。只有脚下的垃圾证明这里方才有过的嘈杂喧闹。他窝着身子,胸闷气短。并不仅仅是因为胃痛。她的个头一点儿没缩水。他只比她高一点点。她比他大两岁。不知道为什么,他忽然想起这个。

"别说话,吸了凉气胃更不舒服。"她说。他便无声地跟着她走进一栋老式居民楼。

她的家是一房一厅。厅里依次是一张蒙着格子布的饭桌，一个书架，两把深色藤椅，其中一把斜搭着淡青色的披肩。一张茶几挤在藤椅之间，上面码着几本杂志，对面是一组高低柜。窗台上挤着几盆鲜花，使这个清淡的房间显出几分活泼。

除了单人床的位置置换成为高低柜，这般陈设如他记忆深处的复刻。

她扭头招呼他落座，便去厨房烧水。

身在此处的他好像并不是他自己。他又感觉，自己正被另一个自己饶有兴致地打量。一个全身透明的他熟稔地从桌子上取了玻璃杯喝水，手指轻佻摩擦，打出一串清脆的响指，踱步书柜前漫不经心地打量，随意抽出一本，向右边滑出一大步，转身，像一个篮球似的，准确地投入左边那张藤椅。

天色越来越暗。雨随时会下来。

灯光适时亮起。光线超级亮，比他家的，比办公室的，比宾馆饭店商场剧院的，比他去过的一切地方的，统统都要亮。这种振荡人心的光明使得这个房子和这个房子里的一切事物，充满了朴素的、坚实的、真实的力量。

他被鼓舞着，迈出真切的步子，走向离他几步之遥的那张居左的藤椅。她端来热水和药片，先于他走到藤椅跟前。"这张藤面快崩了。你坐这张吧。"她用脚尖把右边的藤椅钩出来。

吃了药，并喝下大半杯热水。被虐的胃拧巴的胃堕落的胃慌张的胃崩溃的胃。他闭上眼睛，享受着那些不堪缓缓释放的过程。房间很安静,她坐在斜对面从餐桌那边搬过来的餐椅上,手里翻着杂志。

餐椅比藤椅高出几公分。他处在低处,为了保持应有的礼貌,需要把头略微扬起。他忽然又觉得灯光过于明亮了。

"实在不好意思,给你添麻烦。"他说。

她摇摇头,"胃不好就少喝酒。最好别喝。"

"就这一次。以后不会了。"

"打包票的事情,基本上是空头支票。"还是熟悉的口吻。他下意识地点头。

"还好你没长成你同学那样。"她把杂志放下,认真打量他。

通透的灯光下,她的面容真切地显现出来。方脸大五官,额头又高又宽,唇形偏厚。眼角埋伏着几道粗线条的皱纹。眼睛里那种冷静凛然的神气,除她之外,他不确定在其他人那里看到过。

"我以为你不记得我了。"他说,声音有些发颤。

"没想到我在电话里一下子就说出了你的名字。"她看出他很紧张,比坐在餐馆里紧张许多。

"是的……"他把握不准自己应该说什么。如果她真不记得他,未必不是一件好事。

"是不是如果我跟你同学不在一个地方,我们也不会见?"她放下跷起的右腿,身体微微前倾。

这句话刺激了他。他正盯着自己的鞋子,银白色的"闪电"激将出他的勇气。他举起没拿茶杯的那只手指向高处，就好像年轻的时候，动不动就激动。"世上无难事，只要肯用心。"

她笑了起来，用手掌拍拍脑门。这是她的习惯性动作。似乎一瞬间回到很久以前。

她的笑于他而言是一种鼓励。一直都是这样。

"别人……你还都记得吗？"他试探着问。

她没有说话，饶有兴趣地看着他。就像以前耐心听他们高谈阔论东拉西扯那样。

"王强辞职去了海南跟人搞房地产，后来去了北京。菲菲去广州学美容美发。这两个人现在都没联系了，估计都赚到了大钱。大杨工伤，废了半条腿，办了病退。老朱，最爱搜罗手抄本的那个。他倒成了，在杂志社做到了副总编。"

"有一段时间我在深圳，知道他去参加文学活动被人追着签名。"她插话。

"他后面的事，你知道吗？"

"怎么？"

"强奸女作者，被关了三年。出来之后又查出胃癌，现在情况不太好。"

他们沉默了一会儿。他忍了忍，没提罗浩。她当年的男友，后来找了一个家里有点背景的妻子，稳扎稳打当到了厅官。在她离开之后被高频提及的一段时间里，他发现很多人都认为她的离开是一件令人感到踏实的事情，好像排除了什么隐患。他们为罗浩感到庆幸。

他说完了他们熟悉的那些人。他以为，接下来她会说说她自己。可她什么也没说。

对于这样的反应，他多多少少也有些心理准备。不过，她不说，不代表他不知道。她这些年的辗转经历，久不久地会在耳边刮起一阵小风。他知道她结过婚，不止一次，又都离了。正是如此，他觉得他再一次感受到她那种不可思议的坚韧。

她跟他聊了些别的，类似于这座小城的风土人情，饮食与南方的差异，就像两个不太熟悉的人聊天，总是从这些话题开始。他也说了说对这里的大致印象，昨天经过了什么地方，包括一间城市书房。她有了些兴趣，说那里一周有好几次读书活动，可以算是这座小城的一处文化地标。

"文化地标"这样的大词，好像一个重物迎面砸过来，让他有点儿发蒙。

趁她去厨房拿热水壶，他将双手绕到后背，捶打紧绷的肌肉。这令他实实在在地感受到自己肉身的存在，那些游离在身体之外的灰色触角渐渐收拢回来。于是，他轻轻站起来，不由自主地向书柜走去。

几乎是第一时间，就看到第二排右侧一个蓝底白字的书脊。《查太莱夫人的情人》。

是的，查太莱夫人！他永远记得它的封面。金发女郎低头轻嗅鲜艳的玫瑰花，唇色娇艳，比玫瑰花还诱人。湖南人民出版社1986年出版，刚出版即被查禁。

他完全不记得自己做出了拉开书柜门的举动。等他有了意识，"查太莱夫人"已经在他手上，更令他窒息的是，她就站在旁边。

当年被惨白的手电筒光照着，半夜被连书带铺盖从职工宿舍里丢出去的不堪回首的一幕，劈头盖脸地砸下来。在单位保安室里，他被众人嘲讽恐吓羞辱——淫秽书籍，流氓，劳教。母亲苦苦泣求，他终于低头供认——书是她的，是从她那里传阅到他们手上的。很快她就被单位辞退。他没去送她，无地自容。

眼前是一片辽阔的黑色虚空。带胳膊带腿的暗黑色的人影叠加其上，黑鸟在飞，半空落下大片大片边缘仍在燃烧的灰烬。

他扶着书柜，挣扎着说："这本书还很新。"

"孔夫子旧书网淘的。网上多的是，各种年代的版本都有。卖家告诉我，就因为出这本书，那家出版社上上下下被处分了一批人。那个总编辑也当不下去了。"她从容地从他手里把书接过去，在胸前摆出一个如同手捧宝物的造型，"怎么样？我像李铁梅，还是像吴清华？"

用这样的姿势搭配这样一个封面，古怪且荒诞。他的脸上出现了一丝扭曲，却控制不住笑出了声。

他鼓起勇气去看她的脸。她坦荡荡地让他看。他和她面对面地相互看着。这一天，他终于第一次认认真真地看着她。她的脸庞，她的头发，她的眼神，她的呼吸，她周身轮廓，依然泛着金属燃烧般的蓝光，像一颗顽强的子弹，擦着头皮飞过。

她竖起一根指头，隔着空气戳戳他的额头。"这么多年都没长好。"眼角却隐隐透露出一种带泪的微笑。

他的眉骨感到了烫。那两条一长一短的浅伤疤。她笑他，"等到再老一些，模样都变完了，就凭这个认你。"

他鼻子一酸，试着用正常的口气说话。"我们都会老，但你不会。我一直想不出要是你老了，会是什么模样……对不起。我想得太多了。对不起。你看你多好啊。"

"我们都不如你。"他又说道，"——特别是我觉得，我欠着你一个——道歉。"

他的头低垂着，眉骨上的热度贯穿了他的全身。或许，他没有想到这辈子还能说出这两个字。在过去岁月的零星碎片里，它们像更为细小的碎片，从中一闪而过。但是，在他动身来S城的路途中，果真为这一刻做好准备了吗？如果没有出乎意料地与"查太莱夫人"再一次灾难性地迎面撞击，这会儿，他准备说些什么呢？一种对自己的陌生的疑惧从心底陡然升起。

对面有响动。他抬头看见她背对他站在窗前。

她转过头，冲他喊。他听不清，只看见她的嘴巴在动。

倾盆大雨，带着加速度的重力，对着这个世界垂直砸下。雨声带着沉重的轰鸣，强硬地压倒所有声音。一时间，他的耳朵被这轰鸣裹挟，连耳膜都跟着震颤起来。

他反应过来。两三步冲上去。

等和她一起把晾搭在窗外的衣物抢救回来，上半身几乎湿透了。两个人不约而同将手臂大大地张开，看着对方，笑了起来。他觉得这阵大笑像股嬉闹的溪流，平复了周身的燥热。

她在书柜和门框之间拉起一条粗绳。他把衣物一件件递给她。她站在椅子上，不断从他手里取过递上来的东西搭在绳子上。从这个角度往上看，她腹腰部分比较厚实，胸前的线条有一些模糊，泄露了这个岁数的女人不可避免的松弛。这一刻充满日常生活的气息。他的眼皮、鼻尖、额头，还有头顶，都能感觉到她呼出的热气。头晕晕的。应该不是刚才喝下去的酒，这阵才开始上头吧。

然后，他就拿到了那双湿鞋子。一双半新不旧的男士回力鞋，码数不小，目测比他的鞋码大出两个码。他僵在那里，像电视信号中断。

她让他把这双鞋拿去厕所。他哭丧着脸，脖子往肩膀里缩，背佝着，好像当年总是被他们落在后面的委屈模样。她不由得冲动起来，心里涌起一股慈爱的情绪。她露出一个交付秘密的郑重却又戏谑的笑容，"放在窗台上，别人就以为这家有男人。起码不会招小偷。"

下椅子的时候，他扶了她一把。灯光在她铁锈红的头发上闪耀，靠近头皮的位置，冒着白花花的发根。银光闪闪。他咬紧牙根迅速转身走去厕所。他怕她看到他夺眶而出的眼泪。

在后来的回忆中，他发现自己居然也有在瞬间做出决定并付诸行动的能力。他把右脚的耐克脱下来，取下洗漱台上的尖柄梳子，强忍双手的颤抖，在鞋底前半部内侧着力，剜出一个洞。再横向发力，又快又狠，撬出一道横贯前掌的断裂。

他拎着耐克走到她跟前高高举起，竭力做出懊恼的样子，"贪便宜买的冒牌货，报废了。"

＊＊＊

飘着小雨的街上安静极了，几乎没有什么车辆。

陈亚君用宽阔的身板为高远抵挡斜风密雨。她把自行车骑得又稳又快，甚至骑到马路中间，按动车把上的转铃，空寂的雨夜响起清脆的铃响，好像一种告示，又好像一种示威。她被没有人的空旷世界鼓励，向一片闪着光亮的水洼冲去，反手拍拍高远，"坐稳啦！一、二、三，起脚！"铿锵有力的声音如金属震动车身，传导到高远屁股底下，令他感到五脏六腑都在共振，双腿应和节奏向外叉开，和陈亚君同时叉开的双腿形成双人字形。

车轮掀起一串串水花，有高有低，有急有缓，有疏有密，游戏的孩子一般追逐他们的车轮。每经过一个路口，每超越一片灯光，每压过一汪水洼，每按照"一二三，起脚"的节奏张开双腿，都让高远感觉不是往夜的深处钻去，而是往夜的高处飞奔。

我之所以坚定地相信未来，
　是我相信未来人们的眼睛——

她有拨开历史风尘的睫毛，
她有看透岁月篇章的瞳孔。

他们大声朗诵，无所顾忌。马路两侧的树木更暗、更密、更清新，好像积蓄着力量，明早能够长高一大截。他仰面，痛快淋漓地迎接冷雨。雨水是冰冷的，却浇灌出豪迈的气概。是的，豪迈的气概。陈亚君的后背在他眼前有节奏地一拱一拱，她踩的不是自行车，而是驭着一匹天马，长着翅膀，穿破黑夜，循着一条闪着银光的天阶，带着他飞上九重云霄。

他们太得意，太嚣张。他们并不知道，他们马上就要被一粒小小的石头绊倒，他们飞翔的姿态马上就要成为倒栽葱、狗啃泥、四脚朝天，他的眉骨被划开两道血口子。

第四天一早，高远不辞而别。乘坐最早一趟动车离开S城。在匀速前进的动车车厢里，他陷入了浅睡之中。他突然抖动了一下，随即被自己惊醒。他又做这个梦了。

果真是梦吗？他在映出面孔的车窗里，久久凝视自己眉毛里的两道细疤。相对窗外景物的迅速后移，这两道疤静止不动，犹如这趟旅程无法摆脱的参照物。

* * *

冬日的一天，高远给陈亚君发去一张照片。

照片上是一双耐克运动鞋，黑老鼠色夹金线，造型像如来佛脑袋上的满头包，鞋外侧的后跟部分有两个巨大的白色"✓"。

高远写了一句话：儿子回来，送我一双正宗的。

儿子那天把这双巨大的菠萝头一样的，NBA球星勒布朗·詹姆斯代言的第17代战靴摆在他面前，做了一番附带专业参数的讲解。

但他没有好记性，能把儿子从包裹性、减震性、舒适性、耐磨性、支撑性、抓地力等诸多方面对这双球鞋的专业评价顺溜地复述一遍。他更搞不清NBA球场上那些满场飞奔的大胡子谁是勒布朗·詹姆斯。他只记得乔丹，迈克尔·乔丹。他问儿子，这个什么詹姆斯和乔丹，哪个更厉害？儿子说这个没有可比性，时代不一样对手不一样环境不一样。他说，你们不是总爱拿数据说话吗？儿子说，从数据上看，詹姆斯比不过乔丹，差了三个总冠军。

他脸上起了得意之色，刚想说点什么，儿子接着说，谁也没办法和乔丹比，他是神，不过詹皇还在当打之年，破神不是没可能。

他装出认真听的模样，借这个机会认真打量兴致勃勃的儿子。儿子回来得真是时候。平安、踏实的幸福感冲淡了退休生活给他带来的不适。他承认，这双奇形怪状的耐克，的确是他这辈子穿过的最舒适的鞋。

过了一会儿，高远收到回复。也是一张图片。他认出来那是陈亚君家的窗台。山茶、文心兰、蝴蝶兰、一品红、仙客来……花团锦簇，姹紫嫣红。如果不是窗玻璃上结着的冰花，

乔丹的祝福 ‖ 397

猛一看，以为是盛夏的场景。

高远不断点击放大图片。他从来没有见过真正的冰花。高处的清亮轻盈，夹金嵌银。越往低处冰层越厚实，充满弹性和起伏，冰花纹脉不断裂变。这个窗口如同一个洁白的童话世界，嘎啦啦地迸裂着生命的欢欣与蓬勃、激烈与壮观。

他慢慢移动目光，细细品味欣赏。其实他眼角扫到什么了，但一直克制着，克制着——左下角那盆山茶后面，露出两道银色的状如闪电的"√"，几乎和冰花融为一体，不动声色地，旁观或者说守望这一处小小的冰雪奇观。

他听见自己的心跳。他感觉到自己一下子蹿起来，化身为那个面目不清的詹姆斯，不不，化身为永远的飞人——迈克尔·乔丹，从中场发起进攻，运球闪人，起步腾空。仿佛有慢镜头，他看见自己一飞冲天，飞过所有人的头顶，掼出一记暴扣。

事实上，他只是坐在原地，嘴里含混地嚅动了几下，仿佛在寻找什么合适的词。他年轻时读过那么多的朦胧诗抒情诗，该死的都上哪儿去了？

妻子在门口喊他吃饭，让他不要像个大爷那样让人三催四请的。在她的催促下，刚刚涌到眼前的几句话泡沫一样消失了。

最后，他一笔一画地写下：祝你平安。

后　记

我在新疆乌鲁木齐出生长大。

很多年前，去参加《小说月报》组织的采风笔会，同行的一位女作家听说我出生于新疆，很是吃惊地说，不像不像。我问她那像哪里人。她说像上海人，像江浙人，反正不像新疆人。这个判断得到了在场人士大体一致的认同。可是那个时候，虽然我在小说里入骨入髓地刻画过上海人，我却连沿海的省份都未曾去过，更别说上海，理应是上海人眼里名副其实的"乡下人"。让见多识广且对人物有着入微观察和敏锐直觉的作家们看走了眼，我一时也有点儿摸不着头脑。本能之下，我回应，我的父亲是南方人，我的母亲是北方人，如果在地图上对折一下，他们之间连线的中点，差不多是在江南那一带。当然，这种说法不过是一种应急的回答，调侃式的自我确认。

在社会交往中，每个人都会在潜意识中通过对方的形象、性格、气质确认他（她）的来路。当我们给某个人下定义时，这种标签式的限定词实际上包含了他（她）的出身、背景和地域性、群体性的特征。比如说"高干子弟""富二代""草根"，比如说"书香门第""小市民"，比如说"大家闺秀""小家碧玉"，比如说"江南才子""北方莽汉"。这些词含义丰富，往往说者这么一说，听者就能够心领神会，无须过多解释。

既然普通人都有这种本能，描摹市井百态、人生命运的小说家更需要将这种本能转化为自觉。小说家不仅要研判人物的来路对他（她）的形象、性格、气质的塑造，还要从人物的形象、性格、气质倒推、复原他（她）的来路。说白了，这一切日常功课都是小说家为了在一个虚拟的世界中，为笔下人物建立经得起推敲的来龙去脉，包括出身、家庭背景、生活环境、成长环境、教育环境，为人物组建与他（她）的命运无论是息息相关还是若即若离的亲友团关系网，若简省则只有父母兄弟姐妹子女，若繁复则包罗三姑六婆左邻右舍青梅竹马闺中密友前夫前妻前女友前男友顶头上司部门同事下级部属……

将话题转回来，我之所以对那次"上海人"而非"新疆人"的误判记忆深刻，一是人的来路的确有复杂之处，表象与内在并不能完全画等号，所谓的识人辨人术，只是勾勒出大致的轮廓，具体到个体，货不对版的偏差并不在少数。二是小说家也有看走眼的时候，就像老中医号错了脉，老木匠开错了槽，老厨师调错了味。这就说明，尽管小说家对世相人生、市井百态能够做出熨帖到位、折服读者的描写，也只是纸上谈兵，运用到实际生活中就会有偏差。若是他们有本事将诉诸小说中的运筹帷幄、明察秋毫搬到现实生活中，早就仕途顺畅官运亨通股市发达了。离开虚拟的世界，小说家是力不从心的。还好，我发现身边那些写出好小说的榜样，基本上都是干一行爱一行，扬长避短，安心写作。

我的脑海中常常会出现这样一幕场景。二十世纪五十年代，十四岁的父亲蹲在龟速般的火车中，从广西一路向北，从飞沙走石的暗夜穿过河西走廊，奔向前途未卜的命运时，七岁的母亲正一脸雀跃地趴在万米高空中的飞机舱窗前，和她的父母在从北京飞向边疆的军用运输机上，俯瞰连绵起伏的天山山脉。骄阳就在天边，仿佛永不落幕。

乌鲁木齐是一个移民城市。天南海北哪个地方的口音都有。小时候，邻居阿姨成天叫我"漏漏"，那是个湖南人。去理发店，上海老师傅说，这个小囡囡剪童花头的呀？陕西大爷要给我糖吃，就说"给娃个糖吃萨哈"。天津人抱怨起来，都是"龋"字开头，龋酸，龋巴烂贵，龋不是东西。如果天津人是向山东人抱怨，山东人肯定回他，你别穷木乱（捣乱，没事找事），你再木乱我揍你！四川人吵架，先人板板。东北人不耐烦起来，你整啥玩意儿磨叽个啥？甘肃人想找河南人聊天，咱们谝会闲传子吧。河南人简单，行就"中"，不行就"不中"。

新疆离内地太远了。

连接新疆和内地的兰新铁路始建于1952年。从兰州西行跨越黄河后,翻越海拔三千米的乌鞘岭,进入祁连山北麓的河西走廊,经武威、张掖、酒泉出长城西端的嘉峪关,过马鬃山南麓的玉门、疏勒河,西跨红柳河进入新疆境内。又沿天山南麓过哈密、鄯善、吐鲁番,在达坂城穿过天山到乌鲁木齐市。再向西经过军垦之城石河子、奎屯、博乐,最终到达边境口岸城市阿拉山口市。这么多频繁出现在历史和古诗中的地名,如果你在现实中要全部经过一遍,总长度为两千四百二十三公里。这个长度,几乎等同于南宁到北京的距离。

二十岁那年离开新疆。我在火车上待了两个晚上,才从乌鲁木齐抵达兰州。经过电气化改造,这个时间已经缩短到了十一个小时左右。

这些年来,我总共回去过五次。其中有三次居然是出差。我像一个外地人那样,去了喀什,去了和田,去了乌鲁木齐之外的好几个地方。新疆太大了,面积是广西的近七倍。而我一直生活在乌鲁木齐。对这座城市以外的很多部分,包括这座城市的很多角落,我和那些第一次到新疆的人一样,感到新鲜而陌生。

即便是对于仍然生活在新疆的人来说,这里的历史和现实都存在着许许多多认知上的盲区和误区。一鳞半爪、走马观花的猎奇式印象实在不合适描述新疆,一些意见领袖指点迷津的初衷和高瞻远瞩的眼界,也时常为民众激进的情绪左右,反而更遮蔽了新疆。

对于父辈而言，新疆是一个充满矛盾情感的地方。他们被命运的朔风裹挟，无根的种子一样撒在一百六十六万平方公里的土地上。他们人生中最美好的时光，如芨芨草根部，深埋在1.5米的盐碱地下。风沙如刀割过。它们低伏挣扎。等父辈熬过那段不堪的岁月，很多人陆陆续续回到了内地。有些是落实知青政策回到了他们的故乡，有些是跟着在内地上学工作的孩子们离开了新疆。

在新疆的那些日子里，对于我的父辈和我们这些"疆二代"来说，中秋节、清明节这两个节日，就是一个概念，没有谁家有兴师动众过节的实际行动。我们父母的出生地都十分遥远，都是从天南海北来的。我们的祖辈在远方。何处团圆？何处祭拜？在这样的时刻，新疆不是我们的故乡。

可是，你若问我的父亲和母亲，甚至包括我，新疆怎么样，我们会一致说，新疆是个好地方。怎么好？就像歌里唱的那么好，"我走过许多地方/最美的还是我们新疆"。

我们把新疆称为"我们新疆"。不是故乡的地方，成了我们的故乡。

曾有一段时间，我中断了文学创作。可能是激情不再，更可能是才气已尽，也有可能，是缺少了对这个世界想象的兴致。我在广西南宁生活的时间已经远远超过了在新疆乌鲁木齐的时间，我却依然感觉没有走进它的内心，只是在周边晃悠。我不可能不想念故乡。

我对故乡的怀念越来越深重。在远隔着长江黄河、喜马拉雅山珠穆朗玛峰的南方怀想，在吞咽带着酸笋味的饺子和涮羊肉时怀想，在混合着路边荫生植物氤氲出的重重阴气、骑楼暗影下女子幽明的媚气、不知哪个角落咿咿呀呀丝竹伴唱《帝女花》透出的遗世古风的诡气的亚热带城市的傍晚怀想。

剥开沉积岸一样的时间叠层，我看到去国多年身患沉疴的马依拉重返故乡，在青杨树掩映的小城，被亲人和朋友温柔以待；我看到运动员出身的女人边锋向天空奋力掷出标枪，那意味着她对男性及其权力，包括她对过往情感的愤懑的反叛、反抗以至反击；我看到艾老师灰白的童花头发丝纷飞，她疲惫又坚强，舌头打卷，弹出一连串坚定的跳跃的饱满的富有弹性的俄语单词；我看到少女金燕和她的母亲梅楠，在冰天雪地中呼唤血缘感情的复归……

提笔忘忧，落笔心安。对故乡深重的怀念，成为《毛纺厂在西北偏北》，成为《复调喀秋莎》，成为《女人边锋》，成为《不忘》……一度远离创作的我回来了，是故乡成就了我笔下生机勃勃的崭新的文学世界。

我把故乡视为命运的源头。这里，是故事开始的地方。漫漫人生，写作成为我与这个世界对立、沟通、和解、相伴的方式，并将成为我赖以生存的方式。以理性的冰与感情的火打造淬炼成的写作钥匙，正静静地等着我，开启那零落却庞大的故乡记忆。

是时候了。再一次，重返故乡。